有爱的青春陪伴者

蝶之灵
—著—

遇见你
就烂漫了

花山文艺出版社
河北·石家庄

图书在版编目(CIP)数据

遇见你就烂漫了 / 蝶之灵著.—石家庄：花山文艺出版社，2014.8（2020.5重印）
ISBN 978-7-5511-2034-0

Ⅰ．遇… Ⅱ．蝶… Ⅲ．言情小说－中国－当代 Ⅳ．I247.5

中国版本图书馆CIP数据核字(2014)第161467号

书　　名	遇见你就烂漫了
	YUJIAN NI JIU LANMAN LE
著　　者	蝶之灵
策　　划	张采鑫
责任编辑	郝卫国
特约编辑	廖晓霞
美术编辑	胡彤亮
责任校对	齐　欣
封面设计	刘　艳
内文设计	西　楼
封面绘制	王点点
出版发行	花山文艺出版社（邮政编码：050061）
	（河北省石家庄市友谊北大街330号）
销售热线	0311-88643221/29/35/26
传　　真	0311-88643225
印　　刷	长沙鸿发印务实业有限公司
经　　销	新华书店
开　　本	889×1194　1/32
印　　张	9.5
字　　数	341千字
版　　次	2014年9月第1版
	2020年5月第2次印刷
书　　号	ISBN 978-7-5511-2034-0
定　　价	38.00元

（版权所有　翻印必究·印装有误　负责调换）

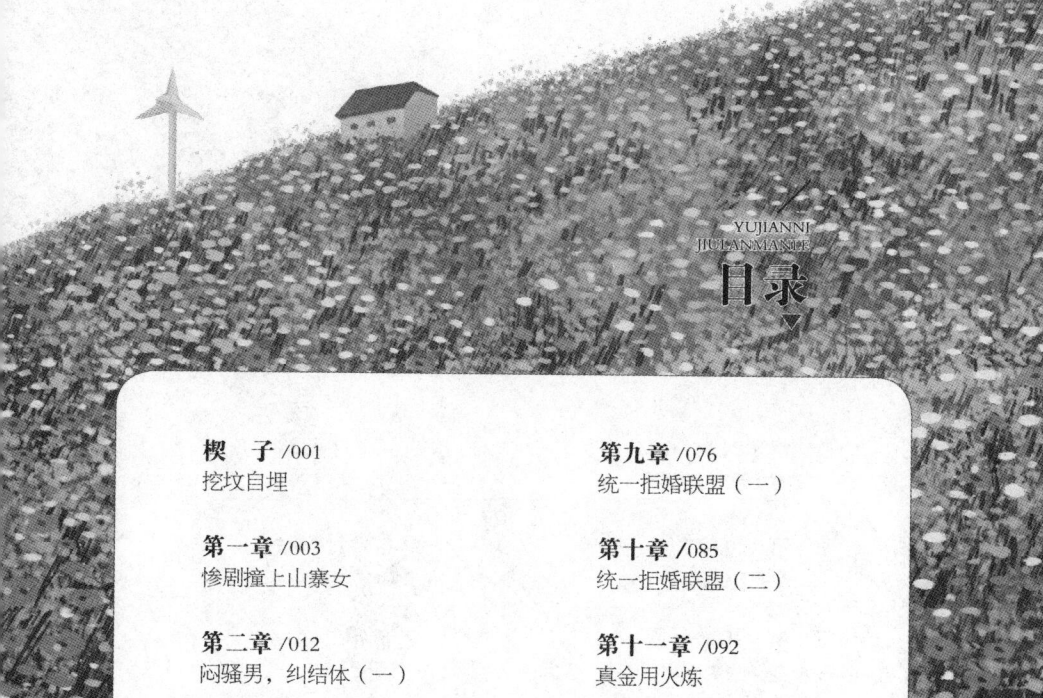

目录

楔 子 /001
挖坟自埋

第一章 /003
惨剧撞上山寨女

第二章 /012
闷骚男，纠结体（一）

第三章 /021
闷骚男，纠结体（二）

第四章 /031
冤家必须路窄

第五章 /042
意外格外调皮（一）

第六章 /050
意外格外调皮（二）

第七章 /058
备战相亲（一）

第八章 /067
备战相亲（二）

第九章 /076
统一拒婚联盟（一）

第十章 /085
统一拒婚联盟（二）

第十一章 /092
真金用火炼

第十二章 /103
有女待嫁中

第十三章 /114
婚期将近

第十四章 /124
啊，嫁出去了

第十五章 /135
新婚……夜

第十六章 /146
在一起被吃定（一）

第十七章 /156
在一起被吃定（二）

目录

第十八章 /166
再叫声老公听听

第十九章 /176
爱妻好男人

第二十章 /186
奇妙的情愫

第二十一章 /196
舞会风波（一）

第二十二章 /206
舞会风波（二）

第二十三章 /216
分居计划（一）

第二十四章 /225
分居计划（二）

第二十五章 /232
雨中一吻

第二十六章 /241
我喜欢你，你信吗

第二十七章 /249
等一个晴天

番外一 /254
厨　房

番外二 /259
晴　天

番外三 /263
宝　宝

番外四 /273
一家四口的日常

番外五 /281
姐妹聚会

番外六 /289
出　游

后记一 /296

后记二 /298

「楔 子」

挖坟自埋

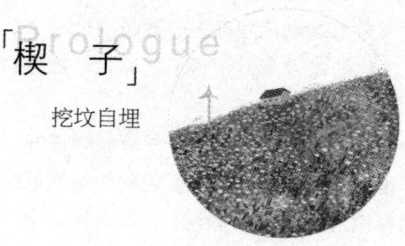

8月的天气酷热难当,候机大厅内却极为凉爽。萧晴被冻得连打三个喷嚏,再加上身边的妈妈始终冷冰冰的脸,萧晴只觉得身上的汗毛集体跳起了狂欢舞。

小的时候,妈妈的目光还是很有杀伤力的,每次被她一瞪,萧晴就吓得直躲。有桌子钻桌底,没桌子躲去沙发后面,什么道具都没有的时候,就抱住爷爷的大腿。

萧晴的童年是跟爷爷一起度过的,在她的印象里,那个偶尔会到爷爷家来看她的女人,就像童话里冷漠无情的女王陛下,一个眼波过来便会"千山鸟飞绝"那种。每次被她瞪着,萧晴就觉得全身飕飕冒凉气,反射性地想"逃命"。隔壁的小朋友高声唱着"世上只有妈妈好,没妈的孩子像根草",萧晴却盼着妈妈别来看她,千万别来看她。

后来萧晴才终于明白,妈妈就是这样冷淡的性格。她并不是不关心女儿,只是关心的方式比较特别。

比如萧晴生日的时候,她会给钱;逢年过节的时候,她会给红包;每次开学,也会汇来一笔钱让萧晴添置学习用品。起初,萧晴总是抱怨她只记得人民币,后来才知道,她这么做的理由是非常充分的。

从过程来说,汇钱省去了"送什么要想""想好之后还要买""买好之后还要寄"的烦琐步骤。从效率来说,汇钱只需要半分钟时间,网银一登录,高效又便捷。从结果来说,汇钱可以让女儿明白三点:一是妈妈记得我生日,给我打钱了;二是我可以拿这笔钱买自己喜欢的东西;三是钱不是万能的,但没钱是万万不能的。

这些都是后来从爸爸口中听说的,听的时候萧晴不由得喷了半杯水。自此以后,她对妈妈的印象完全改观了不说,甚至还多出那么点儿亲切感。

对妈妈,唯一不爽的一点就是在高中的时候,妈妈认为画画是不务正业,于是强行没收了萧晴所有的画笔和颜料。萧晴经过一个星期的英勇战斗,最终还是惨败在妈妈凌厉的眼波下,不得不放弃自己最爱的美术,改学丝毫不感兴趣的经济学。

萧晴学画画学了近十年,年少时爷爷常夸她画得好,就连她非常崇拜的温平老师也称赞她很有天赋。温老师最爱说的一句话就是:萧晴,如果你能把满腔热血都泼洒在你最爱的美术事业上,那么将来你一定会成为一名出色的画家,在最漂亮的大厅里开个人画展。

那时年纪小,温老师这么一夸,萧晴便信以为真,一想到自己将来开画展的场面,不由得激动得手舞足蹈,还被温老师骂小疯子。那时的日子过得单纯又快乐,萧晴每天拿着画笔涂涂抹抹,在纸上画一个地球,就好像拥有了整个世界。

后来,温老师出国留学,爷爷也去世了,支持萧晴画画的人越来越少。萧晴被父母接回去住,从此便开始了整日与砖头课本为伴的痛苦生涯。

在经济学院熬了四年,如今终于大学毕业,萧晴却选择了继续出国读研,倒不是她自虐,她只是想逃离父母的管辖范围。

张叔叔家的千金前几天嫁人了,刘伯伯家的姑娘也被逼去相亲,在那些成年之后因为没有男友而被父母逼去相亲的女性同胞整齐的哀号声中,萧晴觉得,读研这条路还是相对美好一些。

都说婚姻是坟墓,萧晴还想自由自在多活几年,谁愿意这么早进坟墓里躺着?

当然,萧晴的如意算盘打得倒是响,却没有料到,这次去纽约,就有个坟墓在等着她,还是个为她量身定做的超级大坟。

第一章

惨剧撞上
山寨女

萧晴在飞机上睡得天昏地暗,奇怪的梦一个接一个,估计是最近小说看多了,精神有点儿凌乱,连外星人、吸血鬼这种从不问津的种族都在她梦里晃了一圈,还跟她有说有笑的。最后,某个脸色惨白的吸血鬼凑到她耳边说:"You are so sweet.(你真是太甜了。)"然后把牙齿放在她的脖子上,"Your blood are so sweet.(你的血真甜。)"

萧晴一头冷汗地从梦中惊醒,总觉得脖子那里有种莫名的凉意,忍不住伸手摸了摸。她实在是服了自己做梦的本事,剧情曲折起伏,结尾荡气回肠,连吸血鬼都应景地说起了英文。

她扭头一看,窗外依旧是一望无际的云层,形状各异的云彩在脚下铺散开来,像一团团柔软的棉花。这飞机也不知飞了多久,萧晴总觉得这么飞下去别说冲出亚洲走向世界,都快冲出地球走向宇宙了。

正无聊间,飞机里突然响起将要着陆的提示。萧晴这才震惊地低头看表,北京时间早晨七点,纽约时间是下午六点整。这次航班飞了十几个钟头,没想到她居然一觉直接睡到了纽约……

飞机准备降落,脚下的云层越来越稀薄,萧晴开始整理随身的小包。莫名地,脖子上又出现梦醒时那种奇怪的凉意,萧晴忍不住扭过头去,才发现了这凉意的源头——隔壁座位上的年轻男子。

那人穿着深灰色的衬衫,领口的扣子随意解开了两颗,露出健康的麦色皮肤。黑色的墨镜遮住了大半张脸,看不清表情,只是紧抿的唇透出点儿冷漠的味道。

飞机上还戴墨镜,这么牛掰的架势,该不是某个出国拍写真的明星吧?

想到这里,萧晴全身的狼血立马沸腾起来。待会儿出机场的时候,会不会看见一群小女生拿着牌子打着横幅,大喊"××我爱你",为了他的签名而挤破头?说实话,那种壮观场面她还没见过呢。

俗话说,近水楼台先得月,既然这么巧遇到,不如先下手为强,要个签名还能卖点儿钱,也算是意外的收获。

萧晴正想拿个本子问他要签名,就听他语气平淡地说:"你睡了十多个小时,还说了许多奇怪的梦话。一会儿说'九阴真经已经练到第九重了',一会儿又说'我的血不甜'。"

他的唇边带着冷笑,像是讽刺,又像是玩味,反正他这句话的意图,萧晴愣是没搞明白。

苗头不对,签名还是算了吧。

萧晴从来是见人说人话,见鬼说鬼话的,连老妈那种冰山女王都能从容应对那么多年,遇到这种情况当然熟练采用"以柔克刚"大法,装出一副非常诚恳的样子,一脸歉意地看着他,语气也特别诚恳:"对不起,打扰到您休息。我这人从小就有说梦话的习惯,呵呵,真不好意思。我有时候还梦游呢,今天没梦游,可能是在飞机上,被安全带绑得太紧了。"

男人抽了抽嘴角,沉着脸没说话。

萧晴笑眯眯地补充:"据我所知,睡着后说梦话的人还挺多的。这样吧,我下次出门戴个口罩,您不如也戴个耳塞?"

男人看了她一眼,默默地扭过头去。

飞机很快就降落了,隔壁的男人提起笔记本电脑就走,似乎是忍无可忍,不想再跟萧晴多待一秒钟。

萧晴倒也不在乎,继续慢慢整理着随身的小包。管他是何方神圣,反正只是在飞机上巧遇的陌生人,谁怕谁?再说了,每个公民都有"说梦话"的自由,虽然她的梦话奇怪了点儿,包含了中国武侠、西方奇幻、恐怖悬疑等多种内容,那也证明她博览群书、思维敏捷。

呃……周围好多人在围观她。

萧晴赶紧提起行李箱,灰溜溜地跑下了飞机。

一个大觉睡得精神恍惚,睡着的时候是下午,醒来的时候还是下午,时差倒不过来,出了机场就有些晕乎。萧晴一手提着随身包和小皮箱,另一手拉着托运过来的巨大行李箱,一步一步慢慢往前挪,眼珠子倒是不闲,紧张地环顾四周,期待地搜索着来接她的写着"萧晴"的大牌子。

据萧晴所知,今天要来接她的有两个人。一个叫于佳,传说中的神秘表姐;

一个叫沈君则，之前更是闻所未闻。似乎是沈家跟老爸有点儿生意上的来往，才委托他来接人的。

当然，谁来接机她并不在意，她只想快点儿见到来接她的人，好把手里的大箱子塞给对方。

萧晴的目光从左到右仔细扫了一遍，还是没看见任何一个写了"萧晴"的牌子。不甘心地，她又从右到左扫了一遍，终于沮丧地低下头来。

显然，接她的人并没有按时到机场。

正在郁闷，手机突然响了起来，萧晴接起电话，耳边便传来一个清脆的女音——

"亲爱的，你到了吗，到了吗？"

萧晴怔了怔，刚想问她"谁是你亲爱的"，就听那女人豪爽地笑道："我是你表姐啊，于佳表姐。"

萧晴赶忙换了笑脸，装作乖乖女，礼貌地笑着说："表姐你好，我刚下飞机呢。"环视四周，没有发现说话这么抑扬顿挫的彪悍女人，于是疑惑地问，"姐，你在哪儿？"

"哦，不好意思，我今天有点儿事来不了机场，我让君则去接你了。他到了吗？"

"君则？我不认识……"

"没事的，你不认识他，他可认识你呢。他见过你的照片，会主动去找你的，你乖乖在出口等着就好了。他还没到，可能在路上呢。"

萧晴愣了愣，沈君则认识她？怎么可能！

她平时很少拍照，更少有照片放到网上，沈君则见过的……不会是她发在校内网上的那些照片吧？！哦No，那照片可是春哥的玉照！当初姐妹几个一起开校内的时候，把春哥的照片发上去镇楼，天天拜春哥，保证不挂科，这可是大学时期的至理名言。

听说沈家人在国外生活多年，万一沈君则不清楚国内的"民俗"，不认识著名的"春哥"，误以为那照片是她萧晴本尊，在机场找不到人可就惨了。

萧晴想了想，还是觉得"凭照片找人"这事非常不靠谱，赶忙说："姐，你把他的电话给我，我跟他说好地方见面，这样比较稳妥。我的照片是很久以前拍的，嗯……怕他认不出来。"

"行啊，我把他的电话给你，你有什么事就打电话找他。"于佳倒是很干脆，念完了号码，又接着说，"就这样吧，先不跟你说了，我要进产房待产了。"

萧晴一愣："产……房？"没听错？是生孩子的那个"产房"吗？

于佳笑着答："本来预产期是下周，今天突然肚子疼得厉害，可能要提前生了。"

萧晴要是嘴里有水肯定能一口气喷三米远。可惜没水，只好抿了抿嘴唇，声音干涩地说："没……没事。你……你生孩子要紧。"

"嗯，有什么需要帮忙的，你就直接找君则吧。这几天我在医院，没法陪你了。等我出院了带着宝宝一起去看你啊。拜拜了。"

萧晴赶忙吞了吞口水："拜拜……"

挂了电话之后，萧晴才对着天空翻翻白眼，长长吐了一口气。

开什么国际玩笑，早不生晚不生，她一下飞机，传说中的表姐就往产房跑，好像她成了催产婆一样。

而且，爸妈也没跟她说过于佳表姐是个奔放的孕妇，让她一点儿心理准备都没有。

以后难道要跟这位豪爽的妈妈和刚出生的小孩一起住？神哪，一直哭的小孩最可怕了。再加上个说话像诗歌朗诵一样的表姐，和传说中的法国人姐夫……萧晴觉得，自己即将开始悲剧而惨烈的人生。

更郁闷的是，不知道是不是于佳给错了号码，沈君则的电话居然一直打不通。

眼看天快黑了，身边的旅客一个个带着笑脸走出机场，萧晴忍住想要抓狂的冲动，拿起手机，第十次拨了沈君则的电话。

听着耳边响个不停的忙音，萧晴终于忍不住低声咒骂起来——

"沈君则，你最好快点儿在我面前出现！不然，我咒你每天出门都被暴雨淋成落汤鸡！"

萧晴的诅咒居然很快就生效了，突如其来的暴雨瞬间把她淋了个湿透。

萧晴无语地看着天空，搞什么，她在诅咒别人，怎么这么快应验到自己身上，做坏事也太灵了吧。

萧晴狼狈地提着行李躲去避雨，一边掏出纸巾擦拭脸上的雨水，一边忍不住抱怨："就算照片错了，我这黄皮肤黑头发的物种还是很好认的吗？那个叫沈君则的浑蛋怎么还不出现，他到底死哪儿去了……"

或许是萧晴郁闷之下没有注意音量，旁边突然有道莫名的目光朝她扫了过来。

脖子又有点儿熟悉的凉意。

萧晴回头，看见一个男人正站在不远处，目光复杂地看着她。

那人穿着擦得发亮的皮鞋、笔挺的西裤，上身一件灰色衬衣，手里还提着笔记本电脑包，典型的精英式装扮。他的发黑如墨，双眼深邃，鼻梁高挺，五官组合起来十分英俊，是个颇有气质的东方美男。

那个男人静静地站在屋檐下面，冷眼看着外面的大雨，紧抿着双唇，微皱着眉头，就这样轻而易举地站出了个性，站出了风格，顺便聚拢周围的冷气，站成了一尊完美的冰雕。

糟糕的是，他似乎听懂了萧晴用中文说出的咒骂，所以才会用那种看"大猩猩"一样的眼神看向她，好像她诅咒沈君则的那两句话是多么不堪入耳。

萧晴心里火气正大，倒也不好冲不相干的陌生人发火，何况陌生人还挺帅。于是她回头，冲他露出个灿烂的微笑，以示"友好"。

男人看了她一眼，僵硬地转过头去。

奇怪，萧晴总觉得他默默扭头的动作有点儿熟悉？

拨沈君则的电话拨了十几遍，一直拨不通。表姐那边又不敢拨，害怕影响到她生孩子。萧晴只好郁闷地在机场等着。眼看暴雨越下越大，那个叫沈君则的"生物"还没有出现的迹象，电话也一直无人接听……

幸亏前天晚上收拾行李的时候，老爸给她塞了个小本子，上面记了一大堆地址，其中就包括表姐家和沈家的住址。萧晴打定主意，拉着笨重的行李箱冲进雨里，叫了一辆出租车，就往沈家赶去。

四十分钟后，出租车在一个大院门前停了下来。大门紧闭着，透过栅栏的空隙，可以看见院子里有一栋三层的小阁楼，特别像解放初期大上海那种小资风格，要是再停一辆黑色轿车，完全可以作为琼瑶剧的拍摄现场。

沈老爷爷的品位，果然是独特的。

萧晴上前去按门铃，清脆的门铃声响了半天，居然没人应。

不会吧？表姐生孩子不在家，就算沈君则也有事不在家，沈家不是挺多人的吗？沈老爷爷、伯父伯母、叔叔婶婶、哥哥妹妹，那么多人难道全都不在家，集体玩蒸发？

若不是冰冷的雨一直砸在身上，萧晴甚至有种自己在做梦的错觉。

真是够了，怎么能倒霉到这个份上！

当然，让萧晴落到如此田地的罪魁祸首，就是那个叫"沈君则"的家伙，自始至终，萧晴都深刻地记着这一点。"沈君则"这三个字，在短短半天时间里，已经让她刻骨铭心。

沈君则这个浑蛋，说好来机场接人，居然不守信用，一个男人连这点起码的诚信都做不到，早该打回去重练了。

要是换成她萧晴，有亲戚朋友过来让她去接，她绝对积极又热情，一定提前半小时在机场等着。沈君则说迟到，压根儿就没出现，这也太没品了。萧晴对这人的鄙视程度，一路飙升到了最高级。

沈家院子在街道的尽头，天黑了，路灯都亮了起来，周围却连个人影都瞧不见。萧晴缩在角落里，冷得瑟瑟发抖，越想越生气，反正左右也没人，情绪总要发泄的。萧晴搓了搓手指，索性大声骂了出来——

"沈君则，好样的，你敢放我鸽子！我咒你每次坐地铁都看见地铁从面前开过！每次去饭店都吃坏肚子上吐下泻！每次开车不出十米就爆胎！对了，再娶个最讨厌的女人，一辈子当妻奴！"

一道刺眼的灯光突然直直射了过来，萧晴赶忙闭上嘴，用手挡住了眼睛。

黑色的轿车开到她身旁时蓦地一个刹车，萧晴心里一惊，以为遇到传说中的抢劫团伙，刚准备撒腿逃命，就见车门打开，一个身材高大的男人镇定自若地走了下来。

那人径直走到萧晴面前，挡住了她的去路，顺势把一把大伞撑到她的头顶。

萧晴一时有些发愣。

不是抢劫的？他停车的气势也太"威武"了点儿吧？

萧晴怔怔地看着面前比她高出一个头的男人，借着路灯昏黄的光线，依稀看得清他的脸，紧抿的嘴角依旧透着冷漠，就连皱眉头的表情也十分熟悉。

他不就是刚才在机场见过的那人吗？

萧晴正疑惑间，就听男人压低声音道："怎么又是你？"

萧晴尴尬地笑了笑，伸手理了理长发，没有回答。每次大声诅咒都被他撞个正着，这也算孽缘的一种吧。她还想说"怎么又是你"呢，台词被抢，只好沉默。

见萧晴不说话，男人也沉默下来。片刻后，他的目光缓缓扫过萧晴湿透的全身，淡淡问道："你在这儿做什么？"

他的声音其实挺好听的，低沉醇厚，只是，冷冷淡淡的语气很不讨人喜欢。

无论如何，异国他乡见到同胞，感觉还是很亲切的。萧晴抬起头来，笑着说："我在这里等人。有个叫沈君则的人说好来机场接我，等到现在还不见人影，电话也打不通，不知道怎么回事。"

"你说……沈君则？"他的语气有些奇怪。

"对啊。"萧晴点了点头，"也不知死去哪儿了。真没见过他这样的，接人都能忘。你说，还有什么是他不能忘的？"

男人看着萧晴，沉默不语。

好不容易遇到个能听懂中文的，萧晴心里憋了一个小时的委屈忍不住往外涌，小声嘀咕道："那个姓沈的家伙，居然敢放我鸽子，让我在大雨里等了一个小时。要是见到他，我一定会好好问候一下他的五脏六腑，好让他知道放人鸽子的下场！"

一提起这个名字，萧晴就有些咬牙切齿，恨不得把对方的脸给踩扁。

她一个人孤零零地跑到国外，人生地不熟，这个沈君则，要是不想来接，就别提前答应，咱也好做个准备预订酒店。答应了来接，结果却玩失踪，把人丢在机场傻等，这也太没品了，人品烂到极点。

骂完了沈君则，萧晴才笑了笑，冲面前的男人说："我等不到他，就跑来他家里找他，没想到沈家居然一个人都没有。"

男人突然道："沈家搬家了。"

萧晴惊讶地看向他："什么？搬……搬家？"

"嗯，前几天刚搬走。"面前的男人一脸平静地说。

萧晴沮丧地垮下肩膀："这样啊……"真是够倒霉的。不过，他既然知道沈家搬家，那他肯定认识沈家的人吧？萧晴双眼一亮，赶忙抬头问，"对了，你认识沈君则吗？"

男人想了想，淡淡地道："朋友。"

怪不得听到自己咒骂沈君则的时候，他的表情那么奇怪。反正萧晴脸皮厚，被他看笑话也不是第一次了，很快就镇定下来，笑着问："你跟他认识，那你知不知道他家搬去哪儿了？"

"这我不清楚。"

"哦。"萧晴有些无奈地摸了摸头，一时想不出该说些什么。

两人都沉默下来，片刻后，男人才想起什么似的，突然开口道："你没地方住，在这里等也不是办法，天快黑了，不如先去找家酒店吧。"

萧晴也觉得住酒店是目前唯一的办法。不过，她一个人在这里，人生地不熟，面前这男人既然开口帮忙，不如顺手抓住这根救命稻草，让他送佛送到西。资源放在眼前，要善于把握和利用嘛。

想到这里，萧晴忙挤出个微笑来，彬彬有礼地说："我对这里不太熟悉，哪家酒店比较好？价钱不要太贵，干净一点儿，最好离唐人街近的，你能给我些建议吗？谢谢了。"说罢，还嘴角上扬，露出个甜美的笑容。

男人嘴角抽了抽，似乎不太适应萧晴前后形象的落差。沉默了片刻，才说："我带你去。"

萧晴本来只想让他推荐一个好点儿的酒店自己打车去找，倒没奢望让他送，没想到他居然说"我带你去"。萧晴一时没反应过来，直到他伸手来接行李的时候，才恍然大悟："谢谢你啊，谢谢。"

"不用。"

相对萧晴的感激涕零，他的语气显然十分平静。说罢，便把伞递给萧晴，接过萧晴手里的行李箱，转身往车里放。

伞柄上还留着他微热的体温，这让萧晴心里也涌起一股暖流。

怪不得有一首歌里唱着"老乡见老乡，两眼泪汪汪"，出门在外，遇到同胞的感觉确实好。最落魄的时候，有同胞伸出援手，萧晴心里还挺感动的。虽然对这男人的第一印象并不好，冷冷淡淡好像别人欠了他的债。不过现在看来，他也是个面冷心热的人，跟家里那位女王妈妈一样的别扭性子。

见他淋了一身的雨也毫不在意，放好大箱子又来接自己手里的小皮箱，还主动替自己打开了车门，萧晴心里忍不住竖起大拇指：这人还是个很有风度的人呢。

萧晴坐进副驾，看着旁边低头系安全带的男人，忍不住感激地道："真的很感谢你，谢谢你帮我。"

"不客气。"他的话总是简短有力。

"对了，能知道你的名字吗？"一个人在国外多个朋友还是不错的，萧晴笑着说，"我叫萧晴，是T大商学院毕业的学生，过来这边读研。你呢？"

"Jesen（詹森）。"

这也太简短有力了。他不说中文名，或许在国外生活的人习惯用英文名？

萧晴理解地点点头："你好，Jesen，我的英文名叫Sunny（莎妮），我在这边都没什么朋友，很高兴能认识你。"说罢，微笑着伸出手来，以示友好。

车后座一阵铃声突然响起，Jesen没有跟萧晴握手，做出个抱歉的手势，从后座的外套口袋里翻出了手机，接起电话道："嗯，我到了，晚些回来，不用等我吃饭。"

那边不知在说些什么，啰唆了很久，Jesen有些不耐烦地皱了皱眉，说："行了，回去再跟你说。"说罢就挂掉了电话。

萧晴看了他一眼，忐忑地问："你有急事吗？"

"没事。"Jesen挂了电话，却一直低头看着手机屏幕。

通讯记录里有十几个未接来电，显示的是同一个陌生的号码，最后还有一条不久之前发送过来的短信，也来自那个号码。

拇指一按，一行小字便跳跃到眼前——

"沈君则，我是被你放鸽子的萧晴！你答应于佳来接我，居然不当回事，害我在机场等了一个小时！像你这样不守信用的人，我一定会在每天吃饭之前诅咒你上吐下泻一百遍！上帝保佑千万别让我遇见你，否则我不保证会做出什么暴力动作，侵犯你的人身安全！不说再见！"

Jesen按掉短信，侧过头来，淡淡地看了萧晴一眼。

萧晴被他看得莫名其妙，微微笑了笑，轻声问："怎么了？"

我一定会在每天吃饭之前诅咒你上吐下泻一百遍！

这个诅咒真狠，这几天肠胃不舒服，他正吃不下来着。

再次看了一遍那条爆发力十足的短信，沈君则收回视线，微微扯了扯嘴角，说："没什么。"

然后在萧晴感激的目光中，默默扭过头去，发动了车子。

「第二章」

闷骚男，
纠结体（一）

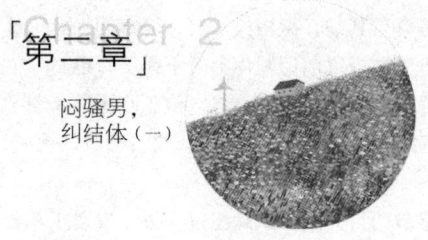

沈君则把萧晴带到唐人街附近，萧晴无聊之下好奇地打开窗户往外看，不知为何，突然笑出声来。

沈君则皱了皱眉："你笑什么？"

萧晴指了指不远处，沈君则顺着她的目光看过去，正好看到一个奇怪的广告牌。

"好消息，美国最新推出 Solo Sum 产品，特效、快速、安全。尽减肚腩、胃腩、腰腩、大腿……"

沈君则的嘴角忍不住抽了抽。

萧晴笑着说："真是到处都流行减肥啊。国内也是，淘宝上的减肥药都特别畅销。这个广告挺有意思的，肚腩胃腩腰腩，一次给减了。"

沈君则低低"嗯"了一声。

萧晴又看到新鲜的东西，热血沸腾地指着招牌说："那边有个私人诊所，医生叫'赵梅艳芳'，真有意思。"说着又回头看向沈君则，"是不是叫梅艳芳的女士嫁给了姓赵的男士，所以改名叫赵梅艳芳？"

"嗯。"沈君则僵硬地点了点头。

"好像香港那边也有这种风俗，我大学的时候有个女教授就是香港来的，叫作周毛慧琳，我们同学开玩笑说，幸亏她老公不姓朱，不然她嫁人之后要姓'猪毛'了。"

沈君则没说话。

萧晴继续自言自语："你说，要是让欧阳锋嫁给东方不败，岂不是要叫'东方欧阳峰'。要是李莫愁嫁给一个姓非的,那就叫'非礼莫愁'了,哈哈哈……"

看着后视镜里映出的萧晴一脸兴奋的样子,沈君则脸上的肌肉都有些僵硬起来。

什么欧阳峰?什么东方不败?什么非礼莫愁?很好笑吗?不知道她在那里笑个什么,还开着窗户好奇地张望……

大家闺秀?温柔淑女?说话都会害羞脸红?是谁告诉他的?

沈君则面无表情地开着车,萧晴倒是很有自娱自乐的精神,旁边的人不说话她也不觉得尴尬,扭过头来,好奇地问:"对了,你在这边生活多少年了?"

"十多年。"

"这么久啊。"萧晴顿了顿,"那你一直在这里读书?"

"嗯。"

"我这次来是去S大读工商管理的,这所学校你知道吗?"

"S大的商学院?"沈君则有些惊讶,顿了顿,才说,"我就是那里毕业的。"

"好巧啊。"萧晴兴奋地直起身来,侧头看向他,"这么说你还是我的学长呢,我们还真有缘啊!"

"嗯。"太有缘了。早知道不说了。

"对了,沈君则也在那里读书吗?你们是同一届,还是……"

"我们一起读的商学院,他也毕业了。"沈君则平静地说。他和"沈君则"当然不可分割,一起去上学,一起毕业。

"哦。"萧晴忐忑地问,"这么说,同学这么多年,你们的关系一定很好?"

"嗯。"沈君则毫不犹豫地点头。废话,自己跟自己关系不好,要得精神分裂了。

萧晴似乎有些苦恼,看了他一眼,犹豫着说:"我今天诅咒他那么多遍,也是太生气了。说好来接人,却不出现,他也确实不应该,对吧。"诅咒人家最好的朋友,还被当场抓包,的确是件挺尴尬的事情,况且这个人还好心帮自己的忙,怎么也该打个圆场。萧晴诚恳地笑着说,"你别介意,我就是骂骂他,出出气而已。反正我诅咒别人,每次都会应验到自己身上。"

看着淋成落汤鸡的萧晴,沈君则忍不住微微扬了扬嘴角:"我不会介意的,你诅咒他也没错。如果有人放我鸽子,我也会生气。"

"那就好。"萧晴心情大好地笑了起来。

车子很快就开进了酒店停车场，沈君则把伞递给萧晴，从后备厢里拿出那个巨大的行李箱。萧晴上前想拿小的皮箱，他的手却放在皮箱的手把上，抢先拎了起来。

"我来吧。"沈君则低声说。

"谢……谢谢。"

见他一手一个箱子轻轻松松提着往酒店走去，萧晴感动得眼睛都睁圆了，赶忙拿起随身小包，小丫鬟一样跟在他身后。

"对了，学长，在这里住店要用什么证件？我的签证和护照都放进箱子里了，我来找找……"

"不用。"沈君则继续往前走着，头也没回地说，"手续我帮你办。"

真是个好人啊！

"谢谢你。"萧晴快感激到泪流满面了，丝毫没有发现走在前面的沈君则，脸上露出的诡异笑容。

两人一起到了服务台，沈君则熟络地拿出一张卡递给服务员。金光闪闪，还是张 VIP 会员卡。

似乎察觉到萧晴好奇的目光，沈君则忍不住回头看了萧晴一眼，萧晴便冲他露出个灿烂的笑容。

"一套双人间。"沈君则扭过头去，淡淡地说。

萧晴的笑容猛然僵在脸上。

双人间？

不是吧！他看上去还挺君子的，难道要玩"乘人之危"这一招？

见沈君则拿着房卡转身往电梯走去，萧晴僵在原地，脑子里转了好几个弯也想不出应对的招数。她正在那儿着急，却听他催促道："走啊，愣在那儿做什么？"

"哦……"

萧晴慢慢往前挪，速度堪比乌龟。

沈君则终于明白了她脑子里乱七八糟的想法，忍住想要给她脑袋上扣个脸盆的冲动，压低声音道："没有单人间了，只能订双人的。你一个人住，没问题吧？"

"没问题！没问题！"萧晴的脚步立马加快，就像突然加了火力的机车，速度直线飙升，从乌龟变成兔子，迅速跑到沈君则身边，还露出个灿烂的微笑来。

沈君则沉默地看了她一眼，面无表情地转身走进电梯。

两人到五楼停了下来，沈君则带着萧晴走到订好的房间，刷卡开门，顺手开了灯。

萧晴跟在他身后进屋,这才发现,这家酒店的条件真的很不错。一张超大的双人床放在中央,暖黄色的被子上印着雅致的花纹,屋里还铺着厚厚的地毯,和窗帘、沙发、床单都是一个色系的,房间布置得温馨、舒适,还有点浪漫的气氛,就连桌上的杯子都是一对的情侣杯。这种VIP双人房,显然是专门提供给情侣的。

萧晴忍不住看向面前的男人,他冷峻的侧脸依旧透着淡漠的气息,脑门上也像是写了八个字——"此物凶猛,生人勿近"。以他这种性格,就算有恋人也不会浪漫到带对方来酒店吧,也不知他办这里的会员卡做什么。

萧晴正疑惑间,沈君则突然回头道:"箱子我放这里了。"

萧晴赶忙笑着说:"谢谢。"

沈君则转过身来,款步走到她面前,平静地说:"你先在这里住一晚,我回去告诉沈君则,让他明天再来接你。"

沈君则敢说出这句话,当然是做足了充分的准备。

以他目前的了解,萧晴是一个单纯的丫头,没有太多心机,快人快语,脾气又有点暴躁,有时候……通常是有求于人的时候,她也会装装淑女,冲人笑得特别甜,当然,那可以当作偶尔的精神分裂,暂且忽略不计。

本质上,她还是个脱线又直爽的女生,是比较好对付的那种。

也正因为萧晴这种爱憎分明的性格,沈君则才敢这么睁着眼睛说瞎话。因为他敢确定,萧晴那么讨厌"沈君则",肯定不会委屈自己去沈家住。

他嘴上说着"让沈君则来接你",其实只是想让她回忆起沈君则放她鸽子的事实,从而进一步加深她对沈君则的讨厌,以至于从根本上杜绝她进入沈家的一切可能。

萧晴丝毫不知沈君则肚子里的如意算盘已经打了好几个回合,此时,她正苦恼地低头犹豫着。

让沈君则来接?

她已经发了那条发泄怒气的暴躁短信给那个姓沈的家伙,痛快地骂了他一顿,还说要侵犯他的人身安全,说得倒是嚣张,要是真的当面见到,她可不敢动手。像她这种身材,被人一巴掌就拍扁了,何况,那个叫沈君则的,人品看来不咋样。君动口不动手,跟那种小人,口都不用动,一条短信就送他滚蛋,根本没有见面的必要。

更重要的是,萧晴也不想去他们家住。听说他们一大家子全住在一个大院子里，沈老爷爷、伯父伯母、叔叔婶婶，那么多人，萧晴去了反而不自在。

想到这里，萧晴忙说：“不用麻烦了，我暂时住这儿吧，过几天开学了再另外找住处。”

沈君则给萧晴递了根绳子，她果然乖乖顺着往上爬。

虽然早就料到了答案，沈君则的脸上依旧不动声色，淡淡地道：“那你打算在这里住多久？”

萧晴想了想，说：“嗯……大概一周吧。”

沈君则点了点头：“也好，我待会儿下楼顺便替你续费，你先安心在这里住一周再说。”

萧晴赶忙摇头道：“那怎么行，钱还是我自己去交吧，今天已经够麻烦你了。”

沈君则道：“君则没来接你，也是他有错在先。你住酒店的费用，就当我替他付吧。”

"这……"萧晴有些犹豫地挠挠头。转念一想，她的倒霉都是沈君则造成的，让沈君则付钱，她当然心安理得，这个……绝对可以有！

"那就谢谢你了。"萧晴笑得很开心。

"不客气。"沈君则看着她乖巧的笑脸，不禁又想起她中气十足叉腰发飙的场面，强忍住嘴角抽搐的冲动，沉默了一会儿，又从桌上的便笺本上撕下一张纸，写了一串号码递给她，"以后有什么困难，你可以找我。"

"好的。"萧晴赶忙接过他递来的便笺纸，小心翼翼地放进抽屉里。

沈君则见她全身湿透了，水滴顺着头发不停地往下掉，样子还挺可怜，忍不住道："你淋了雨，先去洗个澡吧。早点儿休息，别感冒了。"

"嗯，我知道的。"萧晴抬起头来，露出个感激的微笑。

难得对人说这种关心的话，再加上对方还一脸感动地看着自己，作为刚刚被她诅咒过的"罪魁祸首"，沈君则的心情真是相当复杂。在她微笑的注视下，只好默默扭过头去，轻咳了一声。片刻后，才低声道："那……我先走了。"

"好的。"萧晴把他送到门口，弯起眼睛笑眯眯地说，"你帮我这么多忙，我都不知道说什么才好，总之，今天真的很感谢你。"

"不用客气。"沈君则低声道，"你休息吧。晚安。"

"嗯，拜拜。路上小心。"

等萧晴关上门，沈君则才伸手摸了摸僵硬的脸颊。

真是够了，遇到这么脱线的女生，时刻挑战着他忍耐的底线。更夸张的是，他莫名其妙就把这女生给得罪了，还被她当面诅咒了一百遍。

　　他又不是奥斯卡影帝，装了一路，脸上的肌肉都有些疼。

　　沈君则转身下楼，坐进车里，看着后视镜里面无表情的自己，忍不住长长呼出口气。

　　自从他连续两次亲眼目睹萧晴大发脾气诅咒自己那一刻开始，他就觉得，这件事……似乎没那么容易收场。

　　手机突然响了起来。他拿起一看，是来自萧晴的新短信——

　　"Jesen，今天真的很感谢你，谢谢你帮我那么多忙。等过几天一切稳定下来，我再请你吃饭吧！很高兴认识你这个朋友，我是萧晴^_^。"

　　沈君则抽了抽嘴角，又按了上一条——

　　"沈君则，我是被你放鸽子的萧晴！我会在每天吃饭之前，诅咒你上吐下泻一百遍……"

　　看着两条截然不同的短信，一条温柔淑女，最后还加个可爱的笑脸；另一条简直是吃人的母老虎，每个字都是虎虎生威……

　　沈君则忍不住头痛地按了按太阳穴。

　　他有一个私人号码，一个工作号码，用的是双卡双待的手机，好及时处理私人和工作两边的事情。显然，于佳留给萧晴的是他的私人号，沈君则为免她起疑心，才留给她另一个工作号。结果，萧晴的两条短信分别发给两个不同的号码，却收在同一个手机里面。

　　同一个人，截然不同的语气，这么看着似乎像是精神分裂？

　　沈君则忍住笑意，把萧晴的号码提取出来，存进电话簿里，署名"Bomb 晴"。

　　简译：炸弹晴。

　　沈君则的手机名片里有个特别的分组叫 Bomb 组，受到如此优厚待遇的目前只有三个人：Bomb 杰，聒噪的弟弟；Bomb 佳，奔放的姐姐；Bomb 晴，今天刚认识的、爆发力十足，有母老虎潜质的萧晴同学。

　　每次"炸弹组"一来电，看见那个炸弹的标志，沈君则就可以用最快的速度按下拒听键了。

　　沈君则到家的时候已是晚上九点，把车停在车库里，看着刚来过的熟悉的院子，心情颇为复杂。那感觉，就像有人用指甲轻轻挠他心窝一样，让他十分纠结。

　　他还记得，不久之前，当他一脸平静地说出"沈家搬家了"这句话的时候，萧晴那震惊又沮丧的表情，她张大的嘴巴，都可以塞下一个鸭蛋。

搬家？亏他想得出来！

要是萧晴再聪明点儿，甚至可以发现，他刚说完这一句，沈家大院的三楼就有一间房亮起了灯。

当然，面对萧晴这样迷糊的女生，他只需要不动声色地挪挪脚步挡住她的视线，再尽快把这丫头给弄走就行了。

酒店是个好选择。

所以他才提议萧晴住酒店，并且亲自护送。或者换个词，亲自"押送"。

好吧，他承认，他是恶劣了那么一点点。

可是，难道要他在这种情况下说真话？

"很高兴认识你，我就是被你诅咒上吐下泻一百遍那个人品低劣的姓沈的浑蛋，你的诅咒一点儿也没错，请你来问候我的五脏六腑，顺便侵犯我的人身安全。我会保持风度，绝不还手。"

等这个爆发力十足的女人对他大打出手、拳打脚踢之后……

他再按住一双被打肿的熊猫眼，一边流着鼻血，一边诚恳地说："对不起，我家门铃是坏的，外面听得到，屋里听不到。我带你进屋吧，此刻我家人正在等着你呢。"

他又不是白痴。这个节骨眼上，没有人会说实话的。

沈君则轻叹口气，拿出钥匙打开了大门。

皮鞋踩在青石板上，发出"嗒嗒"的声响，配合着雨点敲在伞上的滴答声，这个雨夜的气氛有点像凶杀案现场。越靠近大门，沈君则越觉得头顶像是压了一团乌云，心情也更加沉重起来。

他打开门，果然，接受了一群人目光的洗礼。

沈君则默默换上拖鞋，一脸平静地走到客厅里，等待众人的"拷问"。

沈爷爷坐在中间正在看报纸，见沈君则来了，"啪"一声把报纸一放，拿起拐杖"咚咚"地敲着地板："怎么一个人回来了？让你去接的人呢？萧晴呢？"

沈君则冲爷爷礼貌地笑了笑，镇定自若地道："萧晴她说，不好意思来我家打扰，我就带她去酒店住了。"

旁边的弟弟沈君杰捂着嘴忍住笑，被沈君则冷冷地瞪了一眼，赶忙止住笑意，拿起一根香蕉装模作样地剥了起来。

"她可是我老战友的孙女！"沈爷爷双眼一瞪，愤怒地吹着刚刚留长的白胡子，"不是跟你说了吗？这次一定要她住我们家好好招待！你就是用绳子绑，也该把她绑来！"

沈君杰手一滑，香蕉掉到地上摔成了两截。沈爷爷白了他一眼，继续把怒火转向一边的沈君则："你说说，一个女孩子，孤零零跑来国外，人生地不熟的，你居然把人家扔在酒店？亏你想得出来！"

沈爷爷在那儿暴躁地用拐杖敲地板，周围的兄弟姐妹们幸灾乐祸地偷笑，沈君则倒是一脸平静，在众人的目光洗礼中，继续淡定地说："爷爷，萧晴她从小没出过远门，性格内向，又有点儿害羞，不好意思跟陌生人接触。我们家里人太多，她来了也会不自在，不如让她先住在酒店适应一下环境。"顿了顿，又补充道，"您放心，我给她留了号码，她有什么困难，会找我的。"

"是吗？"沈爷爷怀疑地看着他。

沈君则点点头，一脸镇定："我骗您做什么。"

"哦……"沈爷爷收回拐杖，眯眼笑了起来，"也对，还是你想得周到啊。萧晴这丫头，从小就很乖，个性温柔，会害羞也是正常的。"

沈君则脑海里不由得浮现出萧晴在车上热血沸腾自言自语的场面。什么"东方不败""非礼莫愁"吹嘘了一大堆。她会害羞……地球都可以倒转了。

心底在忍笑，表面还要装，沈君则继续神色平静地道："爷爷说的是，她今天看见我的时候，紧张到脸都红了。"

大伯父在旁边笑呵呵地说："果然很乖巧啊。现在的女孩子，会脸红的，实在太少了。"说罢，瞄了一眼在旁边大口大口吃苹果的女儿。

沈爷爷拿起杯子喝了口茶，咳嗽一声，冲沈君则道："那就按你说的，先让她住在酒店适应适应，过段时间再请她来家里吃顿饭。"

"是。"

"对了，你顺便打听打听，她喜欢吃些什么，西餐还是中餐，我们好提前准备。大老远来一趟不容易，可别怠慢了。"

"知道了，爷爷。"沈君则点了点头，严肃地说，"这件事，我会安排。"

沈爷爷这才满意地笑了，站起身道："我上楼去睡了，你们聊。"

"爷爷晚安。"

等爷爷的背影消失在视线内，沈君杰便一脸怪笑地凑过来，小声在沈君则耳边说："哥，你也太会装了吧，谎话说得一本正经，连我都快信了。实话说，你根本没去接她吧？"

沈君则脸色一沉，低声道："待会儿到我房间，有事跟你说。"

跟长辈们打过招呼，沈君则便借口要洗澡，走到了楼上的卧室。

进屋开了灯，脱下外套随手甩到床上，沈君则坐在书桌前的转椅上，靠着椅背,放松地闭上了眼睛。

　　事到如今,为了圆谎,只能一个谎言接着另一个谎言编下去。果然如他所料,这件事并不好收场。萧晴那个迷糊的丫头倒是好哄,大不了到时找个临时演员糊弄过去,可爷爷不好骗,人虽然年纪大了,怎么说也在商场打拼了多年,脑子可精明得很。一口一句"老战友的孙女",比自己孙女还紧张。今天的拷问暂且蒙混过关,可接下来,爷爷还要请萧晴吃饭,说不定过几天一时兴起,又想请萧晴喝喝茶、旅旅游什么的……

　　一想到这里,沈君则就很是头疼。

　　爷爷到底有多热衷于给他找未婚妻啊?老战友的孙女,见都没见过就喜欢成这样!老人家急着想抱曾孙子的心情真是无法理解。

第三章

闷骚男，
纠结体（二）

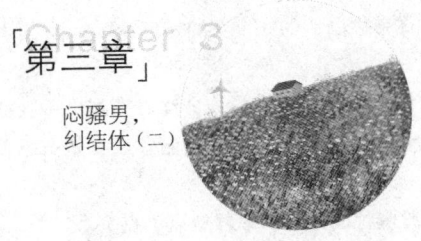

门突然被推开，沈君杰一脸坏笑地走了进来，一进屋就毫不客气地往床上一坐，笑眯眯地看着沈君则说："叫我来干吗？想串通我跟你圆谎？"

沈君则沉默了一会儿，压低声音："你怎么看出来的？"

"这个嘛……"沈君杰摸了摸下巴，"刚才给你打电话的时候，听到车上有女人的声音。然后，很不巧的，我看见你带着一个女人进了酒店，还订了VIP的双人套房。"接着，他意味深长地补了句，"很久之后才出来呢，也不知在里面做了些什么。"

沈君则冷冷地白了他一眼："你认为呢？"

"嘿嘿，我认为啊，你肯定没去接萧晴，而是接情人去玩一夜情了。"

沈君则沉默不语。

沈君杰笑得更开心了，一脸笃定地说："当我知道我的会员卡上少了一星期双人套房费用的时候，我的心情，比遇到一千个美女还要激动！"说着，他就按住沈君则的肩膀，一脸感动，"哥，你终于开窍了。"

沈君则默默扭过头去，自顾自开了电脑。

沈君杰凑到他耳边，暧昧地问："怎么样，我给你介绍的酒店不错吧？"

沈君则无视他的调笑，目光直直地盯着电脑屏幕。Windows开机的音乐响起，沈君则进入系统就看到新换的流氓兔桌面，脸色一沉："你换的？"

"是啊，多可爱。"

沈君则回头看他："跟你挺配。"

"你是在夸我可爱吗？啊，我真是受宠若惊！"沈君杰一脸臭屁的笑容，那表情就像中了五百万大奖，"哥，你居然会夸人？夸的那个……还是我？"

沈君则淡淡地看了他一眼："我的意思是，你是属兔的流氓，跟流氓兔挺配的。"顿了顿，微微扬起嘴角，"不如买只母兔子，给你做伴吧？"

沈君杰的笑容瞬间僵在了脸上。

在哥哥冷到极点的目光下，沈君杰这才收回玩笑话，一本正经地道："那你倒是跟我说说，你带去酒店的那个女的是谁？"

"萧晴。"

简短的回答，显然有极强的杀伤力，沈君杰露出一脸被雷劈的表情，半晌后，才抽搐着嘴角，颤声说："她是萧晴？她真是……萧……萧晴？爷爷看中的孙媳妇？"

沈君则看着一脸震惊的弟弟，平静地点了点头。

"传说中的大家闺秀？安静温柔？说话会脸红的小美女？"沈君杰摸了摸鼻子，"我怎么觉得气质有些不对头啊……"

"我也觉得。"沈君则淡淡地点头，冷笑道，"她的性格完全不是于佳描述的那种'淑女型'。只是我没想到，她居然那么豪放。"

"果然是表姐妹，她跟于佳同属性的，将来绝对是母老虎啊。"沈君杰脸上的表情也有些扭曲，沉默片刻后，忍不住同情地道，"你还真去接她了？不是说，这件事你不想管，让于佳去接吗？"

沈君则耸耸肩："凑巧在机场遇见的。"

"机场？你回国了？"沈君杰好奇地问，"你回去干吗？"

沈君则皱了皱眉："方遥开演唱会，特意把票寄来，我自然要去捧场。"

"那倒也是，亏方遥姐出名了还没忘你这老同学。"沈君杰顿了顿，"结果，回来的时候，就倒霉地在机场遇到了萧晴？"

"不仅如此。"沈君则忍不住拧起了眉头。

不仅在机场巧遇，还在飞机上跟她坐隔壁，听她说了一路奇怪的梦话。等她醒来，还笑眯眯地冲自己道歉，说什么"今天没梦游，可能是因为在飞机上，被安全带绑得太紧了"。

她还一会儿突然抓住他的胳膊，说什么九阴真经；一会儿又拧他的袖子，说"我的血不甜"。沈君则一路被她当道具抓抓拧拧，要不是有良好的素养和极强的忍耐力，他真想把这诡异的女人五花大绑从紧急逃离口扔下飞机！

被安全带绑紧了还动手动脚的，要是不绑紧，她还想做什么？

她自己被人围观就够了，害他陪着她一起被人围观，还有些八卦老太太意味深长地说"你女朋友……好有个性啊""你们……感情真好啊"……

回想起那一幕，沈君则就觉得全身汗毛都竖了起来。

他要是有这种女友，直接跳飞机重生算了。

更夸张的是，她虽然说着匪夷所思的梦话，睡得倒是特别熟，叫她好几次没反应，使劲摇她都摇不醒，要不是周围那么多人看着，沈君则甚至想掐她的脖子来弄醒她。

当然，那个时候，沈君则并不知道旁边这个被人围观的女生就是萧晴。他只是觉得这女生梦境比较丰富，行为比较诡异，叫又叫不醒，只好一忍再忍，懒得跟她计较。

直到下了飞机，听见不远处有个熟悉的人正破口大骂——

"沈君则，你最好快点在我面前出现！不然，我咒你每天出门都被暴雨淋成落汤鸡。"

听到自己的名字，沈君则当然本能地扭过头去，却见一阵暴雨袭来，出言诅咒的女生瞬间被淋成落汤鸡。

沈君则沉着脸看向她，她还回头冲自己露出个灿烂的笑容来。然后她又开始骂，嘴里冒出一堆匪夷所思的诅咒，每一句都带上"沈君则"三个字。

沈君则可不记得自己什么时候得罪过这个女生，就当她在玩"行为艺术"，也没理会她，自顾自开车回家。

结果，在家门口又看见她在那儿诅咒——

"沈君则，好样的，你敢放我鸽子！我咒你每次去饭店都吃坏肚子上吐下泻！每次开车不出十米就爆胎！再娶个最讨厌的女人，一辈子当妻奴！"

沈君则实在是忍无可忍，想下车教训教训这个口无遮拦的女人，直到她说："我在这里等人。有个叫沈君则的说好来机场接我，等到现在还不见人影，电话打不通，也不知死去哪儿了！真没见过他这样的，接人都能忘。你说，还有什么是他不能忘的？"

沈君则的头皮突然一阵发麻。

这事，他还真忘了啊……

那是一天前，于佳突然发短信给他，说什么"我家表妹萧晴后天下午六点到机场，你记得去接哦"。

当时，沈君则只随手回了句"知道了"给应付过去了。

据他所知，这次萧晴来纽约是于佳去接的，顺便捎上他，只是想顺着沈老爷子的意思，当红娘介绍两人认识。他实在是懒得去认识他们口中"温柔羞涩"的萧家小姐，那时他正在方遥的演唱会现场，听着周围一众粉丝恐怖的尖叫，这件事也就没放在心上。

没想到的是，于佳居然没去机场接。以至于萧晴被放了鸽子，怒火全都集中到了他身上。

一头雾水的他，就这么被萧晴骂了个狗血淋头，诅咒了百八十遍，现在还要收拾烂摊子，说谎圆场，两边不是人……

看着沈君则难看的脸色，沈君杰忍不住好心地提醒："你不知道吧，于佳姐今天去医院生孩子了。"

"什么！"沈君则的脸色更难看了。

沈君杰严肃地点点头："于佳姐放话说，她要在医院安心待产，萧晴的事……就由你全权负责。"

沈君则皱起眉头："全权负责？包括背黑锅？"

"当然啊。你忘了吗，于佳姐的语言表达能力那么抽象，向来是讲话不讲重点的，她根本没跟你说她不去机场对吧？"说罢，沈君杰同情地看了沈君则一眼。

沈君则沉默片刻，终于冷静下来，沉着脸道："算了，已经到了这地步，怎么善后才是我们要讨论的重点。"沉默了一下，又看向弟弟，嘴角扯出个笑容来，"对了阿杰，你能帮我个忙吗？"

沈君杰被哥哥那犀利的眼神看得头皮一阵发麻，忍不住抖了抖眉毛："每次你叫我阿杰的时候，就意味着我要倒大霉。"

"很高兴你意识到这一点。"沈君则敛住笑容，淡淡地道。

"哼，仗着自己是哥哥处处使唤我，你这个卑鄙小人……"沈君杰咬了咬牙，一脸壮士割腕般决绝的表情，"说吧，我该怎么帮你？"

"你不是学表演的吗？"沈君则看了他一眼，微微笑了笑，说，"考验你的时候到了。"

萧晴坐在床上给 Jesen 发了条短信，以表达她发自肺腑的感激之情。发完短信，她刚想给家人朋友打电话报平安，结果"嘀嘀"两声，手机突然没电了。

萧晴把手机扔在床上，在包里找充电器。她记得把手机充电器放在随身包外层的小口袋里，结果拉开拉链，里面居然空空如也。

就算她再喜欢梦游，也不至于把充电器吃了吧？

难道记错了地方？

以前倒是做过这种囧事，翻箱倒柜找一件东西，最后却发现那东西握在自己手里。

萧晴也知道自己迷糊的毛病，干脆把箱子里的衣服一件件掏出来扔到床上，再把随身包里那些乱七八糟的小玩意儿全倒在床上仔细检查，还是没有发现充电器的踪影。

难道忘带了？可出门前明明记得带了。

萧晴懊恼地坐在床边，看着如同被打劫一般凌乱的屋子，有点儿欲哭无泪。

旁边的镜子里照出的她，淋湿的长发垂下来贴在身上，整个人就像从水底爬出来的僵尸，要是再披件白袍，不用化妆都可以直接去演恐怖片了，垂下头就是个栩栩如生的贞子再现。这落魄的样子，怎么看都不符合人类的审美观，难得刚才Jesen看着她的时候还能一脸镇定。

萧晴越想越郁闷。

她本来就运气不好，小时候做判断题打对错，不会做的扔橡皮，百分之五十的概率她都扔不中。每天都带伞上街，哪天忘带了，偏偏就下起雨来。淋雨对她来说是常事，抽奖什么的对她来说更是浮云。人生中最好运的一次，花二十块钱买了张彩票，中了个十块钱的脸盆，她兴高采烈地领了奖，回家却发现盆底破了个洞，漏水。

这次出国也有点儿流年不利，就连飞机上的噩梦都比以前诡异。

一到纽约，表姐生孩子，沈君则玩失踪，天公不作美，剩下她一个人在暴雨里瑟瑟发抖。好不容易到了酒店，想打个电话手机又没电，别说，连充电器都不见了。

或许她该写一部自传，叫《萧晴纽约漂流记》。上部叫"倒霉"，中部叫"更加倒霉"，下部叫"没有最倒霉，只有更倒霉"，尾声再来个"我以为这是结局，没想到，这才是开始"。

坐在床边郁闷了一会儿，萧晴决定先去浴室泡个热水澡。泡完澡出来，这才下定决心拿起酒店的电话，拨了字条上的那个号码。

听着电话接通的"嘟嘟"声，萧晴有些忐忑地握紧了话筒。反正Jesen说过，有什么困难可以找他，这个电话也不算骚扰吧……

"Hello？"

透过话筒传来的声音十分低沉，显然就是今天帮了她大忙的那个男人。

萧晴赶忙笑着说："Jesen你好，我是萧晴啊，还记得吧，就是你今天送去酒店的那个萧晴。"

听着耳边笑得很开心的声音，沈君则的太阳穴突突直跳。全世界叫萧晴的多了，今天遇到的这种"极品萧晴"可就你一个，居然还问人记不记得？

怎么可能不记得？那简直刻骨铭心！

沈君则沉默了一会儿，语气倒是十分平静："嗯，记得。"

萧晴正犹豫着该怎么开口，却听对方突然低声问："怎么这么晚还不休息，找我有事吗？"

萧晴咳了一声，说回正题："是这样的，我手机没电了，出门的时候忘记带充电器，想改天去买一个，你知道附近哪儿有卖这个的地方吗？"

忘带充电器？你可以更迷糊一点儿，只带充电器，别带手机啊。

沈君则皱眉问："你的手机什么型号？"

"诺基亚的那个……哎？什么型号我忘了。你等等，我去查查看。"

自己手机的型号你都能忘？什么时候把自己的名字给忘了，你也就圆满了。

沈君则耐心地等着，等了良久，耳边才传来萧晴沮丧的声音："手机型号在哪儿看来着？我快把手机拆了，也没看见哪里有写。"

沈君则有些头大："你在哪儿买的手机？说明书带了吗？"

"这手机是我哥送的。"萧晴小声嘀咕，"他也没跟我说是什么型号。"

真是服了。

要不是有着极强的忍耐力，此刻的沈君则，实在很想把手从电话线伸过去，狠狠掐住她的脖子。

"说明书那玩意儿我从来不看的，反正手机拿在手里用两天就会了。我也没带，行李太多了。"

萧晴的语气听着还挺无辜。

跟她计较就是跟自己过不去。

沈君则心底重复着这句话，耐着性子问："我见过你的手机，好像是诺基亚 N73 白色的那款，是吗？"

"对的对的！"萧晴点头如小鸡啄米，"你的眼神真犀利！就是那款没错！我前天还下软件来着，刚才你一问，我一紧张就给忘了。"

"……"沈君则又开始头痛，他发现萧晴这丫头总能时时刻刻挑战他忍耐的底线，偏偏他还拿她没办法。这样招招相克的克星也太难找了，偏偏给他遇到，算什么倒霉运气。

"你……怎么不说话了？"萧晴小声问。

"没什么。"沈君则轻咳一声，低声道，"充电器我帮你买吧，改天拿给你。"

"谢谢你，太谢谢你了！"

"不客气。"沈君则打断了她，"早点儿睡吧，晚安。"

"嗯……晚安。"

他的声音一直维持着一种温柔的低沉，让萧晴感动到热泪盈眶，直到她抱着枕头躺在床上的时候，激动的心情还没有办法平复下来。

点头。

谢意继续好奇地问:"沈君则那个冰山男,什么时候欠下一屁股情债,还要人假扮他来对付女人了?这太惊悚了啊。"顿了顿,忍不住笑道,"阿杰,你哥哥,真是个神奇的人。"

沈君则沉着脸,看向旁边的弟弟:"阿杰,你哥在额头上贴了个'此物凶猛,生人勿近'的标签?"

沈君杰赶忙笑道:"啊哈,你们聊,你们聊,我内急,我去趟洗手间。"

居然很没出息地尿遁了。

等沈君杰的背影消失在视线内,沈君则才回过头,面无表情地道:"我们走吧。"

沈君则开车带着谢意到了唐人街,熟门熟路地找到萧晴住的酒店。一边走,一边给谢意交代着注意事项:"待会儿看见她,她如果骂你,你就态度嚣张一点儿,别给她道歉。她要是揍人……"

谢意点头:"放心,我不会还手的。"

"我的意思是,你最好还手。"

"啊?"谢意震惊地看向他,"你让我打女人?"

沈君则轻咳一声:"也不用真打,就是做出要还手的动作,只要让她深刻地讨厌你就行了。"

"让她深刻讨厌?"谢意忍不住抽了抽嘴角,"这演的是哪一出?"

沈君则淡定地道:"我也不清楚,这是君则的要求,我们照办就是了。"

"好吧。"谢意耸耸肩,"反正阿杰说好请我半个月吃喝玩乐,今天怎么演随便你。只要那女人不发疯把我杀了就行。"

沈君则严肃地道:"放心吧,今天的演出不会有生命危险。"

两人站在门口,按了半天门铃,居然没人应。

"她可能还在睡觉,她睡着之后很难叫醒。"飞机上惨烈的一幕又在眼前晃过,沈君则的脸色不由得有些僵硬。

十分钟后……

"她不会还在睡吧?"门铃都快按爆了,谢意的脸色也有些扭曲,"要不我们先去吃午饭,下午再过来,她应该能睡醒。"

沈君则点点头:"也行。"

两人走在街上,正寻找着可以解决午饭的餐厅,不远处突然走过来一个女生。

那女生穿着一身淡蓝色的连衣裙,白色凉鞋,长长的头发自然地散在肩头,她倒霉的一生中，居然遇到这样一个好人，这实在是奇迹！

都说"无事献殷勤非奸即盗"，可这个男人，长得英俊不说，还有一颗善良的心！乐于助人，不求回报，实在是太难得了！简直就是那些腹黑坏男人学习的楷模！

萧晴心里把Jesen夸到天上有、地下无，却不知，此时的沈君则正在跟弟弟合计着怎么骗过她这迷糊虫。

当然，看见哥哥假扮"温柔好男人"哄萧晴早点儿睡的场面，沈君杰脸上的表情也是相当扭曲，等哥哥挂了电话后，他才忍不住抽搐着嘴角道："你也太假了吧，那语气，恶心得我鸡皮疙瘩都掉了一地。"

沈君则扬了扬眉："她不恶心就行。"

沈君杰一脸复杂地看着他，半晌后，才说："你真要我找个演员来假扮你，骗过萧晴？"

沈君则点头。

"然后再找个演员来假扮萧晴，骗过爷爷？"

沈君则皱眉看他："难道你有更好的办法？"

"这个……"沈君杰犹豫着说，"把爷爷和萧晴分开，逐个击破，想法倒是不错。可万一他俩遇到了呢？那后果不是火星撞地球一样恐怖吗？"

"我不会让那种万一出现。"沈君则镇定地道，"就按我说的办，找两个演员来。女的最好温柔一点儿，符合爷爷心目中萧晴的形象。男的……最好让萧晴讨厌到再也不想见第二面。"

两天后，沈君杰带着找好的临时演员来"面试"。

面前的男人长得挺帅，不愧是表演系的，挺有明星架势，只是那万年不变的肉麻笑容，看着有点儿欠揍。街头混混不可怕，这种有文化的流氓才更可怕。

沈君杰搭着他的肩膀，热情地介绍："这位叫谢意，是我最好的哥们儿，表演系的大才子，最喜欢玩行为艺术，脑袋上套个丝袜就能演劫匪。"接着，又看向自己的哥哥，冲谢意介绍道，"这位是我……"

"我是阿杰的朋友。"沈君则打断了弟弟的介绍，礼貌地伸出手来，跟谢意握了握，"我想请你帮个忙，假扮阿杰的哥哥沈君则，瞒过一个女生。"

谢意摸了摸鼻子，低声冲旁边的沈君杰道："你不是说，你哥个性冷漠，额头贴了个'此物凶猛，生人勿近'的标签，是个万年不化的冰山，这么多年身边都没一个女人吗？"

沈君杰看着脸色蓦然冷下来的哥哥，在谢意好奇的目光下，艰难地点走路的时候脸上带着灿烂的微笑，一脸开开心心的样子，典型的清纯小美女。

只是，从她出现的那一刻起，沈君则的脸色就开始僵硬。见识过她在机场叉腰骂人的可怕场面，此刻，看着她这么"文静"的装扮，一时还真难以适应。

萧晴走到两人面前，非常礼貌地笑了笑，见两人黄皮肤黑头发，还在唐人街出现，毫无压力就说起了悦耳的中文："你好，请问一下××酒店怎么走？"

那酒店正是她住的那家。原来她不是在睡觉，而是出门上街转来转去给迷路了。更过分的是，她居然没认出面前的人是谁？

沈君则忍住按太阳穴的冲动，刻意放低了声音："前面路口，左转。"

"谢谢你。"萧晴很礼貌地鞠了个躬，笑眯眯地走了。

等她走后，沈君则才突然想起，那酒店应该右转，他看见萧晴这身打扮，脑子一僵说错了方向。

看着萧晴远去的背影，谢意忍不住问："你说错了吧，酒店不是右转吗？"

沈君则沉默了一下，才说："我们回去找她。"

谢意耸耸肩："不必了吧，鼻子下面一张嘴，走错路她会继续问人的，我们先去吃饭。"

沈君则转念一想，谢意说的也是，萧晴这人虽然迷糊，倒是不笨，还挺伶牙俐齿，问路的时候笑容那个甜，让人都不忍心不告诉她。

两人沿着街道走了一会儿，就见不远处一个熟悉的女生又走了过来。

"你说错方向，她来找你算账了？"谢意斜眼看向沈君则。

沈君则做好被她叉腰大骂的准备。等萧晴在面前停下，沈君则刚想解释，就见她突然笑了笑，很礼貌地问："你好，麻烦问一下，××酒店怎么走？"

沈君则脸上的表情一僵再僵，良久后，才低声道："前面……右拐。"

萧晴礼貌地鞠了个躬："谢谢你。"

她一脸笑眯眯地往前走，还小声嘀咕道："这地方刚才好像来过？"

"……"沈君则有种被打败了的感觉。

她居然绕了一圈又回到原地，这路痴的水平也太高了！而且，第二次，她又没认出自己！

沈君则心里有种莫名的恼怒，忍不住叫住她："萧晴。"

萧晴回过头来，疑惑地盯着他看了半响，突然恍然大悟，兴高采烈地跑过来，热情地抓住他的胳膊："Jesen，真的是你啊！我说声音怎么这么熟呢。嘿，你戴上墨镜我还真没认出来！还以为是什么大明星呢！不好意思啊！不好意思！"

"没事。"沈君则扯了扯嘴角,打断了她麻雀一般兴奋的喊话,接着,又拉过旁边的谢意,介绍道,"这位是沈……"

"君"字还没出口,萧晴突然做出了一个让所有人都意外的举动。

她像只活力四射的野兽,饿狼扑羊一样凶猛地扑过去,树袋熊一样抱住谢意,嘴里还兴奋地叫着:"谢意,居然是你这家伙!太意外了,居然在这儿见到!我是萧晴啊,你不认识我了?萧晴啊,小时候住你家隔壁那个萧晴!"

谢意在原地石化了五秒,终于在萧晴的捶打之下回过神来,笑呵呵地看着她:"萧晴啊,哎,居然是你!你这丫头真是越长越漂亮了,害我都不敢认了。"

沈君则目瞪口呆地看着眼前两人紧密相拥的场面,火气从脚底"噌噌"开始往头顶冒。

谁来告诉他,这演的又是哪一出?

他找好了演员骗萧晴,现在倒好,演员跟萧晴开开心心抱在一起叙起了青梅竹马的旧。他沈君则,站在大街上,成了被人围观的摆设?

第四章

冤家必须路窄

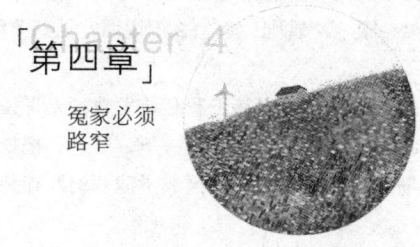

沈君则一生中,从来没有遇到过如此尴尬的场面。

此刻,萧晴和谢意正非常友好地拥抱在一起,从小学聊到初中,从初中聊到高中,好不容易结束了万恶的高考话题,又继续往大学的方向发展起来。

大街上人来人往,沈君则就像根电线杆一样立在一旁,为萧晴和谢意遮挡了无数路人好奇的目光。

说真的,若不是他忍耐力超强,此刻的他早就冲上去把面前的两人从中间扯开,一个扔去太平洋,一个丢去大西洋了。

开什么玩笑?阿杰请来的演员居然是萧晴的青梅竹马,关系特铁?甚至还有点说不清的暧昧?

见面前的两人兴高采烈说个不停,沈君则心里实在是郁闷得很,那感觉真是赔了夫人又折兵。

沈君则正想着该怎么救场,眼前突然一亮,只见不远处,他那个神经大条的弟弟沈君杰,正一脸笑容地往这边走过来。

沈君则当机立断,上前一步,冲迎面走来的弟弟露出个淡淡的微笑:"君则,真巧啊,你怎么来了?"

此话一出,犹如抛出了群体冰冻技,让现场的三人瞬间石化。

沈君则作为掌控全局的人,自然镇定自若,从谢意身边不动声色地拉过萧晴,微笑着冲沈君杰介绍:"这位是萧晴,萧叔叔的女儿,来这边读书的。"然后,又用力按住沈君杰的肩膀,以防他临阵脱逃,顺便友好地冲萧晴介绍,"这位是君则。"

谢意没搞明白情况，继续石化。

沈君杰目瞪口呆，大脑严重死机中。

萧晴虽然怔了一会儿，倒是最先反应过来，冲沈君杰扯出个笑容，朗声道："你好啊，君则，很高兴见到你。"

她脸上那装得特甜的笑容，让人看着心里凉飕飕的。

沈君则瞄了弟弟一眼："君则，你怎么不说话？见到萧晴太惊讶了？"

惊讶个头！

看着一脸微笑的哥哥，沈君杰终于悲哀地发现，老哥是临时出状况把他给卖了。这二十多年的兄弟情，眉都不皱一下，就这么把他给卖了！他跟屁虫一样跑来，想看场好戏，结果，自己倒成了演戏的？让你好奇！让你犯贱跟来看好戏！

沈君杰又是心痛又是懊悔，恨不得捶胸顿足扇自己一百个耳光。见哥哥使劲冲自己使眼色，只能硬着头皮发挥表演系天才的潜能，装出个迷死人不偿命的微笑来——

"哎呀，萧晴，久仰久仰！我老听爷爷提起你呢，今天一见，果然见面不如闻名啊。"

沈君则咳了一声："闻名不如见面。"说罢，又回头，微笑着跟萧晴解释，"君则他中文不太好。"

"哦。"萧晴皮笑肉不笑地应了一声，"我也常听我爸提起你呢，说你长得特别爱国，性格特别抽象，是个很有意思的人才。"

"啊哈，过奖过奖，萧晴你太给我面子了，你这么夸我，我会很不好意思的。"沈君杰继续笑，脸上的皮都快掉下来了。

萧晴看着他不正经的笑脸，终于忍无可忍，默默地扭过头去

看着萧晴恨不得避开沈君杰十米远的样子，沈君则微微扬起了嘴角。

他就知道，弟弟这性格肯定会让萧晴讨厌，早知如此，当初就不用请谢意这临时演员，直接让弟弟出场就行了。请来个谢意，居然意外勾起一段青梅竹马的孽债，真是画蛇添足，悔不当初。

虽然今天的事态发展有许多出人意料的地方，中间也因为莫名的突发情况郁闷了几次，可总体上来说，沈君则对最终的结局还是相当满意的。

石化状态的谢意终于反应过来面前的状况，摸了摸鼻子，冲沈君杰道："阿……""杰"字临时打个刹车，吞回了肚子里，谢意掩饰地咳了一声，换了个称呼，"君则，不如先去吃饭吧，我看大家都饿了。"

沈君杰看了眼哥哥，请示上级意见。

沈君则成功瞒过萧晴，心情很好，大方地道："大家一起去吃饭吧，我请客。"

事实证明，人不能轻易满足，更不能因为暂时的成功而放松警惕。萧晴这种奇怪的生物，是随时随地都能制造让人措手不及的惊天壮举的，沈君则实在是忽视了萧晴挑战他底线的潜力。

在去哪家餐厅的问题上犹豫了一下，最终还是决定尊重远道而来的萧晴的意见。萧晴说很喜欢吃海鲜，沈君则就带着一行人找了家中式的海鲜城。

四人围着一张大桌，萧晴正好坐在沈君则隔壁。这丫头估计是一上午迷路给饿坏了，菜一上来就毫不客气地开始吃。沈君则坐在她旁边亲眼目睹了这个惨烈的过程，只见她拿起一只虾，三两下剥开吞嘴里，再拿起一只，剥开吞嘴里。萧晴吃虾的动作就像勇士在战斗，手法那叫一个利落，盘子里的虾很快被她吃下去一半，三个男人面面相觑，拿着筷子的手都有些僵硬。

沈君则忍不住头疼地想，饭量这么大，放在旧社会，这丫头绝对养不活。

他从小到大接触过的女生，大多是性情高傲的大小姐，脾气冷硬不好伺候的占一半，说话温柔让人起鸡皮疙瘩的占一半。方遥那个大大咧咧的女人已经算是异类了，没想到这次遇到的萧晴，实在是超出他的想象，不仅异类，简直快非人类了。

就现在看她吃个虾，让沈君则觉得身边似乎坐了只"小母猪"，还不停哼哼。

想到这里，沈君则忍不住又看了她一眼。

萧晴察觉到旁边那道复杂的目光，于是回过头，冲沈君则微微笑了笑，友好地说："Jesen你怎么不吃啊？这家店的虾味道还是不错的，很鲜。"

说完，还没等沈君则反应过来，萧晴又做出了一个让所有人都震惊的举动——

"来，我给你夹一个。"

萧晴很客气地说出这句话，紧跟着，主动夹了一只虾塞到沈君则的碗里。想了想，又觉得只给一只好像不够，又多夹了几只塞过来。

"你帮了我这么多忙，我都不知道怎么谢你，来来，多吃点儿。"见沈君则脸上的肌肉似乎有些僵硬，萧晴忙笑着说，"挺好吃的，尝尝看。"

谢意的神色有些诡异，咳了一声扭过头去。

沈君杰干脆把头埋到桌子底下去了，估计是忍笑忍到内伤。

坐在萧晴旁边的沈君则，没有办法逃避她"热情"的视线，只好硬着头皮接过她夹来的虾。

虽然说"热情好客"是中华民族的传统美德，可热情过头，还是让人很吃不消的。

"够了……谢谢。"沈君则压低声音，打断了萧晴又去夹螃蟹的意图。

看着满满一碗大虾，沈君则全身都有些僵硬。

从他记事以来，还从没有女人给他夹过吃的，就连他妈都没对他这么体贴过。

很小的时候，果皮都是他自己削，海鲜也是他自己弄，吃鱼一不小心就会把刺卡在喉咙里，剥虾也会弄得满手油腻，所以，他最讨厌吃鱼虾之类的东西。

可是此刻，看着萧晴体贴地给他夹了一大碗虾，动作还那么利落，笑容还那么热情真诚，沈君则实在是受宠若惊，哭笑不得。

再加上，他还是导演这场欺骗大戏的"幕后黑手"。

咳咳，这个虾……实在令人难以下咽。

吃完午饭，沈君则顺路把萧晴送回了酒店，正打算开车跟弟弟和谢意一起回去，谢意却说："你们先回去吧，我跟萧晴好久没见了，叙叙旧。"

他跟萧晴居然还没叙完旧？难道每回老朋友叙旧都要从幼儿园开始一直叙到现在？他们两个刚才在大街上已经聊到大学阶段了……对了，或许他们还要探讨一下今后的人生。

沈君则发动了车子，见窗外那两个人聊得那么开心，心底忍不住冷笑起来。怪不得从第一眼就觉得谢意这人有点儿不顺眼，一个男人磨磨叽叽的，叙旧都能叙一个下午，都快成更年期大妈了。

其实，谢意留下来也不是为了叙旧，等沈君则的车一走，他很快就露出了本性，收敛了笑容，换上一副悲痛欲绝的模样，用温柔又无奈的声音对萧晴说："萧晴，我没想到你居然真的来纽约了。"

萧晴被他悲痛的表情吓住，一时说不出话来。还没搞明白状况，就听谢意继续说："其实我真的挺欣赏你，你性格直率，一点儿也不虚伪做作，跟你相处，我觉得特别轻松。"

"哦……"萧晴一头雾水地点点头。

"我有女朋友了。"

萧晴有些找不到思路，愣愣地看着他。

谢意轻轻咳了一声，继续说："对不起，我当初不该对你那么好，让你误会。为了我，你一个人跑来这么远的地方，你太傻了……"

"……"萧晴这下真傻了。

"我知道，你在这段感情上付出了很多，可是，我真的没有办法回应你。在我心里，你一直是我最好的朋友。"

谢意说到这里，自己都被自己陶醉到，声音居然有点儿哽咽。最后，他还深深地看了萧晴一眼，说出了狗血八点档电视剧里炮灰男配出镜率最高的台词——

"祝你幸福。"

说完这句话，谢意就一脸难过地转身离开，好像他才是被萧晴抛弃的可怜虫，连背影都透出那么点儿寂寞。

萧晴终于回过神来，感觉全身就像被雷给劈了一遍，五脏六腑一阵翻腾。要不是酒店门口那么多人，她恨不得使劲揪住谢意的脑袋，冲他的耳朵大喊一句：对不起个屁啊！

她什么时候说过喜欢他来着？这个自恋狂，自作多情到这地步也太厉害了！他是不是学表演入魔了，整天想找素材演出呢？居然以为她这次跑来纽约是为了找他？千里迢迢跑来倒贴？

萧晴忍不住在心底抓狂地大吼："你以为我是来找你的？我更有兴趣找你的坟啊！"

看着谢意很快就消失的背影，萧晴站在大街上又不好发作，只能把一肚子郁闷原封不动吞回肚子里去。

回到酒店，萧晴坐在桌前，垂头丧气地拿出了抽屉里的黑色笔记本。那黑皮的封面，恰好衬托她此刻压抑的心情。

翻开第一页，赫然写了七个大字——萧晴纽约漂流记。

再翻开一页，是新写的日记，标题就叫"倒霉的一天"。

昨天在飞机上睡了太久，晚上睡不着，于是翻开日记本把到纽约之后的倒霉遭遇全给记了下来，顺便把沈君则那个罪魁祸首用最恶毒的语言诅咒了一遍。

看来，今晚她又有事情做了。

萧晴坐在桌前捋了捋袖子，握着笔，带着满腔怒火开始写第二章，题目就叫"倒霉的第二天"。

这一章，就留给谢意那个情商为负的蠢男人吧！

认识谢意是在五岁的时候，那时萧家的生意在当地才刚起步，父母和伯父伯母都忙着照看公司，萧晴和堂哥萧凡被送到乡下跟爷爷一起住。

谢意家正好住在爷爷家隔壁。在萧晴的印象里，那个名字奇怪的男生特别调皮，上山爬树，还经常抓萧晴出去给他当玩伴。整天在地上玩泥巴，把衣服弄得五颜六色，以至于每次萧晴妈妈来的时候，那冷冻的眼神都让小小的萧晴双腿直打战。

后来，一起上小学、读中学，大学也凑巧考到同一座城市，关系倒是越来越铁了，他把萧晴当邻家小妹妹，萧晴也拿他当好哥们儿看。总之，就是很简单的青梅竹马。

转机就出现在大一那年。

萧晴上大一那年刚好十八岁，又是姐妹几个中年纪最小的，她的生日正好赶在周末，为了庆祝她成年，卫楠和祁娟就张罗着给她办了一场生日聚会。

聚会地点选在学校附近一个小酒吧，三姐妹凑钱包了夜场，请一大堆同学朋友来撑场面，众人热闹了一晚上，情绪十分高涨。萧晴难得穿上漂亮的小礼服，还被祁娟逼着化了妆，在一群人的簇拥下，走到舞台上发表"成人感言"。

站在台上被那么多双眼睛看着，心里难免有些紧张，萧晴深吸口气，握了握拳，心情忐忑地开始演讲："在这多灾多难的地球上，安全成长了十八年，其实也挺不容易。如今，即将跨入成人的行列，我的心情非常激动！很感谢大家来参加我十八岁的生日舞会，陪我一起度过这个难忘的夜晚！"

这个发言稿是祁娟写的，萧晴昨晚背了下来，后面还有一段：

"为了表达我的谢意，我决定……"

正照着稿子背，角落里突然传来一阵笑声。

萧晴不明所以，咳了一声继续背："为了表达我的谢意……"

角落里一群人开始哈哈大笑。

萧晴不明白他们在笑什么，以为是自己衣服走光或者说错了话，有些不安地看向旁边的祁娟和卫楠，她们俩一个耸肩一个摇头，表示她们也不知道。

萧晴一个人尴尬地站在那儿被众人笑话，舞台上暖黄的灯光投射在她身上，衬出一张憋到发红的脸。她顿时脑子一乱，"我的谢意"那句话后面的稿子一下就给忘了。

突然，一个男生从角落里站了起来，款步走到萧晴面前，笑眯眯地伸出手来拍拍萧晴的肩膀："萧晴啊，你的谢意在这儿呢，有什么吩咐啊？"用的还是那种花花公子调戏人的口吻。

旁边的卫楠和祁娟扑哧笑出来，一人喷了一口饮料。

萧晴被气得满脸通红，睁大眼睛瞪着他，半响说不出话来。

刚才那笑声，一定是他这白痴在搞鬼！

谢意那浑蛋一点儿也没有犯错的自觉，还风度翩翩地把手收了回去，开玩笑道："可别再说'我的谢意'了，咱俩虽然青梅竹马，你这么当着大家的面说，我也会不好意思的。"说着，还揉了揉有点儿发红的脸颊。

台下顿时哄堂大笑。

"原来这就是萧晴的'谢意'啊！"

"谢同学，你把自己送给萧晴当礼物好了，她都发话说你是她的了。"

谢意回头，冲角落里那群起哄的人骂道："你们这群人说够了没？我家萧晴都不好意思了，没看见她脸都红了吗？"

真是越描越黑。

实话说，当时萧晴真想找个道具让他闭嘴。一整个大西瓜砸他头顶最好，或者有个铁锅也行，直接扣他脑袋上。可惜当时她站在舞台上身边没道具，手里一个话筒也不好砸过去，只能咬牙切齿瞪着那个根本不知道自己错在哪儿，还拼命说冷笑话救场的谢意。

也是从那天开始，很多人都以为谢意喜欢萧晴，萧晴喜欢谢意，没有人知道萧晴的脸是气红的不是羞红的，也没人知道谢意脸红是因为喝多了啤酒。

他那天确实喝高了。

总之，两人突然就成了青梅竹马的一对，也成了朋友们起哄调戏的对象，每次聚会、出游，只要有谢意在的地方，萧晴难免要被人调戏一番——

"哟，萧晴，你的谢意来了，有什么吩咐啊？"

大家还都学着那一晚，谢意当众调戏萧晴的花花公子式口吻。

每到这个时候，萧晴就想趴到地上使劲刨啊刨，刨个洞把自己给埋了。

大学期间，忍受了两年莫名其妙的绯闻，终于忍到谢意滚出国了，她还以为自己耳根清净了，哪料今天在纽约街头见到老朋友情不自禁跑去叙了一下旧，结果又引发了这个脑子缺根筋的男人莫名其妙的内疚感。

"对不起，我当初不该对你那么好，让你误会。"

"萧晴，为了我，你一个人跑来这么远的地方，你太傻了……"

"可是，我真的没有办法回应你。"

"在我心里，你永远是我最好的朋友。"

"祝你幸福。"

谢意深情款款的话一句一句清晰地回响在耳边，尤其是"祝你幸福"四个字，就像暴风一样一遍遍刮过萧晴的脑海，让她起了一身鸡皮疙瘩。

她这次来纽约，果然处处充满了悲剧！遇到的极品男人一个接一个！

昨天用三页纸记录沈君则的罪状，今天写这个傻缺谢意，三页都不够写了！

萧晴去浴室洗完热水澡，躺在床上闭上眼睛，刚有了点儿睡意，酒店房间的电话突然响了起来。迷迷糊糊接起电话，就听耳边传来个熟悉的声音。

"萧晴，睡了吗？"

那温柔的声音，成功地让昏昏欲睡的萧晴全身打了一个激灵，彻底吓醒了。

"没……没睡。你……你有什么事？"耳朵刻意跟话筒离了半米远，以防又听到他的悲情演出把自己给恶心死。

谢意顿了顿，柔声说："那早点儿睡吧。"

萧晴狠了狠心，豁出去了："有什么事，你直说吧。"

"嗯？"谢意的语气非常无辜，顿了顿，才笑着说，"没什么事，就是打电话问问你睡了没。"

这男人纯粹是闲着没事找抽！

萧晴全身的细胞都快爆炸了，冷静半晌后，才深吸口气，对着话筒沮丧地说："谢意，你还想说什么，一次说完好吗？我的神经虽然很坚韧，也经不起你这样隔三岔五的拉锯战啊。"

谢意沉默了良久，才小心翼翼地说："我跟明慧要结婚了，婚期就定在这个周末。"

明慧？漂亮的、温柔的、在大学的时候对她很好的明慧师姐要结婚了？

萧晴刚兴奋地想说恭喜，就听谢意话锋一转，压低了声音："萧晴，你别难过。"

你才难过，你全家都难过。

"其实，我对你的感觉，跟对你哥萧凡的感觉是一样的，纯粹的哥们儿。我都没拿你当女人看过。"

你这是拐着弯骂我不像女人？我哥是男的，我是女的，这都能感觉一样，你太牛掰了！

"萧晴啊，你怎么不说话了？"

我该说什么？

"别哭啊，你别哭，千万别哭。"

我更有兴趣哭你的丧啊！

萧晴头疼地握着话筒，深吸口气，冷静地道："行了谢意，我真不难过，你跟明慧姐结婚，我挺为你们高兴的，我……"

她还没说完就被谢意打断："我们从小玩到大，我还不了解你？每次你声音特冷静的时候，就证明你的心情特别不平静。"

我不平静是因为我现在恨不得变身女鬼爬过去掐死你！

萧晴在电话这头恨得咬牙切齿，谢意还在那儿继续悲情式地自我陶醉："我认识的优秀男士挺多的，改天给你介绍一个。你说你都二十二了，一次恋爱都没谈过。一想到这个,我就觉得我挺对不住你的……"

萧晴忍无可忍,冲电话那头大声吼道:"你够了!我只当你是朋友,没别的想法。那些陈年旧事我早忘了,你别老放在心上觉得自己对不起我,真没那回事,你给我听清楚了!"

谢意沉默了一下,放柔声音:"我知道,你只有特别难过的时候才会吼得这么大声。"

"……"

"萧晴,你尽管冲我吼,把心里的难受都吼出来,这样你才会舒服一点儿。我愿意做一个倾听者。"

"……"萧晴沉默了。

谢意也沉默了,专心去做倾听者。

良久后,萧晴才欲哭无泪地说:"我真不难受,大哥你饶了我行吗?"

谢意征了征,后知后觉地问:"你不伤心了?我以为你一直在等我回头呢。"

等你回头?开玩笑,你最好永远别回头。勇往直前,走出地球!走出我的视线!

"你想多了。"萧晴僵着脸说。

"那以前,每次他们开我俩玩笑的时候你都会脸红,还扭过头去不敢看我,我以为你一直暗恋我呢……"

脸红那是气的!扭过头去,不是不敢看,是不想看见你那张笑得欠揍的大饼脸!不然我会有冲过去撕裂它的冲动!

谢意沉默了一下,突然一针见血地问:"既然你早就不伤心了,那你为什么一直不找男朋友?"

萧晴脑子一热,冲口而出:"谁说我没男朋友,你也太小瞧人了。"

"嘿,别骗我,你连男人的手都没牵过。"

"谁骗你了。"萧晴继续打肿脸充胖子,"你出国之后我就谈恋爱了,我跟你说,他人超好,我特喜欢他。"

"真的?"谢意的语气突然变得非常兴奋,"那改天介绍你家那位给我认识认识?"

"这个……"萧晴觉得自己好像给自己挖了个火坑。

"这你还犹豫?难道你男朋友不在这儿?那你一个人跑出国做什么?"

"呃——"

"或者你根本没男朋友,在骗我呢?"

"没。"

"那改天介绍给我认识一下啊。"

"嗯——"萧晴艰难地点了点头。

挂了电话后,萧晴对着话筒有些欲哭无泪。

如果不拿男朋友这一招来挡他,这个谢意还真会没完没了缠着她演悲情戏。

这也怪她,直率的性格,很多事都不想去斤斤计较,朋友们的玩笑话她一直没当真,也就一笑而过,从没放在心上,更没有特意跟谢意解释过什么。总觉得,这种调戏人的玩笑,一解释起来,更像心里有鬼似的。

没想到的是,谢意这误会,方向偏离得太远。居然以为她一直暗恋他,才不好意思解释,才会害羞脸红甚至不敢跟他对视!

萧晴躺在床上,全身像被抽了筋一样无力。

唉,倒霉啊倒霉,好不容易送走的瘟神,怎么又给接回来了呢?今天在大街上就不该认他,叫你犯贱跑去叙旧,一叙旧给叙出事来了吧?

萧晴悔得肠子都青了,想来想去,还是觉得,要找个假男友杜绝谢意"被邻家小妹暗恋了多年"的自我陶醉,以及"耽误了她的青春"的强烈内疚感。

只是这"男朋友"的人选……

在美国认识的人又不多,中国那帮朋友都是谢意的好哥们儿,一骗肯定要穿帮。要找个谢意不太熟悉的人,还要混得过去的可不容易。

萧晴突然眼睛一亮,对了,Jesen,他可是个好人选呢!

想到这里,萧晴马上从床上翻起来,拿起酒店的电话拨了 Jesen 的手机。

"萧晴吗?"

耳边传来的低沉男音,让萧晴心底一阵温暖。

"你怎么知道是我?"

"猜的。"沈君则随口说。

这丫头估计又犯了什么事,上次没带手机充电器,不会这次又没带笔记本的电源吧?

沈君则心里正在纳闷,就听萧晴问:"对了,你跟谢意很熟吗?"

沈君则怔了怔:"不太熟。最近才认识的。"

"太好了!"萧晴高兴地说,"那我能不能请你帮个忙呢?"

那带着微笑的、客气的、诚恳的声音,都比得上商场的客服了。

沈君则实在不好意思直接拒绝她这么客气的请求,只好硬着头皮道:"你说,什么忙。"

"你就抽出一个小时的时间,来假扮一下我的男朋友吧!"

沈君则沉默了一下，为了确认自己不是幻听，他压低声音，一字一句地问："假扮……你的……什么？"

萧晴被他低沉的声音吓了一跳，有些心虚地说："呵呵，我知道这个请求有些冒昧，只是假扮一下我男朋友而已！就一个小时行吗？拜托了拜托了，你站在我旁边一句话不说都行，就当个道具！一切交给我！"

道具……

"行吗行吗？我在这边认识的人不多，你就帮我这次吧，拜托你了！"

"呃——"

"谢谢你！太感谢了！那明天下午三点我在酒店门口等你啊，不见不散！拜拜！"

"……"

等萧晴的电话挂了之后，沈君则死机的大脑终于重新启动过来。

刚才他答应了吗？他不记得他答应了。

他不小心因为"道具"两个字而"呃"了一声，就被萧晴听成了"嗯"？于是这就答应了？

……

沈君则突然觉得头顶就像压了块巨石，胸口闷得他想吐一口血。

是他一直在找人假扮自己来骗萧晴，结果倒霉到家，请了个谢意当演员，谁知演员把他晾在一边，当着他的面跟萧晴来了场"青梅竹马故友重逢"的大戏。最后他好不容易随机应变让弟弟继续假扮自己，总算把这事蒙混过关，还以为萧晴这边终于清静了，结果，萧晴又让他假扮什么……男朋友？

沈君则放下手机，脸上的表情实在难看到了极点。他请演员假扮自己骗萧晴，现在，他自己却成了被萧晴请的演员，用来骗别人？

这感觉还真不好，就像猎人放了个套子来套猎物，走了一圈，却发现，套子回到了自己脚上。

第五章

意外格外
调皮（一）

沈君则虽然一直有种"把萧晴塞到麻袋里扔出地球"的冲动，可思虑再三，还是在次日下午郁闷地开车到了酒店门口。

那次在机场已经因为失误而得罪了萧晴，这次要是再以Jesen的身份得罪萧晴，他怕这丫头一时冲动，直接拿水果刀捅他的胸口。

况且，头疼的还在后面，爷爷喜欢萧晴跟喜欢亲孙女似的，一心想撮合他们让萧晴成为沈家孙媳妇，他即使不怕得罪萧晴，还得顾虑有高血压的老人家的感受。

沈君则突然发现，自从萧晴出现以后，他平静无波的日子就开始变得水深火热，时而雪山崩塌，时而火山爆发，各种强烈的刺激时刻挑战着他的底线，大脑里的神经几乎都绷紧了，时刻都有可能在萧晴某个出人意料的动作下，"啪"一声，齐齐断裂。

沈君则一路阴沉着脸把车开到了酒店门口，萧晴早早就等在那里。她今天又换了一身纯白色的连衣裙，裙摆有点儿波浪状的小花纹，头上还戴着个简单的蓝色发夹，把刘海夹了一部分在头顶，露出光洁的前额。远远看上去，那纯得，都能捏出水来。

可不知为何，沈君则总觉得每次见到她这身淑女打扮，就有一种"五雷轰顶"的幻灭感。

一个人对另一个人的第一印象还是很重要的。萧晴的可怕形象，从见到她大声诅咒自己那一天开始，就在他心里根深蒂固了。哪怕现在的她看上去再淑女，沈君则还是没法接受这心理上的落差。

更何况，她的性格，实在是很抽象。

果然，抽象的萧晴一见到沈君则就笑眯眯地跑了过来，那速度快得就跟兔子一样。她蹦到沈君则面前，踩个刹车站好，一脸高兴地说："你来了真是太好了，我还怕你放我鸽子！"

"怎么会。"沈君则脸色有些僵硬。

萧晴赶忙说："开玩笑的！你怎么可能放我鸽子。我们快走吧，去咖啡店，已经订好位置了。"

"嗯。"

沈君则僵着脸，走过去替她打开车门，萧晴赶忙机灵地钻进车里，迅速系好安全带。沈君则走到另一边刚要开门上车，就听到不远处突然响起"咔嚓"几下相机拍照的声音，还夹杂着两人小声的议论：

"看到没，门口那男的，不是沈君则吗？"

"对啊对啊，他毕业之后我就没见过他了，以前在学校，还经常在那些颁奖典礼上看见他。"

"是啊，我当年挺崇拜他的，还想去追他呢。可惜他个性冷漠，拒绝了不少追求他的女人，我怕碰一鼻子灰，也就没敢行动，只能把对他的暗恋悄悄掐死在摇篮里。"女生的语气听起来十分怨念，"真没想到，他一毕业就变了，居然在外面金屋藏娇，偷偷把情妇藏在酒店里。"

"可别说，那女的还挺漂亮，看上去又特单纯，似乎也就是二十出头的年纪，还是个学生吧……唉，这年头，男人怎么都这么下贱啊。"

"没错，连这么单纯的学生妹都下得了手，他也太狠了。"

"真不厚道，简直就是衣冠禽兽的典范。"

"我突然发现，当年暗恋他的我，真是瞎了一双狗眼。"

"……"

沈君则站在原地，沉默了好久，脸上的表情一僵再僵，到最后连肌肉都麻木了。

听着渐渐远去的议论声，怒气从脚底"噌噌"往上蹿，心脏快变成膨胀到极点的气球。

她们说什么来着？萧晴是他养在酒店里的情妇？说他对这么单纯的女学生下手，是个卑鄙下流的衣冠禽兽？

拜托，那两个人眼瞎了吗？萧晴看起来很像单纯无辜的小绵羊吗？她完全是笑里藏刀的母老虎好不好！

沈君则忍不住瞪了眼坐在车里笑眯眯的萧晴。

这女人果然是他的灾星，他在学校维持了多年的好名声就这么毁了，刚才那几个八卦女可是 S 大出名的长舌妇，他能想象，很快这消息就能传遍学校论坛。上帝保佑，萧晴今天别再做出什么挑战他底线的事，不然他良好的修养真要毁于一旦了！

沈君则上车的时候脸色很不好看，萧晴看了他一眼，忍不住关心地问："你怎么了，不舒服吗？"

沈君则沉默了一下，低声道："没事。"

听他语气非常压抑，仿佛内心有极大的痛苦而无法表达，萧晴忍不住担心地道："要是不舒服的话还是吃点儿药吧，我有个好姐妹叫卫楠，是学医的，她曾经跟我说，别小看那些小病。要是感冒了不去治，有可能变成肺炎；要是胃疼了不去管，有可能胃溃疡；要是肚子疼了不去管，有可能就肠穿孔。"顿了顿，"你现在……是哪儿疼？"

"……"他头疼，头疼行了吗？

"你哪里不舒服，还是去医院看看。这么皱着眉忍耐，也不会好的。"

"……"头痛欲裂！

"要不我打电话跟谢意说说，咱们改天再演这个戏，你先去医院挂个急诊，让医生给你打一瓶吊针……"

"够了！"沈君则不耐烦地打断了她，语气很不好，扭过头来想冲她发火，却看见萧晴一脸惊讶和无辜的表情。

"我……我说错话了？"

看着她被吓到有点儿呆的表情，沈君则心里突然一软。

真拿这女人没办法，刚才冲她发火的自己也实在是莫名其妙，甚至丢掉了一贯的风度。

沈君则冷着脸，回头直视前方，刻意忽略萧晴一脸的难过，低声解释道："我开车的时候不喜欢跟别人聊天，有话下车再说。"

"哦！"萧晴脸色很快就变好了，笑着点头，"我明白，你专心开车吧，我不打扰你了，安全要紧。"

说完，她就真的闭上嘴不说话了，随手拿了本杂志专心看了起来。

这么容易骗？

沈君则从后视镜里看着她认真看书的侧脸，时而因为杂志上有趣的事情而捂嘴偷笑，越看越觉得碍眼。见她一直在那儿自娱自乐很开心，沈君则握着方向盘的手攥得更紧，连血管都暴了起来。

从遇到这脱线的家伙以来，时而郁闷，时而烦躁，时而内疚，时而后悔，大部分时间哭笑不得，少部分时间欲哭无泪。再不解决萧晴这大麻烦，他过几天就该去精神病院坐坐了。

　　半个小时后，两人终于到达了约定的咖啡厅。
　　一进屋，空调冷气混合着香浓的咖啡味扑面而来，耳边还不时传来动听的钢琴曲，不愧是情侣约会的最佳场所。
　　只不过，跟萧晴并肩走入这知名的情侣咖啡厅，还被那些服务员用暧昧的目光注视着，还是让沈君则心里非常别扭。他连这女生的手都没碰过，就被人误会成卑鄙下流的衣冠禽兽，真是年度最大冤案。
　　一直维持着这种别扭感走到她订好的位置，就见一个男人正坐在那里扭头看着窗外，一脸忧伤。
　　沈君则的嘴角忍不住抽搐了一下。这个谢意，学演戏学到走火入魔了吧？喝个咖啡，表情需要这么"深奥"吗？
　　谢意听到动静，赶忙从投入的演戏状态回过神来，扭头一见到萧晴旁边的男人，脸上的表情就跟大白天撞见鬼一样，嘴巴直接张成了"O"形。
　　这演的又是哪一出啊？
　　谢意还没反应过来，沈君则就故作温柔地替萧晴拉开了椅子，让萧晴坐在里面。
　　萧晴倒也机灵，赶忙假装甜蜜地回头冲他笑了笑："谢谢。"
　　沈君则被那甜蜜的笑容弄得全身僵硬，可这假情侣的戏还是要继续演。于是冲谢意微微一笑，伸出手来："你好，我是萧晴的男朋友Jesen。"
　　谢意有些怀疑地看向萧晴。
　　萧晴赶忙说："干吗啊，以为我找人假扮男朋友来骗你不成？你放心，Jesen真是我男朋友，我们在一起两年了，感情可好了。"
　　说罢，她还看向沈君则，冲他眨眼。
　　沈君则配合地点了点头："嗯，我们确实是恋人。"
　　谢意还是一脸怀疑。这也难怪，对面这男人昨天还叫他假扮阿杰的哥哥骗萧晴，一转身，突然变萧晴的男朋友了，任谁都不太敢相信。
　　见两人坐在一起还挺有夫妻相的，谢意忍不住问："你们怎么认识的？一个在中国一个在美国，还在一起两年？难道你们隔着地球谈精神恋爱吗？"
　　萧晴继续瞎编："网恋啊。"
　　沈君则决定低头看菜单，来维持自己淡定的表情。
　　他不过是道具而已，道具不需要说太多话的。就听她编，看她这梦境丰富的丫头能编出什么惊天地泣鬼神的爱情故事来，总不能像飞机上一样，把他说成是几千岁的吸血鬼吧？

听到萧晴这句话,谢意的脸色也十分微妙。在他心里,萧晴一直是个迷糊的女孩子,他总觉得这么多年她只长智商不长情商,跟她提男人这话题,甚至让他觉得有带坏小女生的罪恶感。没想到,一转眼这丫头居然赶时髦,玩起了网恋?

据他所知,网上那些视频聊天的女孩子都很奔放的,有些人甚至只穿个内衣就把摄像头给打开了……咳咳……

萧晴见谢意一脸震惊的表情,忍不住笑道:"干吗笑得那么惨烈呀你?我可不是那种在网上随便找人视频的女生,我跟Jesen认识是在网游里,你别拿那种有色的思想衡量我们。"

沈君则攥住菜单的手紧了紧。网游,这个借口还不错,总比武侠故事和吸血鬼故事强。

谢意这才松了口气:"哦,网游,这个……还比较靠谱。"

"嗯。是真的。"萧晴笑着说,"你还记得卫楠跟祁娟吧?"

"记得啊。你们三姐妹从中学就一直形影不离。"

萧晴继续说:"有一次暑假的时候,我们三个都闲着无聊,就一起去玩一款叫'梦里江湖'的网游。卫楠玩的是药师,祁娟那个暴力女人去玩刺客,我嘛,操作不行,还偏偏玩了个高难度的法师。唉,没办法,选职业的时候被法师华丽的衣服给迷惑了。"

"嗯……"谢意能想象萧晴操作法师的惨状,能想象她一次次被怪物追着咬死的悲剧。

"卫楠在游戏里找了个老公,完全是个人渣,他把卫楠账号上的钱和装备都盗走,还自作主张跟她强行离婚,我跟小娟气不过,就下令全服追杀他。"

谢意能想象三个女人扛着大刀全服追杀人渣男的壮观场面,表情复杂地点点头:"你们三个,确实都不好得罪。"

萧晴思考了一下,继续说:"有一次,我在野外种菜,正好遇到那个浑蛋,我脑子一热就冲上去想杀了他帮卫楠报仇……"

"结果你被他杀了?"谢意很煞风景地说。

萧晴悲愤地点头:"本来我都计划好把他放倒了再鞭尸,结果,我还没动手,他先把我给放倒了。"

"咳咳……"谢意忍不住咳了几声,来掩饰他想狂笑的冲动。

沈君则的嘴角也抽了抽,已经翻到底的菜单又倒过来往前翻。这年头当个道具都这么不容易,萧晴的每一句话都像是拿刀子割他的神经。这个女人是不是脑子里天生缺了点儿什么。为什么他觉得,她全身都充满了令人哭笑不得的气场。

萧晴继续悲愤地说:"那个人渣,他居然跑来鞭我的尸!那游戏设定是死了可以原地复活,但是复活后只有10%的血量,我一复活他就杀了我,再复活他又杀了我。他居然一直蹲在我旁边守尸鞭尸守尸鞭尸,守了半个小时!"

"咯咯……"谢意摸了摸鼻子,同情地问,"然后呢?"

萧晴眼珠子一转:"这时候,突然有个刺客出现了,他一招把那浑蛋放倒,然后站在我旁边,等那浑蛋一复活,他就秒杀他,再复活,再秒杀,替我报仇。"

"那个人,就是Jesen。"萧晴看了看旁边低头翻菜单的Jesen,故作甜蜜地说,"我很喜欢他那种疾恶如仇的性格。"

沈君则安分守己地做道具,继续保持着沉默。

他就是那个守护在萧晴旁边替她报仇,顺便以牙还牙鞭尸那男人的刺客?这个设定……他很不满意。如果真是他本人,他绝对不会去救萧晴,他会跟那个男人一起联手鞭萧晴的尸才对。

"后来我们经常一起在游戏里玩,我渐渐发现我好像有点儿喜欢他,不过,当时他在国外,我也就没多想。没想到,不久之后他出差到了B市,还约我出去见面。"萧晴收敛了笑容,一脸严肃地说,"第一眼看见他的时候,我就知道,他就是我一直在找的人。"

我的确是你一直在找的人,你根到咬牙切齿的那个人。

沈君则心底忍住笑,学着萧晴的表情,一脸严肃地把菜单放回了桌上。

"那后来呢?"谢意很感兴趣地追问。

"我们就在一起了。"沈君则淡淡地说。

萧晴微笑着看了沈君则一眼,赞同地点点头:"我这次,也是为了他才来纽约的。"

谢意这才恍然大悟,对沈君则道:"行啊你,居然能把我们萧晴哄来纽约,你还挺有本事的。"

沈君则一脸平静:"本来我想为了她调回国内工作,可萧晴说,她想过来留学。"

萧晴赶忙点头附和:"是的是的,我自己也想出来见见世面。反正两人在一起,在哪儿都一样。"

谢意羡慕地说:"你们感情真好啊。"顿了顿,突然问,"对了,什么时候结婚?"

萧晴脸色一僵,显然没考虑过这个问题的应对方法。

倒是沈君则依旧镇定自若,微微扬起的嘴角还透出那么点令人心惊的温柔,看了萧晴一眼,低声说:"现在还早,等她毕业以后,我们再结婚。"

萧晴对这个"沉默的道具"突然说出这种暧昧的话,一时难以适应,愣了一下。不过,很快她就恢复了身为演员的自觉,点头附和道:"嗯,我们打算等我毕业后就结婚的,呵呵,还要好几年呢,不急不急。"

怎么听着有点儿"夫唱妇随"的感觉?咳咳,她绝对是想多了。这个Jesen果然不可小觑,演起戏来演技那叫一个赞,从他脸上看不出一丝不对劲的地方,那带着宠爱的笑容,甚至让萧晴有种他真的很爱自己的错觉。

何况是旁观的谢意。

怪不得谢意没再怀疑,Jesen 的演技实在太出色了。

虽然成功瞒过了谢意,可奇怪的是,萧晴总觉得心里有点儿不踏实。Jesen 能把这种陌生的角色演得这么完美,要是他有心利用她,说不定她什么时候被他骗了都不知道,还傻乎乎去帮他数钱。

其实,这个游戏里的故事萧晴之所以说得这么顺溜,是因为这件事确实在她身上发生过,不过,她修改了部分关键的情节。那个时候出现的救命恩人,并不是什么潇洒的男刺客,而是,变态的女杀手,祁娟。

萧晴还清楚地记得,祁娟用那两把闪着光的刺刀,一次又一次捅破那个人渣男的身体的惨烈场面,现在想想还心有余悸呢……祁娟是学法律的,动作行为却跟个兽医似的。

终于用这改编的网游故事把谢意给哄了过去,萧晴刚松口气,就听谢意突然说:"对了,你们周末来参加我的婚礼吧。"说罢,还微笑着从包里拿出了两张喜帖。

萧晴默默低下头去,拿起了沈君则刚才在翻的那份菜单,慢慢翻了起来。

她的心情好纠结。

实话说,如果不是谢意这人情商太低,她倒是挺想去参加婚礼给明慧姐祝福一下的,毕竟明慧姐是她很喜欢的学姐,而谢意也算是青梅竹马的好友。

可是,谢意这人最可怕的地方并不在于他情商低,而在于,我们永远没法预料,前一刻还一脸平静的他,下一秒会不会突然就开始咆哮。

谢意的偶像就是咆哮教主马景涛。

那可是婚礼,那么多人看着,万一被谢意弄出什么事来,萧晴这"暗恋他多年"的罪名可是跳进黄河都洗不清了,她也不想因为她的出现让明慧姐的婚礼变成一场闹剧。

可是此刻,见谢意双手把请帖递过来,眼巴巴地看着她,她也不好直说"我怕你了,不敢去"。

萧晴不知如何是好，忍不住扭头看了沈君则一眼。沈君则直接扭头去看柱子，显然，他很不想去。

谢意继续笑着说："不用担心，我们婚礼请的大部分是来自国内的留学生，还有好多是你 T 大的校友呢。时间就定在周日早上十点，不去教堂搞形式主义了，直接包了个酒楼办宴席。萧晴，你可是我最好的朋友，现在感情有了归宿，我也很为你高兴，我会专门为你们俩准备好座位和喜糖的。"

谢意这么一说，萧晴倒是真有点儿感动。想起小时候谢意护着她的场面，这么多年虽然一直看不惯他的行为作风，可他对她，倒是真心的好。人一辈子也就结一次婚，谢意这么真诚地邀请，多年朋友，不去也太不给面子了……

萧晴脑子一热，就接过他手里的喜帖，握了握拳，信誓旦旦地道："好。我们一定会准时去贺喜的！"

沈君则忍不住低低咳了一声。

他的意见她总该问问吧？他都那么明显地扭头表示自己不愿意了，她还答应，还来句"我们"顺带把他都捎了进去。她还真拿他当"道具"，想拎哪儿就拎哪儿？

萧晴听他咳嗽，这才想起自己忽略了"道具"的意见，赶忙笑了笑说："对了，Jesen 他那天可能有点儿事，或许……"

谢意打断了她，挑眉冲沈君则道："什么要紧的事连朋友的婚礼都不能去？婚礼这种喜庆的场合，情侣总该一起出现，哪儿能漏了你啊，兄弟。"说着，谢意还伸手拍拍沈君则的肩膀，以示友好。

第六章

意外格外
调皮（二）

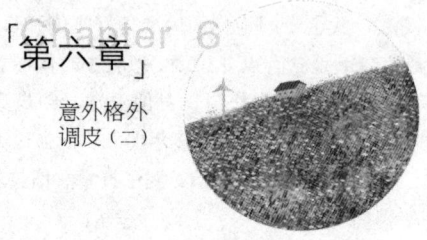

这声"兄弟"叫得特顺口，让沈君则忍不住皱起了眉，见萧晴求助的目光正看着自己，这才硬着头皮道："我看情况。"

"这就对了，你可一定要来。"谢意笑着说，"我希望你们那天能携手出现，反正你们都是快结婚的人了，顺便沾点儿喜气嘛。话说，你们网恋这事我还真觉得挺稀奇，萧晴，你再跟我详细说说……"

萧晴忙挤出个微笑："啊，我去一下洗手间。"

她跑得倒是比兔子还快，显然是编不下去就把烂摊子踢给沈君则。

沈君则看着她迅速消失的背影，表情不由得僵了僵，在谢意的目光注视下，忍不住挤出个深邃的微笑来。

谢意这才敛住笑容，严肃地说："她走了，你也该跟我说实话了吧。你让我假扮沈君则骗她做什么？"顿了顿，又补充道，"萧晴可是我最好的朋友，你可别做什么对不起她的事。"

看着突然严肃下来的谢意，沈君则心里很是好笑，沉默了一会儿，才平淡地道："这件事，说来话长。"沈君则清了清喉咙，开始圆萧晴的故事，"那天在游戏里救她的人并不是我，而是我的朋友，沈君则。"沈君则的语气非常平静，脸上的表情也十分严肃，让人没有一点怀疑的理由。

"我跟君则一起去玩的梦里江湖，后来他因为工作原因不玩了，我就要了他的账号继续玩下去。我发现他好友里有个萧晴，对方锲而不舍天天跟我打招呼，我忍不住回了她几句，慢慢就熟悉下来。"

沈君则停了一下，见谢意正认真听着，于是继续编："两年前，我回国约她出来见面，我们互相有好感，就正式在一起了。这件事我一直瞒着君则，萧晴也一直以为我就是当初救她的人。账号换人的事情我没跟她说清楚，怕君则出现后会把这事捅破让她生气，所以我才请人来演戏。"

"那你干吗不跟你哥们儿说清楚？难道还怕他横刀夺爱不成？"谢意疑惑地问。

"事实上……是我横刀夺爱在先。"沈君则摸了摸鼻子。反正已经那么多罪名了，也不差这一条，"当时君则对萧晴有好感，只是他们的感情刚刚萌芽，君则就因为工作不能玩游戏了，我用他的账号拐走萧晴，他如果知道，可能会跟我翻脸。"

"这个……"

沈君则继续说："其实，我本不想去招惹萧晴的，可是她的一言一行，一直在挑战我的底线。"

"于是你发现自己底线不保，爱上了她？所以你直接假装是账号的原主人，把萧晴给骗到手？还借口出差，跑去国内约她见面，加固感情？"

沈君则点点头："就是这样。"

谢意这才恍然大悟："你对她还真深情，为了她，连哥们儿都不顾了。俗话说，兄弟如手足，女人如衣服，就算残废了也不能裸奔啊。"

"嗯。"沈君则赞同地看了他一眼，低声道，"虽然事情已经过去两年，可我不想让君则的出现影响我跟萧晴之间的感情。这件事，希望你也替我保密。"

"原来如此。"谢意了然地点点头。

"萧晴这爱憎分明的性格，如果知道我骗了她，一定会很生气。可是，我真的情不自禁。"

谢意一脸同情地说："情不自禁爱上她，也不是你的错。"

沈君则一脸痛苦地点点头。

谢意用"难兄难弟"的眼神看了他半晌，终于下了结论："反正你们恋爱了两年，那个沈君则只是在游戏里救了她一命，在她心里，肯定是你的分量更重。别担心，这件事我不会跟她说的。"

见萧晴正往这边走来，沈君则赶忙低声做了总结："放心吧，我跟她之间的事，我会处理好。"

"我相信你，兄弟。"谢意一脸感动地拍了拍沈君则的肩膀，"你对她，实在是太深情了。居然为了她，连朋友都得罪了。"

萧晴恰好走到桌边，沈君则便很有风度地站起来，体贴地替她拉开了椅子。

这个细微的动作，无疑让谢意更加感动，忍不住对萧晴说："萧晴啊，Jesen对你真是好到没话说，你一定要好好珍惜，可别对不起他。听见没？"

萧晴一头雾水，见身旁的沈君则正温柔地冲自己微笑，忍不住头皮发麻地说："嗯……我……我会的。"

谢意这边总算骗了过去，松了口气的，却不止萧晴一个人。

回去的路上，萧晴捏着手里的喜帖，有些忐忑地问："对了，婚礼那天你能跟我一块儿去吗，我怕谢意怀疑我。"

沈君则笃定地道："放心，你一个人去，他不会怀疑的。"

萧晴点点头，又疑惑地问："你刚才跟他说了什么？"

"只是把我们在游戏里相识的过程讲得更加详细了一些。"沈君则平淡地说。

"嘿嘿，还是你厉害，他看上去很相信的样子。"萧晴笑了笑，"这次真谢谢你，我好像又欠了你一个人情。"

"不客气。"沈君则微微扬了扬嘴角，"人情总有办法还的，不是吗？"

看着他的笑容，萧晴一时有些发愣。这个男人，平时总是严肃冷漠的样子，偶尔笑起来倒是挺好看。只是，他的笑容虽然好看，却让萧晴觉得脖子有点儿凉，好像有种自己即将踏入他的圈套的错觉。

"以后有需要你帮忙的地方，还希望你能伸出援手。"沈君则继续态度很好地微笑着说。

"没问题，你帮我这么多忙，有什么需要的地方你尽管说，我绝对义不容辞。"

萧晴迷迷糊糊就这么把自己卖了，丝毫没有发现，身旁的男人透过后视镜注视着她的目光，渐渐变得深沉起来。

周日是谢意跟明慧的婚礼，萧晴既然答应去参加婚礼，总该准备点儿礼物。虽然现在都流行给礼金，可她还是觉得用心准备的礼物会更好一些。反正这几天也没事做，于是她就逛了一遍唐人街，买来一堆画笔和颜料，想亲自画一幅画送给他们作纪念。

很久没有画画，自然有些手生，画了好几天时间才画完，还煞有介事地在左下角盖了个名章，拿去装裱好，弄了一个精致的礼盒来包装。萧晴看着很满意，这才安心把画放在枕边，闭上眼睛早早睡了，还想第二天早点儿起来去参加婚礼。

事实证明，萧晴实在是低估了自己的睡眠能力，在飞机上能连续睡十几个小时的她，怎么能在没有手机闹钟的情况下准时起床？

迷迷糊糊被房间的电话吵醒，醒来一看墙上的钟，惨了，已经九点半了。

婚礼是十点半开始，她又不认识路，照她路痴的水平来看绝对不可能准点到……

电话还在响，萧晴赶忙接起来说："谢意吗？对不起！我起晚了，我这就下楼坐出租车赶过去，你跟我说一下详细的地址……"

"是我。"低沉的声音轻轻打断了她。

"呃……Jesen？"听到他的声音，萧晴总有种还在做梦的错觉。

"快去洗脸，我送你去。"沈君则低声道。

"哦……"他的声音似乎有种指导她行动的力量，萧晴很快就听话地放下电话，按照他的指示跑去卫生间洗了脸，穿好衣服走下楼。

直到看到那辆熟悉的车子，她才彻底清醒过来，想到了问题的关键所在——

他不是说不去吗？为什么突然改变主意了？

其实，沈君则并不想当一个烂好人，闲着没事送萧晴去参加什么婚礼。更何况，谢意说了，这次婚礼请的大部分是来自祖国的留学生。当年他还在读书的时候，曾担任过留学生会的会长，学校里认识他的人一抓一大把，他陪萧晴去，岂不是自投罗网？

见到一个人，问一声"君则好久不见啊"，再见到一个人，来一句："君则学长毕业以后工作还顺利不？"到时候，萧晴说不定直接随手抄起一杯红酒就能给他的衣服染个色，或者像在机场一样来一句惊天动地的大吼："沈君则，你这个浑蛋！"

他能想象萧晴吼出这句话的音量，甚至可以让屋顶轻微震动，同时，让所有人的目光瞬间集中在他身上。

在别人的婚礼上，比新郎还出名并不是一件好事，破坏别人的婚礼气氛也是很不道德的。所以，沈君则早就做好了不去参加这次婚礼的准备。

可是，计划不如变化。那天晚上，他突然接到了一个好友寄来的信。因为地址写错一个字被退回去又重新寄来，所以他晚了一周才收到，寄信人写的是明慧。

打开信封，居然是一张喜帖。

沈君则忍不住露出个微笑。明慧是他为数不多的女性朋友之一，个性低调，做事却很有原则。大学期间，他跟明慧曾在留学生会一起工作，两人是很有共同语言的朋友。沈君则知道她一直喜欢一个没心没肺的男人，为她不值的同时，也暗自佩服着她的执着。

如今，她这段长途跋涉的恋情终于修成正果，作为朋友，沈君则自然很为她高兴。

沈君则低下头，打开了喜帖，却被后面的四个字闪瞎了双眼——

新郎：谢意。

"……"他发现，他又一次无法形容自己的心情了。

明慧的婚礼，他不去确实说不过去，可尴尬的是，谢意又是萧晴的青梅竹马，如果去了婚礼，他是沈君则这件事绝对瞒不住了。

可他如果不去，谢意那个大嘴巴男人绝对会好奇追问，明慧两句话就可以把他的身份曝光。然后，萧晴经过震惊——僵硬——愤怒——爆发的过程，重现刚才的那种假设。

完蛋的还是他。

沈君则越想越觉得郁闷。好像从无奈之下骗萧晴的那一刻开始，他就在自己面前挖了个坑，现在越挖越大，已经有一个坟墓的规模了。

真是荒谬，他请个谢意是萧晴的青梅竹马，谢意的未婚妻又是他的至交好友，以前也没觉得华人圈这么小，怎么现在处处撞到鬼？

沈君则思前想后，还是决定打电话跟明慧说一声，可关键时刻电话又打不通。无奈之下，他只好硬着头皮做出了决定，在婚礼正式开始之前露个面，然后找机会开溜。那时候人少，再戴个墨镜，从后门进去也比较安全。

参加个朋友的婚礼，就跟做贼似的，都拜萧晴这灾星所赐。

沈君则很快就飙车到了酒楼，停好车子，特意带着萧晴从侧门拐了进去。

一进门就发现大厅里挂满了粉红色的气球，地上铺着红毯，桌上还摆了一排整齐壮观的玫瑰花，婚礼现场布置得非常喜庆。

现在才十点，距离婚礼开始还有半个多小时，客人三三两两聚在一起闲聊着。沈君则故作无辜地低头看了看表，冲萧晴道："我们来早了。"

萧晴疑惑地问："是吗？我还以为会迟到呢……"

沈君则凑到她耳边，低声道："你先在这里等一下，我上楼去找谢意。"

萧晴点点头："好。"

萧晴突然这么乖，倒让沈君则有些诧异。仔细一瞧……才发现她还在打瞌睡，处于完全梦游的状态。

好吧，不能跟"梦游帝"计较。

沈君则把她带到旁边安顿好，避开众人直奔二楼，敲开新娘化妆间的门。

明慧果然在那里做最后的准备，脸上的妆容完美到无懈可击，穿上洁白婚纱的她，明媚性感，看起来跟平时简直判若两人。沈君则一时没认出来，怔了一下，就见明慧站起来，微笑着看着他："君则，怎么来这么早？"

那笑容真是灿烂到耀眼，要结婚的女人，果然幸福到令人忌妒。

"新婚快乐。"

"谢谢。"

沈君则摸了摸鼻子，走到她面前，压低声音道："我还有件事跟你说。"

沈君则尽量用平淡的语气，把自己跟萧晴认识的过程以及后来的种种离奇事件快速叙述了一遍，最后才补充道："在她面前，你不要叫我君则就好。"

明慧盯着他看了半响，终于忍不住，按住肚子笑倒在沙发上。

"哈哈哈，你也有今天。君则啊，第一次见你这么狼狈，你太搞笑了你……"

明慧在那儿笑得上气不接下气，沈君则的脸色却越来越难看，忍不住怒道："你笑什么？很好笑吗？"

明慧按住胸口咳了几声，这才把笑忍住，一脸严肃地道："我没笑你，真的，我没笑你。我在笑萧晴……哈哈哈，这个萧晴，太可爱了，几年没见了还是这样。"

"可爱？"沈君则皱着眉，看怪物一样看向明慧，"你觉得她可爱？"

"是啊，她很好玩的，以前上大学的时候，每次跟她在一起必定笑场。跟她相处久了，你也会喜欢上她的。"明慧意味深长地说。

"我……会……喜欢上她？"沈君则一脸嫌弃的表情，"别开玩笑了，我恨不得离她十米远。她这种性格是我最讨厌的！"

"哎，话别说得这么绝对。"明慧微笑道，"反正你这臭脾气，喜欢了也不会承认。我觉得你现在已经开始在乎她了，整天都围着她转，为了她心神不宁的，是不是啊？"

沈君则沉默了良久，才痛苦地扭过头去，冷着脸扔下一句话就转身出门——

"你跟谢意，真是绝配！"

被明慧调戏了一番，让沈君则的心情更加糟糕。他沉着脸下楼，想带萧晴上去，却发现她居然不在原地。这个笨蛋不会又迷路了吧？真是一分钟也不能安分吗？

沈君则怒气冲冲地转身去找萧晴，一扭头，却见不远处一个外国人正在跟萧晴聊天，虽然听不到他们谈话的内容，可一看萧晴那尴尬的表情，就知道她又遇到无法应付的情况了。

沈君则朝着那边走了过去，逼人的气势让那位国际友人忍不住扭头看向他。

萧晴似乎感觉到了身侧的凉意，也回过头来，一见沈君则，赶忙露出个灿烂的笑容，犹如见到救命稻草一样迅速跑过来，拉起沈君则的手走到那人面前，笑着介绍："This is my boyfriend, Jesen.（这是我男朋友，詹森。）"

沈君则全身猛然一僵。

属于女孩子的纤细手指轻轻贴在他的手心，被握住的手掌莫名地竟有些发热，那种奇妙的热度透过敏感的皮肤一直传到心里……

对面的黑人听到萧晴的介绍，脸色就跟白天见了鬼一样诡异。

萧晴继续笑着介绍："This is Jack.（这是杰克。）"

"Nice to meet you, Jack.（你好，杰克。）"沈君则冷着脸道。

黑人看了眼两人握在一起的手，有些尴尬地摸了摸鼻子，转身灰溜溜地跑开了。

萧晴这才松了口气，赶忙放开临时道具沈君则的手，笑着道："这家伙真是吓死我了，刚才拦住我，非要我当他的女朋友，还说什么一见钟情。我估计啊，他跟谢意一样，也是表演系的人才！"

"……"沈君则沉默不语。

"还好你及时出现解围，不然我都不知道怎么办了。"萧晴感激地看向他。

"上楼吧，明慧在等你。"沈君则转身走开，脸色有些别扭。

萧晴还没发现他的异样，跟在他身后继续说："这国际友人简直太豪迈了，缠着我聊个没完。他叫Jack，最喜欢的偶像是《加勒比海盗》里的Jack船长，他还把头发弄成泡面一样垂下来，就是为了向偶像看齐。我觉得他那个泡面头还挺可爱……"

沈君则回过头来，冷冷地打断了她："你倒是有吸引奇怪生物的体质。"

萧晴摸摸脑袋，笑呵呵地说："是啊，我也觉得。"

她听不出这是讽刺吗？还在那儿笑！以为是夸她？

也不知为何，看见她笑得那么开心，沈君则心里火气更大。刚才莫名其妙被她抓去当道具，而他只能像个白痴一样任凭她牵着手配合演出，刚刚被牵住手时有些失速的心跳，绝对是因为气过头了！

他从小到大，还从没有这样忍气吞声任人摆布过！跟萧晴在一起，让他觉得自己的智商好像降到了跟她一样的白痴水平！

想到这里，沈君则忍不住回头冷冷瞪了她一眼。

萧晴本来正在乐呵呵地往上走，被他突然回头一瞪，吓了一跳，猛然止住脚步。由于惯性的缘故，脚在楼梯上一绊，眼看就要滚下楼去，沈君则手疾眼快，手臂一伸，赶忙揽住她的腰。

或许是太过于用力的缘故，萧晴被他一拉，直接一头栽进了他的怀里。

沈君则皱了皱眉，低头问道："你没事……"

"吧"字还没出口,萧晴正好抬起头来,嘴唇跟他的唇猛然相贴。

"……"

"……"

沈君则原地石化,全身僵硬得如同一尊雕像。

两人双唇相贴,近距离瞪着对方。沈君则的眼神就像在瞪杀父仇人,萧晴的眼神却是诧异到仿佛看见了一只喷火龙。

诡异的气氛在周围蔓延着……

良久后,旁边突然响起一个大煞风景的声音:"喀喀,萧晴啊,我知道你们感情好……但是,你们俩亲热能不能换个地方,这里是楼梯,一堆人看着呢。"

谢意这下完全相信他们"感情好"了。

楼下围观的所有人,都相信他们"感情好"了。

甚至有些熟悉的八卦声传来——

"哎,看来我们上次猜错了,这女生不是他包养的情人,是他女朋友吧。"

"是啊,居然把人带来婚礼现场,还当众吻她,真没想到,沈君则这万年不化的冰山,融化起来真是热情似火啊。"

沈君则脸色有些发白,冷冷的目光往楼下一扫——

一个又一个熟悉的面孔,正用各种复杂的眼神看着他。熟人带笑的目光,陌生人好奇的目光,几个好友幸灾乐祸的目光,甚至还有他弟弟沈君杰,吞了苍蝇一样纠结的目光。

最可怕的是,他弟弟旁边站着的那位老人家,正摸着胡子笑得慈祥。

完了……他的世界整个崩塌了。

本想低调地在婚礼之前见明慧一面就趁机开溜,结果突然就成了众人关注的焦点,而且还是在定格于"跟萧晴拥吻"这个暧昧姿势的状态下。

上帝,用一道雷劈了他,顺便劈死萧晴这灾星吧!

第七章

备战相亲（一）

直到此刻，沈君则才终于明白，萧晴就像一个放在身边的不定时炸弹，稍微不小心碰一下，就能让他的世界整个天翻地覆。

他不过是回头瞪了她一眼，结果就演变成这种无法收拾的局面。在众人的注视下，沈君则搂着萧晴的手臂越来越僵硬，要不是那么多人看着，他真想松手让这女人从楼梯上滚下去……

见弟弟的嘴巴张成了"O"形，爷爷的笑容也越来越慈祥，沈君则只觉得全身的血管都要爆裂了。

反正已经到了这个地步，干脆假戏真做吧。这么一想，沈君则反倒冷静下来，手臂一伸，直接拉住萧晴的手，在众人震惊的目光中，迅速将她拖上楼，找间空屋子进去，顺手把门给反锁上。

管他下面天翻地覆胡思乱想，目前最重要的，他必须先搞定萧晴。倒不是怕萧晴发火当众给他一耳光，他怕的是爷爷的拐杖会直接冲他的脑袋砸下来！

这间屋子显然是婚礼储备室，地上摆了好几箱红酒。两人面对面站着，萧晴依旧是一脸"撞见鬼"的惊诧表情。沈君则被她那眼神看得头皮发麻，忍不住松了松领带来调整呼吸。

见萧晴一直沉默着，沈君则轻咳一声，故作镇定地问："刚刚那些人说的话，你听到多少？"

"什么话？"萧晴疑惑地看着他。

沈君则沉默了一下："也没什么。"

"没什么你还问我？"萧晴奇怪地盯着他看。

沈君则避开她看怪物似的目光，默默扭头看向窗外。他真蠢，居然高估了这个女人。像她这种迷路能还原地绕几个圈的人，怎么可能敏锐地注意到围观群众八卦话题的重点呢？以他的水平，搞定萧晴这种迷糊虫简直易如反掌啊！他到底在担心个什么！

看来他根本没那么倒霉，他的世界只是裂了条缝而已，还没到崩塌的程度。只要抓紧时间把那条缝给补上，他还是有喘息的机会的。

沈君则回过头，看着萧晴，一脸严肃地说："萧晴，我想请你帮个忙。"

萧晴没料到话题转得这么快，愣了愣，才说："什么忙？"

"是这样的，我家人一直逼我结婚，整天让我去相亲。刚才，我爷爷在楼下，看见我跟你……"话断在了关键处。

萧晴想起方才不小心亲到他的一幕，不好意思地笑了笑，"对不起，我不是故意的。"

"……"开什么玩笑，她居然跟他道歉？好像他反倒成了被她轻薄的那一个？

沈君则脸色沉了沉，忍住发火的冲动，尽量平淡地道："我们不如将计就计，继续假扮情侣，你可以拿我做挡箭牌拒绝那些骚扰你的人，我也可以拿你当挡箭牌，让家里别再逼我结婚。"

这或许是双赢的办法。

虽然让他跟这个灾星待在一起，随时都有毁灭的危险，可比起被爷爷逼着相亲来说，已经好太多了。

一提起相亲，沈君则就觉得脖子被人捏住了一样，气都快喘不过来。

这短短的一年来，他相亲遇见的极品女人，简直可以写一本"相亲血泪史"了！

有超级性感隆胸又垫鼻子的；有非常泼辣一见他就说"老娘都相八十次亲了，今天咱们速战速决"的；有吃饭过程一直嘀嘀咕咕，思维奔放到他完全追不上的；有目光温柔声音甜美，让他浑身起鸡皮疙瘩的；还有打扮如同夜店工作者的；害羞到说话都结巴的……

正因爷爷不知道他喜欢什么类型的女人，所以给他介绍的女人各种各样、五花八门，因此，他相亲的过程简直是异常痛苦而惨烈。

可没办法。在沈家，没有人敢直接违背这位大家长的意愿。

沈君则虽然心里烦透了爷爷安排的相亲大戏，可还是要耐着性子乖乖去约会。曾有一次，他不过是让一个朋友替他赴约，爷爷知道后就大发雷霆，气到高血压发作躺进了医院重病监护室。沈家闹得天翻地覆，如同一场暴风过境，直到现在，沈君则对那次意外还心有余悸。

其实当初他骗萧晴的最根本原因，并不是不敢承认自己就是放她鸽子的人，他只是怕爷爷想方设法撮合他们。

爷爷整天念叨着他早点儿结婚，抓着萧晴这个无论家庭背景、性格样貌都不差的单身女孩儿，肯定不会轻易放手。从听到萧晴要来纽约读书开始，爷爷就整天盼着要见见传说中"温柔文静"的萧家小姐，整天回忆着当年跟萧爷爷并肩作战的兄弟情谊，还热情地跟于佳说让萧晴来沈家住几天，俨然把萧晴当成了沈家媳妇的候选人。

于佳那个奔放的女人自然很高兴就同意了，还建议沈君则一起去机场接萧晴，顺便认识一下。沈君则觉得苗头不对，赶忙借着方遥演唱会的借口逃回国去。没想到的是，他弄错时间，飞回纽约的那天凑巧在机场邂逅了正在骂他的萧晴。于是将计就计，把她骗去酒店，避免她跟爷爷的直接接触，杜绝了她进入沈家的一切可能性。

可没想到的是，自从他编织这个谎言开始，一堆令人无法应对的意外接二连三地发生，谢意的出现，明慧的婚礼，直到今天，爷爷亲眼看见他跟萧晴抱在一起的可怕的一幕……

如今的局面虽然有点儿乱，沈君则倒是很快就冷静下来。眼下最好的办法就是将计就计让萧晴继续假扮他的女友。虽然这一招风险有点儿大，而且接下来的每一步都如履薄冰。

反正不成功便成仁。只要他能把爷爷这一关过了，萧晴读书的日子还久得很，几年时间，足够他慢慢搞定家里。

想到这里，沈君则回头看了萧晴一眼，低声说："萧晴，你就以我女朋友的身份，跟我回去见一下爷爷。"

"啊？"萧晴惊讶地张大嘴巴，"见家长？这我可不会应付啊。"

沈君则道："没关系，只要让他相信我有女朋友，暂时打消逼我相亲的想法就够了。"

萧晴听了他相亲的经过，不禁也有点儿同情，再加上昨天刚答应他有事帮忙要义不容辞，于是干脆地点点头，握了握拳："好，这戏，我们继续演！"

看着她微笑的眼睛，沈君则不知为何竟有些心虚，沉默片刻，才不自然地摸了摸鼻子，低声说："谢了。"

萧晴笑着道："跟我客气什么啊，你帮了我那么多忙，我帮你应付你家里，也算还人情嘛。"

为免那种奇怪的心虚继续下去，沈君则赶忙转身开门，转移话题道："走吧，明慧在等你。"

沈君则把萧晴带到明慧的化妆间，萧晴一见到明慧就姐妹情深状扑了过去，拉住明慧的手转了一圈："明慧姐，好漂亮，女人穿上婚纱果然好看！我要跟你拍照留念！"随即回头冲沈君则道，"Jesen，麻烦你帮我们拍个照吧。"

沈君则沉默地拿出手机给她们拍了张照。照片里，萧晴挽着明慧的手臂笑得特开心，好像她才是结婚的那个人。

"明慧姐，你这婚纱是哪里订的？真漂亮。"萧晴小心翼翼地伸手摸了摸明慧大大的裙摆，上面银色的丝线和珍珠看着真是光彩夺目，"很贵吧？谢意给你买的？"

明慧有些无奈地揉揉萧晴的头："你羡慕什么，等你将来结婚的时候，也让新郎给你买件最漂亮的婚纱。"

"我还远着呢。"萧晴笑着握住她的手，"对了，我有礼物送给你们。"说着就拿出了一直放在包里的盒子。

明慧好奇地问："是画吗？能不能打开看看？"

"当然可以啊。"

明慧打开盒子，这幅画色彩鲜明，一山一水，一草一木，都画得栩栩如生，天上一对比翼鸟更是活灵活现，甚至连身上的羽毛都精心上了色，看得出来，画得非常用心。右下角还有萧晴的落款，若不是那个名字，明慧还以为她是从哪里买下来的成品。

"这个……是你亲手画的？"明慧震惊地问。

萧晴有些不好意思地挠挠头："好久没画，有点儿手生，画了好几天才画好，嘿嘿，你可别嫌弃。我也想不出画点儿什么，就画了个比翼双飞。"

"怎么会嫌弃呢。"明慧倒是很感动，"你这么用心，我开心还来不及。没想到你还会画画，从远处一看，还以为是哪位名家的作品呢，吓我一跳，哈哈。萧晴你画得挺好啊，看上去有大画家气场呢。"

萧晴被夸得有些脸红，忙说："姐姐你别取笑我了，什么大画家，我这种啊，就是山寨版的随手涂鸦。"

明慧笑着把画收了起来，又看向一边的沈君则："Jesen，你有没有带礼物？"

沈君则臭着脸，拿出一份早就备好的红包递给明慧。

明慧忍不住笑道："你果然够直接。"

沈君则显然有些不爽，低声说："你们聊吧，我出去一下。"

搞定萧晴这边，他还要赶紧去搞定爷爷。两边都要哄的日子，实在是很痛苦。

等沈君则走后,萧晴才笑着把明慧拉到旁边的沙发上,说起悄悄话来。

"话说你跟谢意怎么在一起的?我真没想到你们会结婚。"

说起这个,明慧就一脸惆怅:"唉,他那个人,什么都好,就是情商有点儿低。我追了他两年了,他都不知道我在干吗,见到我还很好奇地说,哎呀明慧,你怎么也出国了?"

萧晴同情地看向她。

明慧一脸悲痛地说:"我当时真想给他两拳。我追了他那么久,他一直当我是好哥们儿。你只当他是朋友,他却一直以为你暗恋他。我很好奇,他的左右脑是不是装反了。"

两人对视一眼,哭笑不得。

片刻后,萧晴才恍然大悟:"怪不得他那天在街头见到我的表情那么奇怪,还问我是不是出国来找他的,原来是有你这个先例在!"

"是啊,我当年太傻了,为了他居然过来留学。"明慧轻叹口气,"年轻的时候总要冲动一次,现在想想,我追他出国把他给感动了也挺值的。自那以后,他对我就特好。"

见明慧一脸得意的笑容,萧晴也忍不住笑了起来:"看来他那匹脱缰的野马,也被你给收服了啊。"

"哈哈,说得没错。"明慧笑了笑,又叹了口气,"唉,就是每次跟他说话,我都觉得好像在演电视剧。他那个表情,变幻莫测的,实在太戏剧化了。不过,习惯以后还觉得挺有意思的,跟他在一起,每天都有惊喜。当然,大部分惊,少部分喜。"

听明慧这么一说,萧晴也跟着笑了起来。

跟谢意过日子,那真是件挺惊险的挑战。她始终无法理解明慧怎么会喜欢上谢意,不过,各花入各眼,说不定她就喜欢他的戏剧化呢。

明慧要补一下妆,萧晴就走出化妆间下了楼,左看右看,没有发现Jesen去了哪里,连刚才在楼下瞄到的"君则"和那位老爷爷都不见了。

有个服务员见她四处张望,就走过来说:"您是萧小姐吧?Jesen让我带给您一张字条。"

"谢谢。"萧晴接过字条,展开来,就见上面写了一行潇洒的大字:我有事先走了,待会儿再来接你。请你做好准备应付我爷爷。

"……"这语气怎么这么正经严肃,弄得萧晴心里也有些紧张。

话说,他的爷爷很可怕吗?听他描述,他爷爷好像很恐怖的样子。

萧晴把字条塞进口袋里,到安排好的座位坐了下来,心里不由得有些忐忐起来。

婚礼终于开始了,熟悉的结婚进行曲中,明慧挽着谢意的手走过长长的红毯,在摆了一排玫瑰花的桌前宣誓共度此生。那位熟悉的老人家也出现了,原来他是来做主婚人的,摸着胡子笑眯眯地念台词,挺像神话电视里的……月老。

萧晴看着谢意和明慧一脸幸福的微笑,突然觉得有点儿羡慕。人一辈子遇到喜欢的人挺不容易,至少到现在为止,她别说没谈过一场恋爱,甚至从没对哪个男人有过心动的感觉。

她总觉得爱情这种东西实在太抽象,与其想这些无聊的爱情,还不如多看几部漫画、多啃几个鸡腿来得实在。

结婚仪式完毕,在众人的喝彩和起哄声中,明慧开始抛怀里的捧花。据说谁能抢到新娘怀里的花束,谁就是下一个要结婚的人。

很多单身贵族兴奋地围在那里抢,快要挤破头了。萧晴兴趣缺缺,就在外围看好戏。

没想到,明慧那花束一抛,用力过猛,抛得太远,直接抛到了在远处围观的萧晴怀里。

一群人整齐地回头——

"啊,居然被你抢到了!"

"今年肯定有桃花运啊!"

"说不定下一个结婚的就是你!"

"恭喜恭喜啊。"

那位老人家看着她,更是摸着胡子笑眯了眼睛。

在一群人羡慕嫉妒恨的目光中,萧晴一脸僵硬地把花束放回了桌上。

这种好运肯定不会应验的。在她身上,从来都是好的不灵坏的灵。所以她不用在乎这种传言。

结婚?开玩笑,都说婚姻是坟墓,她又不是傻了,怎么可能年纪轻轻就往坟墓里躺……

谢意和明慧的婚礼请了很多留学生,大家聚在一起一点儿也不拘束,很快,酒楼就沸腾起来,隔壁桌上还有人划拳,那响亮的声音吵得萧晴头晕眼花。

吃了点儿菜填饱肚子,等明慧和谢意来桌旁敬了酒,萧晴赶忙趁机开溜了。

跑到外面呼吸了几口新鲜空气,萧晴刚松口气,就见不远处一辆熟悉的车子正往这边开来。

车子稳稳地停在萧晴面前,沈君则摇下车窗,扬了扬眉:"上车吧。"

萧晴开门上车,系好安全带,笑着说:"真巧啊,我刚出来你就到了。"

沈君则没有回答,从口袋里拿出个小盒子递给她:"你的充电器。"

萧晴接过来,打开一看,果然是跟她那款诺基亚手机相配的充电器,便顺手收进包里:"谢谢你,我差点儿忘了。你刚才就是去买这个吗?"

"嗯。"沈君则应了一声,没再说话,萧晴想起他说过的"开车时不喜欢被打扰",也就沉默了下来。

不知为何,今天跟他独处时总有一种奇怪的压迫感,再加上那场令人尴尬的意外,萧晴还是觉得自己闭上嘴比较好,免得又惹火这个脾气古怪的男人。

片刻之后,车子停在了一家餐厅门前,沈君则带着她走到了二楼的包间。

见萧晴紧张地握着手心,沈君则忍不住低声道:"只有我爷爷在,你不用紧张。他若问起我们相识的过程,你就按骗谢意的那一套来编。"

萧晴点点头,又担心地问:"万一他问到我不会答的问题呢?"

沈君则回头看了她一眼,淡淡道:"放心,有我在。"说着,推开包间的门,"进去吧。"

萧晴昂首挺胸一脸严肃地往屋里走,那姿势就像要奔赴刑场。

屋内坐着一位老人家,留着寸多长的白胡子,头发也全白了,一双眼睛正盯着门口看。他手边放着根拐杖,还雕了个精致的龙头,萧晴突然想到那些武侠小说里深藏不露的武林高手,好像都是长他这样的……心底不由得颤了颤。

刚才在婚礼上还一脸笑眯眯就像慈祥的月老,现在收敛了笑容,倒有点儿不怒自威的气势。这位爷爷,一看就得罪不起啊,那拐杖敲下来真是太可怕了。

"爷爷,她就是萧晴。"沈君则带着萧晴走到桌旁,替她拉开椅子,"过来坐。"

被老人家一直盯着看,萧晴有些心虚,在沈君则的指示下端正坐好,挤出个灿烂的微笑说:"爷爷,您好,我是萧晴。很高兴见到您。"

说罢,她还很狗腿地鞠了个躬。

沈爷爷的胡子抽了抽,看了沈君则一眼,压低声音道:"你不会又在玩花样吧?"

沈君则微微一笑,凑到他耳边轻声道:"您放心,她真是萧晴。您不是见过她的照片吗?"

沈爷爷怀疑地看了他一眼,又看向萧晴,咳了一声,严肃地问:"你就是萧晴?"

"嗯。"萧晴点点头,"是的。"

沈爷爷的目光绕着萧晴转了好几圈，这才笑呵呵地说："真没想到，你们居然能走在一起。呵呵……"

萧晴准备好了一堆见家长的问题应对方法，比如家里是做什么的，两人怎么认识的，对将来有何打算。可老爷爷突然什么都不问，只在那儿微笑，萧晴反倒有些不习惯，忍不住扭头看向旁边的Jesen。

他倒是一脸气定神闲，好像这一切早已料到一般。

沈爷爷看着萧晴，越看越喜欢，那慈爱的目光让萧晴全身都起了一层鸡皮疙瘩。

"我这孙儿可没少让我操心，这么多年一直不找女朋友，说什么男人要以事业为重，遇不到喜欢的女人他也不想将就。现在有你在他身边，我也就放心多了，呵呵。"

见他一直笑个不停，萧晴也配合地笑了一下，尴尬地摸了摸头。

沈爷爷继续语重心长："萧晴啊，以后你也多管管他，让他趁早收了心。你们感情好的话，就早点儿结……"

"爷爷。"沈君则打断了爷爷的话，"现在说这些还早。"

"哦，也是。你们年轻人有自己的想法，慢慢来，不急不急。"沈爷爷笑眯眯地看着萧晴，"萧晴啊，以后有空多来家里玩。"

"嗯。"萧晴赶忙点头答应。

"刚才在婚礼上，我看你坐在那里挺局促的，是不是没吃饱啊？"

萧晴忙说："吃饱了。"

"哎，不用跟我客气，我看你肯定没吃饱，出门的时候还拿了两块蛋糕。"沈爷爷眯起眼睛笑得特别高兴，好像发现了什么大秘密一样。

萧晴尴尬地垂下头。这爷爷是当侦探的吗？居然把她观察得那么仔细，汗，连她偷蛋糕都发现了。

"自家人，不用见外，不爱吃酒宴上的菜，我再给你叫点儿好吃的。"沈爷爷摸了摸胡子，冲旁边的沈君则道，"你去给她弄点儿吃的来。她喜欢什么口味，你应该很清楚吧。"

"好。"沈君则站起身来，看着紧张到攥紧手指的萧晴，还是有点儿不放心。路过萧晴身边的时候，忍不住俯下身来，在她耳边低声说，"遇到没法应付的问题，你就按老办法，借口去洗手间。"

"嗯。"原来她上次见谢意时用的"尿遁"这一招，早就被他看穿了？萧晴尴尬地点了点头，见他高大的背影消失在视线内，面对着这位笑得很慈祥的老人家，心里不由得更加紧张。

"萧晴啊，你今年二十二了吧？"

"嗯，是的。"这老爷爷连她的家底都摸清楚了？突然觉得压力好大……

"你跟爷爷说实话，你真的喜欢他？这小子脾气古怪，性格也很冷淡，一点也不懂浪漫，更不懂怎么讨女孩子欢心，似乎不是年轻女孩喜欢的类型啊。"说罢，长长叹了口气，脸上也有些发愁。

"我……我觉得他挺好啊。性格冷淡，也可以说是成熟冷静。脾气的话，两个人相处久了，总会互相适应的。浪漫有什么用，又不能当饭吃，我更喜欢他这样实实在在的人。"萧晴忍不住伸手擦了擦额头的冷汗，"他人挺好的，喀喀……真的，挺好的。"

"这么说，你很喜欢他？"沈爷爷两眼放光。

"嗯。很……很喜欢。"萧晴硬着头皮挤出个笑来，再问下去她都想哭了。

幸好，Jesen及时推门走了进来。

沈爷爷便把目光移向他："点好菜了？"

"嗯。"

"那好，你们两个吃饭，我先回去了。下次再请萧晴到我们家里来。"沈爷爷说着就站了起来。萧晴也赶忙站了起来，恭恭敬敬目送老人家挺着脊背拄着拐杖离开了房间。

直到Jesen送完爷爷回到房内，萧晴还有种很不真实的感觉。

就这么结束了？

"就这样？"萧晴忍不住扭头问沈君则，"我还以为你爷爷很难对付呢，看上去挺和蔼可亲的啊。"

和蔼可亲？

沈君则忍不住头疼地想，爷爷那是笑里藏刀好不好！刚才他哄爷爷来这家餐厅，把跟萧晴在游戏里认识的经过从头到尾说了一遍。另外附加一条：她还不知道自己是沈君则，两人现在感情不牢固，您别把这件事捅破，她知道两家生意上的关系会有压力。女孩子面皮薄，您也别一见面就问人结婚的事。

沈君则把各种预防针都打了下去，爷爷也同意了，并且答应见面后不逼问萧晴任何事，一切交给他来处理。沈君则这才放心大胆地把萧晴带来见爷爷。

萧晴跟爷爷见面的过程，也全按他预计的方向发展着，非常顺利就过关了。

可就是太顺利了，沈君则心底反而有点儿不踏实。他总觉得，自家爷爷这样精明的老狐狸，不会这么平静就接受他跟萧晴之间突然冒出来的恋情。

第八章

备战相亲（二）

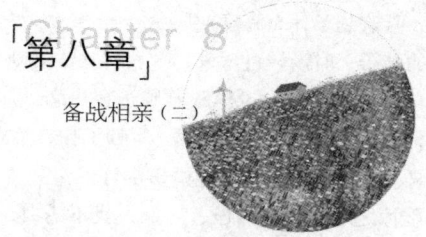

晚上回到酒店，萧晴赶忙把手机充电器给接上。手机关机好几天，她跟家人朋友一直没联系，心里自然着急。

冲了一会儿电，手机终于可以开机了，一开机就见屏幕上蹦出好几条短信。最夸张的就属祁娟的轰炸短信。

"你一趟美国飞出地球了吗？发你短信一条都不回！"

"不会被黑帮绑架了吧？像你这样的笨蛋，他们绑过去也不嫌累赘吗？"

萧晴哭笑不得，正想给祁娟发短信回复，手机铃声突然响了起来。

来电显示是爸爸的号码。

萧晴赶忙接通，高兴地说："爸爸，我前几天就到纽约了，手机充电器忘带了，一直关机呢！我给你的语音信箱留言了，你听到没？嘿嘿，妈妈那边你就帮忙说一声吧，我可不敢给她打电话，她好凶好凶好凶……"

还没说完，萧晴就听到耳边突然传来个冷静的女声，一字一句地道："我是你妈妈。"

"啊？"听着熟悉的冷漠声音，萧晴的头皮一阵发麻，吞了吞口水，干笑道，"妈妈，是你啊……"太可怕了，女王大人千万别发火，她不是故意在爸爸面前说她坏话的，真的不是！

岳凝轻轻哼了一声，声音更冷："你的充电器在我箱子里。我说你也太厉害了，把充电器塞到我的行李箱里。"

听着妈妈的声音，萧晴只觉得全身冒冷气，忍不住摸了摸有些发凉的脖子，小声解释："我们的箱子上次一起买的，太像了……"

"行了，别找借口。"岳凝沉着脸打断了她，"我今天打电话给你，是为了确定另一件事。"

"嗯，您说，您说。"萧晴的语气就像小丫鬟在跟太后说话，要是屁股后面长了个尾巴，肯定已经摇起来了。

岳凝显然不吃她这套，声音中依旧带着凉凉的气息："你是不是很喜欢沈君则？跟我说说，喜欢到了什么程度？"

"啊？"萧晴的脑子一时没转过弯来，"我喜欢沈君则？"

"沈家今天专门打电话给我，说你跟君则正在热恋，你还大言不惭说最喜欢他这种类型的，毕业之后就要跟他结婚。"顿了顿，岳凝冷冷地道，"萧晴，你真能给人惊喜。这才出国几天，连婚事都订了？"

"啊？"萧晴震惊之下张大了嘴巴，"妈，我不明白，我跟沈君则怎么订婚了？"

岳凝完全无视了萧晴微弱的反抗声，继续自顾自地说："你要跟他结婚，我跟你爸爸也不反对。你还不知道吧，你爷爷跟君则的爷爷，当年是关系特好的结拜兄弟，还约定下一代如果有儿有女就结个亲家，可惜你爸爸这一代，萧家沈家都是儿子，这件婚事就作罢了。没想到你跟君则居然能有这样的缘分，沈老爷子高兴得很，还说，他现在就备好聘礼，盼着你嫁入沈家呢。"

"聘……聘礼？"萧晴握着话筒，指尖都有些打战。

"你都二十多岁的人了，做事应该知道分寸！沈老爷子可是打定主意要你这个孙媳妇！你自己作孽，到时候悔婚可别气得人高血压发作躺进医院去。"说到这里，岳凝刻意压低了声音，显然在极力控制怒气，"我说你到底怎么招惹上沈君则的？知道他是什么人吗？结婚这事是随便拿来开玩笑的？"

"妈，我怎么觉得你说的跟我知道的不是同一件事？我跟沈君则？八竿子打不到一起的人怎么就订婚了？"

"你就慢慢想吧！别梦游着把自己嫁出去了，连对方是什么人都不知道！"岳凝深吸口气，"我挂了，拜。"

"……"萧晴还没来得及说再见，妈妈就把电话给挂了。

看来她非常生气。

汗，有这样的女儿，哪个妈妈都会生气的吧，这可是莫名其妙就多了个女婿和亲家。

可萧晴还是不知道，到底是哪个环节出了问题，让消息这么快就传到了父母那里。

萧晴垂着头坐在床上，从头开始推理。

一周前，沈君则没来机场接她，她遇到沈君则的好友Jesen，Jesen送她到酒店。过了两天，逛街遇到谢意，并且认识了Jesen介绍的嬉皮笑脸的沈君则，之后只在谢意的婚礼上见过他一面。她跟"沈君则"的相识就是这样一个简单的过程，中间没有任何一个环节涉及"婚事"吧？

现在莫名其妙来个沈老爷爷给她指了个娃娃亲，还跟她爷爷是结拜兄弟？就算爷爷那一辈关系真的特别好，当年想结亲，也是她爸爸这一代，可惜她爸爸这一代生下来全是男的，那就算了，居然还来个父债子还，继承到她头上？有这么继承的吗？

说什么沈老爷子特别开心，还认定了她这个孙媳妇……开什么国际玩笑！

萧晴整个人就像被电击了一样瘫在床上，这消息比听到谢意说"你太傻了"还要恐怖。

她的纽约倒霉史已经写了十页了，不会让她继续写下去吧？

萧晴在床边垂头丧气地坐了好久，终于下定决心给祁娟打个电话咨询意见。

"嘟嘟"两声，电话被接起来，萧晴还没来得及说话，那边就开始破口大骂："你这死丫头还记得给我打电话啊？我以为你到美国连自己是谁都忘了！"

"小娟啊，我在这边，日子过得好苦啊……"听到好友的声音，萧晴忍不住心里的委屈，就把到纽约以来的遭遇一口气全说了出来。

萧晴一边说一边用手捶床，那边的祁娟倒是十分平静，等萧晴把妈妈打电话的事都说完了，祁娟才淡淡开口道："怕什么，难道沈家还能把刀子架你脖子上，逼你进礼堂？"

萧晴沉默了一下，沮丧地说："倒没那么严重。只是我们家这几年生意上遇到很多问题，沈爷爷为人挺仗义的，念着跟我爷爷的交情，一直在暗中帮忙，我就算不嫁进沈家，也不好忘恩负义把老人家气坏吧。可关键是，我根本没说过要跟沈君则结婚！"萧晴郁闷地咬牙，"这件事真的很莫名其妙。"

祁娟想了想，冷静地道："听你说来，那个沈君则嬉皮笑脸没个正经的，说不定是他一时兴起跟他爷爷说想要你呢，你故意表现差一点儿，让他对你彻底失去兴趣。这样，不用你去拒绝，沈君则不敢娶你自然会主动放弃的。"祁娟微微笑了笑，"这不就解决了？"

萧晴眼睛一亮："我明白了，明天我就约他出来，我总有办法吓走他。实在不行，我还记得你教我的那个终极大杀招呢。"

"嗯，大杀招尽管用，必要的时候，姐姐我出面替你顶。"

想起祁娟在机场送别时教她的那个大杀招:"要是遇到烂桃花,你就说你是百合,把我搬出来,姐姐我出面替你顶着。"萧晴忍不住笑了起来。那句话说出口,估计能把沈君则吓得屁滚尿流。

萧晴有些兴奋地道:"对了,这事要不要跟卫楠说?"

"别烦她了,那丫头自己一堆情债还没搞定呢,你的事定下来再告诉她。"

"那好,我先准备准备,明天把那个姓沈的给吓走。居然说要娶我,还闹到我爸妈那里,我绝对要他吃不了,兜着走!"

"加油啊,记得开机随时跟我保持交流,搞不定的时候就找我要锦囊妙计!"

萧晴挂了电话,心情这才好了起来。睡在床上,忍不住低声诅咒:沈君则,你等着,我萧晴可不是好惹的。必要的时候,直接把我学医的姐妹卫楠和学法的姐妹祁娟一起请到纽约来,三两下把你给尸解了,绝对干净利落,还不犯法。

萧晴诅咒完毕,倒头睡了个香。倒是那头的沈君则,一直在打喷嚏。

怪了,为什么他总有种天空的裂缝越来越大,堆成的雪山即将崩塌的不好预感?

次日中午,萧晴睡醒后就给沈君则发了条短信。

"君则你好,我是萧晴。中午有空吗?请你吃饭^_^。"

有什么阴谋?

这是沈君则看到短信的第一反应。

今天这萧晴是怎么了,居然发短信要请"君则"吃饭?她不是一直很讨厌弟弟假扮的君则,恨不得避开他十米远吗?

沈君则正在疑惑,就见手机又振动起来,紧接着,他的另一个手机号也收到一条来自萧晴的短信。

"Jesen,我是萧晴。中午有空吗?我想请你吃顿饭,就在上次那家海鲜城。"

这绝对是鸿门宴!

她同时请了两个人,摆明是有目的。他才不信这丫头突然好心单纯要请他们吃饭。

沈君则对着手机里的两条短信沉默了一会儿,皱着眉拨通了弟弟的电话。

"哥,你知道我没定闹钟就打电话吵醒我,我真是太感动了!"沈君杰打着哈欠,语气有些不爽。

沈君则无视他的抱怨,淡淡道:"萧晴请吃午饭,你去不去?"

"请吃饭啊！这么好的事当然要去了，哈哈哈……"沈君杰突然一顿，"谁请？"

沈君则扬了扬眉，低声道："萧晴，记得吧？"

沈君杰猛然从床上弹起来坐了个笔直："萧晴请客？她看我全身都不顺眼，居然请我吃饭？不会是想把我宰了炖人肉吧？我绝对不去，死都不去，倒贴一百万都不去！"

沈君则微微笑了笑："对了阿杰，你下个月不是过生日吗？我前几天看见一台笔记本电脑挺适合你的……"

沈君杰愤怒道："你太过分了，居然用礼物这种幼稚的把戏来诱惑我！老哥，你知不知道啊，我都过二十岁的人了！我也是个有原则的人！"

沈君则继续道："索尼那台限量版的单反相机你不是眼馋了很久吗？我一个朋友手里正好有一台，昨天还问我要不要……"

"要要！绝对要啊！"沈君杰语气一变，一脸笑容，"哥，萧晴在哪儿请客？"

"海鲜城。"

"海鲜城……"沈君杰显然想起了上次不太美好的回忆，犹豫了一下，狠狠握了握拳，一脸壮烈的表情，"没事，海鲜城就海鲜城吧。你等着，我这就换好衣服去见她。我一定扮演好'沈君则'这个角色，绝对不让哥哥你失望。"

"我先去看看情况，你过半个小时再去。"

"知道了，随时候命。"沈君杰顿了顿，又笑着道，"哥，我的相机……"

"早就替你买下了。"

"……"听着哥哥淡定的声音，沈君杰捏紧话筒欲哭无泪。被这个闷骚的家伙耍了已经不止一次了，当他的弟弟，为什么总是这么悲剧呢？

说通了弟弟那边，沈君则就开始回复萧晴的短信。

"哈哈，萧晴你居然请我吃饭，真是太让我惊喜了！你等我，我半个小时后就过去啊！"面无表情地学着弟弟的语气打字，沈君则突然觉得，装幼稚……其实也是一种幼稚。

然后，他又翻到自己那条，换了个手机号码，一本正经地回复道："我现在过去。要到酒店接你吗？"

萧晴很快就回复："不用了，我在海鲜城门口等你吧。"

用弟弟的语气发的那条短信她却一直没回复，看得出，她真的挺讨厌那位"君则"的。

沈君则到达海鲜城，见萧晴正等在门口冲他招手，实话说，他对这个地方也有心理阴影。不过现在只能硬着头皮走过去，微笑着冲萧晴道："怎么突然想请我吃饭？"

萧晴笑了笑："进去说吧，这里说不清。"

说着，她就转身把他带到了订好的房间，一进屋，还神神秘秘地把门给关了起来。

这丫头又发病了，唉……鬼鬼祟祟就跟女特务似的。

沈君则疑惑地看了她一眼，低声问："到底出了什么事？"

萧晴找了个位置坐下，把手臂撑在桌上，哭丧着脸开始抱怨："我跟你说，我真是倒霉到家了。昨天回去酒店插上充电器，一开手机就接到我妈的电话，她让我好好考虑跟沈君则订婚的事情，还说我爸很支持我嫁给沈君则。唉，不知道事情怎么突然变成这样。早知如此，我让手机一直关机好了。唉……真倒霉啊真倒霉啊。"

萧晴连续叹了好几次气，丝毫没注意到身旁的男人瞬间变得铁青的脸色。

"跟沈君则……订婚？"沈君则压低声音，一字一句重复道，"你……确……定？"

萧晴耸耸肩："当然确定啊，我妈都发火了，说我怎么莫名其妙招惹上了沈君则。现在倒好，沈家已经准备好聘礼等我嫁人，你说，这算什么事啊！"

沈君则脸上的表情难看到了极点。

这算什么事？他也想问。

他跟萧晴订婚了，作为"准新郎"，他居然完全不……知……情！

沈君则深吸口气，压抑住心底的怒火，冷静地问："是谁打电话给你妈妈的？"

萧晴歪头想了想："好像是沈爷爷吧。"

"……"沈君则嘴角僵了僵。

萧晴回头补充道："他说，我跟沈君则感情可好了，正在热恋中，很快就订婚了……我妈还说，沈爷爷跟我爷爷是结拜兄弟，曾经约定让儿女结婚做亲家，结果上一代全是儿子，这件事就作罢了，没想到我跟沈君则居然能在一起，实在是太好了，简直是上天注定的缘分，总算能圆了他的心愿，他特别特别高兴。"

听着萧晴的话，沈君则身侧的拳头缓缓地收紧。

他做了个套子，居然把自己给套了进去。

本想让萧晴假扮女友，暂时让爷爷打消逼他结婚的念头，然后他再慢慢搞定爷爷那边,反正萧晴在这里读书要三年,时间长得很。有了萧晴这名誉女友,至少这三年他不用每周被逼去相亲。况且,萧晴对沈家完全不了解,她没见过沈君则,没见过爷爷,这场戏演起来自然降低了难度。

没想到,沈家和萧家上一代居然有这种"结亲"的约定。爷爷那个巴不得他早点结婚的老狐狸,既然凑巧遇到主动送上门的萧家女儿,高兴还来不及呢,怎么可能让煮熟的鸭子给飞了?

这么快就打电话给萧晴的爸妈确定关系,显然是想先下手为强。这下倒好,爷爷心里是踏实了,跟萧晴假扮情侣的他却完全是骑虎难下了!

他终于作茧自缚了,他终于眼睁睁看着自己抬起砖头,狠狠地砸到了自己的脚上!

让他跟萧晴结婚?跟这个脑子缺根筋的灾星结婚?

神哪,带走他吧!他不想让后半生毁在这个女人手里!

沉默良久后,沈君则才冷静下来,坐到萧晴旁边,低声问:"这件事,你怎么看?"

"我?"萧晴抬起头来,脸上是一脸坚定的表情,"我绝对,不会,嫁给沈君则!"

虽然萧晴当面说出这句话有点儿打击他的自信,不过,这也是他乐于见到的态度。她不愿嫁,他不愿娶,沈君则发现,他跟萧晴居然还能有"心意相通"的时候。

"这也是我今天找你来的原因。"萧晴突然两眼放光地看向他,"你再帮我一次,待会儿沈君则来了,我们尽量表现出感情很好的样子,你跟他说清楚我是你女友,这样,他就不会想跟我结婚了。"

"……"沈君则突然很想抽自己耳光。

跟你亲密?这可正合了老头子的心意!咱俩越亲密,爷爷越开心,事情越不可收拾!

萧晴继续笑眯眯地看着他,态度好得就跟推销员似的:"你跟沈君则不是最好的朋友吗?如果他知道我们在一起,肯定会打消跟我结婚的念头的。以后,我也会尽职尽责扮演你的女朋友,让你家人不逼你去相亲,咱俩互惠互利,你看好吗?"见沈君则没反应,萧晴又长长叹了口气,苦恼地说,"唉,要我嫁给沈君则,感觉就跟赶我上断头台一样,真是要命!"

听到这话,沈君则的嘴角忍不住又抽了抽——娶你,我才要命!

"对了,沈君则怎么还不来,放人鸽子是他的习惯?"萧晴突然问道。

"可能睡过头了吧。"

"要不我打个电话问问看。"萧晴说着就拿出了手机,一边拨沈君则的电话，一边还抱怨道，"这都中午了他还在睡，一个男的怎么能这么懒。"

口袋里的手机突然响了起来，沈君则冲萧晴打了个手势："抱歉，接个电话。"

"哦……"见他一脸严肃地拿出手机走到门外，萧晴心里突然有种奇怪的别扭感。还没来得及仔细去想，很快，耳边就传来"沈君则"懒洋洋的声音："是萧晴吗？"

"是我。"萧晴皱了皱眉头，"你怎么还没到？午饭时间都快过了。"

"嘿嘿，我在路上呢，马上啊，马上。让你久等了不好意思啊！"

"上次那家海鲜城，二楼3号房。"

"OK，十分钟内绝对到！待会儿见了，拜拜。"

那边挂了电话，萧晴也收回手机，闲着无聊就自己倒水喝，越喝越觉得上火。听那个沈君则嬉皮笑脸没个正经的声音，嫁给他简直是自虐。

屋外的走廊尽头，两个男人正面面相觑。

片刻后，沈君杰靠着墙壁长长吐了口气，拍着胸脯说："哥，陪你演戏，就跟拍恐怖片一样，太刺激了！你刚把手机塞给我时那严肃的表情，我还以为是警察局打来的……"

沈君则淡淡地看了他一眼，从他手里拿回自己的手机。

"嘿嘿，刚才我要是不出现，你一接电话不就穿帮了？"沈君杰笑着说。

"你觉得我会犯这种低级错误？"沈君则扬了扬眉，"萧晴来电，十秒不接，会自动转移到你的手机上，我早就设置好了。"

"咯咯……"沈君杰猛咳了两声，"哥，你连这都提前设置好了，你真是太浑蛋了！"见哥哥脸色不太好看，沈君杰忙换上灿烂的笑容，"不过，咱这次也算是大难不死，必有后福吧？"

话音刚落，沈君则的手机又响了起来，来电显示是爷爷的号码。

沈君杰的笑容僵在脸上，指了指手机："后福……来了……"

沈君则白了他一眼，接起电话，冷静地道："爷爷，我跟阿杰在外面吃饭。呃……好吧，我马上回去。"

放下手机后，沈君则的脸色变得更加严肃，好像一场大战就在眼前。

沈君杰忍不住好奇地问："爷爷怎么说？"

"家里出了点儿事。"沈君则皱了皱眉，"总之，萧晴这里就交给你了，你跟她表明态度反对这场婚事就行。话别乱说，多说多错，知道了吗？"

"哦……"沈君杰呆呆地看着他。

沈君则轻轻拍了拍弟弟的肩，转身匆匆往楼下走去。沈君杰却依旧两眼发直地看着对面的墙壁，其实，他早就被"婚事"两个字震到大脑死机了。

倒霉的时候喝凉水都塞牙，沈君则终于深刻感受到了这句话的哲理性。

一到家，沈君则就见爷爷端坐在沙发中央，手里的拐杖依旧"咚咚"地敲着地板。

爷爷旁边坐着个身材极好的女人，乌黑的长发在脑后绾了个漂亮的发髻，修长的脖子上戴着一条闪闪发光的项链。手里还捧着一杯热咖啡，正用勺子慢慢搅拌着，一脸悠闲自得的神态。

爷爷用拐杖敲地板的声音，跟她搅咖啡的声音，形成了一种完美的合奏，一下一下折磨着沈君则的神经。

她怎么来了？

沈君则突然觉得全身冒起了凉气，仿佛面前的女人化身成了天然空调。

这个女人，年轻美丽，高傲洒脱，十年前跟父亲离婚之后便很少回沈家。沈君则小的时候她也没怎么管过，说什么"父母过多的干涉会影响孩子的天性""人类应该自然成长"。所以，沈君则自小就是"纯天然"长大的，被父亲揍、被母亲骂，那种经历他还没体验过呢。

至于老爸，沈君则每次想起都觉得头疼。老爸现在到处游山玩水拍照片，去当什么摄影爱好者，潇洒得都快成仙了，似乎完全不记得这世上还有个儿子。

此时，看着好久不见的妈妈一脸微笑的样子，沈君则脸上的表情越来越僵硬。

她每次回来都会卷起一阵狂风暴雨。上次回来是于佳姐姐嫁人的时候，这次回来难道是……沈君则突然不敢往下想了。

第九章

统一拒婚
联盟（一）

果不其然，坐在沙发上的女人看着沈君则，露出个高深莫测的笑容来，缓缓开口道："听说，你要结婚了？"

沈君则扬了扬眉："妈从哪儿听说的？我怎么没听说？"

沈爷爷瞪了沈君则一眼，狠狠咳了一声。

女人继续平静地说："我这趟回中国，本想参加母校的百年庆典。结果，看到了这个，只好连夜赶来纽约。"说罢，微笑着指了指桌上的杂志。

沈君则的目光顺着她的手指望过去，杂志上头条标题的大字，瞬间让他有种戳瞎双眼的冲动——

沈氏继承人沈君则与萧家千金萧晴"惊人闪婚"！

两人的名字被加粗放大，"惊人闪婚"四个字还是鲜红色的楷体。

下面还有一行黑体小字：据知情人士透露，沈氏企业继承人沈君则目前已成功俘获萧家千金萧晴的芳心。两人目前正处于热恋之中，沈君则甚至一改往日的冷漠面孔，当众热吻萧晴……

这杂志的八卦记者太敬业了，下面还真的贴了一张在谢意的婚礼上两人"热吻"的照片。

沈君则沉着脸把杂志扔回桌上，抬头看向一脸微笑的妈妈："妈，没有这回事，我根本不喜欢她……"

"可她喜欢你！"沈爷爷终于发话了，语气非常愤怒，"这还是谢意跟我说的，萧晴为了你都追到纽约来了！两年，隔着那么远，只跟你在网上联络，她还能对你这么死心塌地！一个女孩子为了你付出这么多，你还有脸说不喜欢她？"

"砰"一声，沈爷爷的拐杖狠狠敲在地板上，那震撼力，如同敲在了沈君则的头顶——

"不喜欢她，你当初为什么回国去找她见面？不喜欢她，你前几天还带她来见我，说她是你的女朋友？不喜欢她，你把人家单纯的姑娘骗来国外干吗！你说说，这么好的女孩子，你还有脸说不喜欢？"

"……"沈君则被爷爷那几个气势非凡的排比句骂得哑口无言，突然有种欲哭无泪的挫败感。

此情此景，仿佛他面前正是一个挖好的坟墓，他身后却是一群推他往下跳的家人。这坟墓还特别合身，因为……那是他自己挖的。

"爸，您先别生气，我很了解君则的个性，他当然不是不喜欢萧晴，否则也不会因为萧晴的出现而性情大变了。"妈妈说罢又扭头转向沈君则，严肃地道，"你实话跟我说，你不想跟萧晴结婚，是不是因为我跟你父亲婚姻的失败，让你对婚姻失去了信心？"

"……"这是什么跟什么啊？

"君则，不是妈妈说你，你的底线和原则也太多了。小时候吃鱼被鱼刺卡到，之后你就再也不吃鱼。可是很多事不是这么绝对的，萧晴是个好女孩儿，遇到了就该好好珍惜，还没结婚，你怎么知道你跟她的婚姻会失败呢？"

那还用想？绝对会失败的啊！

沈君则头疼地按了按太阳穴，开口道："妈，也不是这个原因。"

挫败到了极点，他反而冷静下来。如今，跳与不跳就在一念之间，跳下去还不一定死，不跳，肯定死。

毕竟到了这个地步，如果把真相公开，家里人绝对能用口水淹死他，而萧晴那边，更有可能直接用武力解决他。更烦人的是，那些八卦媒体，说不定能把皮球放大成地球，把萧晴说成是不远千里追逐恋人的痴情女孩，他却是始乱终弃的人渣。

面对三方夹击，他可没有信心再瞒天过海了。

当初因为遇到萧晴正在诅咒自己而没有当场表明身份，然后灵机一动把她拐去酒店。说起来，这不过是一个小小的谎言，没料到后来，意外状况层出不穷，小雪球滚来滚去居然变成了大雪山，如今，终于崩了。

萧晴真是他生命里的灾难。

沈君则沉默片刻，低声道："我会娶她的，但……不是现在。"

沈爷爷抖了抖胡子，瞪着他道："不是现在？那你还想等到什么时候？萧晴可是很受欢迎的，别以为她对你死心塌地，你就可以肆无忌惮地放着她不管！那个黑人，叫什么Jack的，那天我还看见他对萧晴表白来着。"

这都被老爷子看见了，他真不是当侦探故意跟踪的？

沈君则皱眉道："我跟她之间还有很多问题需要解决。爷爷您忘了？她还不知道我的身份。"

"哦，原来是这个问题。"沈爷爷这才恍然大悟，"那你快点儿解决吧，再拖下去，说不定还要出什么变故。"

妈妈也笑了笑说："我们等你的好消息。你父亲过几天也会回来参加你的婚礼。"

"知道了。"

沈君则一脸平静地从客厅里出来，靠着墙长长吐出口气。

老爸、老妈、爷爷，三座巨山压在头顶。

萧晴，一座雪山放在身后。

婚姻，一个坟墓摆在眼前。

他怎么这么悲剧呢，不就是看方遥的演唱会算错了一天时间吗？

沈君则正在拼命克制愤怒，手机又一次响了起来。来电显示：方遥。

沈君则沉着脸接起电话，语气有些不善："找我什么事？"

电话那头的女人，语气带着熟悉的调侃："呵呵，当然是恭喜咯，听说你终于要走进婚姻的坟墓了，作为好友，我突然觉得心情十分舒爽啊……"

"够了你。"沈君则皱起眉头，冷冷打断了她，"闲着没事打电话说风凉话，你真够无聊的。"

"哟，听起来火气还挺大，你不是爱萧晴爱到'性情大变'吗，怎么了这是？婚前恐惧症？"

"懒得跟你说。"

"呵呵，要是缺伴娘的话就找我啊，布置新房什么的我最拿手了，洞房花烛夜，床上记得放几个核桃，据说，那样容易生儿子哦……"

听着耳边邪恶的笑声，沈君则直接把电话给挂了。

长长呼出口气来调节心情，沈君则沉着脸给弟弟发了条短信："阿杰，从现在开始，不管萧晴做出什么惊人举动，你都忍着。她想拒婚，你就想办法拖住她。"

"啊？不是说反对婚事吗？她刚才问我结婚的事，我差点儿开口拒绝了！"

"我改变主意了。"

"啊？你要跟她结婚？那萧晴可是我未来嫂嫂了啊，我这么得罪她，你们结婚后我可完蛋了啊!"

"放心,要完蛋也是我先完蛋,还轮不到你。"

"那倒也是,嘿嘿,我先替你挡几天。我这未来大嫂正在用各种动作吓我雷我。我跟你说,我的头顶就像安了电棒一样,时不时电一下,感觉可销魂了。"

"辛苦了。"

沈君则收回手机,嘴角扬起个苦笑。

虽然跟萧晴结婚很要命,可是,经常应付那些相亲的女人更要命。

况且,如今这局面,搞定萧晴一个人,显然比搞定爸爸、妈妈、爷爷,还有未来岳父岳母那一群人,要简单容易得多。

接到哥哥的短信,沈君杰赶忙改变了策略。对面的萧晴正在热情地给他夹菜,一边夹菜一边跟他讲她跟 Jesen 认识的经过,网游里的那段故事讲得那叫眉飞色舞,好像是昨天刚刚发生的一样。

看着她的笑脸,沈君杰只觉得头皮阵阵发麻。要是她知道那个 Jesen 就是要跟她结婚的沈君则,她一定会用剥虾一样干净利落的手法把老哥给尸解掉的。

沈君杰斜眼瞧着对面的萧晴,忍不住在心底为哥哥默哀起来。

"我跟 Jesen 在一起很不容易,两年的网恋,如今终于熬到了头。你也不忍心拆散我们吧?"萧晴笑眯眯地盯着沈君杰看,手里还拿着把水果刀慢慢削着苹果皮,仿佛他敢说个不字,她就会用那把刀削平他的脑袋。

"呃——"沈君杰尴尬地笑了笑,"拆散你们?我当然不会做那么缺德的事,喀喀……"

萧晴满意地点点头:"那你回去之后跟你家人说你不想跟我结婚,我爸妈那边我自然会去解释清楚。"

"这个恐怕不行。"沈君杰擦了擦手心里的冷汗,"关键在于,结婚不结婚,不是我说了算的。"

"不是你说了算?"萧晴震惊地看着他,"现在是婚姻自由的年代,难道你家人还能逼你?"

"其实……"沈君杰露出一脸难过的表情,"你猜对了。"

萧晴狠狠瞪着他,恨不得在他额头上瞪出两个洞。

沈君杰继续严肃地说:"我们家就是这样的君主专制。我爷爷的观念非常保守,我们沈家每个人的婚事都是他来安排的,反对也没用,除非我跟沈家彻底断绝关系。唉,想当初,我大堂姐,就因为反对婚事逃跑,被爷爷抓回来之后，关进小黑屋里半个月，差点儿连命都没了……"

沈君杰不是故意拖大姐下水的，只是抓来用用而已。沈君杰继续发挥表演天赋，认真地看着萧晴说："所以，结婚这件事，你找我根本没用。你爸妈赞成，我家里也赞成，这婚事八成推不掉了，你就认命吧。"

萧晴眉头一皱："开什么玩笑，难道你就任凭自己的人生让别人做主？你傻啊？我们俩根本没感情基础，结婚绝对是个悲剧！"

"这个问题你不用担心，现在没感情基础，不代表结婚一定会悲剧。"沈君杰笑着道，"感情是可以培养的。"

"沈君则！"萧晴咬牙切齿，"你就不能好好想想这个问题？"

沈君杰耸耸肩："我已经深思熟虑过了。"

萧晴愤怒地瞪着他，见他还在那儿皮笑肉不笑没个正经，忍不住哀叹一声，趴在了桌上："神哪……带我走吧……"

当天下午，一回到酒店，萧晴就非常郁闷地打开笔记本连上了网线。她内心熊熊燃烧的怒火，需要找人倾诉，不然她的五脏六腑都要烧焦了！

很好，祁娟正巧在线，萧晴忙发了条消息过去。

"小娟啊……"

"怎样？灭了沈君则没？"

萧晴沮丧地道："我被他打败了。"

"喀，虽然我不想打击你，可我真的想说，我早就猜到这结局了。"祁娟淡定地说。

"你不知道，那个男的就跟橡皮泥一样，死皮赖脸的，我从来没见过人能不要脸到这种程度！我都把话说得那么明白了，他居然还嬉皮笑脸地跟我说婚事不是他能决定的，说真的，我当时真想把那一盘虾砸他脑袋上。他简直就是一流氓！"萧晴气呼呼地打完这行字，按了发送键，后面还加了个抓狂的表情。

"好了，你先别自乱阵脚，他不肯退婚，你就变本加厉气死他。"

"比如呢？"

"男人嘛，除非有自虐倾向，不然，都会讨厌凶悍的母老虎，你就表现出那种泼妇的气场，看他还敢娶你！"

萧晴弯起嘴角，笑眯眯地打下一行字："呵呵，像我这种温和的性格，能演出泼妇的气场吗？"

祁娟沉默了一下："我非常相信你的实力！"

萧晴把聊天窗口关掉，心里也有了对策。正想去浴室洗个澡，手机突然收到了一条来自沈君则的短信。

"萧晴,把你的 MSN 账号给我。"

萧晴一看见这名字,心情就降到了谷底,火大地回复道:"我不用 MSN,我只用 QQ。"

"号码。"这次只有简单的两个字。

萧晴想了想,终于把号码发给了他。很快,右下角就弹出了一条验证消息,只写了三个字——

沈君则。

莫名地,萧晴竟觉得此时跟她聊天的沈君则,说话干净利落,好像猛然间换了一个人。

萧晴通过了沈君则的验证消息,顺手查看资料,发现这人用的是系统自带的企鹅头像,个人签名里居然一个字都没有,空间更是一片荒芜,什么农场、牧场之类的游戏根本没有开通,再看他的等级……一个可怜的小星星。

好吧,居然是申请不久的新号,萧晴还以为,以他这种无赖的性格,肯定经常在网上调戏女孩子,QQ 这些必要的联系工具一定会弄得很华丽。

或许这只是他的"小号"?

萧晴正在疑惑,就见右下角弹出了一条消息。

"在?"

"我很想说不在。"萧晴发了个白眼过去,"找我有事?"

"你目前没有真正喜欢的人,对吗?"

"我很喜欢 Jesen,你不是知道吗?"

"你们只是演戏,不是吗?"

萧晴背后一凉,那种奇怪的不适感再次出现,她总觉得,现在跟她对话的人语气非常冷静,甚至有种她的一切把戏都被对方看穿了的感觉。

"沈君则,你到底想说什么?"萧晴有些纳闷。

"我们的婚事已经被宣扬出去了,不是简单的解释就能应付的。现在有两种选择,第一、我们都和家里作对,反对这桩婚事,不管外面闹得如何天翻地覆。第二、暂时妥协,假结婚来让双方父母安心,我保证,婚后你可以继续做你喜欢的事,我绝不干涉你的生活。还有什么附加条件,你可以说,我会尽量满足。"

看着他一条条罗列的谈判条件,萧晴沉默了一下,手指飞快地在键盘上飞舞——

"你以为结婚是演戏?你以为我是你付了薪水就会乖乖陪你演戏的演员?告诉你,我萧晴不是那么好欺负的!你少摆出谈判的架势来吓我,我不吃这套!还有,别以为你假装正经严肃,就能改变你流氓的本质!"

"……"那边打了一串省略号过来表示无语。

萧晴气势十足,又加了一句:"再说这种废话,我拉你进黑名单你信不信!"

那边果然沉默了。

萧晴顺手拿起桌上的一瓶饮料,揭开盖子慢慢喝着降火,等了半天,也不见对方再有回复,萧晴这才松了口气,对着聊天窗口露出个胜利的微笑来。

装泼妇其实很简单,看来,这一招对他还挺有效的,以后可以尝试着发扬光大。

沈家书房内,沈君则正对着电脑皱紧了眉头,而旁边的弟弟笑得前俯后仰。

"哈哈哈,哥,你也有今天!哄女人这种事,看来你一点儿都不在行嘛。我未来大嫂果然有个性,真是只凶猛的母老虎!你猜,她拉黑你了没?"

"你闭嘴。"沈君则冷着脸看了他一眼,回头看着对话窗口里萧晴发过来的那一行鲜明的大字,以及一连串感叹号,突然觉得……头痛欲裂。

所谓的灾星,就是专门来克他的,面对正在发火的萧晴,他还真不知怎么对付了。他最不想面对的生物有两种:一是哭泣的女人,二是咆哮的女人。

显然,现在的萧晴已经进入不好对付的狂暴状态,每句话后面惊人的感叹号让沈君则头皮发麻。沈君则考虑了一会儿,最终还是明智地选择:关掉对话窗口,保持沉默。

萧晴这边饮料刚喝了一半,右下角又弹出条消息,一看那变态的骷髅头像,就知道是祁娟发的。

"忘了跟你说,我三天后要去纽约一趟,顺便去看你啊。"语气非常淡定,好像她跨半个地球跑来纽约,就跟去隔壁串门一样简单。

萧晴一口饮料一下子全喷在电脑屏幕上,按住胸口拼命咳了几声,才缓过气来。

撕张纸巾擦了擦被饮料染花的屏幕,萧晴在对话窗口敲下一行字:"你这时候来纽约简直太好了,咱俩配合演一场戏,正好把沈君则这事给解决了。"

"那还用说,姐姐我当然会为你撑腰,轻而易举摆平他。"

"那我先谢谢你了。"萧晴突然想到了重点,忙问,"对了,你这次来纽约干吗?你不是还在律师事务所实习吗?"

"哦,我实习期满了,前段时间通过考核,以后就要留在那儿工作。这次正好有个出国学习的机会,就派我去了。"祁娟顿了顿,又说,"本来这次机会是你哥的,不过萧凡学长很大方,让给了我这新人。"

萧晴兴奋地道:"嘿嘿,我就知道,我哥向来很大方的!以后你就跟他混吧,绝对能混出头的!"

"你哥厉害又不是你厉害,你得意个什么?"

"都是姓萧的没差啦。"

萧晴这边还在扬扬得意,那头的祁娟却忍不住冷笑起来:都是姓萧的,差别怎么这么大。

三天后,萧晴再次约了沈君则见面。

按照她跟祁娟的计划,这次一定要以"致命一击"来粉碎沈君则的最后一道防线。那终极战略,就是当初萧晴上飞机前祁娟所提议的"百合攻略"。

恰好祁娟出差来了纽约,萧晴思前想后,总觉得这个办法非常可行。

于是,这天傍晚,萧晴又一次给沈君则的手机发了条短信。

"上次跟你一起吃饭很开心,今晚请你去尝尝川菜,怎么样?"

沈君则看了短信一眼,顺手转发给了弟弟。

很快,卧室的门被敲开,沈君杰站在门口,一脸欲哭无泪的表情:"哥啊,我实在不想去。她说不定又有什么新花样来刺激我,跟她吃一顿饭,我都要减寿十年的。"顿了顿,又哀怨地照了照镜子,说,"你看见没,被她雷的,我头发都倒竖起来了。"

沈君则回头,同情地看了他一眼:"你再坚持一下。"

"我说,这件事你到底想怎么解决?别再拖了行不?都闹这么大了,我很多同学都知道了,说什么'你哥真好运,居然有个女孩儿为了他不远千里追来纽约''跨越半个地球,两年痴情守候,萧晴和沈君则的爱情故事,真让人潸然泪下啊'。你知道吗?我听了都想抽自己耳光。早知道当时不去看热闹,掺和进你这场烂透了的剧本!你把自己搭进去不说,还拖我下水!"

沈君则耸耸肩:"这也是我没有料到的。只能说,你那个朋友谢意的毁灭能力太强。如果当时你找来的演员不是他,之后的一切也就不会发生。所以,事情搞砸了你也有责任。"

沈君杰怔了怔,沮丧地垮下肩膀:"唉,也是我看走眼了,哪知他跟萧晴是青梅竹马啊。"提起这个,沈君杰恨不得用刀抹脖子,可以说,他们兄弟俩天衣无缝的演出计划,全被谢意这浑蛋给搞砸了。不仅搞砸了,还把他们推向了毁灭的深渊。

沈君则皱眉道:"如今烂摊子没法收拾,只能假戏真做。关键是要萧晴同意这桩婚事。"

沈君杰翻了翻白眼："她要知道你是沈君则本人，不杀了你才怪，说不定还能顺手灭了我这冒牌货。怎么可能同意跟你结婚？"

沈君则看了一眼电脑屏幕上连串的数据，微微一笑："或许，她会同意的。"

看着哥哥猎物在手成竹于胸的淡定表情，沈君杰突然觉得脊背一阵发寒。前两天，他被萧晴吓得不断给哥哥默哀，现在他要转移方向，给未来嫂子默哀了，是吗？

晚上六点半，沈君杰准时赶到了萧晴所说的川菜馆。

不同于经常因生意回国的哥哥，沈君杰自十岁起就一直在纽约生活，虽然时常关注着国内的消息，可饮食上早已习惯了西餐，被汉堡牛排养惯了的肠胃，在上次陪萧晴吃了一顿海鲜大餐后已经拉了两天的肚子，这次一进川菜馆，沈君杰就有种想哭的冲动。

萧晴倒是一脸兴奋，拿着菜单两眼放光，兴高采烈点起菜来

"一盘水煮鱼、一份毛血旺，再来一盘麻婆豆腐，嗯……还有夫妻肺片、泡椒凤爪、辣子鸡丁……六个菜，差不多了吧。"萧晴熟络地点了菜，笑眯眯地放下菜单，看了沈君杰一眼，又扭头冲服务员说，"对了，你们这儿有酸辣粉吗？"

沈君杰的嘴角忍不住抽搐了一下。

"呃——有的。"服务员的嘴角也有点僵。两个人，六个菜，喀喀……真是兔子一样可爱的长相，猪一样彪悍的食量。

萧晴高兴地道："太好了，我最喜欢吃酸辣粉。来两碗吧，一人一碗，就当主食了。"

"好的。"服务员笑着走开了。原来酸辣粉是主食，那六个菜只是配餐。要是每个女生都像她这样有两头猪的食量，饭店可要赚翻了。

沈君杰睁大眼睛看着菜单上那些因为大量辣椒而色泽鲜红的菜汤，尤其是那个鲜红似血的毛血旺……还没吃呢，他的胃就开始疼了……

「第十章」

统一拒婚
联盟(二)

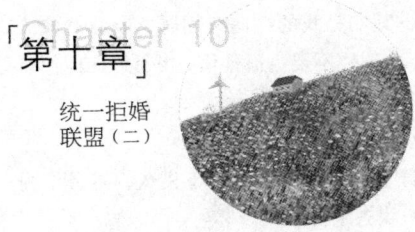

这家店是新开的,客人并不多,很快,萧晴点的菜就相继端了上来。

沈君杰看着摆了一桌的菜,辣椒、辣椒,到处都有辣椒。好不容易看到个颜色不那么血红的泡椒凤爪,居然还有绿色的辣椒……

沈君杰拿着筷子,眉头拧成了一团。

见他一脸扭曲的表情,萧晴心底偷笑,脸上却装出关心的样子来,柔声说:"怎么了你,不舒服啊?"

"没……没什么,就是,胃口不太好。"沈君杰摸了摸鼻子,挤出个笑容来,"你找我来,不只是吃饭这么简单吧?有话就直说吧。"说完他就可以跑路了,实在不想跟未来大嫂吃这顿"辣椒宴"。

萧晴点点头,严肃地说:"我今天找你来,是想跟你说几句'真心话'。"

"真心话"三个字刻意加重了语调,沈君杰头皮一阵发麻,深吸一口气,做好了充足的心理准备,这才笑道:"嗯,你说。"

萧晴平静地道:"其实,我是个百合,我喜欢女人。"

"……"

沈君杰深吸的一口气吐不出来,差点儿把自己憋死,脸瞬间涨成了猪肝色。

这个效果萧晴非常满意,轻叹口气,接着说:"我有个青梅竹马的好姐妹,从小一起长大,她一直很关心我照顾我。起初,我以为我对她只是姐妹情谊,直到我上飞机的那一刻……"

机场送别时祁娟的话依旧清晰地响在耳边:"要是遇到烂桃花,你就说你是百合,喜欢女人,姐姐我出面替你顶着!"

萧晴看了对面一脸抽搐的沈君杰一眼,垂下头忍着笑,轻声说:"直到上飞机的那一刻,跟她拥抱道别的时候,我才发现,我早就喜欢上她了。"

"……"沈君杰一脸被雷劈了的表情,嘴巴张大到能塞一枚鸡蛋。

萧晴乘胜追击,继续说:"对不起,我不能跟你结婚。到了今天这一步,我也不想再瞒你了,其实是我的性向有问题,我喜欢女人,讨厌男人。这件事我父母还不知道,希望你不要告诉他们,我不想让他们难过。我不能害了你,更不能辜负她,你明白吗?"

说罢,她一脸诚恳地看向对方。

沈君杰那被雷劈了一般的表情定格了良久,这才全身一抖,回过神来,僵硬地说:"我……我去趟洗手间。"

老哥说过,遇到无法处理的事情,就要聪明点儿"尿遁"。

他实在是太太……太震惊了。

一到洗手间,沈君杰就用冷水冲了把脸,冷静下来,然后从口袋里拿出手机,冲那边的哥哥道:"哥,你听到了?她说她是百合啊!"

沈君则沉默不语。

萧晴的大脑无疑是他见过的最抽象、最难控制的人类大脑。他怕萧晴用极端手段把弟弟直接吓傻,所以才让弟弟拨通他的电话,全程监听这次晚餐,以及时处理突发的状况。

萧晴果然没让他失望,当他在电话这头听见萧晴说"我是百合"的那一刻,他已经成功地用半杯咖啡给电脑屏幕洗了个脸。

当然,独自在卧室上网的人,即使做出"喷咖啡"这种超没形象的动作,他也不用担心,反正没有人会看见的。他沈君则从来是成熟稳重、镇定冷静的男人,他居然会喷咖啡?说出去谁信……

沈君则清了清喉咙,一边拿纸巾擦电脑屏幕上的水渍,一边冲电话那头淡淡地说:"问问她那个女人的详细资料。"

"哦,然后呢?"

"让那个女人来见我。"沈君则扬了扬眉,"我倒要看看,她们姐妹情深到了什么程度。"

从洗手间出来,沈君杰已经完全换了副脸色,刚才的震惊被哥哥镇定的语气给压了回去,仔细一想,他也觉得萧晴这是在故意刺激他。以他的审美观来看,萧晴完全没有吸引女人的气质,百合什么的,绝对是她走投无路之下瞎编的借口。

有了这个信念,沈君杰说话自然更加理直气壮,往萧晴对面一坐,镇定地开口道:"我想了想,还是觉得,这个问题并不是关键。"

萧晴惊讶地看着他,沈君杰微微一笑,继续说:"你是不是喜欢女生,丝毫不影响这场婚事,反正这也是假婚,婚后两人互不干涉,你可以继续跟你喜欢的人在一起。她是女生更好,即使你们在一起被人发现,也不会传出我被戴绿帽子的谣言。"

沈君杰顿了顿,他都有些佩服自己了,哥哥的话他能一字不漏地背出来,不愧是学表演的,背台词的水平简直一流。

见萧晴脸上的表情更加惊讶,沈君杰忍不住自豪地咳了一声:"如果你真喜欢女生,你父母知道了绝对会很伤心,只要你答应结婚,那张结婚证就变成了你的挡箭牌,不仅你的父母完全不会怀疑你,你也可以放心大胆地继续跟你那个姐妹在一起,一箭双雕。"

等他全部说完,萧晴才笑了一下,好奇地道:"这台词谁教你的?"

"啊?"沈君杰怔了怔。

"去了趟卫生间,整个人都变了样。实话说,你是不是找了高手在背后给你出主意?"萧晴疑惑地问,"你去卫生间,就是为了找你的军师吗?"

沈君杰擦了擦额头的冷汗,好吧,他背台词的时候太敬业,哥哥的台词没有经过修饰,太过于严肃,反而有点儿不像他。

"呵呵,没办法,遇到这种大事,我总要正经一下的。"沈君杰干笑了一下,拿起桌上的茶想掩饰自己的失态,哪料一喝进去,脸直接皱成了包子。

我去!谁在茶里放作料?

对面的萧晴正微笑着看着他。沈君杰咬了咬牙,在女生面前吐茶水显然没风度,于是硬着头皮,把那味道奇怪的液体吞咽了下去。

等他完全咽下去,萧晴才惊讶地说:"哎?你有这种自虐的嗜好?那个是蒜油,你都能喝?"

"……"

沈君杰从来没去吃过川菜,并不知道川菜馆里会用这种类似茶杯的杯子放蒜油,那颜色看着清亮透彻明明很像茶。这萧晴太变态了,眼睁睁看着自己拿起蒜油都不提醒一声,等自己喝下去了,才一脸无辜地放马后炮!

沈君杰突然有种想掐死自己的冲动。哥哥嫂子闹矛盾,他成了炮灰。还没结婚就悲惨成这样,以后萧晴嫁入沈家,还不知会怎么虐待他,毫无疑问,他绝对能拿到今年"最悲剧弟弟"评选的第一名。

"刚才听你说的那些话,不管是哪个高手教的,好像也挺有道理。"萧晴微笑着把话转回了正题,"不过,结婚的事,我还要问问她的意见。"

"那是自然。"沈君杰点了点头,"你喜欢的人是什么样的?"

"她啊,是个律师。"萧晴一脸骄傲的神色,"我跟你说,她可是跆拳道黑带,还拿过比赛大奖。有一次,我跟她一起去逛街,路上遇到几个流氓,她几招就把那些人给打残了,出手那叫干净利落。"萧晴顿了顿,"喀,不好意思,一提起她来,我真是满心的佩服和爱慕都压不住啊,见笑了。"

"……"原来是个暴力女。沈君杰额头的冷汗再次流了下来,那个女人几招就放倒一群混混,像他这种混混都不如的,一拳过来可以下巴脱臼了。老哥今年显然走霉运啊,惹上的女生都不简单。一个思想暴力,另一个行为暴力,现在双剑合璧,无敌了。

沈君杰沉默了一下,才低声说:"可以见见她吗?我想,很多问题还是跟她谈一下比较好。"就怕萧晴在瞎编,所以一定要那位"百合恋人"露面。这也是哥哥的再三叮嘱。

"可她在中国啊。"萧晴脸上故作苦恼状,心底却在窃喜,因为鱼儿快上钩了。

"没关系,让她坐飞机过来。"沈君杰笑着说。

"她是当律师的,平时可忙了,你以为说出国就出国啊。"萧晴皱了皱眉,"不过,她最近正好有几天假期,但我不知道她有没有多余的钱买机票,她刚工作,收入不高,唉,出国一趟不容易啊……"

"这不是问题。让她来吧,我报销来回机票和一切吃住费用。"沈君杰顿了顿,抬头认真地问,"只要她同意,你就同意是不是?"

"那是自然。"萧晴微笑着说,"行了,先这样吧,我叫她过来,改天咱们再见。拜拜。"

"嗯,拜拜。"

看着沈君杰的背影消失在视线内,萧晴这才偷笑着拨通了祁娟的电话。

"小娟啊,你到了没?"

"马上到。"

"太好了,等你啊,拜。"

萧晴的电话刚挂断,就见一个身材高挑的女人出现在了餐厅门口。依旧是一头干净利落的短发,简单的牛仔裤和短袖T恤,说话做事雷厉风行,"马上到"刚说完,就真的马上到了。

萧晴一见她就激动地站了起来:"小娟,这里这里!"

"我早看见了,别跟个傻瓜一样冲我挥手。"祁娟说着就快步走了过来,嘴角弯起个微笑的弧度,紧紧抱了抱萧晴,"死丫头,想死我了。"

萧晴赶忙回抱住她,兴奋地说:"我也是我也是!"

祁娟忍不住揉了揉萧晴的头发："前几天我还跟卫楠说,你是不是被绑架了,看来我们是白担心了,你这白白胖胖的,一点儿也没有被虐待的迹象。"

"白白胖胖,你在形容猪啊!"

"你不是吗?"

"好吧,反正我们是同类。"萧晴笑着看了她一眼,"我手机充电器忘带了,一直联系不到你们。"

"你果然很二。"

"二也是一种境界。"

两人在这里紧紧拥抱着互相调笑,引来隔壁一桌人的围观。萧晴这才放开了祁娟,笑道:"来,快坐啊,我点了一桌你最爱吃的川菜给你接风。"

"哟,连我最喜欢的泡椒凤爪都有,萧晴你真是我的知音。"祁娟把随身的包一放,拿起筷子就豪爽地吃了起来,"我就怕这边饮食不习惯,上飞机前还带了一堆泡面,没想到一下飞机就有最爱的凤爪吃。"

"嘿嘿,还有你最喜欢的酸辣粉。"萧晴把旁边一碗酸辣粉给她推了过去,"刚端上来的,还热着呢,你坐飞机这么久肯定饿了吧,咱们先吃饭,吃完再说。"

"好,我还真饿了,吃吧吃吧,就咱俩,放开了吃。"

两个女生开始放开吃菜,刚才那服务员碰巧路过她们这桌,忍不住擦了擦额头的冷汗。

怪不得这女生点了这么多菜,原来还有神秘嘉宾呢。

在两人的努力之下,桌上的饭菜很快一扫而空。快结账的时候,祁娟突然拿出钱包说:"我来埋单,我现在工作了,可是有收入的人。你还是学生呢。"

萧晴笑着道:"客气什么,你来这边必须我做东啊。对了,忘了跟你说,我刚刚还敲诈了沈君则一笔。"

"哦?"祁娟扬了扬眉,"怎么敲诈的?"

"我拐弯抹角旁敲侧击,说你没钱来纽约买不起机票,他就一口答应报销你这一趟的来回路费,以及所有的吃住费用。哈哈哈,加起来不少,就当送给你的见面礼吧,你可以额外拿一笔了。"

看着萧晴一脸得意的神色,祁娟忍不住笑了起来:"你这个邪恶的家伙。"顿了顿又道,"不过,这见面礼我真是太喜欢了,哈哈哈。"

两人笑得一个比一个邪恶,直把端盘子的服务员看得毛骨悚然。

祁娟这次来纽约,本来安排了人来接,不过因为好友萧晴在这里,事务所那边的安排就被祁娟给推了。她一下飞机就按萧晴给的地址打车到了餐厅,住处萧晴也提前订好了，就在她住的酒店隔壁的房间。

两人吃完饭回去酒店，闲着无聊就串门聊天。祁娟告诉了萧晴一个大大的八卦，说现在有个人正在追求卫楠，那人是卫楠哥哥的朋友，叫作陆双，当年高中同学聚会时见过，当时他俩还是纯洁的朋友关系，没想到发展那么神速，现在都同居了。

总之，祁娟唾沫横飞吹了半天，直把萧晴听得目瞪口呆。没想到卫楠同学还能有这样的桃花运，虽然印象中的陆双有点儿无赖厚脸皮，不过，卫楠有新恋情的消息还是让萧晴非常高兴的。

次日晚，萧晴又给沈君则发了条短信，按祁娟的说法约他出来会一会。

"君则，她今晚到纽约，我约了她到附近去唱K，你去吗？"

沈君则看到这条短信，脸色可不太好看。

他一直以为萧晴说自己是百合只是无路可走之下的借口，没想到，她还真变出一个"女朋友"。这么快就来了纽约，是从表演系请的演员吗？无论如何，那个女人，他是必须会一会的。

想到这里，沈君则赶忙回复："好，地点在哪儿？我叫上Jesen一起好吗？"

"没问题。"

萧晴把地址给他发了过去，沈君则便顺手把短信转发给弟弟，还加上一句："我这边的后续工作差不多完成，这是你最后一次演戏，今晚我陪你一起去。"

有哥哥陪着，沈君杰自然壮了胆，回复说："成！咱们兄弟连心，其利断金！萧晴不知道你也是练过的，居然拿跆拳道来吓我。别说一个祁娟，就是十个母老虎咱也不怕！"

晚上七点，兄弟两人一起来到了约定的KTV。沈君则穿着笔挺的西裤，灰色衬衫，衣领就像刚熨过一样整齐，皮鞋擦得黑亮，那风度、那气质，完全就是成熟性感的精英式男人。至于沈君杰，穿得倒是很潇洒不羁，胸口露了一大块，膝盖还有个洞，非主流的装扮一看就是个潇洒不羁的花花公子。

两人走在一起，显然有些不搭调，如同钢琴和吉他的鲜明对比。只是，同样帅气的容貌，隐约透着点儿血缘上的相似之处。

在服务员的带领下，沈君则跟沈君杰并肩走到楼上的包房。这家KTV他们都没来过，看来萧晴还挺有本事，在这里待了两周，把吃喝玩乐的地方给摸了个一清二楚。

华丽的灯光闪得人有点儿头晕，耳边的音乐也是震耳欲聋。沈君则一向不喜欢这种喧闹的场合,耐着性子敲开了房门。

屋内倒是比较安静,开着明亮的大灯,萧晴正一个人坐在沙发上玩手机,见到两人,抬头露出个微笑道:"嘿,你们来了。"

"嗯。"沈君则点了点头,"你说的那位呢?"

"哦哦,她去洗手间了,很快就回来。"

萧晴刚说完,沈君则就听身后传来一个女人冷冷淡淡的声音。

"我回来了。"

兄弟两个同时回头,只见一个身材高挑的女人站在面前,她穿着紧身裤,踩着高跟鞋,上身一件简单的短袖白衬衣,齐耳的短发衬出一张冷漠的脸,一看就是那种……刻薄的御姐。

萧晴见到祁娟,就像见到了救星,赶忙起身走了过来,正想拉过沈君杰来介绍,就见祁娟突然微微一笑,走到 Jesen 面前。

"沈先生,你好。"

"……"

萧晴怔在原地,沈君杰完全石化,沈君则的脸色,却是无比难看……

祁娟似乎完全没发现旁边已经有两人处于石化状态,而对面的男人目光冰冷到几乎要冻结自己。

祁娟微微笑了笑,继续镇定自若地说:"或许你不记得了,上次你们投资纠纷的案子,就是我们时代律师事务所处理的。我当时正好在那里实习,你可能没有注意到我。不过,像沈先生这样经常上报纸的名人,我们小市民不注意都难。更何况,你跟我家萧晴最近传绯闻传得厉害,我已经在很多杂志上看见了你们要结婚的头条报道,你的照片几乎传遍了大街小巷,我办公室的桌上就收藏了一张。"

死寂的沉默气氛中,祁娟继续一个人自说自话:"对了,自我介绍一下。我叫祁娟,是一名律师。"顺便,礼貌地伸出手来。

在经过漫长到几乎一个世纪之久的沉默之后。

沈君则终于调整好表情,在萧晴杀人般凌厉的目光下,缓缓地伸出手来,故作镇定地跟祁娟握了握手。

"祁律师,原来是你……幸会。"

「第十一章」

真金用火炼

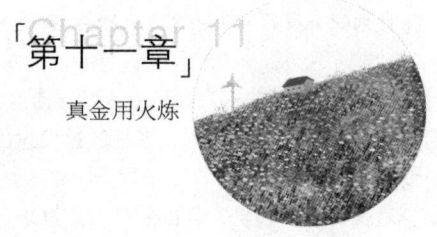

说起祁娟,沈君则脑海里突然晃过一段不太美好的回忆。

不久之前,沈君则刚回到国内,沈氏在那边的分公司也刚刚成立,受到当地同行的打压是很正常的。

可沈君则毕竟是有实力的人,青年才俊的名号不是白叫的,沈家强大的背景也不是吹出来的。虽是新成立的公司,在他的带领下,发展速度却十分惊人,这样迅猛的发展自然惹来了一些起步比他早、成就比他小的"红眼病"。

在一次投资竞标的时候,沈君则一时大意,被人精心设计的骗局给阴了。

收到法院的传票后,沈君则非常冷静地开始寻找一位优秀的律师。

当地最出名的律师事务所叫作"时代",时代最出名的律师叫萧凡。沈君则自信满满,开出了极高的报酬,想请萧凡接手这个案子。那时候,他还不知道自己的爷爷和萧爷爷是结拜兄弟,只知道沈家和萧家有那么点儿渊源。所以,他对请萧凡出山可谓胸有成竹。

哪料,消息发过去很久,才收到萧大律师的回复,说是他很忙,要见他还得预约。

沈君则想,知名律师摆摆架子也是人之常情,于是,非常谦逊有礼地回复说:好吧,那我们约个时间面谈。

等了差不多一个星期,终于到了约定的时间,沈君则亲自跑去时代律师事务所找到萧凡。结果,萧凡听完他讲的基本情况,很淡定地说:"这样吧,我要出差一个星期,这个案子暂时让祁娟来跟进。"

沈君则本来就很不爽排队预约的事情,现在他又说让别人跟进,自然更不放心。他的秘书收集来的"本地知名律师"名单上并没有"祁娟"这个人……或许是给萧凡跑腿打杂的助手？

想到这里，沈君则忍不住问："请问，祁娟是？"

萧凡平静地说："祁娟是我一个学妹，目前正在这里实习。不过，她已经拿到律师资格证了。"

实习？

听到这两个字，沈君则的脸色有些不好看了。

名律师很忙他当然理解，可他这么有诚意来请人打官司，对方居然派个实习生来跟进案子？这不是公然藐视他吗，摆明了不把他的案子放在心上！

沈君则皱了皱眉，冷着脸道："很抱歉，萧律师，实习生的水平毕竟有限，让实习生来跟进案子，我并不放心。那位祁……"祁什么来着？沈君则皱了下眉头，"那位祁律师，虽然拿到了律师资格证，不过，我觉得她经验不足，还应该再多历练几年。"

当时一直坐在桌旁整理资料的女人，突然面无表情抬头看了他一眼。

那一眼很有杀伤力，让沈君则的后背都有点儿发凉。

"不用担心，祁娟很有才华，处理前期工作完全没问题。"萧凡解释道，"她是我很信得过的学妹，毕业于T大法学院，而且经济纠纷方面的案子，是她的专长。"

虽然萧凡这么说，沈君则心里还是很不爽。

这就跟做手术的人都希望主刀的是教授专家一样，他请律师显然是冲着萧凡的名号去的，谁那么傻，花钱给实习生练手？

再说，哪有送进手术台才说，不好意思教授要出差，找个实习生来割你肚皮的？

沈君则忍不住道："我还是希望萧律师你能亲自出马。"顿了顿，又严肃地补充道，"这场官司一定要赢，我不希望过程中出现任何意外。"

萧凡看了他一眼，平静地说："抱歉，我不能保证替你打赢这场官司。如果你要百分百胜算的话，还是请你另请高明吧。"

这算怎么回事！

直到从时代律师事务所出来，沈君则还是觉得很莫名其妙。

后来他才知道，他那个案子实在是太无聊，萧凡根本不屑去接，连祁娟都是看在他开出的报酬上才勉强答应跟进的。

沈君则前脚一走，后脚就被祁娟骂了个狗血淋头——

"屁大点儿的案子还要这么多人伺候，他以为他是天皇老子啊！"

由于愤怒的祁娟分贝太高，这句话很快就传遍了当地律师界，这个"芝麻案"也引起了很多知名律师的关注……当然是看笑话式的关注。

虽然最后官司是赢了,却是小菜一碟。原来对方根本不是强大到想陷害沈君则,只是想给他找点儿麻烦,顺便敲诈一笔而已。

沈君则也因此成了律师们茶余饭后八卦的对象——

"好可爱的法盲啊""超有性格的男人""居然去时代拿过家家的破案子挑战萧凡,挑战完萧凡还不够,居然当面骂祁娟没水平""这人勇气可嘉,智商需要提高啊"……

现在回想起来,沈君则真是冷汗直流。原来,当时坐在萧凡旁边用目光向他扫射杀气的女人,就是刚出道却已小有名气的祁娟,律师界出了名的刻薄女王。

秘书交给自己的"知名律师"名单上之所以没有她,是因为,脑袋缺根筋的秘书只筛选了本地知名的"男律师"。

那个"芝麻案"的效果实在太好了,他一下子就把萧晴的娘家人给得罪齐了。萧晴的堂哥萧凡看他不顺眼,萧晴的好姐妹祁娟看他更是"眼中钉"。

此时,看着站在面前的祁娟一脸淡定地微笑着,沈君则真觉得自己今年是走了霉运。

当初他请谢意演出,结果谢意跟萧晴是青梅竹马,直接在他面前叙起旧来。这回,萧晴请祁娟来演戏,结果祁娟又是跟他有点儿过节的冤家路窄。

自从遇见萧晴以来,他走一步掉一个坑,爬出来继续往前走,还没缓过气来呢,又掉进一个坑。这次更夸张,坑里还竖着倒刺。

沈君则和祁娟这边握完手,回头就见萧晴的脸色很不好看,她正用那种看杀父仇人的目光狠狠瞪着自己,咬着唇不说一句话。

不在沉默中爆发,就在沉默中灭亡,萧晴看上去根本不可能灭亡,绝对是要炸毛了……

沈君则摸了摸鼻子,硬着头皮想要开口,却见萧晴冷冷地白了他一眼,直接转身走了,好像是根本不屑于搭理他。

那种藐视的目光让沈君则心里很不舒服,便转身追出门去。

萧晴扭头正要往走廊尽头走,沈君则伸手拉住了她。隔壁有间包房开着门,屋内正好没有人,沈君则干脆把萧晴拉进屋里,顺手把门一关,正色道:"萧晴,我们好好谈谈。"

萧晴愤怒地甩开了他的手,因为太过于生气,声音都有些颤抖:"谈什么?谈你戏弄我的过程?还是想跟我交流一下你演戏的心得?"萧晴抬起头来看着他，冷笑道，"你真有本事，从我下飞机的那一刻就开始算计我，我真没想到，你才是沈君则！"

高分贝的声音都快震破屋顶了。

沈君则擦了擦手心里的冷汗，虽然他一直有心理准备，可真的面对萧晴的怒骂，还是觉得心脏在胸膛里蹦来蹦去有点儿难以控制。

"亏我还那么信任你，甚至把你当成我在纽约认识的唯一的朋友。你居然一直在骗我！骗我！"

"……"

"沈君则，见我整天像个傻子一样感谢你，你是不是很有成就感啊？在你眼里我很白痴吗？"萧晴顿了顿，提高了音量，"在我眼里，你连白痴都不如！"

沈君则被她劈头盖脸一顿臭骂，后背都有些僵硬起来。他觉得自己的头发都要被萧晴的怒骂给震得倒竖起来了。他终于体会到前几天弟弟所说的"头顶有根电棒"的可怕感受。

不知为何，看着萧晴这种带着鄙视的目光，他心头也像扎了根刺一样难受。

现在解释还有用吗？她一定会觉得自己更加卑鄙。实话说，他自己也解释不清当初那一连串的巧合是怎么回事，更不能说是因为"想避开爷爷的撮合才把她带去酒店"这种烂借口。

解释在她眼里或许就是掩饰。说得多，错得多。

更何况，她现在正在气头上。

唉，就这样吧，反正他的形象已经变成了人渣，也不在乎更渣一点儿。

"对这件事，我很抱歉。"沈君则顿了顿，把话题改了个方向，平静地道，"重要的是，现在我们所面对的问题。"

"现在？"

"结婚的事，你打算怎么办？"

沈君则很冷静，冷静到萧晴的怒火都没地方发泄，只好狠狠用目光瞪他，哪料，那杀人般凌厉的目光投射在他身上完全石沉大海。

原先那个假扮的沈君则算什么，面前这个人，才是深藏不露的极品厚脸皮！

萧晴压抑住想要咆哮的冲动，深吸口气，冷静下来："怎么办？你还有脸问我？我现在是明白了，那天跟你去见的那位老人家就是沈爷爷，怪不得他给我爸妈打电话说我们在热恋呢。"萧晴翻翻白眼，"沈君则，你自己砸自己的脚就够了，怎么连我的脚一起砸了？"

沈君则在心底叹了口气。他也不想的,可惜搬起来的石头太大,波及的范围有点儿广,一下子砸了两只。

"我直说吧,目前这状况,结婚是最好,也是唯一的办法。"沈君则镇定地说,"我们结婚,一来家里可以放心,二来媒体可以闭嘴,三来,你父亲那边,我也可以名正言顺地去帮忙。"

萧晴怔了怔,挑眉道:"关我爸什么事?"

"或许你还不知道,你们东成集团资金周转出现了问题,这几天正在被追债。"这是他查了好几天才查出来的漏洞,"我有办法帮你爸爸渡过难关。"

"前提是我嫁给你?"萧晴冷冷地问道。

"对。"

萧晴突然觉得脊背有些发寒。

或许,她从来没有真正了解过面前的男人。

在她的印象里,Jesen 是一个沉默寡言、冷淡高傲,却很有风度、热心温柔的人。他会主动帮自己提起沉重的箱子,会耐心回答一些很简单的问题,会毫不犹豫替自己去买充电器……那些琐碎的细节,都让孤身在外的萧晴非常感动和温暖。

一直以来,她都把"来到纽约后遇到 Jesen"这件事当成是她倒霉史之中唯一的幸运。

可是,如果这一切,都建立在他是沈君则的前提之下的话……

那么,一切温柔假象都变成了精心算计,一切热心帮助都变成了虚情假意。这个人太可怕了!遇到他根本不是她倒霉史中唯一的幸运,而是她倒霉史的根源哪!

她这种菜鸟跟沈君则斗,其实跟以卵击石没什么区别。可牵扯到家里的利益,却是她最不想看到的。

"你是不是早就计划好了?"萧晴忍不住问道,"我告诉你,我爸虽然身体不是很好,可不是那么容易就被你算计的。"萧晴一脸防备地看看他,"你可别想趁火打劫。"

"你想多了。"沈君则沉默了一下。这女生脑子确实抽象,居然联想到"踩着独生女上位,私吞老丈人财产"这方面去了,真够先进的她。

萧晴斜眼看他:"那你的目的是?"

"我对你们萧家的财产没什么兴趣,这只是跟你结婚的筹码。当然,你可以提其他条件,只要我能做到。"

"只要你能做到,你就一定答应?"萧晴问。

"当然。"

"任何条件？"

"没错。"

萧晴想了想，突然笑了笑："那行，口说无凭，我们还是先立个字据。"

说罢，居然真的从口袋里掏出一张纸，提笔写起字来。

"……"沈君则有些无语。

协议书：如果萧晴答应与沈君则结婚，那么，婚后，沈君则必须答应萧晴提出的一切条件。以此为据。

萧晴一边写一边念，签了名，然后一脸平静地递给他一支笔："来，签吧。"

沈君则从她手里接过纸笔，手指有些僵硬。

她怎么连纸笔都准备好了？还是规规矩矩那种签合同的纸和黑色签字笔？

见萧晴正微笑着看着自己，沈君则只好硬着头皮签下了自己的名字。

萧晴把纸收了回去，微微笑了笑："那就这样吧，你的建议我会考虑的，回头再给你答复。反正今天唱K是唱不成了，我跟祁娟先回去了，你们自便。"说完就扭头走了，走到门口，又回头笑了笑，"再见。"

沈君则怔了一下，僵硬着嘴角说："嗯……再见……"

她这是……气消了？这也太快了吧，居然还冲他微笑着说再见？

他突然发现，萧晴奇怪的脑袋以及出人意料的出牌方式，他越来越无法预测了。莫名地，他居然有种被某些人联合坑害的不祥预感。

其实，沈君则的预感并没有错，他的确是被某些人联合"坑害"了。

其实，之前下午五点左右，萧晴正在屋里上网，突然听到了一阵敲门声。

打开门，发现祁娟正一脸严肃地站在门口，见到萧晴就问："你跟沈君则约好了没？"

萧晴笑着说："我刚发了短信给他，约他晚上七点在KTV见面。"

祁娟低头看了看表："还有两个小时，那行，我们先部署一下战略。"

萧晴一本正经地把祁娟请进屋里，恭恭敬敬地鞠了个躬："还请军师多多指教了。"

两人面对面坐着，一边喝茶，一边研究起今晚对付沈君则的方案。

祁娟突然从怀里拿出一本杂志来，扔到桌上，得意地说："你先看看这个，或许我们可以把它作为筹码之一。"

萧晴好奇地拿起杂志——沈君则与萧晴订婚的内幕！

两人的名字被加粗放大，"订婚内幕"四个字还是鲜红色的楷体。

下面贴了一张经过处理的照片，照片的背景是浪漫的婚礼现场，周围的路人全部模糊化，镜头中只剩下两人双唇相贴的画面，萧晴正一脸疑惑地看着沈君则，沈君则却睁大眼睛狠狠瞪着她。

下面还附带着八卦记者的评价，说"沈君则的目光中充满了深情"……

她怎么没看出什么深情，反而看出了浓烈的杀气？

沈君则……

那三个大字如同炸雷一般砸到萧晴的脑袋上。萧晴一口水喷出来，直接喷花了杂志中沈君则的脸。

萧晴被茶水呛到，拼命按住胸口咳嗽，脸气得通红，握住杂志的手指越收越紧，肩膀抖动个不停，连头发都快竖起来了。

这状态，完全就是一只炸毛的小野猫。

祁娟被她的反应吓了一跳，赶忙从她手里夺过杂志，护在胸前："干吗啊这是，你想练功，也不用徒手捏碎杂志吧？"

萧晴回过神来，盯着祁娟，一字一句地问："照片上这个人，真是……沈君则？"

就像复仇的高手拿剑指着仇人的脖子，一字一句缓慢地问："我全家真是你杀的？"

就连见惯犯罪分子的祁娟都不由得被萧晴那直勾勾的眼神看得脊背发毛，忍不住小声问："萧晴，你没事吧？"

"我……没……事……"萧晴缓慢地说，"我没事才怪啊！"

突然拔高的音量，让祁娟全身一震。完了，这丫头要爆炸了……

果然，萧晴腾一下从沙发上站了起来，指着那杂志上被茶水喷花的脸就开始骂："他居然是沈君则！这浑蛋闲着没事居然耍我，还骗我说他是沈君则的朋友，还找人来假冒自己，我看他不该叫沈君则，他该改名叫神经病！"

祁娟听她一口气骂了这么多，忍不住担心起她的肺活量。

然而，萧晴的肺活量显然比她预计的还要好，停下来轻喘口气，又开始连串轰炸式大骂："这种男人简直是每天退化三次的恐龙，人类历史上最强的废材，人渣中的极品，垃圾中的战斗机！我还以为遇到他是件幸运的事，没想到他才是我纽约倒霉史的根源啊！"

祁娟直接被骂傻了。

萧晴发泄完毕，口干舌燥，拿起水杯抿了一口，这才挥挥手："祁娟，我不是骂你，你别露出这种见鬼的表情。"

祁娟这才回过神来。

其实，她一直觉得萧晴这丫头是那种安静下来温柔到让人心动，发起火来恐怖到让人心惊，典型的"静若处子，动若脱兔"的人。可没想到，她真的爆发起来，简直不是"脱兔"可以形容的，这级别，完全可以达到"疯狮子"的境界了。

看着全身充满斗志，甚至竖起倒刺的萧晴，祁娟忍不住咳了一声，一脸平静地道："我知道你不是骂我，可你指着我的胸口来这么一段惊人语录，我还是有点儿吃不消。"祁娟把护在胸口的杂志放回桌上，用手指了指，"继续继续，对着他骂。"

萧晴看了杂志一眼，垮下肩膀，沮丧地说："我没词了。"

看她那一脸委屈的可怜样，祁娟忍不住笑了起来，"这就没词了？战斗力不足啊。"祁娟伸手把萧晴拉到沙发上坐下，摸了摸她太过于愤怒而奓起来的头发，"好了，别气了，冷静下来好好说，这究竟是怎么回事？"

萧晴深吸口气，冷静下来，把和Jesen相遇至今的情况简单给祁娟讲了一遍。

听完萧晴的叙述，祁娟忍不住道："你这么一说，我突然觉得，你嫁给他也没什么不好嘛。"

"就是。"

萧晴想当然以为好姐妹会帮她一起骂沈君则，祁娟这么一说，她大脑一时没转过弯来，话一出口才发现不对劲，眼睛一瞪："你刚才说什么？"

"我说，事到如今，你也得准备好退路嘛。嫁给他或许没那么可怕吧。"

祁娟心底突然生出一种邪恶的想法。其实，以沈君则的个性，完全不必大费周章把事情弄到今天这种糟糕的地步，以她旁观者锐利的目光来看，沈君则对萧晴绝对不简单。

"退路就是跟他结婚吗？"萧晴一脸难过的表情，"我宁愿嫁给大猩猩去动物园里被关着。"

可怜的沈君则，你在她心里已经沦为大猩猩的级别了。

祁娟在心中为沈君则默哀了两秒,拍拍她的肩膀,一本正经地说:"萧晴啊,实话跟你说，我对沈君则的了解绝对比你多。他不是闲着没事去捉弄女孩子的那种人，相反，他是那种表面很正经，内心很闷骚的男人。"

萧晴不太理解她的形容，疑惑地看向她。怪了，祁娟怎么突然对沈君则这么有好感，她可是很少会夸奖别人的。

"上次他来律师事务所的时候，那严肃的样子真是逗死我了，就跟在开会一样。"祁娟笑了笑，接着说，"他当初骗你，我估计也是出于无奈吧。就你这发火的架势，当面遇见你在诅咒他，他怎么敢承认是他本人啊，又不是不想活了。"

"我又不会杀了他，承认有那么难吗？"

"虽然了解你的人都知道你只是纸老虎，可难保，他会把你当成真老虎。"

萧晴困惑地点了点头。她总觉得，学法律的人不管遇到什么事，头脑都非常冷静清晰，他们总能把复杂的事情分析得很有逻辑。所以她一向很听祁娟的话，总觉得经过律师分析之后，她的行动都变得专业起来了。

萧晴看着她说："那你说，我现在该怎么办？"

"我来给你分析分析。"祁娟咳嗽一声，摆出老师讲课的架势，"首先，你这不开窍的家伙，这么多年从没喜欢过任何一个男的，你现在不跟沈君则结婚，过两年毕业了，还是要按你父母的安排去跟别的男人结婚。到时，你爸妈为了选个满意的女婿，肯定会让你整天去相亲。我说的没错吧？"

"这倒是。"萧晴早就知道，自己总有一天会走入相亲的队伍，或许是她情商太低，这么多年她还真没喜欢过谁。她爸妈就是清楚这一点，所以早就说过，等她毕业后就找个合适的男人结婚。只是现在，她还没做好心理准备。

"还记不记得，我们当时讨论过的嫁人标准？"祁娟问。

萧晴点了点头，姐妹们总结出来的那个嫁人标准她真是刻骨铭心。

卫楠说，从医学的角度讲，对方要基因良好，身体健康，对繁衍后代十分有利；祁娟说，从法学角度说，对方要思想品德优秀，不能有变态嗜好，更不能有犯罪倾向，价值观必须靠谱；萧晴说，从经济学角度讲，嫁人不能嫁势头涨太快的热门股，涨得快肯定不长久。也不能嫁一直下跌的冷门股，等到头发白了还不涨，亏得你想跳楼。要找就找支潜力股，前程一片大好，未来一片光明。

"我觉得沈君则挺符合这几个条件的。既然现在骑虎难下，两边家里又这么看好你们，你不如考虑考虑他？"祁娟扭头看向萧晴，"再说，他这么大费周章要娶你，显然是你处于优势地位，条件由你说了算，你就不想报复他骗你这件事？"

萧晴皱了皱眉："当然想啊，可我这水平根本斗不过他吧？"

祁娟微微一笑："有没有听过一段话，这个世上最艰难的事有两种：一是把自己的思想放进别人的脑袋，二是把别人的钱放进自己的口袋。前者成功了叫老师，后者成功了叫老板，两者都成功了，就叫老婆。"

萧晴无语地看着祁娟。

祁娟兴奋地道："如果你嫁给他，不仅可以做到这两件事，最后还能潇洒地拍拍屁股走人，跟他说，对不起，我只是玩玩而已。到时候，他绝对气到心脏病发作。这个复仇计划真是太完美了，太完美了。"

"你真变态。"萧晴白了她一眼，"为这个原因嫁给他，也太不划算了吧？"

祁娟正色道："反正你迟早要嫁人，早两年也没多大区别，而且你们的婚事都传开了，你不嫁更麻烦。你现在处于优势地位，还能跟他谈谈条件，总比将来整天去相亲，嫁给一个完全陌生的男人强吧，说不定会遇到个三四十的大叔。"

萧晴想了想，祁娟的话似乎也有道理，这才犹豫着点了点头。还在祁娟的指导下，找到纸笔，提前练习写了一份协议书。

两人合计良久，终于在晚上遇到沈君则后，联手演了一出戏。

其实，萧晴在沈君则面前爆发的程度已经减弱了很多，因为这是她第二次爆发，大部分火力在下午的时候就被祁娟给浇灭了。

可沈君则不知萧晴的底细，也没有想到萧晴真正的爆发是在祁娟面前，还以为萧晴是刚知道自己的身份，害怕她愤怒之下做出什么出格的事来，只好想方设法安抚她。

这种情况下，她说什么，他都会答应的。

于是，他就这么上当了，在那份"不平等条约"上签下了自己的名字。

且不说那条约有没有法律效应，光是"说话算数"这条做人原则，都让他不得不硬着头皮去履行承诺了。

晚上到家之后，沈君则心情忐忑地打开了QQ，果然看见萧晴在线。

一见他上线，萧晴就发了消息过来："君则来了啊。"

被人"守株待兔"的感觉并不好受，后面那笑脸更让人头皮发麻，沈君则绷着脸发去一个字："嗯。"

那边迅速回复道："过去你骗我的事，我先不计较。毕竟当时我正在骂你，你坦然承认自己就是沈君则，也挺难为情的。"

她怎么突然这么体贴了？沈君则非常疑惑，甚至有点儿受宠若惊。

"关键是现在，我想了很久，还是觉得，我们结婚不太合适。"萧晴发来个苦恼的表情。

"怎么说？"

"都说婚姻是坟墓，我还年轻，不想这么早进坟墓里躺着。"

沈君则皱了皱眉："没事，早死早超生。"

萧晴怔了怔："可是，你比我大好几岁，我们之间有代沟，没共同语言。我特别喜欢看动漫啊、狗血韩剧啊、玄幻小说啊。我还爱打网游、逛淘宝，每天偷菜养鱼，我怕我的这些行为，会让你很反感。"

光听她说，他都觉得毛骨悚然了……

原来她的脑袋里装的都是这些东西，怪不得那么抽象。

"没事,结婚之后各过各的,你做什么我不会干涉。"沈君则镇定地说。

"是吗?"萧晴忍不住继续刺激他,"那我喜欢梦游,这你知道的。我经常梦见自己拿着菜刀追杀凶手,或者直接梦见自己变成女鬼去掐人的脖子,这你也能忍受?"

这个完全无法忍受啊!在飞机上被她当道具已经让他很发愁了。

"没事,我们分开住。"沈君则僵着脸说。

"我还有很多条件你都能答应?"

"说。"

"我的朋友全在国内,我想回国去读书。但是,转学手续办起来很麻烦,所以我想干脆办退学,然后回国去重新找学校。这事你能帮我吗?"

"没问题。"

"我一直想学美术,可惜当年被爸妈逼去学经济,我反抗了很多次都无效,你顺便回国跟我一起去说服他们,让我转学考美院,这你也能帮我?"

沈君则抽了抽嘴角,岳父岳母那么好对付的话,她也不会提这要求了。

"我尽量吧。"

"如果我们分开住肯定会引起别人的怀疑,所以,我们最好住在一个房子里,不同的房间,结婚后自己过自己的,互不干涉,可以吗?"

同一屋檐下抬头不见低头见,她是想让他锻炼忍耐力?

"可以。"

见萧晴不说话了,沈君则皱着眉问:"还有别的要求吗?都说出来吧。"

"嗯,暂时没了,以后想到再说。"

干脆点儿判个死刑得了,她还要无期徒刑慢慢折腾啊⋯⋯

沈君则头痛地按了按太阳穴,不管她以后要怎么折腾,反正先把人拐进教堂再说。

他就不信了,他还斗不过一个迷糊的小丫头?

「第十二章」

有女待嫁中

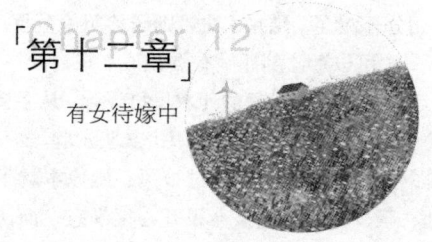

电脑这边,萧晴默默地盯着屏幕,良久都说不出一句话来。

对萧晴来说,祁娟一直是让她非常佩服甚至崇拜的领军式人物,她的话在萧晴心里的分量已经上升到了"至理名言"的高度。

虽然如此,可萧晴还是觉得,按祁娟的建议跟沈君则结婚,这件事有点儿……不靠谱。

婚姻不是儿戏,哪有祁娟说的那么简单?

萧晴也没笨到嫁给他去报复。用那么傻的方法报仇,完全就跟沈君则那个笨蛋一样,闲着无聊搬石头砸自己的脚,损人不利己。

她要真想报仇,以她的性格,完全不用卖关子,直接拿石头砸了他的车窗还比较干脆响亮。

不过,思前想后,萧晴还是决定答应这桩婚事。

除了祁娟说的那些理由之外,最关键的还是家里。

她出国之前,虽然父母从没跟她说过家里的困难,可好几次,她半夜醒来都在书房听到父母小声地争执。有时候,看着妈妈那么骄傲的女人一脸憔悴的模样,萧晴心里也很不是滋味。

早就知道,像她这样的女孩子,家庭背景那么复杂,目前也没有喜欢的人,过两年研究生毕业,必定是父母替她找对象。对方条件不用多好,门当户对才最重要,对家里的生意有帮助的肯定会优先考虑。她的父母当年就是这样走到一起的,伯父、姑姑都是如此,她早就见怪不怪了。

喜欢?

喜欢一个人到底是什么感觉？

喜欢放在他们眼里又能有多少价值呢？

萧晴揉了揉酸涩的眼睛，看着跟沈君则聊天的窗口，莫名地，心里竟有些难受起来。

她刚才故意刁难他，提了那么多要求，其实心底也隐隐希望他能拒绝，这样，她就有借口可以不嫁了。结果，沈君则居然照单全收，无论她说什么，他都说"好""行""可以"。倒让她有点儿下不来台。

萧晴觉得，自己就像往一潭平静的死水里扔炸弹，从手榴弹变成原子弹，那死水居然完全没动静，反倒是她自己弄了个灰头土脸。

其实她很清楚，嫁给他能帮家里渡过难关，她原本就不会幸福的婚姻能换来这点儿好处，至少家里人应该会很开心很满意。而沈君则，娶她的根本原因只是拿她当挡箭牌而已。娶了她，他不用应付相亲，很多时候有"太太"这个借口做事也方便许多。

可她宁愿这个时候继续当她的迷糊虫，假装什么都不懂。

她已经为了家里放弃了最爱的美术，如今，又要为家里搭上自己的婚姻。很多时候，她根本没办法选择，她的力量跟那些精明算计的人比起来，实在太过于渺小。

萧晴垂头丧气地关掉电脑屏幕，拿起手机，拨通了妈妈的电话。这个时候，她突然特想听一听妈妈的声音。

岳凝依旧一副冷冷淡淡的语气，只是略带沙哑的声线透着些疲惫："你不记得中国和美国有时差吗？现在是下午三点，我正在开会。"

"哦……"萧晴怔了怔，小心翼翼地说，"那妈你先开会吧，开完了我再打过去。"

"算了，我已经从会议室出来了。"岳凝顿了顿，"你半夜两三点了还不睡？"

"呃，我看小说，嗯，小说太精彩了，我看到大结局，一激动就睡不着了。"

"我就知道。"岳凝翻了翻白眼，"快开学了吧？在表姐家住得还习惯吗？"

"习惯啊，挺好的。"萧晴顿了顿，终于拐到正题，严肃地说，"对了妈妈，您当年嫁给爸爸的时候，心里是怎么想的？"

"萧晴——"岳凝沉默了一下，突然拔高了声音，"你发什么神经！在我开会时间打电话问我当年嫁给你爸是怎么想的？你说我怎么想的？"

"呃——"萧晴讪笑着摸了摸头，"我就是想听听您这过来人的看法，到我结婚的时候，也好参考一下您的意见。"

"哦，这样啊。"岳凝微微笑了笑，平静地道，"我当时恨不得离家出走，你要参考吗？"

萧晴沉默了一下："妈妈，您快去开会吧。我不打扰您了，拜拜！"

唉，本来想培养一下母女感情，快嫁人了突然好想跟妈妈说几句心里话，抱住妈妈哭一场什么的，可是……她妈妈完全不给她这个煽情的机会。

萧晴想了想，总觉得嫁人之前不跟父母谈谈心好像缺了点儿什么，又不死心地拨通了爸爸的电话。她自小就跟爸爸比较亲，聊得来，爸爸对她应该会比较同情，甚至感动于她为萧家所做的牺牲，说不定还会说几句话鼓励她。

"爸爸，我是萧晴。"电话接通了，那边却沉默着，萧晴就接着说，"我知道有时差，可是，我真的很想跟你聊聊天。唉，刚才给妈打电话，被她骂得狗血淋头，我一肚子委屈没地方发泄。话说，你们当年结婚也是经人介绍的是吧？相亲之后就决定结婚，你们性格差那么远，结婚以后能相处得来吗？妈妈真是太凶了，你怎么能忍受她这么多年啊，爸爸我真佩服你。"

那边还是死寂般的沉默，萧晴突然觉得电话那头传来的呼吸声有点儿让人脊背发凉。

"爸爸？"萧晴疑惑地问。

还没缓过神来，就听耳边响起一个阴沉的声音："我是你妈妈。"

萧晴全身一僵，差点儿把手机给摔了。神哪！为什么上次爸爸给她打电话她遇到的是妈妈，这次她给爸爸打电话还是遇到妈妈？

"妈妈……"萧晴都快哭了。

岳凝冷着脸道："你这个蠢货！你马上给我查一查你的名片簿，看看你存你爸的手机号是不是139开头的！"

萧晴听话地查了查："是啊，139开头的没错。"

"还敢说没错！139开头那是我的号！你爸用的是131开头的，你不知道吗？你是不是两个都存了我的号，每次短信电话全往我这里塞？"岳凝说罢，就把电话给挂了。

"……"

萧晴郁闷地在名片簿里找啊找，果然，爸爸和妈妈，都是139开头的同一个号码。

怪不得她每次都撞见鬼，还以为是巧合呢，原来是自作孽，不可活。

随手翻了翻收件箱，萧晴突然发现一件更可怕的事。

131开头的号码昨天给她发过一条短信："萧晴，到纽约生活还习惯吗？"

她的回复是："谢谢你的关心，我很好。能不能麻烦你再花一毛钱的短信费，告诉我你是谁？"

爸爸看到这条短信后，估计是忍了好久，才没直接回复说："我是你爹！"

萧晴苦着脸，赶紧重新回了这条短信："爸爸对不起！我把你的号存成妈妈的了！对不起对不起！"

片刻后，那边很淡定地回复说："没事，我习惯了。"

太悲剧了，在爸妈心里，她究竟是个怎样的形象啊！这都能习惯了！

萧晴垂头丧气地盯着手机里那行字，半晌后，才郁闷地敲了条回复。

"爸爸，我打算跟沈君则结婚，这件事你怎么看？"

"萧晴，现在是纽约时间凌晨三点。你确定这是清醒状态下说的话？你自己捏一下胳膊，看看疼不疼。"

爸爸以为她在梦游？她在老爸心里，真的没一点儿形象可言了吗？

"我醒着呢，爸，你别打击我了。"

那边沉默了好久，才发来回复："你若真决定嫁给君则，爸爸自然很高兴。君则人还不错，也比你成熟冷静，你们性格互补，有他照顾你，我挺放心。"

比你成熟冷静，你们性格互补？意思是……她幼稚冲动？爸爸说话总是暗藏玄机。被这么一说，萧晴更加沮丧了。

"爸，你是不是一直发愁我没人敢娶？"

"绝对没有。"

回得越快说明他越心虚吧？

"那你怎么这么支持我嫁人，好像巴不得我能嫁掉一样……"

"我支持你，是因为君则人还不错。你若说嫁给谢意，我一定反对。"

这样一对比，萧晴突然眼前一亮，其实跟沈君则结婚也就没那么可怕了，这世上，像谢意这样的极品男多了去了，比起将来相亲嫁给一个渣男，至少现在的沈君则还算是正常人。

一不抽风，二不暴力，三还长得帅。

这么一想，失落的情绪很快就消散了不少，萧晴郁闷的心情也稍微好转了一点。再琢磨了一下祁娟的话，这才觉得，嫁给沈君则也不算特别亏。

结婚之前跟父母谈心的愿望终究还是泡汤了。不但没有受到父母的心疼和鼓励，而且，老爸老妈好像巴不得她能嫁掉一样，真让人挫败。

萧晴只好垂头丧气地爬上床去睡觉。梦里，沈君则摇身一变，成了一只巨型妖怪，张着血盆大口说：嫁给我吧，毁灭吧，哈哈哈，你注定要死在我手里！萧晴一怒，直接化身喷火龙把他给灭了。

祁娟在纽约待了两周就要回国，沈君则听到这消息，心里别提有多高兴。他当然不会笨到得罪萧晴的幕后军师，一听她要走，马上积极主动请她吃最爱的川菜给她饯行。萧晴被他的热情弄得莫名其妙，倒是祁娟，很淡定地答应了。

三人坐在川菜馆里大眼瞪小眼,沈君则非常有风度地替两位女生倒水点菜,点的还都是祁娟最喜欢的菜,什么泡椒凤爪、辣子鸡丁,跟上次萧晴点的几乎如出一辙,就好像两人吃饭时他在旁边偷听一样。

萧晴看着端上来的菜目瞪口呆,这个沈君则太卑鄙了,还没结婚就开始拉拢她的好姐妹,祁娟你一定要坚守阵线!

结果,萧晴一趟厕所回来,居然看见祁娟和沈君则聊得挺投机。

"她有点儿迷糊,情商也低,结婚以后你得多让着她,不然你绝对会气坏自己。"

"那是自然,我不会跟她计较。"

"这我就放心了,我们萧晴看着像母老虎,充其量不过是只夯毛的猫,你对她温柔点儿,她就会很感动,这种夯毛动物其实很好哄的。"

"哦……原来如此。"

沈君则扭过头来,意味深长地瞄了眼萧晴。

萧晴瞪了他一眼,凑到祁娟耳边,阴沉地问:"你这是在帮他对付我吗?"

祁娟微微一笑:"我这是在诱敌深入啊。"

萧晴怀疑地看了祁娟一眼,总觉得祁娟有点儿不对劲,从她夸沈君则的时候开始,就感觉很不对劲了。

吃完饭,沈君则还亲自开车送祁娟去机场。萧晴很舍不得祁娟,拉着她的胳膊不肯放手,到了机场眼睛都有点儿红。她一个人在这陌生的地方,很快就要嫁给这个陌生的男人,祁娟是她唯一的靠山,现在靠山都要走了,萧晴觉得自己会比以前更加悲惨。

回去的路上,萧晴一直低着头默不作声,沈君则忍不住从后视镜里看了她好几回,每次都只能看见她头顶轻轻颤动着的黑发。

不知为何,刚才看着她强忍眼泪微笑着冲祁娟挥手的样子,沈君则心里,居然有点儿莫名地心疼。

不管怎么说,这场婚姻他是得益者,萧晴却是被他的烂剧本无辜卷入的人。她年纪这么小,原本只是个无忧无虑的学生,现在突然要她面对婚姻、家庭、商业纠纷等一大堆难题,对她来说实在有些残忍,作为罪魁祸首,沈君则心里隐隐有些内疚。

他突然觉得,自己从一开始就骗萧晴,骗来骗去骗过了头,最后却让萧晴陪他一起承担后果,这件事自己做得很不厚道。

欺骗单纯的小女生,这么一说他好像真的有那么一点点卑鄙啊……

沈君则忍不住又回头看了萧晴一眼，见她垂着头轻轻颤抖的样子，心里一软，顺手从口袋里拿出一包面巾纸递给她，低声安慰道："好了，别哭了。以后回国，还能跟你的好姐妹见面的。"

萧晴半天没反应。

沈君则有些尴尬，把纸巾往她面前递了递："我保证结婚以后不干涉你，你想怎样就怎样，我们各过各的。你……你别难过了。"

萧晴还是没反应。

沈君则忍不住轻轻拍了拍她的肩，别扭地哄她："好了，你别哭了。"

萧晴这才猛地回过头来："啊？什么？你在跟我说话？"说着还伸手揉了揉眼睛，不好意思地摸摸头，"我刚睡着了没听见，你再说一遍。"

"……"沈君则的脸色慢慢变得难看起来。

萧晴继续笑道："干吗臭着脸啊，你开车开得跟蜗牛似的，我太困了就小睡一下嘛。"

沈君则沉默了一会儿，收回纸巾，压低声音，冷冷地道："明天早上八点起床去订婚纱！你睡过头试试！"

"知道了知道了，别吼这么大声。"萧晴白了他一眼，打了个哈欠，"没事我继续睡了啊，你慢点儿开。"说完，真的继续靠着座椅闭目养神去了。

沈君则握着方向盘的手缓缓收紧。

祁娟说得没错，跟萧晴计较，他绝对会自己气坏自己。

刚才以为她哭了，心疼她、同情她，甚至因此而内疚，还柔声安慰她，给她递纸巾的自己，简直是一个超级大白痴吧！

很快就要到酒店了，萧晴睡得特香，脑袋一点一点就像小鸡啄米，沈君则忍耐了一会儿，终于伸手推了她一把。

萧晴从梦中惊醒，猛然一个弹跳，一头撞上了车顶，疼得龇牙咧嘴，皱着眉头一边揉脑袋，一边抱怨道："我做梦正到了惊险环节，一个恶鬼跟在我身后，我在逃命呢，你这一拍吓死我了。"

沈君则忍住想再捶她一拳的冲动，冷静地道："快到了。"

"哦。"萧晴看了看窗外，点点头，"那你就停这儿吧，反正快到了，我自己走回去，顺便逛逛街。"

沈君则脸色一沉，他有这么可怕吗？萧晴居然一刻也不愿意跟他待在一起？一路上一直睡睡睡，好不容易睡醒了，却马上下车躲他？

"我有话跟你说。"沈君则把车停了下来，却没有打开上锁的车门。

萧晴回头道："说啊，我又没拦着你。"

沈君则扭头看着她，严肃地说道："我昨天跟你父亲通过电话，他说，我们能结婚他非常高兴，结婚的具体细节全由我们自己做主。到时候……他会过来参加婚礼。他也……只负责参加婚礼。"看来她爸都有些怕她了，恨不得早点儿把她嫁出去。

　　"嗯，我爸是比较懒的。"萧晴点了点头，"所以呢？"

　　沈君则看着她的目光有些冷："所以，你想要一场……什么样的婚礼呢？"

　　萧晴终于明白了他的意思，苦恼地歪头思考起来，想了好久，久到沈君则的忍耐快到极限的时候，她才突然扭过头来，微微笑了笑："随便吧。"

　　沈君则冷着脸道："你想这么久，想出来的结果就是……随便？"

　　萧晴无辜地点点头："对啊，婚礼随便就行了。反正我没结过婚，你安排吧。"

　　什么叫你没结过婚！难道我结过婚了？沈君则气结。

　　萧晴这种毫不在意的态度，让沈君则心里更加不爽。还以为她会提出"礼堂里撒满鲜花""车队环游城市"之类的要求，以她那抽象的脑袋，不管提什么离奇要求沈君则都不会觉得奇怪，可她居然说"随便"！

　　"行，那就随便吧。"沈君则冷冷地看了她一眼，"回去记得设闹钟，明天早上八点之前洗干净脸。一个闹钟吵不醒你，我建议你设三个。"

　　"其实，我每天都设三个闹钟，可还是醒不来。"萧晴一本正经地说，见沈君则脸色发黑，忙笑着补充道，"没事，我今晚回去设五个。"

　　沈君则默默扭过头去，沉着脸打开了车门。他不想再跟她对话了，不然会被她气死。

　　萧晴赶忙开门下车："没事的话我就先走了啊，拜拜。"

　　最后一个拜字说完的时候，人已经走出了三米远。

　　她的长发随着走路的动作左右摇摆，走几步就停下来看看街边的小玩意儿，跟老板砍价的时候，那嘴巴利索得就跟背讲稿一样，看上去特别精神，尤其是成功砍价买到喜欢的东西时那得意的神色，早就没有了刚才在机场挥泪送祁娟的委屈样子。

　　沈君则突然觉得，自己的心脏也开始在胸腔里左右摇摆起来。

　　他居然真的要娶这个怎么看都很另类的女人吗……

　　次日早上，沈君则怕萧晴又睡懒觉，七点半的时候就给她打了电话催她起床，结果，电话只响一声那边就接了起来，而且，听她清脆响亮的声音完全不像刚睡醒的样子。

　　"喂，沈君则，找我有事？"

　　"你居然这么早起床了？"沈君则有些惊讶。

"我不是早起，唉，我是没睡。"萧晴解释道，"前天小娟要走，我们聊了个通宵，昨天从机场回来之后我就补眠，一觉睡到晚上十点，醒来就睡不着了，干脆玩了个通宵。"

"好吧。"沈君则有些头疼，"我待会儿去接你。"

结果，沈君则到酒店一见到萧晴的样子，他就特想把这家伙揉成一团，捏碎了再进行重组。

浓浓的黑眼圈，看着特别颓废，爸妈见到她这形象绝对会被吓出心脏病来。

沈君则狠狠瞪了她一眼："你就不会化妆遮一下？"

萧晴笑笑说："来不及了，上车再说吧。别担心，我通宵之后出现的这种黑眼圈是暂时性的，过一会儿就消了，反正也就你能看见，你又不介意我好不好看对吧。"说着，就自顾自开门上车，系好了安全带。

她起床的蠢样只有他能看见？这种特殊待遇他该感到荣幸吗？

沈君则并不觉得荣幸，看着她的黑眼圈越看越火大，沉着脸，默不作声地发动了车子。

萧晴坐在副驾驶座，对着车里的后视镜揉了几下眼睛，然后，她又从随身包里拿出一堆东西往脸上抹。

她化妆的动作倒是很麻利，上粉底、擦腮红、描眉毛、画眼线、涂眼影，一步一步井井有条，最后还涂了点唇彩，抿了抿嘴唇，然后对着镜子龇牙笑了一下，这才把化妆包收起来。

沈君则被她那笑容弄得毛骨悚然。

不过，化完妆之后，她的脸蛋看上去粉嫩粉嫩的，眼睛大大的，睫毛又长又浓密，小巧的鼻子，嘴唇还是那种引人遐想的天然粉，这张脸还真是……挺漂亮的。

沈君则看了她一眼，忍不住道："没想到你居然会化妆，化完之后倒挺像个人的。"

他真的挺意外，还以为她是那种什么都不懂，就知道吃和睡的没长大的臭丫头。

萧晴好脾气地笑了笑，说："这些东西平时不怎么用，见长辈的时候，出于礼貌还是要化一下啊，不然我妈知道会骂死我的。而且，我可不想素面朝天去见你父母，被他们鄙视了，以后日子不好过啊。将来还要想方设法讨好你爸妈，第一印象太差了怎么行。我可是连自己的爸妈都搞不定呢。"

听她这么一说，他心里终于稍微舒服了那么一点儿。至少，这家伙还懂得给他的父母留个好印象。虽然是为她自己的将来考虑，可也算间接为他考虑了吧，算她勉强及格。

　　沈君则开车把萧晴带到了沈家大院，停好车才说："到了。"
　　萧晴看着那铁门，惊讶地扭头看他："我们那次在这里遇到，你不是说沈家搬家了吗？"
　　沈君则尴尬地摸摸鼻子，不知该作何回答。
　　萧晴瞪着他道："你怕我猜出你的身份，故意拐我去酒店？居然用搬家这借口，也太卑鄙了。"
　　沈君则咳嗽一声，镇定地说："你想算账也不急在今天。以后我们慢慢算。"
　　萧晴哼了一声，开门下车。
　　沈家大院果然跟她印象中一样，院内古树参天，中间立着一栋三层小阁楼，地上是青石板铺成的路。萧晴总觉得，这里有种大家族兴衰荣辱几十年的厚重的历史感，一进门就让她倍感压力。
　　跟着沈君则走到客厅，萧晴顿时被面前的场景吓了一跳。
　　沙发中间坐着的老人依旧和上次见到时一样，手里握着拐杖，坐得十分端正，看上去很有气势。左边一个气质高贵的女人正在那儿悠闲地喝茶，右边一个沉稳的男人手里拿着杂志随便翻阅着。旁边的单人沙发上还坐着一个……假君则，正一脸笑容在那儿削苹果，一见到萧晴，他手一滑，就把果皮给削断了。
　　沈君则见萧晴有些紧张，忍不住低声在她耳边说："我爷爷你认识，另外两位，我爸妈，都很好说话，你不用紧张。"
　　萧晴点点头。
　　见客厅里的人也发现了他们，沈君则便故作亲密地顺手揽过萧晴的肩膀，走到沙发前，冲众人道："爸、妈，这位就是萧晴。"
　　萧晴赶忙恭恭敬敬地鞠了个躬："爷爷好，伯父伯母好。"
　　真是太乖了……沈君则忍不住在心底给她又加了几分。
　　沈爸爸看了萧晴一眼，微笑道："萧晴啊，几年没见，都长这么高了，比小时候漂亮了好多呢。"
　　"呵呵，是吗？"萧晴干笑着摸摸脑袋。她可不记得什么时候见过这位大伯。
　　沈妈妈看着她，冷漠的脸上也露出个淡淡的微笑："过来坐，不用客气。"
　　旁边的双人沙发显然是特意留给他们的，沈君则带着萧晴过去坐下。

然后，沈君则突然变戏法一样从包里拿出一堆东西："爷爷、爸、妈，这些是萧晴给你们带的礼物。"

"哎呀，真是个懂事的姑娘。"沈爷爷忍不住称赞道。

没想到沈君则倒是个细心的人，居然提前连礼物都准备好了，萧晴可是完全没想过见家长要带礼物的……

扭头，却发现沈君则依旧是一脸"不关我事"的淡定模样。

听长辈们夸个不停，萧晴不好意思地笑了笑，说："不客气，呵呵……我随便选的，也不知道你们喜不喜欢。"

"喜欢喜欢，你有这心意我们已经很高兴了。"沈爷爷非常慈祥地看着萧晴，笑眯眯地说，"萧晴，你能嫁给君则，真是我们君则的福分，以后你就是我们沈家的媳妇，自家人不用客气。君则要是敢欺负你，你就直接跟爷爷说，我帮你收拾他。"

沈君则保持沉默。

"嗯嗯，我会的。"萧晴点了点头，顿时觉得老爷爷的形象光辉闪亮起来，就连那原本可怕的胡子也变得可爱了。

沈君杰见萧晴跟大家聊得热闹，自己一直逃避也不是办法，只好咬了咬牙，挤出个灿烂的笑容来："嘿嘿，自我介绍一下，我叫沈君杰，是沈家老三，以后还请嫂子多多关照了。"

"谁是你嫂子！"萧晴瞪了沈君杰一眼。

突然感觉旁边三道莫名的目光扫了过来，沈君则也在暗中拽她的袖子，萧晴赶忙换了张笑脸，轻声说："那个……还没结婚呢，你这么叫，我不太好意思。"

沈君则和沈君杰对视一眼，两人都被她故作羞涩的样子弄得头皮发麻，偏偏三个不知情的长辈听她这么一说，都笑呵呵地点头，显然是更喜欢她了。尤其是沈爷爷，笑得嘴都咧开了……

"对对，还没过门呢。阿杰，你别乱说话吓到萧晴！"沈爷爷狠狠瞪了沈君杰一眼。

沈君杰满腹委屈也不敢发作，只好郁闷地低下头削苹果。他吓她？拜托，这完全反过来了好吧！爷爷您不知道嫂子的杀伤力有多么强大！

沈爸爸倒是很稳重，微微笑了笑，说："萧晴，你跟君则商量过什么时候正式结婚吗？你父母的意思呢？"

萧晴笑着说："我爸妈说这些由我们自己做主。我……随便什么时候都可以。听君则的。"

"下个月吧。"沈君则冷静地道，"还有十几天时间准备婚礼，足够了。"

十几天?他这么着急,是不是怕煮熟的鸭子飞走?

萧晴虽然有些惊讶,可刚才已经把皮球踢给了沈君则,没道理再反悔。只好在沈家人期待的目光下,僵硬地点了点头。

"那就……下个月吧。"

萧晴的表情有点儿像戴着枷锁上断头台的勇士。

沈君则忍不住凑到她耳边,低声说:"嫁给我很痛苦吗?"

萧晴点点头,皱眉想了一会儿,才说:"是啊,挺痛苦的。"

沈君则沉默。

忍了一会儿,沈君则还是觉得不甘心,又低声说:"我也很痛苦。你要清楚,跟你结婚,对我来说简直是个噩梦……"

"所以,你喜欢自虐吗?兜了一个大圈子,就为了把自己套进噩梦里去?"萧晴好奇地问。

沈君则这回,真说不出话了。

第十三章

婚期将近

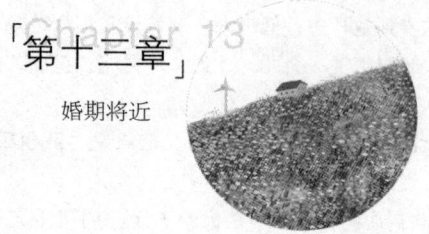

沈君则带萧晴到婚纱店选婚纱的过程,简直是一场噩梦。

沈君则坐在沙发上翻杂志,萧晴被店员带进试衣间,完全像个道具一样被人折腾。店员推荐哪套,她就很好脾气地笑着去试哪套。

刚开始被推荐了一套紧身的长裙,雪白的绸缎把整个身体裹得紧紧的,挺胸收臀,后背也露出一大片雪白的皮肤,店员笑着夸赞道:"哎呀,先生,您的未婚妻这么一穿,真是性感啊,这套婚纱是我们店销量排行前几位的,两位不如考虑一下?"

萧晴对着镜子理了理头发,稍微遮了一下差点要走光的胸口,扭头看着沈君则,一脸严肃地问:"你觉得呢?"

沈君则抬头打量了她一眼,忍不住倒吸一口凉气。

这衣服一裹,整个就像一条滑不溜秋的鱼,她是进礼堂,又不是跳游泳池,这么袒胸露背的,身上被那么多人看光了,影响多不好。

沈君则咳了一声,面无表情地道:"换一件。"

"好。"萧晴点点头,又进去换了一件。

十分钟后,萧晴从试衣间走了出来,乖乖站在沈君则面前,继续严肃地问:"这件呢?"

沈君则抬头一看,忍不住又吸了一口凉气。

这次倒是不走性感路线了,穿了个很少女派的蛋糕裙,整个身体裹得就像一个大粽子,那袖口的蕾丝,那高耸的衣领……店员继续笑着夸:"这件也不错啊,跟您未婚妻很相配呢,她本来就有点儿娃娃脸,这么一穿,感觉特别清纯可爱。"

清纯可爱还不一定，萝莉倒是一定的，他不想被朋友们在婚礼上调笑说他有"恋童癖"。

沈君则脸色一沉："再换一件。"

萧晴又进去换，十分钟后走出来，往镜子面前一站，沈君则这次连凉气都懒得吸了。

这件更恶心，完全就是两袖清风的神仙式装扮，那白纱拖在地上能有三米长，走个路顺便可以扫大街，再加上萧晴本来就很瘦，一穿这衣服，飘逸得好像随时能"乘风归去"了。

沈君则眉头一皱，走到萧晴面前，冷着脸道："我没时间陪你玩穿衣秀，好好挑一件有那么难吗？"

萧晴看了他一眼，小声说："人家店长好心推荐，我就试试看了，反正时间多的是，多几种风格也好让你多几种选择。"

沈君则沉默下来。

萧晴又好奇地问："对了，你喜欢哪种风格？性感路线？萝莉路线？御姐路线？或者，你喜欢中国风的话，咱们也可以穿大红的唐装，婚礼那天坐坐花轿，放放鞭炮。"

沈君则面无表情地盯着她，压低了声音："你的意思是，我喜欢就行，不用顾虑你的意见？"

萧晴点点头："对啊，反正在这边结婚也是演戏给你家人看，我穿什么无所谓。"

看着她一脸无所谓的微笑，沈君则心里突然就刺痛了一下，那种像被蜜蜂蜇了一样的痛感，虽然不会太严重，却是让人难以忽略的存在。

演戏给你家人看，我穿什么都无所谓？

她说这句话的时候，表情确实是认真的，证明她心里也这样想。这也的确是事实，这场婚礼，目的就是演戏给双方家长看，两人都心知肚明。

可不知为何，听她这么直接爽快地说出来，沈君则心里就是有点儿莫名其妙的刺痛，还有……失落。

原本，结婚对女人来说是非常重要的事，很多女孩子都梦想着能穿上最漂亮的婚纱，等心爱的男人牵自己的手走进礼堂，为了选一套满意的婚纱，不知要耗费多少时间和精力。

可是，对别的女人来说最幸福的一天，对萧晴来说却成了演戏般的敷衍。萧晴这无所谓的态度和淡定的微笑，反而让沈君则有点儿心疼。

那感觉，就像是他成了毁掉她幸福的凶手一样。

看她的笑容越看越刺眼，沈君则干脆扭过头去，眼不见为净。

店员又带萧晴去试了件婚纱，沈君则看了一眼，还是觉得这件太普通了，简直是烂大街的货色，完全衬托不出萧晴的气质。沈君则站起来，目光缓缓扫过一排衣架，最终还是没发现一件满意的，忍不住回头问："Richard（理查德）在店里吗？"

店员忙笑着说："您是说本店最出名的设计师Richard？"

沈君则点点头。

"他现在很忙，而且请他设计婚纱的订单已经排到半年后了，如果您想请他单独设计，是需要另外预约的。请问你们的婚期是订在什么时候呢？"

"下个月。"萧晴扭头看向沈君则，"设计就算了吧，还剩十几天肯定来不及的。随便挑一件就好了啊，这里衣服这么多，你都看不上吗？"

沈君则看了她一眼，转身拿起手机拨了个电话。

"Richard，是我……有事找你，能抽出时间见面吗？好，我现在上去。"

原本是想随便给萧晴选件婚纱，即使到了Richard的店里，也没想去找他亲自设计。可萧晴这么一说，沈君则突然改变了主意。虽然这场婚礼对她来说一点儿也不幸福，可至少，他能尽最大的努力，给这个被他拖下水的无辜女孩儿一些补偿。

沈君则挂了电话，回头看着萧晴，淡淡地道："走吧，跟我上去见个朋友。"

见萧晴站在那儿不动，沈君则忍不住强行拉过她的手，转身就往楼上走去。

萧晴的手挺小，沈君则随便一握，就能把她的手整个包在手心里。微凉的温度透过手心传递过来，让沈君则心里，突然有点儿柔软。

这丫头是被冻坏了吧？

刚才跟着那个热情的店员，折腾了一个钟头，一件又一件地换衣服，简直就是给人家当免费模特。这里空调开这么大，她一定很冷，所以现在手指才这么凉。

想到这里，沈君则忍不住握得更紧了。那种"能够保护一个女孩儿"的大男子主义，感觉好像还挺不错的。

结果，好事不长，他的心还没来得及柔软彻底，萧晴突然大声叫道："糟了，我突然特想拉肚子，可能是早上吃坏了，你等我一会儿，我去趟洗手间。"说完，她果断地甩开他的手，转身往卫生间跑去，那速度就跟五十米短跑冲刺一样，"嗖"一下就没影儿了，把那几个店员都吓得目瞪口呆，以为白天见鬼……

片刻后,回过神来的店员忍不住小声议论起来:

"看上去挺可爱挺淑女的一个待嫁新娘啊,跑起来怎么就跟疯了的兔子似的。"

"真幻灭啊……"

沈君则忍不住头痛地想,她们还真说对了,这位待嫁新娘就是个"疯兔子"。她安静下来,乖乖的,看得人心里都发软;一旦动起来,就会让人非常后悔,自己为什么犯傻,居然对她心软!

沈君则看了一眼萧晴消失的方向,冷哼一声,独自转身上楼去找Richard。

Richard是个华人,家里做的是服装生意,他也是学服装设计的,大学毕业后吃家里的老本开了家婚纱店,名气还挺大,据说找他设计婚纱的人排队都排了大半年。沈君则十年前初到纽约时就跟他认识了,也算是多年好友。

沈君则上楼等了一会儿,果然就见一个熟悉的男人推门进来,一见到他就走过来狠狠捶了他的肩膀一拳,笑眯眯地说:"好久不见,我还以为你被绑匪撕票,尸体扔进太平洋了。"

"前段时间回国了。"沈君则摸了摸鼻子。

"哦,你终于想回去发展事业了?"

"嗯。"沈君则点了点头,"先不说这个,我今天找你,有件事想请你帮忙。"

"设计婚纱?"Richard了然地笑笑,"上次明慧结婚也是找我设计的,听说评价还不错。说说,你这次是想替哪个朋友的新娘子设计?"

"给我未婚妻。"

"哦……"Richard沉默了一下,突然瞪大眼,"什么?你未婚妻?"

沈君则被他突然拔高的声音吵得头痛,忍不住皱了皱眉:"这个消息有这么可怕吗?"

Richard点点头:"对像你这样的单身主义者来说,是很可怕啊。"顿了顿又问,"怎么这么突然?难道你对她一见钟情?"

沈君则面无表情地点了点头。

Richard震惊了良久,这才轻轻吐出口气:"好吧,你每次行动都这么干净利落。改天带她来见见我,我再根据她的个人特质和喜好来设计。你结婚,我肯定要帮忙的。"顿了顿,"不过,我还是很好奇,是什么样的女人,让一直厌烦结婚的你,居然心甘情愿替她订婚纱……"

两人正说着,突然听见一阵敲门声响起,萧晴从半开的门外探了个脑袋进来:"请问,沈君则先生是在这儿吗……"话没说完,她正好看见沈君则的背影，便赶忙跑了进来，"哎，君则，我到处找你呢。"

见 Richard 疑惑地看着自己，沈君则尴尬地摸了摸鼻子，介绍道："她就是我……""未婚妻"三个字当着萧晴的面却有点说不出口。

倒是萧晴，一点儿也不羞涩，很机灵地伸出手来，微笑着道："你好，我是他的未婚妻，我叫萧晴。你就是 Richard 吗？"

"是的。"

"啊，明慧姐那套婚纱就是你设计的吧，很漂亮啊。"

"是吗，哈哈哈，一般般啦，那不过是我设计的婚纱里比较普通的一件罢了，哈哈哈……"

沈君则无语。他这被拍马屁就晕头转向翘起尾巴的毛病，这么多年都没改。

萧晴一脸崇拜地看向 Richard："我觉得特别漂亮啊，都可以当艺术品了，真的。"

"呵呵，好说好说。"Richard 摸了摸下巴，正经道，"萧小姐，你跟君则真是郎才女貌，好般配的一对。你们什么时候结婚，你的婚纱就由我来设计好了，喜欢什么风格尽管跟我说。"

萧晴犹豫了一下："我们下个月就结婚，来不及了吧。"说着又扭头看向沈君则，"随便买一件好了，不用这么麻烦。反正我对婚纱没什么要求，你看着顺眼就行。"

沈君则还没来得及说话，Richard 突然把他拉到一边，一脸语重心长地道："我说，兄弟，你从哪儿找的这么极品的女人？又温柔，又可爱，又听你的话，还特别为你着想，连婚纱都能让你做主……你真是太有眼光了，这种男人心目中理想型的老婆，都快绝种了，最后一个居然被你捡到。"

"……"

这萧晴在外人面前确实表现良好，人人都觉得她很温柔、可爱、体贴……可关键是，她在他面前完全是个抽风病患。

沈君则无语，大家都在羡慕他，没有人理解他内心的苦啊……

"这么说你是答应了？"沈君则一脸平静地问，"我们的婚期定在下个月 1 号。"

"时间有点儿赶。"Richard 犹豫了一下，"不过，没问题，我抽这个周末帮你赶工吧。"说着又转身看着萧晴，微笑着问道，"萧小姐喜欢哪种风格呢？"

萧晴抓了抓头发："随便吧。"

"那我就自己做主，按你的形象来设计好了。"Richard 拿过一张标准的订单表格，递给萧晴，"来，填一下这个。"

萧晴接过表格填好，递给他，微笑着说："谢谢你哦。"

"呵呵，不客气。能为你设计婚纱，也是我的荣幸。"Richard 客套话说完，又凑到沈君则耳边，压低声音，"老兄，眼光真不错，你家萧晴的三围也太正点了，你以后绝对有福了！话说，你们是不是早就那个过了，奉子成婚？不然干吗这么着急？你不会告诉我你要当爹了吧？"

沈君则直接把 Richard 的话当成臭气给放掉，转身对萧晴道："走吧，我送你回去。"

奉子成婚？算了吧，一个萧晴已经够他受了，一想到有个长得像萧晴的宝宝整天扑到他怀里哭哭闹闹……他都有种想跳江的冲动。

眼看婚期将近，萧晴觉得这事也瞒不下去了，思前想后，还是决定通知某几个重要人物一声。

一是好姐妹卫楠，因为卫楠最近特别忙，感情上也出现了些问题，萧晴不想把自己的烦心事告诉她让她担心，于是一直拖到现在。

萧晴有些忐忑地拿起电话，算准时差在晚上拨通了卫楠的手机，结果却听到了一个男人的声音，萧晴吓得差点儿把手机给扔了。晚上啊，睡觉时间，卫楠的手机是个男的接的，她不乱想都难。

祁娟说陆双正在追卫楠，没想到那家伙下手这么快。

萧晴目瞪口呆，怔了好久，深深吸气冷静了一会儿，这才把自己想请卫楠来当伴娘的意图简单跟陆双说了一下。

挂了电话之后，萧晴从电话簿里找出另一个重要人物的手机号码，拇指放在通话按钮上，却迟迟不敢按下去。

萧凡。这名字看在她眼里真有杀伤力。她从小最怕的是妈妈，第二怕的就是这位冷漠的堂哥。她跟堂哥都是独生子女，萧家这一代关系最亲的也就他俩，小时候一起在爷爷家住，爷爷很宠她，堂哥却对她很严格。那个冷酷严肃的人，如果知道她这么轻易就把自己嫁掉，绝对会气到爆炸，说不定直接杀来纽约把她给解决了……

萧晴犹豫来犹豫去，还是决定先缓一缓。

没料，萧晴还没做好心理准备，次日中午电话突然就响了起来。来电显示是，萧凡。

萧晴看见这个名字瞬间就被吓得从座椅上站起来，接起电话结结巴巴地说："喂，哥……哥啊，找我有什么……事吗？"

"听说你要结婚了？"萧凡的语气很冷静，和很多次在法庭上提问被告时一样冷静，冷静到萧晴觉得脖子都有点儿凉。

"呃，我……下个月就……结婚。"萧晴吞了吞口水。

"对方是谁？"

"呃，沈……沈君则。"

"你才二十二岁结什么婚？法定年龄刚刚到，就急着嫁了，这么迫不及待吗？"萧凡顿了顿，"是不是家里逼你？"

萧晴忙说："没有，没有，是我自愿的，真的。"

"自愿？"萧凡沉默了一下，"很好。"

"咔"一声，电话被挂了。这没有结尾的挂电话让萧晴心里十分不安……唉，太凶了，她家里的人为什么都这么凶呢，就剩一个爸爸还稍微温柔一点儿，却是每次跟她说话都很含蓄，理解之后特别打击人的那种。

自萧凡挂了电话之后，萧晴一直有些心神不宁，总觉得以哥哥的精明和冷静，或许不久就能查出她嫁给沈君则的真正原因。如果他知道她是为了家里的生意才勉强答应嫁给一个不爱的人，他绝对会阻止的。到时候，她会很难堪，下不来台不说，甚至在沈君则眼里也变得卑微可怜起来。

她才不想成为众人眼里的苦情女。这是她自己的选择，才不需要别人过多的同情。

因为一直在想萧凡的事，下午跟沈君则一起去婚纱店试婚纱的时候，萧晴就有些心不在焉。

这件婚纱虽然是 Richard 神速赶工做出来的，可他的天分依旧让它成为全场惊艳的焦点。萧晴一穿在身上就引来店员们齐齐惊叹，就连沈君则也不禁眼前一亮。

纯白色的及地婚纱，偏可爱风的钝圆衣领，露肩的上身，右侧肩膀上留了一点点小巧的流苏，上身精心绣了一些简单的银色花纹，看上去不会太单调，腰部的线条勾勒得也非常完美，正好把萧晴的身材衬托得玲珑有致。略大的裙摆上面镶嵌了一些精致小巧的水晶点缀，灯光一照，会有非常炫目的效果。头上披一块长度正好到腰间的纱，跟下身的裙摆形成恰到好处的搭配，裙摆垂到脚踝，正好露出一双漂亮的水晶鞋，据说那鞋子也是他专门设计的，跟衣服同一风格。Richard 的意思是，萧晴看上去年轻单纯，盘发会显得老气，结婚当天就把长发自然散下来，被白纱遮住，若隐若现增加神秘感。

虽然当时沈君则不太相信他夸张的描述，总觉得他是自吹自擂在扯淡，可今天看见萧晴穿上这套婚纱，沈君则心底居然会有"真的好漂亮"的惊叹。

奇怪,他不是一直看萧晴不顺眼吗?怎么这会儿突然觉得,娶这个丫头感觉也没那么差呢。

周围一群人在惊叹,可萧晴完全不在状态,懒懒地瞅了瞅镜子里的自己,然后摸了摸脸,回头问沈君则:"你觉得好看吗?"

沈君则忽略了心底的波动,故作平静地道:"一般。"

萧晴点了点头:"我也觉得一般。"顿了顿,小声嘀咕,"还是明慧姐穿婚纱好看。穿在我身上,总觉得不伦不类的,这都什么啊,上面还镶了这么多亮闪闪的东西。"

沈君则听见她的嘀咕,忍不住道:"还好吧,毕竟是 Richard 亲自设计的,你穿着也挺好看的。"

"是吗?"萧晴疑惑地看了眼镜子里的自己,又把脑袋后面的白纱抓到胸前,突然往脸上一遮,"这就跟女鬼似的。"

沈君则被她那搞笑的动作弄得哭笑不得,沉默了一会儿,忍不住道:"她们都说很好看,就穿这件吧。"

萧晴点点头:"好。"

下午,他们又约好了影楼的摄影师拍婚纱照。这是沈爷爷的意思,他亲自掏出一笔钱来,让沈君则和萧晴尽管去拍几百张来留念,还说什么一辈子就这么一次,各种动作各种表情各种背景,多拍一些,做几本厚厚的相册,将来也好回味。

沈爷爷若真知道两人只是协议结婚,甚至暗中约定一年后就办离婚手续,肯定会被气到病危吧。

拍婚纱照对沈君则来说依旧是个痛苦的过程,要在摄影师的要求下摆出各种动作,做出非常甜蜜的表情。

"新郎伸出左手抱着新娘,贴近,贴近,哎哎,你们再贴近一点儿嘛,鼻尖相差一公分才有这种暧昧的气氛,都快结婚的人了,害什么羞……"

鼻尖贴近,大眼瞪小眼……

"这样瞪着对方是不行的啊,新娘,你要害羞,很害羞地注视着新郎,嘴角要微微弯起来……你这撇嘴的表情是想哭吗新娘?"

"新郎,你要深情地注视着她……不是这种不耐烦的眼神,深情啊,深情点儿啊你们!"摄影师急了,"你们这么严肃做什么,这是拍婚纱照,不是拍证件照啊!"

沈君则终于放开了萧晴,一直搂着她,手臂都有些发麻。回头看了抓狂的摄影师一眼,淡定地道:"抱歉,我们平时很少拍照,被摄像机对准,全身都不舒服。"

萧晴赶忙附和地点头,"是啊,好像被监视一样,脊背发毛呢。"

"那怎么拍啊!"摄影师怒了。

萧晴歪头想了想,微笑着道:"要不这样吧,这种特别亲密的婚纱照,所有的夫妻都拍一点儿新意都没有,我们拍点儿特别的好了。"

"比如?"

"啊,你听过一首诗吗?"萧晴顿了顿,"你站在桥上看风景,看风景的人在楼上看你,明月装饰了你的窗子,你装饰了别人的梦。"

"……"摄影师嘴角抽搐,完全不懂她的抽象思维。

萧晴笑了笑说:"就要那种'距离产生美'的效果啊。比如,我在树的这边,他在那边,我们两个背靠背,互相看不见对方,却听得到对方讲话,你不觉得很唯美吗?再比如,我在屋内倒茶,他在屋外浇水,多么生活化啊。或者,我躺在草坪上,他坐在旁边什么的……那些艺术作品不都这样拍的吗?距离产生美。"

摄影师一拍大腿:"行,就按你的要求来!"说着就摆好了相机,"来,我们先拍第一张。新娘躺在草坪上,新郎趴到她身边去吻她。"

"……"

"……"

两人对视一眼,同时扭过头去。

痛苦不堪的婚纱照连续拍了三天,各种暧昧动作弄得两人都身心疲惫。搂搂抱抱总是免不了的,就当是演员在锻炼心理素质吧。涉及实质性问题,比如接吻什么的……都被两人一口回绝掉了。那摄影师也挺不容易,这对新人瞪对方就跟瞪仇人一样,太"因爱生恨"了,实在很难拍出冒粉红泡泡的浪漫照片来。

近距离对视的照片倒是拍了很多,在摄影师的指导下,萧晴使劲想象对面的男人是她童年时期特别喜欢的小狗,沈君则使劲想象对面的女人是一只乖顺可爱的小猫,两人的目光中,这才流露出一点点"爱意"来。

三天下来,萧晴觉得自己都快疯了。好佩服那些演员,对着完全陌生的人都能深情款款说出肉麻台词,有时候剧情需要,还要热吻,甚至床戏……这么一想,她突然同情起谢意来,瞧他,学这么多年表演,被折磨得精神都凌乱了。

回去的路上,萧晴突然收到一条短信。

"萧家生意上的问题我已经跟我爸谈过,也找了些朋友帮忙,家里这次的难关并没有你想的那么严重。我知道自从爷爷去世后你一直不开心,叔叔婶婶给你的压力太大,可婚姻并不是你想的那么简单,不管你是迫不得已嫁给沈君则,还是真的喜欢他,这次选择关系到你自己的幸福,希望你能好好考虑清楚。还有,我站在你这边。"

看着这条短信,萧晴的眼眶突然酸涩起来。原来,堂哥一直知道……

自从爷爷走后,萧晴搬回去跟陌生的父母住在一起,在他们的逼迫下放弃美术,报考商学院。她始终做不到堂哥那样的坚定和强势,她的父母也不像伯父伯母那样仁慈,最终萧凡依旧按自己的喜好选择了律师职业,她却不得不遵从父母的期待,整天抱着厚厚的砖头书背那些经济学。

萧晴苦笑了一下,或许,从小一起长大的堂哥才是最了解她、最为她考虑的人。

那么,他也该知道,自己这次嫁给沈君则,除了解决家里的困难,还有一个更重要的原因,是她想转学去美院。她不知道什么爱情、什么幸福,只知道,能重拾画笔对她来说就算一种幸福。女人的幸福又不一定要靠结婚来支持,对她来说,能够继续画画,天天做自己喜欢的事,已经很幸福了……

虽然这样自我安慰着,可是,扭头看了眼面无表情的沈君则后,萧晴还是觉得心里有种深深的挫败感。

以后要跟这个面瘫男人在一起,一想起来就觉得连胃口都没了。

"你那是什么表情?"沈君则脸色一沉,他是从她脸上看到"嫌弃"的表情了吗?她居然敢嫌弃他?

萧晴耸耸肩:"没什么,我哥刚发短信给我,反对我跟你结婚来着。"

她哥?是那个看自己很不顺眼的萧凡吧?他反对的话以后日子难办多了,听说萧晴很听他的话。沈君则皱了皱眉,故作淡定地道:"你哥反对?所以,你现在是想反悔?"

萧晴怔了一下:"我可以反悔?"

沈君则回头,目光定定地注视着她:"你觉得呢?"

萧晴觉得他的目光似乎射出了冰剑,让她全身都有点儿发凉,赶忙笑着说:"当然不能啊,婚纱照都拍了,请帖也发出去了,现在反悔已经来不及了。"

沈君则冷哼一声:"知道就好。"

反正她是他的囊中之物,事到临头了还想反悔?门儿都没有。

也不知为何,一想到过两天萧晴就要穿上最漂亮的婚纱嫁给自己,沈君则心底居然有种奇怪的"得意感"。

第十四章

啊,嫁出去了

答应来纽约做伴娘的卫楠下午就会到,沈君则中午的时候打了电话过来。

"你那个叫卫楠的姐妹今天下午就到了吧?要我去接吗?"

萧晴想都没想直接拒绝:"不用了,反正你跟她不熟,去了反而会尴尬。"

他去了会很尴尬吗?难道他是个容易让气氛冷场的天然空调?

沈君则有些郁闷,低声说:"随便吧。"顿了顿,又不放心地问,"你自己去接她,确定不会走丢?"

萧晴好笑地说:"鼻子下面一张嘴,找不到我会问的。再说,出租车是干吗的啊?"

沈君则有些尴尬地摸了摸鼻子,半晌不知该说什么。他确实是担心过头了,萧晴就算是顶级路痴,至少懂得找出租车。这也难怪,他内心深处早已把萧晴定义为"低智商人群""总是丢三落四的迷糊虫",所以觉得她做什么都不放心。

"其实,我跟你说,我已经在机场了。"

萧晴话里有明显的笑意,让沈君则觉得自己似乎被嘲笑了,脸色一沉,淡淡地道:"接到人记得给我电话。"

晚上六点钟,卫楠的航班终于准时到达。姐妹俩目光一对上就开始大叫:"楠楠!""萧晴!""想死我了!""我也是!"

两人不顾周围路人惊讶的目光,飞奔过去抱在一起,都穿着高跟鞋,冲刺的速度居然比得上短跑猛将，让同行的男人脸上露出无奈的表情。

跟卫楠同行的男人便是陆双，年轻英俊，风度翩翩，走到萧晴面前微微一笑："萧晴，好久不见。"

萧晴放开卫楠，跟陆双握了握手，也笑道："怎么，现在是楠楠的男朋友了？终于不只是哥哥的朋友啦？"

陆双点点头，意味深长地道："我跟卫楠的革命友谊更进一步，终于可以把哥哥给跳过了。"

萧晴笑了起来："你真幽默。"

陆双道："一般般。"

萧晴凑到卫楠耳边："他很有意思嘛。"

卫楠悲凉状看向远处的天空："超有意思的。"顿了顿，又凑到萧晴耳边轻声说，"你家新郎官呢？"

萧晴无所谓地耸耸肩："他超级大忙人，没时间来接你们。"

卫楠"哦"了一声，没再说话。

萧晴带着卫楠到了新家，逛了逛装修华丽的新房。这新房是沈君则的父母布置的，萧晴也是第一次来，卧室里那张巨大的床让卫楠笑得她有些尴尬。想起那床是做什么用的，萧晴也尴尬了，摸了摸脑袋道："这个床是他妈妈选的。他妈妈想抱孙子想疯了，要不今晚我们一起睡这儿？"

卫楠干笑："这个不好吧，我跟你睡这儿，可生不出孙子来。"

萧晴敲卫楠的脑袋："色鬼。"

卫楠严肃地说："这个床是留给你跟新郎洞房花烛的啊。"

萧晴笑容僵了僵："我才不会跟他……那什么。"

见陆双去了洗手间，卫楠忙抓住萧晴的手，认真地问道："你真是自愿嫁他的？"

卫楠一路上欲言又止好几次，估计是碍于陆双在场，现在终于问了出来，萧晴心里却是一酸。

卫楠跟祁娟是两种类型的朋友，祁娟让萧晴觉得很有安全感，像是保护她们的家长一样；卫楠却是跟萧晴性格类似，能够真正聊知心话的那种。此时卫楠这么问，萧晴也不知该如何解释，沉默了良久。

走到窗前，看着窗户上呈现出的影子，萧晴挤出个苦涩的笑容："我是自愿嫁他的没错，因为对我来说，嫁给他是最好的选择了。"

卫楠的脸色沉了下来："我就知道你有苦衷。你这么小的年纪，要找个喜欢的人……"

萧晴轻声打断了卫楠："其实我挺羡慕你，能够遇到喜欢的人很不容易。

这么多年了，我想喜欢谁都喜欢不起来，总觉得爱情挺抽象的。"

看着她落寞的背影，卫楠有些心疼地说："或许是你的缘分还没到呢？"

"这些对我真的不重要。"萧晴笑了笑，"嫁给他，一来可以解决我家的难题，二来，他答应我可以帮我继续学美术。"萧晴转过身来，认真地看向卫楠，"能够重新去美院，我真的很开心。"

卫楠皱紧了眉头："所以，你要搭上自己的幸福吗？"

"对我来说，能够重新拿起画笔，这就是幸福。"萧晴微笑着说，"就像对小娟来说，让她妈妈过得好，就是她的幸福一样。"每个人对幸福的理解都不一样，或许这就是她想要的。

看着她淡淡的笑容，卫楠却沉默了下来。不远千里来给萧晴做伴娘，却没有感受到丝毫喜悦的气氛。知道萧晴是认定了就不会改变主意的人，明天就要举办婚礼，木已成舟，现在阻止早就没有用了。卫楠也只能装出笑脸来，轻轻握住她的手说："萧晴，无论如何，你都要照顾好自己，不开心就回国，有我卫楠一碗米，绝对不会少你的粥。"说到最后，声音都哽咽起来。

萧晴笑着握住卫楠的手："好了，你别担心我了。你不也常说，爱情不是一切，没有爱情照样能活得滋润吗？我觉得这样挺好，沈君则不会亏待我的，我也想为自己从小的梦想努力一次，对我来说，这是最好的选择。"

卫楠紧紧握住她的手："你觉得开心就好，不开心就回国吧，我会养你的。"

萧晴笑道："我怎么敢让你养啊。放心吧，我跟他都说好了，结婚后各过各的，互不相干，我要是找到喜欢的人，他会跟我离婚。"

还没结婚，却连离婚的退路都想好了吗？看着强颜欢笑的萧晴，卫楠眼眶酸涩，张了张口，却不知该说些什么。

三人从新家离开后，一起住到了酒店，陆双被扔在隔壁，卫楠非要和萧晴睡一张床。那天晚上两人聊了好久好久，似乎总有聊不完的话，又像是知道以后再也没有机会这样聊天，所以才用尽全力消耗这最后的夜晚一样。

次日清晨，萧晴和卫楠很早就被陆双叫醒，沈君则直接派了化妆师过来酒店。新娘的妆要特别精致，化了几个小时才弄好，再加上伴娘卫楠也要穿礼服，折腾了一上午，两人才准备完毕，饿得饥肠辘辘，还好陆双很体贴，提前叫好了外卖。

卫楠忍不住戳了戳萧晴的婚纱，尖叫起来："哇，太漂亮了！"

萧晴抓了抓头："有吗？他说挺一般的，我还是觉得你的礼服比较好看。"

穿着这么漂亮的婚纱，萧晴居然一点儿也没欣喜的感觉，或许是因为她根本不喜欢这场婚姻吧……卫楠心酸地吸了吸鼻子,笑着说:"你就别谦虚了,你绝对是我见过的最美的新娘。"

萧晴弯起嘴角笑了起来:"谢谢你的夸奖,那我就不客气收下了。"

沈家显然很重视这场婚礼,来接萧晴去礼堂的时候,车队直接排了条长龙。萧晴却根本不在意,看都没看就上了新郎的花车。

婚礼现场,厚厚的红毯一直延伸到路口,接新娘的车一到,两边的亲友们就兴奋地撒起了鲜花,红毯两侧摆放着大片的白色风信子,踏在红毯上,仿佛走在花丛中一般浪漫。萧晴从车上下来,被这壮观的白色花海吓得有些发愣……

身边的卫楠开始惊叹:"你家那位真浪漫啊!太漂亮了!居然用你最喜欢的花摆了一路,天哪,这得要多少花啊,整个纽约的风信子都被他买光了吧……"

萧晴看着整片花海,说不上喜悦,只是心情颇为复杂。

不是说婚礼随便吗?沈君则一随便就随便成这样了?她从小到大见过的风信子都没今天这么多……而且,风信子是她最喜欢的花。它的花语代表着"爱无处不在"。他又是怎么知道她最喜欢的花的呢?

萧晴僵硬地站在红毯上,突然有些手足无措起来。

早就等在红毯边的沈君则倒是很镇定,款步走到萧晴面前,伸出了手臂。

萧晴愣了愣,今天的他似乎有些不太一样,穿着纯黑色西装,白色衬衫,深红色领带,简单的搭配把他的气质衬托得恰到好处。成熟稳重、英俊优雅的男人,应该是很多女孩儿心目中理想的对象吧。

再加上今天是婚礼,不好冷着脸装面瘫的缘故,沈君则嘴角微微扬起了一丝笑意,看在眼里,居然有种让人头晕目眩的温柔。

他会温柔,简直比夏天下雪还难呢……

沈君则手臂伸了半天萧晴还没动作,他忍不住凑到她耳边说:"你应该挽着我吧?"

萧晴"哦"了一声,乖乖牵住他的手。

沈君则沉默了一下,压低声音:"你都没见过别人的婚礼吗?我让你挽住我的手臂。"

"正常人无聊的时候宁愿多看一集电视,也不会跑去专门看别人结婚吧?"萧晴振振有词,说完就配合地挽住了他的手臂。

沈君则看了她一眼,没说话。今天大喜的日子,懒得跟她较真。

往前走了两步,萧晴的高跟鞋似乎拐了一下,之后走路就有些不稳当。

沈君则看出她是不习惯这种尖细的高跟鞋，走路给崴了脚，看她走得这么辛苦，估计走到半路要单脚跳，这也太不雅观了……

沈君则停下脚步，手臂一伸，突然把她整个给抱了起来。

人群里顿时传出一阵尖叫——

"哇，公主抱哦！"

"我靠，君则你要不要这么猛啊！"

"沈老兄这是在给大家秀甜蜜，懂？"

"羡慕死了，君则我也要抱！"

沈君则无视一群朋友的调戏，一脸淡定地抱着萧晴走在红毯上，手臂的力度倒是掌握得很稳。

萧晴被他突然打横抱起来，有些惊慌地瞪大眼睛，挣扎着道："你干什么……"

"别动。"沈君则平静地道，"敢动我就把你摔下去。"

"……"萧晴一脸僵硬地被他抱着，手都不知道往哪儿放。

沈君则微微笑了笑，低声说："你的手臂可以顺便搂住我的肩，这样会比较稳。还是你觉得，双手护住胸前如临大敌的动作比较好看？"

这个浑蛋！

萧晴心中愤愤不平地想。

最终还是在他微笑的注视下，她伸出手搂住了他的肩，腾空的身体有了支撑点，果然感觉安全了许多。

沈君则一路把萧晴抱到了举行仪式的小舞台上，萧晴很瘦，他再抱一百米都毫无压力，轻轻松松把她放下来，眉都不皱一下。

萧晴双脚落地，总算松了口气。

主婚人是沈君则的好友 Richard，他笑眯眯地看着两人，开始读那一成不变的台词："沈君则先生，你愿意成为萧晴的丈夫，无论健康疾病，无论贫穷富有，都陪在她身边不离不弃吗？"

"我愿意。"

Richard 又笑眯眯地看向萧晴："萧晴小姐，你愿意成为沈君则的妻子，无论健康疾病，无论贫穷富有，都陪在他身边，不离不弃吗？"

萧晴怔了怔，虽然提前安慰了自己很多遍，可真正到了这庄严宣誓的时候，还是觉得心里很不踏实。实话说，她是不愿意的……

萧晴的沉默让现场的气氛变得尴尬起来，沈君则心里也有些莫名地难受。

他还记得不久之前，明慧婚礼那一天，他替萧晴和明慧拍了张合影，照片里的萧晴笑得比新娘还要开心。可到了今天，她伪装出的笑容，却没有那天十分之一的快乐。宣誓时的犹豫，还有眼中难以掩饰的失落，都没有逃过他的眼睛。

那一刻，沈君则突然想，如果萧晴能像明慧那样嫁给自己喜欢的人，她一定会笑得很开心吧。就算没有隆重浪漫的婚礼，没有漂亮特别的婚纱，哪怕只是简单的礼服和独自两人面对教堂宣誓，她也会露出最快乐幸福的笑容。

她很羡慕明慧的婚礼，所以他按她的喜好来布置这片风信子的花海。她很喜欢明慧的婚纱，所以他请了同一个设计师专门为她设计礼服……

其实很多东西，是无法这样来弥补的。

萧晴没有说同意，人群中已经有人开始窃窃私语，沈君则沉默着等她，除了沉默，他也不知该做些什么。

Richard见情况不太对劲，赶忙轻声重复："萧晴小姐，你愿意成为沈君则的妻子，无论健康疾病，无论贫穷富有，都陪在他身边不离不弃吗？"

萧晴终于回过神来，点了点头，说："我……我愿意……"

沈君则松了口气，不只是他，前来观礼的亲朋好友都松了口气。Richard甚至听到心里一块巨石落地的声音，做个主婚人，婚事出问题他压力很大好不好啊，萧晴你别这么吓人。

之后便是交换戒指，礼仪小姐端着放了戒指的小盘子过来，沈君则把早就定做好的戒指戴到了她的手上。萧晴也学着沈君则的样子，握住他的手小心翼翼把戒指套到他的无名指上。

观众席顿时响起一阵极为热烈的掌声。

Richard很负责地按程序一步一步走："下面，我们的新郎可以当众吻新娘了！"

人群里顿时爆发一阵尖叫。

这也怪爷爷，他说希望婚礼自由热闹一些，所以让沈君则请了很多朋友来，大部分是S大的同学，这群年轻人没事乱叫，果然让婚礼"热闹"了不少。

"君则快动手啊，大家都看着呢。"

萧晴抬头看着他，那眼神分明传递着一个信息，你敢吻下来试试？回去灭了你！

"哎呀，刚才公主抱已经让大家开了眼界，这回来个舌吻，大家说好不好啊？"

"好！舌吻舌吻……"

"君则加油！"

下面一群人开始号叫，越来越多的人附和着起哄。

沈君则沉默了一会儿，终于伸手轻轻搂住萧晴，在一群人的尖叫声和萧晴震惊的目光中，低头吻了下去。

沈君则脸上的表情十分平静，一手搂住萧晴的腰，另一只手轻轻抬起她的下颏，准确地把双唇覆了上去。

感觉到唇上炽热的温度，萧晴瞬间僵成了一尊雕像。

沈君则并没有就此罢休，趁着她震惊的间隙，撬开牙关把舌探入了她口中。萧晴的生涩和僵硬，让他心底突然产生一种奇怪的成就感，这个女孩儿的初吻是他的，这种感觉并不差。虽然萧晴有点儿呆，僵在那里完全不知道回应，不过，这样温暖又亲密的接触，还是让沈君则心底一软，动作也不由得变得更加温柔起来。

舌尖轻轻划过牙床，扫过口腔，像是宣布所有权一般，一寸不漏地细密亲吻，让耳边响起暧昧的啧啧声。

萧晴石化在原地，大脑一片空白。

口中充满了陌生男人的气息，亲密地接触、霸道地占有、温柔地安抚……这一切都让她手足无措。敏感的黏膜在粗糙的舌苔的刺激下产生一阵阵强烈的麻痹感，那种感觉顺着尾椎直涌头顶，好像后背突然窜过一股电流一般，沿途的神经纤维全部被刺激到发颤……

这种陌生的感觉让毫无经验的萧晴根本难以招架，只好用力收拢了手指，攥紧他的西服，僵硬地承受这个意外的深吻。

沈君则似乎是算准了她不会掉头走人，收紧手臂把她搂进怀里，吻得更加肆无忌惮。

他承认自己有点儿卑鄙，趁大好机会占萧晴的便宜。反正婚都结了，接个吻有什么了不起的。

原本想吻一下就收工，好堵住那群损友的嘴，只是到了后来，似乎有些难以自控。没想到她的双唇柔软甜美，吻上去就不想放开。

浓烈的亲吻也不知持续了多久，围观群众从起初的尖叫，变成后来的目瞪口呆。

婚礼现场突然变得特别安静，沈君则旁若无人地吻着萧晴，表情看上去非常投入，那种很少在他身上表现出的温柔和执着，让原本起哄、看戏、尖叫的群众全看呆了……

他这是在示威吗？好像在向全部亲朋好友宣布，从现在开始，萧晴是他的老婆？

台下座位上，萧家那边的人，表情都有些别扭。尤其是萧晴的妈妈岳凝，看自己女儿被这"准女婿"吻了这么久，心情十分复杂，一分钟后，终于忍无可忍，僵硬地扭过头去。萧晴的爸爸倒是很高兴，微笑着看着台上的两人，一边还赞叹,我家萧晴能嫁给君则,其实也不错啊……萧凡则面无表情地看着台上,看了一会儿,低头默默喝起茶来。

长达一个世纪般的亲吻,终于在萧晴快被吻到窒息的时候结束了。

沈君则放开了萧晴,萧晴缓过气来,愤怒地瞪着他,呼吸急促,脸颊气得通红,显然像只炸毛的小猫。她刚想开口骂沈君则发神经,抬头却见他深邃的双眼正定定地注视着自己,目光也变得深沉,萧晴甚至能从他黑亮的眼中看见自己的投影。

那样的注视太过于专注,他眼中有太多萧晴猜不透的东西。被他这样目不转睛地看着,萧晴突然觉得自己脖子上像是被套上了绳索,连呼吸都变得困难起来,想要怒吼,却突然间忘记了台词。

围观群众终于从目瞪口呆的状态中回过神来,尖叫着鼓掌——

"哇,沈君则你太牛了,这是要打破纪录吗?"

"几分钟啊哥们儿,算时间了没?"

"在我们这些孤家寡人面前,玩这种心跳游戏太不厚道了啊!"

"原来当新郎可以这么威武!"

沈君则无视那群朋友的调笑,定定地看着萧晴,半晌后,才压低声音说:"吓呆了?"

萧晴脸上的表情僵了一下,扭头没有回答。

沈君则伸出手来,安抚小动物一样轻轻拍了拍她的肩:"好了,这一关总要过的。你如果不服,回去以后可以对我十倍奉还。"

"滚。"十倍奉还要怎么还?让他趴在地上让自己揍五分钟?萧晴瞪了他一眼,"过了今天我们就大路朝天各走一边,我才懒得跟你计较。哼。"

沈君则看着她气呼呼又无可奈何的样子,忍不住微微笑了起来。眼底透出的难以掩饰的温柔神色,或许连他自己都没有发觉。

婚礼的程序还要继续进行,接下来便是宴席,宽阔的露天场地上早就整齐摆好了多张圆桌,亲朋好友分类坐在一起,一眼看过去极为壮观。刚才萧晴被沈君则从红毯尽头直接横抱到小舞台上,心里紧张,无暇注意红毯两侧的座位,此时转身一看,恨不得挖个地洞把自己给埋了。

天哪,那么多双眼睛,刚才就这样盯着她,围观了她被沈君则吻到差点儿窒息的整个过程?其中甚至包括她的爸爸、妈妈,还有堂哥?

萧晴吞了吞口水,突然有种一脚踢死沈君则的冲动。

虽然这是婚礼,在朋友们的起哄中接吻也很正常,可他俩明明是假婚,没必要假戏真做到这种程度吧?沈君则这浑蛋绝对是故意的!

比起萧晴的纠结，沈君则倒是非常淡定，若无其事地牵着萧晴的手，走到主婚人 Richard 面前。

Richard 凑到沈君则耳边坏笑："兄弟你行啊，其实你刚才是在故意示威吧？好让那些追求你和追求她的人彻底死心？啧啧，那些暗恋你的女人心都要碎了。"

沈君则扬了扬眉："我觉得你还是闭上嘴比较可爱。"

Richard 继续没正经地坏笑："我闭上嘴谁给你主持婚礼啊，当个主婚人，心跳就跟蹦极似的，我容易吗我？"

沈君则看了他一眼："接下来是？"

"当然是敬酒啊。晕头了你？"

沈君则无视他的调戏，带着萧晴就往台下走去。

虽然沈家搬到国外很久，可婚礼还是按中国的传统来办，婚礼当天摆一场酒宴，新郎和新娘要一桌桌轮流敬酒，认识双方亲朋好友的同时，还能顺便拿拿红包。

沈君则带着萧晴到了第一桌。这一桌的位置最靠前，坐的是沈家的家人。看着萧晴穿着漂亮的婚纱来敬酒，沈爷爷高兴得合不拢嘴。

"爷爷，请喝酒。"萧晴恭恭敬敬地把盘子端到沈爷爷面前。

沈爷爷拿起酒杯一饮而尽，摸着胡子笑眯眯道："萧晴，你终于嫁到我们沈家了，太好了，真是太好了！我祝你们白头偕老，早生贵子啊。最好能生两个，一个儿子一个女儿，儿子像君则，女儿像你，那样就完美了。"说罢，就把一个大大的红包递给萧晴。

"谢谢爷爷。"萧晴接过红包，有些尴尬地笑了笑。儿子女儿的，老人家的想法太超前了。

沈君则的父母萧晴只见过一面，现在居然要改口叫爸妈，萧晴很不习惯，在众人的目光中，思想斗争了好久，才纠结地叫出声来："爸爸、妈妈……"

沈妈妈接过酒杯，微微一笑："从今天开始你们就是夫妻了，互相多些体谅。君则，你要好好对待萧晴，别让她受委屈。"

"知道了。"沈君则淡淡应道。

沈爸爸倒是没多叮嘱什么，只微笑着说："祝你们幸福。"

其他那些伯父伯母、叔叔婶婶、堂姐表妹……一群没见过的人，沈君则一个个给萧晴介绍，萧晴就一个个轮流敬酒，敬完沈家这边的三桌，萧晴都有种趴下喘气的冲动。

累死了。

没人告诉她结个婚要这么辛苦的。他们家亲戚真多，七大姑八大姨非常复杂。萧晴感觉自己就像一只误入蜘蛛网的虫子，而沈家就是那巨大的蜘蛛网，沈君则就是守株待兔的蜘蛛王……算了，不联想了，越想越郁闷。

接着又到了萧家这桌。相对沈家可怕的"家庭蜘蛛网"，萧晴家里的亲戚因为都在国内，能出国参加婚礼的人并不多。爸爸、妈妈、堂哥，还有于佳表姐。前几天倒是听说于佳表姐出院了，因为双方都太忙，一直没有机会见面，只来过几次电话说恭喜，今天她也到场，还抱着刚出生的小女儿。

萧晴没想到的是，萧凡居然也会来婚礼现场。想起刚才跟沈君则接吻的画面被他们看到，萧晴一时有些尴尬。

"哥，你什么时候到的？怎么不打个电话？"

"昨晚到的，太晚了，估计你睡了就没打电话给你。君则来机场接的我。"萧凡的语气挺冷淡，不过，萧晴知道堂哥说话一直是这种风格，也没在意。倒是沈君则去接堂哥的事让她有些意外，忍不住回头看了他一眼。沈君则的表情很淡定，完全一副"小事一桩，你不用夸我"的嚣张态度。

当然，萧晴才没想过夸他。

比起萧晴称呼他父母时的纠结，沈君则倒是很镇定，给萧晴父母敬酒，爸爸妈妈叫得特别顺口。萧晴心想，跟脸皮厚的人果然没法比。

萧爸爸似乎很喜欢沈君则，看他那眼神就跟看亲生儿子似的，萧晴这亲女儿站在一边，反倒成了后妈养的："萧晴年纪还小，很多时候想法不够成熟。君则，你以后多教教她。"

"好。"沈君则笑得很有风度。

萧妈妈岳凝也很喜欢沈君则，高傲冷漠的表情在接过沈君则敬的酒时也稍微温柔了一点儿："我家萧晴生活习惯很糟糕，以后还要你多多忍让。"

沈君则点头："那是自然。"

萧晴欲哭无泪，我才是你们的女儿好不好啊，爸妈这胳膊肘往外拐得，要不要直接拐掉一百八十度啊！

到了于佳表姐面前，萧晴和沈君则的心情都十分复杂。

如果不是她那天突然生孩子，萧晴也不会遇上沈君则，更不会发生之后的种种意外，甚至到最后迫不得已结婚。这么说来，她算是两人之间的红娘。对这位红娘……别说感激，两人都有种想踹她一脚的冲动。

萧晴看着于佳表姐正一脸温柔地哄着怀里的宝宝，忍不住抽了抽嘴角，叫道："表姐……"

沈君则的脸色也不太友善："姐姐不用在家休养吗？"

于佳终于从母子娱乐中回过神来，看着两人，笑得极为灿烂："哈哈哈，开什么玩笑，你们结婚我怎么可能不来嘛，我可是你们的红娘啊。"然后又低下头,温柔地注视着睡着的小婴儿,"对不对啊,宝贝?"

萧晴和沈君则对视一眼,颇有默契地同时扭过头去,真不想给这奔放的女人敬酒。

只有萧凡,自始至终一直面无表情,即使接过沈君则递来的酒,也没有多少欣喜的神色,喝完酒给了红包,在萧晴俯身来拿红包的时候,突然低声道:"好好照顾自己。"

萧晴心里一酸,沉默着点了点头。或许,也只有最了解她的堂哥才看得出,今天的婚礼,其实她一点儿也不开心,尤其是刚才火辣的长吻。虽然新人接吻是婚礼必经的程序,可是沈君则他……一点儿也没有顾虑她的感受。她站在那里,真的只是个道具般的存在而已。

敬酒的过程持续了很久,一桌一桌轮下来,萧晴累得双腿都有些发软,再加上方才走红毯时扭伤了脚,一圈敬下来都快站不住了。沈君则那些朋友还非要给"嫂子"灌酒,萧晴喝了几杯,显然有点儿醉,脸上透着红色,眼前的路面都有些晃悠。幸好有伴娘卫楠在旁边替她挡了许多酒,不然她真不知道该怎么撑下去。

沈君则见萧晴似乎支撑不下去了,于是冲 Richard 使了个眼色。拿着话筒主持婚礼的 Richard 赶忙识相地说:"敬酒仪式完毕,下面让我们以热烈的掌声,欢送新郎和新娘入洞房咯!"

听 Richard 这么一说,沈君则便微微一笑,伸手抱起萧晴,踩着红毯往花车走去。

"放我下来。"萧晴本来就有点儿醉,被他这么打横抱起,头更晕了。

沈君则无视她的挣扎,淡淡地道:"别逞强了,你的脚能走吗?"

萧晴沉默下来,想了想自己酸痛的脚,还是决定厚着脸皮,把手搭在他的肩膀上。

于是,在大家的祝福和掌声中,沈君则抱着萧晴走过那条长长的红毯,打开车门,动作温柔地把她放进了花车。

再然后,沈君则上了车,发动车子绝尘而去。至于具体去了哪儿,去做什么,那就不是观众们关心的内容了,饿了一下午的观众们,目光早就回到桌上,去看那些山珍海味了。

第十五章

新婚……夜

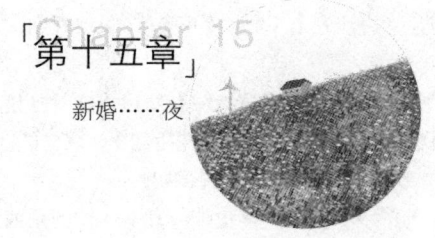

沈君则开车带萧晴回到了两人的新家。这房子原是他妈妈买下来的，不过她经常出游，很少回来住。这次沈君则结婚，反正房子闲置着，她干脆送给两人当作新家，还亲自整理了一番，家具墙纸都换上了新的。

沈君则之前没来这里看过，因为前几天忙着婚礼的事无暇顾及。此时，他带着萧晴来到新家，一打开门，不禁被屋里的壮观景象吓了一跳。

客厅墙壁上贴了一张放大的婚纱照。照片里，他的手臂轻轻揽着萧晴的腰，萧晴抬头羞涩地看着他，两人正深情对视着，情意绵绵。因为照片太大，两人的表情一丝一毫都看得极为分明。

沈君则看着这张照片，突然觉得心里十分别扭。记得当时拍婚纱照时，他心情烦躁，并没有多么配合摄影师"新郎眼神要深情一点儿"的要求。

可现在，照片一放大，他怎么觉得自己那眼神看上去特深情呢？

沈君则被照片里自己的眼神刺激得有点儿郁闷，见萧晴一直没说话，忍不住问道："你饿不饿？"

萧晴还是没反应。

沈君则低头一看，这家伙居然厚颜无耻地靠在他怀里睡着了？

太无耻了！他怕她脚扭伤了走不动，直接抱着她爬了五楼啊！她居然在那儿舒舒服服地睡觉？

简直忍无可忍！

虽然很想直接一个过肩摔把她扔到地板上，不过，看着她醉到发红的脸，想起她刚才强撑着笑脸被人灌酒的场面，又觉得狠不下心去欺负她。

今天的婚礼，她也被折腾得挺辛苦。再加上大清早就被化妆师催起来，她这种平时要睡十个小时才够的懒虫，这会儿睡着也算正常。

沈君则在心底轻叹口气，动作温柔地把萧晴抱去了卧室。

一进卧室，他又被吓了一跳，近两米宽的床上铺着大红的床单，床上撒了一堆花瓣，床头还插着娇艳欲滴的红玫瑰，连蜡烛和打火机都摆好了。

沈君则把萧晴往旁边沙发上一放，掀开床单，果然看到一大堆核桃、花生、红枣。

妈妈居然不动声色地给布置出这么一套新房。这就是她所说的"具有中国传统风味"的洞房花烛夜？床上铺一堆花生红枣，取"早生贵子"的意思？拜托，屁股下面垫一堆坚果，这床是人睡的吗？

沈君则脸色一沉，手一伸，直接把那些乱七八糟的东西连床单一卷扔去一边，然后把萧晴轻轻放回到床上。

床铺很柔软，萧晴一被放上去就陷了下去，厚厚的床垫看上去特别舒适。可是萧晴穿着婚纱，裙摆太大，躺在床上纠结成一团不说，头发上那些发夹还没拿下来，就这么和衣睡着，肯定不会舒服。

难道要他顺手帮她脱了衣服不成？

沈君则皱了下眉，伸出手，开始解萧晴胸前的纽扣。

一颗、两颗……

随着扣子被解开，包裹在婚纱下的白皙皮肤渐渐展露出来，甚至能看到透明的内衣肩带，还有胸前若隐若现的……

沈君则呼吸一窒，解第三颗纽扣的手指突然停顿……

就在这时，萧晴蓦地睁开眼，正好对上沈君则的目光。

"……"

"……"

两人都颇有默契地沉默下来。

沈君则的心跳快得离谱，这么近的距离，甚至能感受到她的呼吸，再接近一寸，就可以吻到那双柔软的唇。他还记得今天婚礼上吻她时那种令人心悸的青涩的味道……

两人这样沉默地对视着，气氛变得越发诡异起来。

沈君则正尴尬得不知如何解释，就见萧晴突然眨了眨眼，然后，若有所思地说："这个绝对是噩梦，史上最可怕的噩梦。"然后，她又把眼睛闭上了。

"……"

沈君则心里的怒气直线上升，可对着她熟睡的样子又发作不起来，只好深吸口气，放开了她。

该死的！她当他是什么人？乘人之危的禽兽？他有那么没品位，会对她产生那种想法吗？他有那么饥渴、那么猥琐，对喝醉了还睡着的女人偷偷摸摸地动手吗？

居然说这是她史上最可怕的噩梦？

对他来说这才是噩梦好不好……

沈君则的耳边再次响起祁娟的忠告："跟她较真，就是跟自己过不去。"

这忠告真是一针见血。

再次看了眼睡得很香的萧晴，沈君则冷着脸从床上下来，转身僵着后背走出了卧室。

萧晴突然睁开一只眼，偷偷瞄了瞄门口。直到他把门关上，萧晴才从床上起身，长长吐出口气。

刚才那情况，她也不知道他是在做什么，总之，他的手正放在她胸前关键的一颗纽扣上，萧晴装睡实在是装不下去了，赶忙假装惊醒来打断他的动作。

就拿做梦当借口，顺便给他个台阶下，免得惹毛了他对自己不利。

虽然成功躲过了这一关，可让萧晴疑惑的是，照理说他不会对她有这方面的兴趣才对，这场婚姻完全是互惠互利的交易，她也没想过跟他发生什么关系……可今天他是怎么了？又是吻，又是脱衣服的，难道是饥渴太久，饥不择食吗？

想到这里，萧晴忍不住抖了抖，赶忙下床把门给反锁上。

沈君则要是知道她防色狼一样防他，绝对会气到吐血。

幸好他并不知道萧晴故意装睡，还以为她只是太累太困，也就没有多想，只是手机连续收到的调戏短信让他有点儿心烦。

"君则，今晚洞房花烛夜要好好把握哦！"于佳的短信，让这个奔放的女人去死吧。

"我已经替你挡住了想来闹洞房的浑蛋们，今晚的时间就交给你了，加油吧，像婚礼上一样继续威武下去吧！"Richard这个损友，找个外科医生缝上他的嘴！

"哥，今晚怎么过啊，你跟嫂子不会真的要那什么吧，呵呵，我很为你高兴啊！你们快生个孩子吧，我好想当叔叔！"沈君杰，连你也来调戏你哥？是不是不想活了！

沈君则把短信全给删了，无视才是最高境界。

沈君则默不作声地去厨房找吃的，今天累了一整天，午饭都没吃，现在肚子都快饿扁了。还好，冰箱里有新鲜的蔬菜，不过……他从来没自己做过饭，那些菜该怎么弄？

算了，叫外卖吧。

新婚之夜叫外卖的悲剧新郎，除了他还有第二个吗？

突然想到萧晴也是一天没怎么吃东西，她待会儿醒了肯定会饿，顺便替她叫一份吧。于是，沈君则走到卧室门口，想要推门，却发现门被锁了！

他皱了皱眉，转身去拿钥匙。

他倒也没想是萧晴锁的门，可能是下意识里觉得萧晴那点儿智商还不足以暗中跟他较劲，还以为是自己刚才离开时不小心反锁的。

掏出钥匙打开门，沈君则顿时石化在原地。

他甚至能听到冷风从身体两侧"呼呼"刮过的声音，僵硬的身体在冷风中化成了碎片——

萧晴，你赢了。

屋内的场景简直让他不忍心再看。

萧晴穿着婚纱，双腿盘坐在柔软的地毯上，面前铺开的是他刚才扔去旁边的床单，床单上当然是那些核桃花生之类的坚果。而她正在那儿狼吞虎咽地吃东西，显然，红枣和花生已经被吃得差不多了，旁边铺的一张纸上放了一堆枣核和花生皮。此时，她正在朝下一个目标——核桃进发，而且，很牛的，她在用牙齿咬核桃壳……

沈君则听见她"咔嚓咔嚓"咬核桃的清脆声音，那感觉就像在咬他的脑袋，让他的头皮阵阵发麻。

见过这种像"饿疯的松鼠"一样饥不择食的新娘吗？

今天他算是大开眼界了啊。

看着突然出现的沈君则，萧晴不由得怔了怔，见他正阴沉着脸盯着自己，忍不住解释道："我很饿。"

沈君则沉默了片刻，道："我看得出来。"

萧晴笑了笑，不好意思地摸摸头发："那个……家里还有吃的吗？我吃了这点儿坚果，还是很饿。"

"冰箱里有。"

"太好了，那我去做！"萧晴兴奋地站起来，手脚麻利地把放垃圾的纸一卷，出门顺手扔进垃圾桶，然后搓了搓手，就往厨房走去。

见她很快就从冰箱里拿出一堆新鲜蔬菜，沈君则忍了忍，还是忍不住问出口："你不会想穿着婚纱做饭吧？"

"也对，穿着这个不方便。"萧晴回头看了他一眼，"那我先去换衣服，你帮我把这些菜洗好切好。"

"洗好切好？"沈君则有些头大。

"你不会吗？"萧晴惊讶地看着他，"对了，像你这样从来不自己做饭的人，肯定不会了。"顿了顿，"这么跟你说吧，西红柿你从中间切两个半圆，再从中间切，一直切成八份。青菜就切成一截一截的，大概三厘米长，肉切成一片一片的，要薄一点儿。菜要用水洗两遍，肉就不用了。明白了吗？"

"……"她这是把他当白痴教育吗？

"还不明白？"

沈君则沉着脸："明白了。"

萧晴去换衣服，沈君则默默在厨房里洗菜切菜。

开什么玩笑，谁能想象个性冷漠高傲从不进厨房的沈君则，拿着把菜刀，纠结于怎么切西红柿的样子？要是被他那群朋友看见，绝对能笑到肚子抽筋。

可现在，新婚之夜，他居然悲剧地拿着把菜刀，跟西红柿和青菜战斗了半个小时……

他突然发现，比起被逼跟不同的女人相亲来说，娶萧晴回家其实是件更可怕的事情。整天见各种各样的女人虽然让他心烦，至少见过之后就解脱了。可是整天对着萧晴，让他不止心烦，还要自己憋着，还没办法轻易解脱。

当初他怎么就没有发现萧晴的潜力呢？居然娶了个不定时炸弹放在自己身边。

萧晴很快就换好衣服出来，把婚纱脱了，不知从哪儿翻出一件睡衣，胸口还印着卡通的嘻哈猴。一到厨房，看见切菜板上摆放得整整齐齐的菜，萧晴突然笑了起来。

"哈哈，沈君则，你太可爱了，切的青菜都一样长呢，西红柿也是一模一样大。你是不是按照我的说法，量着尺寸切的啊？太可爱了，就跟机器切的一样，整整齐齐摆在那里站队。"

太可爱了？好像是在夸他吧？不过听着怎么这么不顺耳……

沈君则冷哼一声："你想做什么吃的？"

"哦，下点儿面条吧，我看见冰箱里有。话说，你妈还真体贴啊，什么吃的都买好了。"萧晴一边说，一边就捋起袖子做起饭来。

沈君则站在旁边，见她动作麻利，烧水炒菜进行得有条不紊，忍不住惊讶地问："你居然会做饭？"

萧晴拿着勺子在锅里搅着，头也不回地说："小学的时候就会自己做饭了，我哥也会，我们的厨艺都得自我爷爷的真传。"

沈君则沉默了一下，现在会做饭的女人真的太少了，没想到萧晴居然会做饭，真看不出来。他还以为她是那种买一箱泡面能坚持一个月的大宅女。

"你是……跟着你爷爷长大的？"沈君则好奇地问。昨天去接萧凡回来的路上，听他讲了许多他们儿时的事，小时候萧晴似乎是个挺乖的女孩子，没想到越长大越扭曲。

"是啊。"萧晴笑了笑，又说，"你出去等吧，反正你又帮不上忙，别在这儿碍手碍脚的。"

"……"沈君则皱了皱眉，转身走出了厨房。

萧晴很快就煮好了面条，连锅一起端了出来。一打开锅盖就闻到一阵逼人的香气，锅里红色的番茄绿色的青菜，色彩看上去倒是十分丰富。

这能好吃吗？

沈君则很是怀疑。直到萧晴把盛好的面放在他面前，他才犹豫地拿起筷子尝了几口，那表情就跟尝毒药一样。

"味道怎么样？"萧晴笑眯眯地问。

"还行。"沈君则神色僵硬地说。

确切地说，萧晴煮的面不是"还行"，简直是太好吃了。本来他看见那么多番茄还以为这面是甜的，没想到在调味料的作用下一点儿也不甜腻，反而十分清淡爽口。

沈君则吃着面，心情有些复杂。这些年因为工作的关系四处奔波，平时有太多饭局和应酬，他很少在家里吃饭，更别谈这种清淡简单的面条。可这一刻，他突然觉得，如果以后萧晴愿意给他做饭的话，他也愿意每天回家吃一顿面条。那些油腻的饭菜吃多了，肠胃实在受不了。

想到这里，沈君则忍不住抬头看了萧晴一眼，只见她在短短的时间里早已迅速解决掉一碗面条，开始吃第二碗了。

她真是饿坏了吧……

看她低着头专心吃面的样子，沈君则忍不住微微笑了笑，目光中透出一丝难以隐藏的温柔，似乎连餐厅里的灯光都变得温暖起来。

结束了晚餐，萧晴起身收拾碗筷，沈君则见她站着的姿势很别扭，想起她在婚礼上扭伤脚的事，忍不住皱了皱眉说："算了吧，明天再收拾。"

萧晴无视他的劝阻，低着头一边整理筷子，一边执着地说："我吃完饭习惯马上把碗筷洗了，如果今天不洗，明天就更懒得洗。"萧晴说到这里，突然若有所思地抬起头来，"我不洗，难道你来洗吗？"

这反问句的语气，明显是百分百的鄙视。

沈君则脸色一僵："你认为我不会？"

萧晴好脾气地笑了笑："呵呵，所谓成大事者不拘小节，像你这样整天顾着事业的男人，不会做家务也是正常的。放心，我不会笑话你的。"

沈君则沉默了片刻，淡淡地道："我来吧。"

"啊，那就辛苦你了。"萧晴拍了拍他的肩，把碗筷递到他手里，笑得非常灿烂。

沈君则突然有种自己上当了的错觉……她居然对他用激将法？开玩笑，这才结婚第一天，难道她就摸清自己的脾气了？

沈君则很纳闷，可他一个大男人又不好跟她纠结这种小问题，再加上萧晴扭伤脚还亲自下厨做饭，如果他再计较洗碗的问题，倒显得他很小气很没风度。

沈君则一脸平静地端着碗筷去厨房洗碗，心里还是有点郁闷。

这个新婚之夜，他似乎突然变成做家务的仆人了。

要是让熟人见到此刻的他，绝对会大吃一惊的。

站在厨房里捋起袖子冲洗碗筷的沈君则，虽然依旧穿着跟平常一样的西装裤和衬衫，可整个人看上去完全不像平日那冷漠高傲的样子。皱着眉纠结于手指上的油腻的男人，侧脸在厨房灯光的照射下居然有点儿柔和。居家型男人的形象跟他联系起来，简直太可怕了。

萧晴站在厨房外面偷看，见他真的站在那里面无表情地洗着碗，忍不住弯起嘴角偷笑起来。

都说工作时认真的男人最有魅力，可她反倒觉得，在厨房忙碌的沈君则比平时冷着脸的沈君则更可爱一点儿。至少，这样的他，让人觉得挺亲切。

厨房由沈君则收拾，萧晴便安心转身去洗澡。今天累了一整天，又喝了酒，头疼得厉害，躺在浴缸里被温水一泡，全身放松的感觉让她舒服地闭上了眼睛。

也不知过了多久，萧晴突然听到一阵敲门的声音，由起初礼貌性的敲门声，变成后来恐怖的拳头砸门声。萧晴从梦中惊醒，赶忙从浴缸里出来，拿起一条大浴巾往身上一裹，刚要开门，就听钥匙插进锁里的声音，然后，门被打开，沈君则一脸阴沉地站在门口。

"……"

"……"

四目相对，两人又一次颇有默契地沉默下来。

看到萧晴用浴巾把自己裹成了一个粽子，只露出湿漉漉的脑袋，一脸吃惊地看着自己，沈君则真有点儿哭笑不得。亏他还担心她是不是出事了，被水淹死了？或者滑倒在地脑袋撞到洗手台给撞晕了？不然为什么这么久都没有动静？

现在看来，他简直是杞人忧天。好人不长命，祸害活千年，像萧晴这样打不死的小强，怎么可能在洗澡的时候出事？她绝对是睡着了！

萧晴被他那杀人般恐怖的目光看得头皮发麻，忍不住讨好地笑了笑："你要上厕所是吗？好的，我马上让位。"说着就要往外走。

沈君则冷冷道："不用了，你继续。"

萧晴一脸撞见鬼的表情："有没有搞错啊？你像土匪一样砸门，甚至不经过我的同意擅自用钥匙打开浴室的门，我还以为你急着拉肚子呢！结果，你砸门进来就是为了说一句……你继续？"

沈君则脸色一僵。他在她心里的形象就是这么变态吗？

不过，比起被她看成变态，他更不想承认的是自己刚才对她的担心。怕她出事，像土匪一样砸门的自己，现在回想起来真是全无风度可言。

沈君则沉默片刻后，才一脸平静地道："我只是来看看你是不是被淹死了。"

萧晴这才明白他砸门的原因，怔了怔，道："多谢关心，我没事的。"

谁关心你了……

沈君则转身走出门去，脊背有些僵硬："你继续吧，有事叫我。"

萧晴又怔了良久，他这是干什么，莫名其妙。很多人会犯一种病叫作"婚前恐惧症"，难道沈君则很另类地犯了"婚后恐惧症"？不然他的行为怎么处处透着诡异？

萧晴实在不明白他怎么突然转了性，也不去细想，继续舒舒服服泡在浴缸里洗澡。

她自小就是这种性格，说好听点儿叫洒脱，说难听点儿就叫没心没肺，想不通的事情她当然不去想，这样才活得开心。

晚上十点，萧晴洗完澡后回到卧室，刚才洗澡时小睡了一会儿，现在倒是没了睡意。眼看时间还早，于是，萧晴打开笔记本电脑，顺手接上网线，坐在床上玩起了QQ游戏。

沈君则洗完澡，走到卧室门口想看看萧晴睡了没，一推门，发现门被反锁，脸色不由得僵了一下。

这一刻他才知道，萧晴居然锁上门防着他。

拜托，他会对她有这方面的兴趣吗？她就是脱光了站在他面前，他都懒得看一眼吧。她居然防色狼一样防着他，真是自作多情。

沈君则冷哼了一声，刚想转身离开，突然听到屋内传出一阵阵奇怪的声音。

喵……咩……哞……汪汪？

这个卧室确定是他的新房？而不是屠宰场？

沈君则沉着脸，掏出钥匙打开门，只见萧晴坐在床上，怀里抱着笔记本电脑，电脑屏幕上幽幽的蓝光投射在她的脸上，映出她灿烂的笑容。此刻，她正握着鼠标兴奋地按来按去，随着她灵活的动作，电脑里发出各种动物的惨叫声……喵喵……汪汪……咩咩……

沈君则脸色发黑地走到她身后，她居然完全没有发觉，还投入地继续玩着游戏。

只见电脑屏幕的窗口有各种动物的图标，萧晴点一点鼠标，三个同样的图案连在一起就会消掉，图案里有猫、狗、牛、羊各种动物，随着图案的消失，就会发出各种动物的惨叫声。

沈君则没玩过这种游戏，不过他一看这游戏界面就觉得这种游戏好幼稚好幼稚。萧晴居然在新婚之夜玩这种幼稚的游戏，她本人简直是幼稚的平方。

沈君则在她身后站了很久，还是没有被萧晴发觉。他的存在感有这么薄弱吗？

等她终于打完一局，界面上跳出"Win"的字样，沈君则忍不住皱了皱眉，冷冷道："赢了？"

萧晴很高兴地说："是啊是啊，我已经连赢三局了。对面那个笨蛋仗着自己级别高，口出狂言，还看不起我。笑死了，没见过小号啊。"

萧晴说完，觉得后背有点儿发凉，僵硬地回过头去，发现沈君则正面无表情地看着自己。或许是电脑屏幕光线太暗的缘故，那一刻，她突然觉得沈君则的脸色有点像黑暗中走出来的地狱修罗……

她又做错什么事了？

萧晴缩了缩脖子，讪笑道："呃……你还不睡？"

沈君则沉默了一下："你记得明天早上八点我们要去机场吗？"

"记得啊，爷爷安排的蜜月是吧。"萧晴顿了顿，"去哪儿来着？"

沈君则冷冷道："巴黎。"

"哦……"萧晴点了点头，"我会按时起来的。"

沈君则沉默了一会儿，才道："收拾完行李，就早点儿睡吧。"

"嗯，你也是，去睡吧。"萧晴抬头笑了笑，"明早叫我。"

去睡吧？这里只有这间卧室，她这么说明显是赶他睡书房嘛。沈君则沉着脸转身出门，郁闷地跑去睡书房。

沈君则在书房沙发上睡得实在是不舒服，早上七点就醒来了。他在厨房转了一圈，发现冰箱里的那些食物都是他不会处理的东西，比起萧晴做饭时的手脚麻利，他的确是厨房白痴。沈君则摸了摸鼻子，决定下楼去买早餐。

买了面包牛奶上楼，他打开卧室的门，发现萧晴睡得很沉。她把被子整个包在身上，滚来滚去卷成了一团，只露出一个头……她是不是习惯了"把自己当肉馅，包一个蛋卷"？

沈君则看着床上那条长长的蛋卷，忍不住皱了皱眉，伸出手一层一层把被子扒开，摇了摇她的肩膀："起床了。"

萧晴迷迷糊糊睁开眼睛："到时间了？"

"嗯，起来吃早餐。"

萧晴坐了起来，脸色难看地皱着眉。

"怎么了？"

"头疼。"萧晴苦着脸说。

故意装的吧？为了不去度蜜月装病？行啊她！

沈君则冷着脸看她："怎么突然头疼？"

"我也不知道。"萧晴说，"早上起来头疼得要命，那感觉，就像几万只蚂蚁在咬我的神经，像几万只蜜蜂在蜇我的……"

"行了，你不用描述得这么详细。"沈君则皱眉打断了她，"我去买些药给你。"

沈君则转身出门，顺便拿起手机给家里拨了个电话。

"喂，哥……"沈君杰打着瞌睡的声音透过话筒传来。

"阿杰，你跟爷爷他们说，萧晴今早起来发高烧，这次蜜月取消了。"

"哦，发烧啊。"沈君杰显然联想到其他地方去了，兴奋地道，"哥，难道你们昨晚太激烈了，所以嫂子今早就……"

沈君则脸色一沉："你的大脑应该装一个杀毒软件。"说罢就挂了电话。

沈君则下楼去买的并不是治头痛的药，而是跌打药酒。

萧晴惊讶地道："我头痛，你给我买什么跌打药酒？"

沈君则没有理会她，自顾自坐在床边，掀开了被子，看着她肿起来的脚踝皱紧了眉头。

"这是外用的，涂在肿起来的部位，然后再贴上这个药膏。"他一边说，一边把药放在床头，"自己会弄吧？"

"嗯。"萧晴点点头。

"至于你的头痛……"沈君则顿了顿，"蜜月取消了。"

"啊，真的？"萧晴兴奋地坐了起来，在他深沉的目光下，慢慢敛住笑容，有些尴尬地摸摸头。

"现在,头不痛了?"沈君则冷笑。

"呵呵……"萧晴笑得更为尴尬,装病被他看穿有点儿丢脸。

"行了,你休息吧。不想去度蜜月就算了。"沈君则突然凑近,在她耳边压低了声音,"不过,以后记得少在我面前玩这种把戏。"

直到他的背影消失在门口,萧晴才长长松了口气。沈君则这个人,脾气捉摸不定,时而用杀人般恐怖的目光看着她,时而又变得温柔体贴,就比如刚才,明明很细心地注意到她肿起来的脚踝,还买来了药。可下一刻,又语气不善地冷着脸警告她……他这复杂的性格,真让她头疼。当然,不是生理上的头疼,而是精神上的头疼。

估计以后还要在精神上头疼好久。

沈君则也很头疼,他不是为萧晴头疼,而是为自己头疼。

他也不清楚自己是怎么回事,结婚之后变得比以前更加难以捉摸。昨晚还强势地拒绝了萧晴不去度蜜月的请求,让她大半夜收拾行李,可刚才,看见她肿成那样的脚踝,突然就心软了,马上把蜜月给取消了。

难道是因为内疚?

是这样吧?毕竟萧晴是被他拖下水的,是他对不起她在先,结婚后让着她一点也无所谓。大人不记小人过。

这么一想,沈君则才松了口气,心情大好地跑去书房做自己的事情,完全忽略了心底那么多异样的波动,并不只是内疚那么简单。

「第十六章」

在一起被吃定（一）

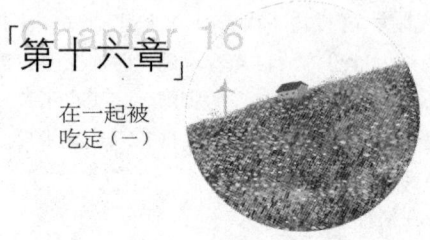

沈君则原本给自己放了半个月的婚假，结果蜜月突然取消，再加上东成集团资金上的问题刻不容缓，于是，新婚第三天就打包行李，匆忙飞回了国内。

手下那群人在公司看见他的时候，脸上的表情都非常复杂。

"沈总早……"公司职员们故作平静地问候他。

"早。"沈君则一脸平静地点点头，自顾自往电梯间走去。

碍于沈君则向来不好惹的冷漠脾气，属下们只能把疑惑通通憋在肚子里。就连"祝您新婚愉快"之类的客套话都不敢说，看他那脸色，显然是新婚不怎么愉快，一点儿也没有新郎官的满面春风，他这是满面冷风啊……

至于这种"沈总真是敬业啊""刚结婚还不忘工作太令人敬佩了""给大家做出了表率"之类的马屁，更加不敢拍，开玩笑，万一马屁拍到马腿上，那后果可是很严重的。

上午九点，沈君则的助理秘书周晓婷宣布召开紧急会议时，一群人生怕惹毛他，一分钟内迅速聚集在了会议室。整个会议室的气氛非常严肃，所有人都尽量表现得十分平静，刻意忽略了坐在首席的年轻英俊的男人，是刚刚结婚不到三天的新郎官。顺便忽略他作为天然空调，频频向周围散发的冷气。

沈君则工作时的态度非常严肃认真，说话总是直切主题，突出重点，简单利落，每次由他主持召开的会议时间都很短，这次更短，十分钟内解决问题。

十分钟后，一群人一脸严肃地从会议室走了出来，心中不由得佩服这位年轻又有才华的老大。

不愧被称为青年才俊，上过那么多期杂志的专访。沈君则这人确实很有商业头脑，这次投入一大笔资金入股东成集团，整个方案他都提前拟好了，计划可谓天衣无缝，让人根本无从反驳。

这显然是个双赢的决定。一来，他帮岳父渡过了难关，给萧家做了个顺水人情。二来，有了东成集团这个盟友，沈氏在本地的广告宣传完全不用发愁，以后沈氏的项目东成集团肯定要优先考虑，省去了不少麻烦。那个协议书上罗列的条款，表面看上去很合理，实际却为自己谋取了最大的利益。

与其说他是在帮萧家，不如说，他是趁机给自己铺了一条路。

显然，沈君则娶萧晴，完全是有目的的商业联姻……

众人虽然都知道这种内幕，嘴上却丝毫不敢透露，在沈君则冷冷的目光下，这些话都要憋在心里。

众人散去之后，沈君则转身走到了自己的办公室。

他的办公室布置得非常简单，很符合他的个性。白色写字台，银灰色的笔记本电脑，金属制成的资料架，旁边透明的茶几和独特的高脚座椅，书架上摆放的沙漏，整个办公室的设计看上去新颖潮流，只是线条颇为冷硬。

沈君则站在落地窗前，面无表情地看着楼下繁华的街道。其实，他心底很清楚，之所以娶萧晴，并不是被逼无奈，以他的性格，真正不愿意的事情没有人能够强迫他。

他跟萧晴结婚，确实是有目的的。商业联姻，是其一；娶了她之后不用再应付家里频繁的相亲，是其二。至于其三……还有第三个理由吗？

沈君则怔了怔，心里莫名地有些烦躁。自从离开纽约回到公司之后，他的心情一直没办法真正平静下来。以前，只要一进这熟悉的写字楼大门，他总是能够第一时间排除杂念，心无旁骛，冷静又睿智地投入到这个商业世界之中，可今天，他居然频频走神……

"咯……沈总。"身后突然传来的声音打断了沈君则的思绪。

身后有人都没有发觉，对他来说这还是第一次。虽然知道这时间能进他办公室的也只有助理周晓婷，可意识到自己的失态，沈君则的脸色还是不太好看，回过头，淡淡地道："什么事？"

周晓婷是个很懂得察言观色的人，见他心情不好，赶忙微笑着说："您的手机落在会议室了，刚才有电话，我听到了铃声。"说着就把手机给递过来。

沈君则拿过手机，心里突然有点儿奇怪的期待……

是她打过来的吗？

这个时间，纽约那边正好是晚上，她肯定还没睡。那个灾星是不是又闯祸了，或许是什么东西找不到了，去逛超市迷路了，家里没水喝了，跳闸断电了？

沈君则心情忐忑地看了眼来电显示,不是萧晴,而是她爸爸。心里突然失落了一下。

他皱着眉把电话接起来:"喂,爸,您找我?是合同出了什么问题吗?"

"呵呵,君则,我们不谈生意的事。今晚有时间吗?来我家里一趟,萧晴的伯父伯母想认识你。"

"……"

沈君则有些头大。实话说,萧晴的爸爸这种自来熟的语气他很不习惯,婚礼当天看儿子一样看他的眼神更让人脊背发毛。像萧正德这样在商场混迹多年的前辈,心里肯定很清楚自己娶他女儿的真正原因,怎么还一头热地把自己当女婿看?

"怎么了,有饭局吗?"萧正德微笑着问。

"嗯……今晚约了几个朋友吃饭。"

"哦,没关系,那周末再说?"

沈君则皱了皱眉,他实在不想去萧家见家长,那种"一家人其乐融融"的气氛让他很不舒服。明明这只是一场交易的婚姻,双方家长居然那么高兴,好像巴不得他跟萧晴能凑一对。这样的态度,让他的心情很糟糕。

不管怎样,直接拒绝长辈似乎不太好,沈君则想了想,低声道:"那就周六晚上吧,到时我再给您电话。"

"好的,周末见。"

挂了电话之后,沈君则忍不住长长吐出口气。突然多了个岳父岳母,真够他受的。

只是,萧晴的老爸都急着请他吃饭联络感情,萧晴这死丫头居然一个电话都不打?就算出于礼貌,她也该发条短信问候一声吧?

沈君则心里有些生气。更郁闷的是,他不知道自己为什么要生气。

周末很快就到了,沈君则带着提前准备好的礼物开车往萧家赶去。萧晴的爸爸最喜欢的加州红酒,还有她妈妈酷爱的化妆品,再加上她的伯父伯母喜欢的品牌还不一样,查资料加准备礼物,着实花了他不少时间。

倒不是想讨好她的家人,见长辈带礼物,只是出于最基本的礼节。既然要送,总不能送错了东西让人笑话。

当个假女婿还真不容易呢。

萧家住在市区,可能也是萧正德和岳凌都把事业看得很重,住的地方和公司只隔了两条街。沈君则按响门铃,很快就有人来开门,萧晴的妈妈头发绾在脑后,气质优雅,见到沈君则后微微扬了扬眉。

沈君则沉默了一下，才尴尬地叫道："妈妈。"有个这么年轻的岳母，他压力很大的。

"君则，你很准时。"岳凌笑了笑道，"快进来吧。"

沈君则进屋，屋里另外四人的目光齐刷刷地看着他，除了萧晴的父母、伯父伯母外，萧凡也在场。被围观的感觉真不好受，沈君则硬着头皮走上前打招呼："爸、伯父、伯母。"

"呵呵，君则，我听说过你，倒是第一次见到真人。小伙子比杂志照片里帅多了啊。"萧伯伯笑着说。

沈君则摸了摸鼻子，这位伯父怎么又是个自来熟？看来，萧晴是完全遗传了他们萧家人的个性。萧凡另类的冷漠显然遗传自他妈妈⋯⋯

那位萧伯母个性冷淡，和萧晴的妈妈长得有七分像，据说岳凝和岳凌是堂姐妹，嫁给了萧家的兄弟，这是多么乱套的家谱，如今，他也掺和进来了。

一顿饭吃得纠结无比，沈君则自小独立惯了，一向不喜欢这种一家人围坐一桌闲聊的场面，更何况跟他围坐一桌的是很陌生的长辈。

萧凡似乎看出沈君则的不自在，吃完饭后便说："君则，你跟我来一下。"

沈君则点点头，跟着他到了楼上的书房。

关上房门，沈君则才松了口气。跟陌生长辈待在一起的气氛令人窒息，萧凡虽然个性冷淡，可同龄人之间，毕竟好交流些。

"叫我过来单独谈，有什么事？"沈君则开门见山地道。

萧凡淡淡地看了他一眼："直说吧，你跟萧晴结婚是为了商业联姻，你娶她之前已经做好了充分的准备。那么，现在目的达成，按照你的计划，你想什么时候跟她离婚？"

不愧是当律师的，这个问题真是一针见血。

沈君则沉默下来。

原定的计划是一年，他跟萧晴说好的，一年为期，到时候找一个合适的理由离婚，放她自由。

可此刻，对着萧凡冷到极点的目光，不知为何，他突然不想说出这个事实。

"萧晴虽然迷糊，可她不笨，她心里其实很清楚你娶她是在利用她。作为哥哥，我不想看见她受任何委屈。"

"这点你放心，我不会委屈她。"沈君则毫不犹豫地说，"另外，我对你们萧家的财产也没有一点儿兴趣，结婚之前已经请律师做过财产公证，如果将来我们离婚的话，我只会给她补偿，不会从她那里拿走一分一毫。"

萧凡点了点头："这样最好。"

沈君则沉默了一下，又不甘心地道："你就这么确定，我跟她一定会走到离婚这一步？"

萧凡皱眉道："你们不是互相仇视的吗？难道还能培养出感情？"

这个反问句，实在有些打击人。

沈君则脸色一僵："总之，我不会让她受委屈，我对欺负小女生没什么兴趣。"

"哦……"萧凡沉默了一会儿，"那就好。"

两人从书房出来，刚经过谈判，都颇有默契地绷紧了脸。路过隔壁房间时，沈君则余光瞄到淡蓝色的窗帘，忍不住脚步一顿。

萧凡看了他一眼："这是萧晴的房间，这种小女生的房间，你有兴趣进去看看吗？"

沈君则扬了扬眉："好啊。"

沈君则知道萧凡看他不太顺眼，或许从他第一次找萧凡做律师那天开始，就看他不顺眼了。反正他也不希望萧家人各个像萧晴她爸爸那么喜欢他，有个萧凡讨厌他，他才觉得正常。

萧晴的屋子收拾得倒很干净，就是布置得有些抽象。淡蓝色的窗帘和床单，上面印着她最爱的嘻哈猴图案，天花板上直接涂的蓝天白云……这么奇怪的屋子，她睡得着吗？半夜打开灯，头顶还是蓝天白云？

白色的写字台擦得干干净净，台灯上还挂着可爱的水晶吊坠，旁边放了个相册。沈君则好奇地拿起来看，第一张照片就让他受到极大的震撼，要不是萧凡在旁边，他绝对要笑出声来。

那是童年时的萧晴，怀里抱着只大花猫，扎了两个小辫子，脸上胖嘟嘟的，特别可爱，让人想狠狠捏一把。

往后翻，都是她小时候拍的照片，小时候的萧晴看上去特别乖巧，对着镜头笨笨地站着，都不知道怎么做动作怎么笑，傻气又可爱……

到了小学，渐渐有点儿扭曲了，会摆各种令人纠结的姿势和鬼脸。

到了中学，更加扭曲了，照片就没一张正经的。

再后面，人倒是越来越漂亮，动作也越来越抽象，有一张是她在一个雕塑前面学那个雕塑的姿势，学得还特别像。还有在桥上金鸡独立的，在图书馆前故作深沉却把书拿倒了的，学和尚做出阿弥陀佛姿势的，飞毛腿踢足球的，在船上张开双臂，跟卫楠祁娟一起玩泰坦尼克经典动作的……各种匪夷所思的搞怪姿势，她脑子里的素材实在是丰富。

要是一直像小时候那样乖，该多好？

沈君则强忍着脸上要抽筋的冲动，默默把相册放了回去。

萧凡笑了笑："怎么，看完照片，居然没什么感想吗？"

沈君则回头，意味深长地道："感想倒是有，就是无法形容。"

沈君则和萧凡回到客厅，几位长辈正在闲聊，沈君则刚要开口告辞，却听岳父的手机突然响了起来。

"喂，萧晴啊……"萧正德的脸上带着微笑，显然很高兴女儿给他来电话，"你在哪儿？于佳表姐家？"

"嗯嗯，表姐今天来我这边参观新房，见我一个人无聊，就拉我去她家住几天。"萧晴笑着说。其实表姐是拉她去当保姆的，那孩子整天哭个不停，奇怪的是，见到萧晴后居然不哭了，于是表姐顺手就把她拉去哄小孩儿。

"对了，我听君则说你想转学读美院是吗？"萧正德说着还看了沈君则一眼。

饭局开始之前，沈君则找机会跟萧正德提过这事，婚前他答应过萧晴说服岳父岳母让她转学，自然要言而有信。没想到的是，萧晴爸爸居然那么容易就答应了，害他连准备好的长篇台词都没来得及说完。

"是啊，爸，你就答应吧，我过两天就去办退学手续了，我不想一个人在纽约读什么工商管理，我想回去继续学画画。反正家里的生意有你跟君则在，也用不上我帮忙，我这种商场上的菜鸟，你要是把萧家产业交到我手里，我绝对不出一个月就给整破产了。"萧晴一本正经地说。

萧正德沉默了一下，才笑了笑道："这样也好。"

"真的啊？啊啊啊——太好了！"萧晴激动的吼叫声透过电话传过来，客厅里所有人都听到了，不过他们见怪不怪，依旧镇定自若各聊各的，倒是沈君则有些震惊。

萧正德皱了皱眉："好了，你有话要跟君则说吧，我把电话给他。"

"啊？"萧晴怔住。

沈君则还没反应过来，手机就被岳父大人递到了手里，只好硬着头皮接过来。

"喂，是我。"在众人的目光注视下，沈君则的脊背有些僵硬，假装若无其事地拿着手机走到阳台。听着耳边熟悉的浅浅呼吸声，沈君则心里突然有些紧张，沉默良久后，才语气僵硬地问道，"你在于佳表姐家，是吗？"

"嗯。"萧晴轻声答道。

"脚好了吗？"

"嗯，好了，现在可以慢慢走路了。"

"你想考美院的事，我跟你爸妈谈过，他们也同意了，你那边的退学手续什么时候办好？"

"我跟学校管理打过电话，我的学费已经扣了，学籍也归入了档案，办手续要一层一层批准，还要退学费什么的，比较麻烦的。"

沈君则皱了皱眉："那你什么时候回国？"

萧晴低头想了想，才说："至少要一个月以后吧。"

沈君则沉默了一下，一个多月……突然觉得时间好像漫长了起来。

"好吧，你一个人在那边多注意安全。新家住不惯的话，暂时在表姐那儿住一阵。"

"嗯，我知道了。"

"有什么问题记得给我电话。"

"嗯。"

"那……拜拜。"

"拜拜。"

挂上电话后，听着耳边"嘟嘟"的忙音，沈君则心里突然有些莫名的失落。可直到挂了电话，他还是不清楚自己到底在期待些什么。

或许，期待着她的问候和关心？

有必要吗？他从来不喜欢那些虚无的东西。

在整个对话过程中，一直是他在问，她在答。她不会主动问他的近况，甚至连回答的时候也不说一句多余的话，跟方才和她爸爸对话时兴奋开心的语气相比，跟他对话时的她，更像接受老师提问的学生。

那种陌生又疏离的态度，让沈君则心里有点儿不舒服。

怎么说也是一起踩着红毯宣誓过的夫妻，她怎么可以把他当作陌生人呢？

沈君则这种纠结的心情一直持续了大半个月。

好几次，他拿起手机想要拨萧晴的电话，可每次，手指在按键上停顿两秒后，还是会把手机放回口袋里。既然她这大半个月来一个短信都没有，也从来不关心他的情况，他又何必打电话惹她生厌？

本来就说好婚之后各过各的，从此不再相干。可到了现在，真的这样互不干涉，沈君则又觉得似乎缺了点儿什么。这样的自己，真是变得越来越陌生了。

跟东成集团的合作进行得非常顺利，沈君则也如愿以偿成了萧家的股东，顺势带动他手里几个新项目的宣传。工作忙起来，时间倒是过得很快，直到某天上午，他突然收到弟弟的短信，才发现，距离他跟萧晴分开的日子，已经一个多月了。

"哥啊，爷爷今晚请嫂子来家里吃饭，给她饯行来着，嫂子还亲自露了一手，煲的那个汤真是好喝到爆啊！哥你太有福气了，嫂子居然会做饭啊，做了一桌家常菜,把爷爷给乐得胡子都快歪掉了!"

沈君则的目光在"钱行"两个字上停留了很久,才回复道:"她要回来了吗?几点的飞机?"

"啊,她没跟你说吗?爷爷帮忙订的票,应该是后天上午十点左右到你那儿。"

沈君则没再回复,只是沉着脸皱紧了眉头。

纽约那边在吃晚饭,此时国内却是上午,他正在办公室里处理文件,连续几天超负荷的工作令人身心疲惫,可这次的坏心情,并不是工作的缘故,而是:萧晴要回来了,居然没有通知他。

所有人都知道她要回国,就他一个人被蒙在鼓里。

她居然无视他,无视到了这种地步?

沈君则沉着脸,拨通了萧晴的电话。

电话那头的萧晴依旧是一副无所谓的语气,微笑着道:"喂,君则,找我有事啊?"

沈君则压抑着怒气,低声问道:"你后天回国,是吗?"

"是啊,怎么了?"萧晴的语气很是疑惑,"有问题吗?"

"怎么不告诉我?"

"为什么要告诉你?"萧晴更加疑惑,"不是说好了结婚以后各过各的吗?你那天大清早去机场也没告诉我啊。"

那是因为你这个死猪当时睡得特香,我没忍心吵醒你!

萧晴继续说:"再说了,中国和美国有时差,通常我清醒的时候,你不是在上班,就是在睡觉。你那么忙,我怕打扰到你来着。"

"你不会发短信?"沈君则的怒气值爆满,又无法发泄,最后只好深吸口气,压低了声音,"行了,后天我去机场接你。"说完就直接挂了电话。

他怕萧晴再说下去,他会控制不住怒气直接飞去纽约揍她一顿。

虽然说好互不干涉,可他至少是她名誉上的丈夫吧?一个多月一条短信都没有,现在要回国了也不通知一声,她居然完全把他当透明?

两天后,沈君则穿着帅气的西装,提前半个小时到达了机场。他要让萧晴一下飞机第一眼就看见他,当然,英俊的脸再加上得体的打扮,站成一尊雕像的沈君则俨然成了路人侧目的焦点。不过,他丝毫不在乎那些人的目光,只是面无表情地低头看着表。

时间到了,广播里也播出纽约航班到达的提示。

出口处渐渐有旅客拉着行李走了出来。沈君则一眼就看见他在等的人。

长发披散在肩后,背着个小背包,手里拖着个大行李箱的萧晴,脸上还带着刚睡醒的迷糊表情……

沈君则微微眯了眯眼,款步朝她走了过去。

直到沈君则在面前站定,萧晴才震惊地瞪大眼睛。

"怎么,很意外吗?我说了来接你的。"看着她见鬼般震惊的表情,沈君则心底微微有些得意。

"我以为你说笑呢。"萧晴尴尬地摸了摸头。

沈君则扬了扬眉:"一个多月没见了吧。"

"嗯——"

"不拥抱一下?"

萧晴还没来得及反应,突然被沈君则大力地抱进了怀里。头被他按在胸前,鼻尖蹭到他的西装冰冷的布料,甚至能听到他有力的心跳声……

萧晴直接目瞪口呆,好半天说不出话来。

这……一个多月不见,他怎么突然变得这么热情,她有点儿消化不了啊!

"那边,狗仔队,看见没。"耳边突然响起他低沉的声音。

萧晴斜眼一瞄,果然看见角落里有几个人拿着相机在那儿鬼鬼祟祟拍照。

萧晴恍然大悟,赶忙配合地伸手回抱住沈君则,乖乖靠在他怀里。

拥抱了良久,沈君则才满意地松开她,微微笑了笑,顺势接过她手里的行李箱,然后牵着她的手,转身淡淡地道:"走吧。"

沈君则牵着一头雾水的萧晴走出了机场,身后突然传来一阵惊天动地的吼叫声。

"方遥,方遥我爱你!"

"啊啊啊——方遥给我签个名吧……"

一群疯狂的粉丝蜂拥而上。

萧晴疑惑地回过头,正好看见一个身材高挑的女子站在刚才的出口处。她穿着随意的牛仔裤和T恤,大大的墨镜遮住了半边脸,长长的头发染成了栗色,在末梢打了个自然卷,显得很有气质。这气派显然是个大明星吧?

果然不出萧晴所料,那群狗仔队非常敬业地追过去疯狂拍照。

奇怪的是,那女子突然扭头朝萧晴和沈君则所在的方向看了一眼,然后扬起嘴角,露出个高深莫测的微笑。

萧晴看着沈君则,一脸笃定地道:"你肯定搞错了,刚才那些狗仔队不是跟踪你,是在跟踪她吧?"

沈君则淡淡地道:"是吗?可能是我弄错了。"

废话,他早就知道今天方遥来这边签售,那些狗仔队显然是在等她。所谓的狗仔队，只是他一时失控拥抱萧晴的借口罢了。反正抱都抱了，找个借口好下台阶。

萧晴疑惑地道："刚才那个女明星是谁啊？她好像在看你。"想了想，又突然一脸坏笑地道，"难道那个人跟你有关系？是你以前的情人？还是说她看上你了？"

他真想掐死这丫头，有别的女人对他感兴趣，她不但不吃醋，居然在那儿幸灾乐祸，还觉得很开心？再说，方遥那个神经质的女人，肯定是看见了方才自己失控之下拥抱萧晴的那一幕，她意味深长的笑，绝对是在赤裸裸地嘲笑。

沈君则脸色一沉："或许她喜欢女人，看上的是你呢？"

萧晴瞬间僵直在原地。

"还有问题吗？没问题就走了。"沈君则冷冷地道。周围已经有很多人在围观了，跟着她走到哪儿都丢脸，真是够了。

沈君则那句"她看上的是你"对萧晴的打击实在太大，直到坐进车里，她还处于极度震惊的状态。

"刚才那个是不是方遥啊？祁娟很喜欢她的歌来着。她……她居然喜欢女人吗？怪不得这么多年没传过绯闻。"

沈君则忍了忍，实在懒得跟她解释："不说她了，有件事我想跟你讨论一下。"

"嗯，你说吧。"

"你妈妈送了我们一套房子，希望我们以后就在那个新家住下去。你的意见呢？"

"啊？"萧晴震惊地转过头来，"不是说好了互不干涉吗？我们还是分开住吧，我……"

"为免他们怀疑，我已经答应了。"沈君则淡淡地道，"当然，你如果反对的话，我们再一起回你家去跟你妈妈说明理由。"

"这个……"萧晴抓头，想起她妈妈那个恐怖的眼神，她可说不出口。

"那暂时这样吧。刚结婚就分居，解释起来好像也挺麻烦的。"萧晴垂头丧气地道。

沈君则微微扬了扬嘴角："知道就好。"

「第十七章」

在一起被吃定（二）

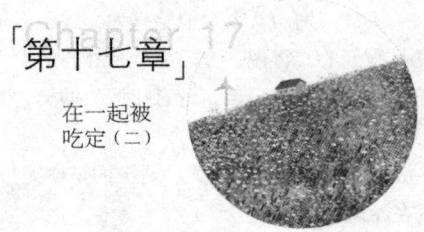

　　本来他才不想跟萧晴一起住，可萧晴对他的无视让他心里非常火大。这才分开一个月就无视成这样，他要是再不管管她，过几天，她说不定连她老公叫什么都忘了。

　　这么无视他的萧晴，果断需要好好修理一番，住在一起修理当然更为方便。

　　什么妈妈送的房子，完全是胡扯，他就知道，萧晴最怕她妈妈，有什么事把她妈妈搬出来，那就跟给孙悟空念紧箍咒一样有效。

　　沈君则直接把萧晴带到了新家。

　　新家位于城东区的月华庄园，跟萧晴父母所住的地方距离挺远，主要是沈君则不想跟长辈们住得太近，整天被叫去吃团圆饭，年轻一代当然更喜欢不受干扰的独立空间。

　　这个住宅区的设计风格他非常喜欢，漂亮的人工湖和假山，周围茂密的树林和青翠的草坪，甚至能听到小鸟清脆的叫声，环境特别幽静，一进小区，就连空气都变得清新起来。

　　一排排造型各异的小别墅让萧晴看得眼花缭乱。显然，这里的别墅风格并不统一，外形的设计也十分多元化，看得出许多小别墅是主人亲自找人设计的，并不是直接从房产商那里买的成品。

　　萧晴心中突然有些疑惑，以她妈妈的个性，并不喜欢这种自由散漫的庄园式住宅，她更中意酒店式管理的高楼大厦。而且，她妈妈一定要住在二十层以上，习惯站在窗口看楼下被缩小的车辆人群来整理思路。

妈妈怎么会突然转了性，买这种田园式小别墅送给女儿，还离自己家那么远？

萧晴扭头看向沈君则，一脸严肃地问道："这房子真是我妈送的？"

沈君则扬了扬眉："不信你可以问她。"

看着他一脸嚣张的表情，萧晴忍不住白了他一眼，拿出手机，果断地拨通了妈妈的电话。

"喂，妈，我听君则说您给我们买了套房子，是吗？"

岳凝沉默了一下，淡淡地道："怎么了，你不满意吗？"

听着她冷冷的语气，萧晴赶忙摇摇头，干笑道："嘿嘿，没有没有……我很喜欢，很满意的。谢谢您啊。"

挂了电话后，萧晴这才沮丧地垂下头。刚才还心存侥幸以为沈君则在骗她，结果期望还是落空了。

她实在是不想跟这个面瘫男同居来着。

独自在那儿郁闷的萧晴，当然没有发现沈君则微微扬起嘴角的得意神色。

他敢放话说这房子是岳母大人送的，自然提前给岳凝做好了思想工作，怎么可能轻易被她拆穿。

沈君则把车子拐了个弯，指了指前面道："看到那栋别墅了吗？"

萧晴顺着他的目光看过去，不由得怔住了。这房子的外形设计很显然是欧式风格，周围有郁郁葱葱的绿树环绕，远远望去，给人的感觉就像是山林之中一座神秘的城堡，把古典元素和现代潮流感融合得恰到好处，设计得非常新颖而别致。

看着萧晴眼中惊讶和赞叹的神色，沈君则忍不住微微笑了笑。

看来，她很喜欢这里。

其实，这套别墅是他亲自设计的，沈君则在纽约上大学的时候本来读的是建筑专业，后来才改行读商学，这也是家里的需要。

虽然他工作之后一直很忙，很少提笔去画建筑图纸，可去年听说这个新开发的庄园不但提供了很多风格的别墅供人选择，还支持主人按自己的喜好亲自设计，再加上这里整体的布局和环境美化都很合他的心意，他突然就有些心动起来。

他手痒地提起笔，自己给自己设计了这栋小别墅，想作为今后在本地定居的小窝，以后要是结婚了，就把老婆带来这里住。这样一处宁静雅致的地方，远离商业纷争，完全放松身心，才像是他真正的家。

原本以为这房子要过几年才能派上用场，他的人生计划是三十岁之后再考虑婚姻大事。结果，萧晴这个迷糊虫突然闯入了他的生活，接二连三的意外之下，他居然这么快就跟萧晴结了婚，现在，又鬼使神差地把萧晴带到了这里……

"喂喂，太夸张了吧！这个别墅是谁设计的，好漂亮啊！住在这里的人品位很独特啊！"耳边传来的雀跃声打断了沈君则的思绪。

被她无心夸了几句，沈君则心情颇好，脸上也难得地露出了一丝微笑，回头看着萧晴，低声问道："你喜欢这里吗？"

萧晴笑着答道："当然很喜欢啊，我只在动画片里见过这么漂亮的房子，嗯，这简直是一件艺术品！"

沈君则被她夸晕头了，目光也变得温柔起来："从今天开始，你就住在这里。"说罢，还颇为得意地从口袋里掏出一串钥匙，拉起萧晴的手，轻轻放在她的手心里。

"啊？"萧晴震惊地瞪大眼，"不是吧？住在这儿，我会折寿的……"

"别乱说。"沈君则扬眉打断了她，"钥匙拿好，别丢了。还有，这里的地址是月华庄园D区1314座，13代表街道，14是房号，你别迷路了。"

"1314？"一生一世？萧晴有些纠结于这个数字。买这房号的人很闷骚，真的是她妈妈吗？

跟着沈君则一起进了屋，萧晴再次露出震惊的表情。

屋里的设计非常舒适，暖黄色的墙纸让人感觉十分温暖，客厅里占据了一面墙的落地窗，使得视野非常辽阔，可以完整欣赏到屋外的风景。推开玻璃门，是个别致的小阳台，养了许多植物，都是些绿色的盆景，目光所及之处没有任何鲜艳的花卉，很符合他的个性。

雪白的楼梯扶手上刻了些精致的雕花，看上去十分典雅。顺着楼梯上楼，是几间并排的居室，沈君则推开第一间房间的门，淡淡地道："你住这间。"

萧晴走进屋里一看，床单、窗帘、衣柜，都是她最喜欢的天蓝色，看来这里真的是妈妈为她准备的。萧晴这时才完全相信了沈君则的话，心里不由得有些感动，妈妈虽然外表冷漠，心里其实是很疼她的。

萧晴在那儿感动了良久，却不知自己完全感动错了对象。其实，这是细心的沈君则特意为她准备的，上次去她家里看过她的卧室之后，沈君则自然摸清了她的喜好。

当然，沈君则才不会坦然承认，他暗地里做了这么多事，只为了把她拐骗到这里来好好修理整治。

逛完了屋子，正好到了午饭时间，沈君则想起弟弟说的萧晴给他们做了一桌丰盛的菜，又想到新婚之夜自己只吃了一碗面条，心中有些不平，忍不住道："你饿了吧，我们去做午饭。"

"我不饿，飞机上吃过饭了。"

"……"她难道听不懂他这么问是在旁敲侧击让她去做饭？他很饿啊，早饭都没吃呢。沈君则脸色僵了僵，"我饿了，你去给我煮点儿吃的。"

萧晴听着他命令式的僵硬语气，心里有些不爽："我是你的保姆吗？"

见他沉着脸不说话，萧晴瞪了他一眼，转身悻悻地走去了厨房。

看着她的背影，沈君则心里有些郁闷。他从来没把她当保姆看，让她去做吃的，只是突然有点儿怀念她的手艺而已……难道他的语气就那么恶劣，让她误会自己把她当成保姆？

一想到这里，沈君则心底就有种深深的挫败感。

过了片刻，沈君则听到厨房里传来萧晴的声音："喂，做好了，你自己来吃吧，我很累，先去睡觉了。"

她这么一说，沈君则又觉得刚才是自己过分了，完全没有顾虑她刚下飞机的疲惫，还使唤她下厨做饭……

沈君则心情复杂地到了厨房，打开锅盖，不由得僵直在原地。

稀饭？

萧晴给他煮了一锅稀饭！

旁边还很贴心地放了一个巨大的碗……

沈君则的嘴角忍不住抽搐起来，她这是不是摆明了在喂猪啊？

沈君则对着那一锅稀饭哭笑不得，吃也不是，不吃也不是，萧晴真是太能折磨他的神经了。

沉默了良久，最终，沈君则还是决定把一锅粥盛起来放回冰箱里，明天当早餐吃。大中午饿得要命，他可不想那么凄惨地去喝稀饭。

看了眼楼上萧晴的卧室紧闭的房门，沈君则无奈地叹了口气，转身出门去找家餐厅解决午餐。

她不给他做饭，他只好去外面吃了。

这个老婆还真不好惹，他不过是语气恶劣了一点儿，她就给他做了一锅粥。要是他的态度再不好一点儿，说不定她能给他的饭里下一把毒药。

沈君则吃完饭回来，萧晴还在睡，知道她是坐飞机太久累了的缘故，也没叫醒她，自顾自去房间里上网。

也不知过了多久，沈君则终于处理完手头上的事，揉了揉酸痛的额角，抬头一看，已经晚上八点了。

隔壁的萧晴怎么还没动静？

沈君则皱了皱眉，转身去推开她的房门，想叫她起来吃晚饭。打开门，却发现她呼吸均匀，睡得特别香。

沈君则不忍心吵醒她，又懒得叫外卖，只好独自去厨房热了点米粥来喝。

他真是全天下最悲剧的男人。

他原以为今天的悲剧到此结束了，却没想到，这才是悲剧的开始。

凌晨十二点，沈君则刚关灯躺下，突然感觉到后背一阵冷风袭来，似乎是卧室的门被推开了。

沈君则警觉地竖起耳朵，只听一阵脚步声正朝他的床边慢慢走过来，他当然不信半夜闹鬼，在这家里出现的脚步声，肯定是萧晴的。

沈君则转过身来，想问她半夜来找他有什么急事。结果，他还没来得及问出口，就见萧晴顺手掀开他的被窝，直接躺到床上，还顺势用双手环抱住他，把头靠在他胸前蹭了几下，完全把他当抱枕来用了。

沈君则后背一僵，沉默了良久，才低声道："你这是……做什么？"

色诱？开玩笑，萧晴的觉悟还没那么高吧？

萧晴并没有回答他的问题，闭着眼睛打了个哈欠，然后，很不客气地推开他，把被子整个给卷了过去，裹成一个蛋卷，翻过身去，舒舒服服继续睡。

沈君则目瞪口呆地瞪着躺在身边的萧晴，沉默良久后，才抽搐着嘴角道："你、在、梦、游？"

一字一顿，四个字读得咬牙切齿。

然而，萧晴根本没听到他的问话，很快就呼吸均匀地进入了梦乡，脸上还带着惬意的微笑。

就这样，沈君则被萧晴无声地剥夺了被子，占领了床位……

更郁闷的是，对梦游的人发火都没用。

用尽全力克制住一脚踢她下床的冲动，沈君则黑着脸，转身去书房睡。当然，他也可以选择去萧晴的卧室睡，不过对着那淡蓝色的卡通床单他实在睡不下去。

从小到大，他从来没可怜巴巴地睡过书房。可自从跟萧晴结婚之后，这已经是第二次当厅长了……

沈君则躺在书房的沙发上，郁闷了一会儿，刚有了点儿睡意，突然听到隔壁砰一声剧烈响动，似乎是重物砸地板的声音？

她又在做什么？

他不耐烦地穿衣起身，皱着眉跑去看情况，推门一看，原来是萧晴滚到了地上！

她也不觉得疼，滚到地上还能继续睡。

沈君则阴沉着脸，走过去把她抱回床上盖好被子，看着她安静的睡脸，还微微扬起嘴角带着满足的笑容，沈君则的心情更加郁闷了。

萧晴这丫头，简直是千年难遇的梦游帝吧！要是哪天她梦见自己行侠仗义，拿把刀闯进他的卧室结果了他，他会死不瞑目的啊！

想方设法跟她住在一个屋里，到底是他在修理萧晴，还是萧晴在折磨他？

次日清早，沈君则起床后发现自己和萧晴的卧室房门都紧闭着。眼看时间还早，也没去叫她，自顾自到厨房把一大碗米粥给热了。实话说，萧晴煮的这锅粥够他们吃三天的早餐了。

热好了粥，沈君则上楼去叫她起床，推开卧室的房门，却意外地发现，床铺凌乱，床上……居然空无一人。

沈君则眉头一皱，果断推开隔壁萧晴的房间，见到床上安安静静睡着的女人，他的嘴角忍不住再次抽搐起来。

原来她梦游还能有始有终的。先梦游到隔壁，然后再原路梦游回去，实在是太强了。怪不得上次去萧晴家，发现她的房间外面还有一把锁，看来是岳父岳母怕她半夜上厕所的时候顺便梦游，直接把她给锁起来了。岳父岳母能顺利养大她，真是不容易。

沈君则走进屋里，站在床边，伸手推了推她的肩膀："起来了。"

萧晴没反应。

沈君则凑到她耳边，压低声音道："你的血好甜。"

"啊——"萧晴突然从床上弹起来，双手护住胸前，脸色惨白地看着他。

半响后，发现面前的男人并不是梦里的吸血鬼，萧晴才松了口气，瞪了他一眼道："沈君则，你犯病啊，大清早跑来吓人？"

沈君则直起身来，面无表情地道："下楼吃早餐。"说着就转身出门。

看着他挺直的脊背，萧晴惊讶地道："哇，你居然做好早餐了？你不是从来不屑于进厨房的吗，怎么突然变这么勤快？"

沈君则突然回过头来，冷冷地看着她："等你这懒猪起床做饭，我会饿死吧？"

萧晴讪笑道："呵呵，你的肠胃这么不好，真难伺候。像我，连续三顿不吃都没问题。"在他冰冷的目光下起身下床，一边整理床铺，一边轻声嘀咕，"唉，昨晚也不知做了什么梦，今早起来腰酸背痛……"

那是因为你从床上滚下来了！

看着她迷迷糊糊的模样，沈君则突然想坏心地调戏她一下，扬了扬眉，意味深长地道："腰酸背痛，难道你做了什么邪恶的梦？"

萧晴怔了怔，抬起头来，严肃地看着他道："你开什么玩笑，我的大脑可是经过层层杀毒软件的过滤，非常干净。你以为我像你一样，满脑子都是有色病毒吗？"

他满脑子都是有色病毒……

沈君则气结。

餐桌上，沈君则默默吃着早餐，偶尔抬头看向萧晴，总是发现她在非常专心地啃面包，一口面包一口米粥，吃得特别香。

看她吃饭时认真又满足的样子，让人觉得，对她来说似乎连简单的面包都成了一种享受。

沈君则低头咬了几口，还是没发现这面包有什么好吃的，她的表情有必要这么夸张吗？

迅速解决掉早餐，沈君则看了她一眼，低声道："我去上班了。"

"嗯，拜拜。"萧晴头也没抬地道。

她难道不该说几句"路上小心""早点回来""别太辛苦""注意身体"之类的客套话吗？一句"嗯，拜拜"就结束了对话，这让沈君则的心情有些纠结。

沉默了一会儿，他才说："你没什么想说的？"

萧晴疑惑地抬起头来："没有啊。"

沈君则站起身，冷着脸道："那我走了，你自己在家注意安全。"

"嗯，拜拜。"

萧晴朝他挥了挥手。

嗯拜拜？又是这三个字……

沈君则走了两步，又不甘心地回过头道："晚上我回来吃饭。"

萧晴抬头看了他一眼："我今晚要回家跟我爸妈一起吃饭的，你在外面吃算了。"

沈君则沉默了一下："那我跟你一起回去。"

"喂，你……"你是跟屁虫吗？萧晴还没来得及说出口，就被他冷冷的目光一瞪，硬把这句话和米粥一起吞回了肚子里。

下午的时候，萧晴对着镜子打扮了一番，带上准备好的资料，赶到了美术学院的面试现场。

她在纽约的时候查了许多国内美院的资料，发现 B 市只有这一家美术学院的开学时间较晚，她快点儿回国的话正好能赶上学校的面试。

据说这种艺术类学校面试有挺多黑幕，甚至有传言说，美院招生时有些牛掰的老师直接把学生们所画的作品在一个房间里铺成一排，目光一整片扫过去，看中哪个就要哪个。很多学生画画的水平不如人，可人家后台硬，照样能顺利过关，相反，那些单纯会画画的，就有可能被这些特殊人群给挤下去。

当然，这些传言肯定是有夸大的成分，萧晴也没被这种传言打击积极性。相反，她是那种越打击越努力的小强型性格，兴致勃勃带着自己的作品就跑去了面试现场。

面试现场人山人海，真是美女如云，帅哥众多，简直跟选秀一样。看着周围的同学各个绷着脸，萧晴心里也不由得紧张起来。

抽到的题目是十分钟的场景速写，萧晴坐在那里，眼睛在屋里瞄了一圈，最终落在角落的窗户上面。时间太短，复杂的来不及画，太简单了又会显得单调，窗户倒是个不错的选择，可以在画面里留一些想象的空间。

有了灵感，萧晴便提笔开始迅速地勾画，十年的美术基础，再加上这一个月在纽约不间断地练笔，记忆中画画时熟悉的感觉在心里膨胀起来。萧晴下笔如流水，只听笔尖跟纸面摩擦的"唰唰"声响个不停，萧晴很快就全身心地投入到创作之中。周围的人陆续上交了作品，萧晴并没有受到丝毫干扰，在最后一刻，终于画完了这幅画，微笑着把画递给了考官。

面试考官是个中年男人，拿过萧晴的画看了一眼，淡淡问道："萧晴是吧，你学画画学了多久？"

萧晴礼貌地点了点头："从小开始，学了十多年。"

考官抬头看了她一眼："我看了你的简历，之前获得过很多次美术大赛的奖项，虽然大学没有继续读美术专业，不过你确实很有实力。你的画色彩明亮，个人风格很鲜明，在今天面试的同学里，可以算是出类拔萃。"

萧晴被夸得有些不好意思，摸了摸头："谢谢老师……"

"如果没问题，我想录用你。"男人突然抬头，看着萧晴微笑起来。

萧晴有些惊讶，其实今天的面试她只是来试水，这样直接录用显然是不合规矩的，面试结果至少要过几天才公布。可奇怪的是，另外两位考官对这个决定似乎一点儿也不惊讶，那位女考官看着她的眼神甚至有点儿莫名。

录用她的男老师倒是笑得很温和："你不用紧张，导师是有选择学生的权力的，你很有天分，所以我才想破格录用你。理论知识入学以后可以慢慢补回来。"

他这么一说，萧晴才放下心来，忙感激地鞠躬道："谢谢老师，谢谢您。"

萧晴报名报得晚，是最后一批参加面试的，等面试结束，已经是五点半的晚饭时间。

三位考官出去之后各走各的，萧晴正好跟这位导师一路。她查过相关的资料，这个男人应该就是那位姓王的教授，她在学校网站上见过他的照片和简介，是今年刚升的硕导，据说脾气很好。

萧晴这次来试水，选报的导师就是他，没想到居然真的被他录用了，心情难免有些激动。

走到拐弯处，就听他笑着说："不如一起吃顿饭吧，顺便跟你谈一下以后的计划。"

萧晴也想多了解一下这位老师，就顺水推舟地道："好啊，谢谢老师。"

男人从停车场开出一辆黑色轿车，萧晴瞄了眼商标，居然是辆 BMW，心中忍不住惊讶了一下。

萧晴跟他上了车，眼看车子开上高架桥，朝着远离市区的方向走去，心里……渐渐有些不安起来。

她还是第一次跟陌生男人出去吃饭，虽然说这个男人即将是她的导师，可跟他一起坐在密闭的空间里，还是让她觉得很不舒服。或许是女人的第六感使然，从后视镜里看着这个人的笑容，总觉得他笑得十分古怪。

萧晴心里有些紧张，表面上却强装镇定，从口袋里拿出手机，果断地拨了沈君则的电话。

此时坐在这个男人的车里，被拉去哪里完全是个未知数，如果真像她想的那样，这个男人录取她是为了潜规则的话，那么，她必须尽早求助，不然她死了连尸体都找不到……

无疑，沈君则成了她最好的求助对象。如果这男人知道她已经结婚了，或许会打消欺负她的念头……

"嘟……嘟……"

耳边的忙音持续了很久，萧晴从没想过，有这么一刻，她居然这么想听见沈君则的声音。

良久之后，电话终于被接了起来，萧晴的手心里早已出了一层冷汗。

"什么事？"沈君则刻意压低的声音，此时听在耳里一点儿也不讨厌，反而让萧晴感动到如同抓到了救命稻草。

萧晴握紧手机，故作镇定地说："老公，我今晚不回家吃饭了。"

沈君则沉默。

萧晴继续平静地说："是这样的，我今天下午去参加了美院的面试，王教授他已经决定录取我了，现在我跟他正在去吃饭的路上。我今晚可能不回去了，你不用等我，自己在外面吃吧。"

"……"

"对不起,本来约好今晚跟你一起吃西餐的,呵呵,改天再说吧。"

"……"

"老公,你在开会吗?"

沈君则继续沉默。

因为,此刻,整个会议室里十几双眼睛正好奇地盯着他。萧晴那"老公、老公"的叫声实在太大,从沈君则的手机里传出来,会议室的众人集体目瞪口呆。

老板娘……您真是太威武了,冷酷的沈先生被您这老公叫得,直接当场石化了。

「第十八章」

再叫声老公
听听

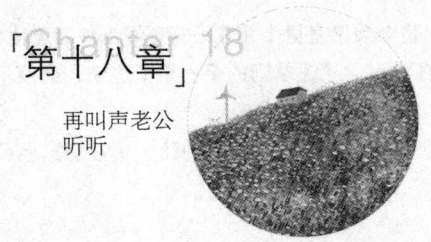

　　在众人目光的注视之下,沈君则的脸色变得异常僵硬。
　　实话说,一接起电话,萧晴来一句"老公",他的手机差点儿直接掉到地上。
　　本来这时间正在开会,这个电话他不想接,可萧晴实在是有种"打不死的小强"一样的执着精神,他不接,她就一直拨个不停。最终,他无奈之下接了电话,却听到她那句惊人的"老公"。
　　沈君则被这两个字惊得头皮发麻,沉默着听她说了一大堆莫名其妙的话。等她终于说完之后,沈君则才一脸僵硬地挂上电话,对会议室的下属们淡淡地说道:"好了,我们继续刚才的话题。"
　　秘书周晓婷忍了忍,还是没敢说出"刚才的话题已经讨论完了"这句话。
　　当然,目瞪口呆的众人也终于回过神来,一脸严肃地陪着他把刚刚讨论过的话题,重新讨论了一遍。
　　众人心里却在感叹:唉,沈先生真悲剧,被老婆一通电话搅得思维都混乱了。这种乌龙状况居然会出现在一向冷静睿智的沈君则身上,说出去都没人会信。

　　开完会后,沈君则面无表情地回到了办公室,喝了一杯冷水,才让心情渐渐平静下来。
　　真是奇怪了,刚才萧晴叫他老公的那一刻,他心底居然会有那么点儿……欢喜?
　　开什么玩笑,"老公"这个称呼又恶心又俗气,被萧晴用那种肉麻亲密的语气叫出来，简直难听得要命才对，他居然会觉得挺顺耳，甚至还暗暗期待着她能多叫几声？

他绝对是工作压力太大，出现幻觉了。

沈君则皱了皱眉，瞪着手机屏幕，耳边不禁又一次回响起她刚才莫名其妙的电话。

"是这样的，我今天下午去参加了美院的面试，王教授他已经决定录取我了，现在我跟他正在去吃饭的路上，今晚可能不回去了，你不用等我，自己在外面吃吧。"

"本来约好今晚跟你一起吃西餐的……"

沈君则突然一怔。

糟了，萧晴这电话并不是莫名其妙的骚扰，她这是在暗示什么吧？

早上出门前，他跟她说好今晚一起回她家吃饭，她居然在电话里说什么约好吃西餐，显然不对劲。

或许她身边有什么危险人物的存在？以至于她没办法直接说出口，所以才会故意用这么明显的漏洞来暗示他？

想到这里，沈君则不禁皱起眉头，赶忙拿起手机回拨萧晴的电话。

"嘟……嘟……"

长时间的忙音后，耳边传来机械化的女声："对不起，您所拨打的电话暂时无人接听……"

沈君则的脸色渐渐变得难看起来。

几分钟之前，她还打来电话，声音听起来很平静，怎么突然就没人接了？她在哪里？到底出了什么事？难道真的遇到了危险？

沈君则越想越是心急，赶忙按了桌上的电话，叫来助理周晓婷。

"沈总，您找我？"周晓婷一进办公室，看见的便是沈君则难看到极点的脸色，心中不由得十分惊讶。她在沈君则身边跟了一年多，每次遇到什么大事，这个年轻的男人总是能沉着冷静地应对。她总觉得他有种超越年龄的成熟，还从来没见过他像今天这样反常。刚才开会时思维混乱不说，现在更是一副大敌当前的神色，害她以为公司要面临什么重大危机呢。

沈君则抬起头来："叫信息科的阿金和阿明马上到我办公室来。"

周晓婷慎重地点了点头，赶忙出去叫人。

不到一分钟，信息科被点名的两位就迅速从楼下飞了过来，个个脸上都是一级戒备的严肃态度。沈君则平时不随便跟下属单独沟通，今天到了亲自叫人的地步，肯定出了什么大问题。

年轻男女对视一眼，忐忑地问道："沈总……您找我们？"

沈君则站起来，面无表情地走到他们面前："你们帮我查一下美院一个教授，那个人姓王，是今天参加美院招生面试的考官。不管你们用什么手段，以最快的速度查到他的资料，越详细越好。"

沈君则说罢就走到落地窗前，深沉的目光静静地看着楼下繁华的街道，窗户上映出的冷峻侧脸虽然看不出什么表情，可僵硬的脊背还是依稀透出主人心里的紧张和不安。

被点名叫来的两人见他这么紧张，也不问什么原因，赶忙打开电脑乖乖干起活儿来。

他们平时就是负责侦查各种商业机密的工作，查资料这种活儿自然手到擒来。奇怪的是，沈君则这次居然莫名其妙去查一个美院的教授？那位教授怎么得罪他了，看他那一脸要杀人的气势……

周晓婷也觉得这件事很蹊跷，不过，沈君则向来脾气冷硬，不该问的话最好别去问。周晓婷没再多问，转身去泡了杯他最喜欢的咖啡，递到他手里。

"沈总，喝杯咖啡。"

"谢谢。"沈君则接过咖啡，却也不喝，只是端在手里紧紧地握着，目光却依旧直直盯着楼下的街道。

他只有在心烦的时候才会站在这里往下看，这样能让他更加冷静。可是今天，这种方法居然丝毫没有效果。从小到大，他还从来没有过如此焦急的时刻，他心底乱成了一团麻，完全没法像往常一样冷静地整理思路。

萧晴出事了……她现在很危险……

一想到这一点，心里完全就乱了。

她那种整天宅在家里很少外出的女孩子，一定没有经验应对这种突发状况。能想起来打这个电话，对她来说已经是很大的进步了。接下来她该怎么办？万一被人欺负，她根本没有能力反抗……

各种乱七八糟的猜测，让沈君则的心情更加焦急。握着发烫的咖啡杯，手心里却出了一层冷汗，就连后背的衬衫都因过多的汗水而紧紧贴在身上。

办公室里极静，沉默的气氛令人窒息。

听着墙上的时钟"嘀嗒"的摆动声，看着窗户上映出的属下低头查阅资料的身影，沈君则突然觉得时间过得如此之慢，甚至连每一秒的时针摆动都成了一种折磨。

也不知过了多久，身后突然响起女下属的声音。

"查到了。"

沈君则赶忙转过身来，快步走到办公桌前，俯下身往电脑屏幕看去。

"王建强，男，35岁，是××美院今年聘请的硕士生导师，1998年毕业于××美院，之后出国留学，去年回国后到母校任教。目前在中华路世纪花园有一套公寓，他的电话是……车牌号 B4572……"

果然够详细，连电话和车牌这种私密资料都查出来了，只要能够救萧晴，他会不计代价、不择手段！才把萧晴娶回家不久，他绝对不允许她出任何意外！

沈君则再次瞄了眼资料，皱眉道："他们今天面试的地点在哪儿？"

女下属认真地答道："就在美院校本部。"

沈君则看了眼地图，美院距离他的公司实在太远，现在赶过去根本来不及，更关键的是，萧晴也不知被那个人带去了哪里……这样无目的地找下去，完全是大海捞针。

沈君则皱着眉拿起手机，此时，光凭他一个人的力量，显然不可能找到萧晴，有车牌号和详细资料，让警察出动或许会好找许多。

刚要拨电话报警，却见手机的屏幕突然亮了起来，又是来自萧晴的电话。

来电显示里萧晴的头像，还是在明慧婚礼上拍下的，她笑得比新娘还要开心。沈君则的手机里，她的照片只有这一张，顺手就剪裁来做通话头像了。可是此时，看着照片里她开心的笑脸，还有那"Bomb 晴"的名字，沈君则突然发现自己心里居然有点儿莫名地难受。

期待听见她的声音，又害怕听到什么不好的消息，那种矛盾复杂的心情，让他按接听键的时候手指都变得僵硬起来。

"喂，是……萧晴吗？"虽然极力控制着担心的情绪，沈君则的声音却依旧显得干涩。

"是的……是我。"萧晴的声音细弱蚊蚋，背景还有"哗哗"的巨大水声，似乎在浴室一类的地方，"君则，你能来接我一下吗？我遇到点儿麻烦，我跟你说，我……我现在……"

听着她紧张到发抖的声音，沈君则心里一阵揪痛，忙柔声说："我明白，你不用解释。你告诉我具体位置，我马上去接你。"

"具体我也不清楚，这里我不太熟悉……从城西区高架桥下来右拐，走了大概四五公里，然后拐进一条叫西胡路的大道，又走了大概五分钟，有一座小教堂，然后右拐，路过一个加油站，可以看见一栋白色的酒店……"萧晴吞了吞口水，"我现在，就在那家酒店的 603 号房间，借口上厕所给你打的电话……"萧晴的声音因为太过于紧张，发音都有些含混不清。

一向是个迷糊路痴的她，该有多害怕、多警觉，才能把这一路的路标记得这么清楚？

沈君则越想越是心疼，忙低声安慰道："好，我记下了。你尽量拖住时间，还有……"顿了顿,"保护好自己。"

挂了电话后,沈君则的表情变得更加冷酷,顺手拿起外套转身下楼,头也没回地冲周晓婷道:"我有事先走,今天的晚宴不参加了。另外,叫阿蓝他们马上到楼下等我。"最后一个字说完的时候,人已经消失在门外。

周晓婷看着他旋风似的背影,怔怔地点了点头。两位临时被叫来查资料的人也面面相觑。阿蓝那几人,是沈君则上次被对手陷害之后,沈老爷子因为不放心他的安全专门请来保护他的保镖。沈君则很反感被人跟着,碍于爷爷的面子才勉强留下了那些人,平时不怎么动用,今天居然连私人保镖都出动,再配上他冷到极点的表情,这是要去……杀人吗?

一群人你看看我,我看看你,集体打了个冷战。

沈君则从车库里开出车子,按萧晴所说的路线看了地图后,直接抄近路往城西区赶去,一路上疯狂飙车,也不知挨了多少司机的白眼。后面跟着他的保镖如果不是驾驶技术一流,好几次差点儿就跟丢了他。一群人狂汗,这个沈君则今天发什么神经,叫他们出来玩飙车大赛吗?

沈君则在疯狂赶路,而此时的萧晴,正在厕所里忐忑不安地用冷水冲脸。

她的第六感和警觉心果然没有错,就在她给沈君则打完电话的瞬间,身边男人突然把车门给反锁了,车子开往的方向越来越奇怪,就连在这里长大的她,也从来没到过这种偏僻的地方。

萧晴尝试着故作镇定地跟他交流,想套出他的目的。他却只是微笑,一边开车,手背还有意无意间轻轻蹭到她的膝盖,那种暗示让萧晴胃里直犯恶心。

萧晴强装镇定,强迫自己把一路上明显的路标全给背下来。

没想到他直接把自己带到了酒店,看着酒店的大门,萧晴的脊背阵阵发毛。

这偏远的郊区,路上根本没多少行人。萧晴本想趁着他在前台开房的时候找人求救,可见他居然跟服务员有说有笑,心里再次凉了半截。

显然,这个浑蛋这样拐骗女孩子来这里已经不是第一次了。那些人他早就打通了关系,就算她呼救,他们也懒得理她,反而会激怒他。

一进房间,那男人果然本性败露,反锁了房门,笑眯眯地对萧晴说:"知道我为什么带你来这儿吗?"

萧晴环视了一眼房间,沉默着点了点头。

男人笑着诱哄道:"不用紧张,只要你跟我一个月,我能保证你在校期间的一切课程都顺利通过,我不会让你吃亏的。"

若不是环境太过于劣势，萧晴真想拿个脸盆直接扣他那猪头上。去你的一个月，陪你这猪头一个月，我会折寿的！

看着他色眯眯的眼神，萧晴忍耐着想要作呕的感觉，干笑着道："我已经结婚了，这样恐怕不好吧？"

那男人挑了挑眉："怕什么，别让你老公发现就行了呗。再说，你不觉得这种婚外情更刺激吗？你老公一定是个不解风情的人，你还这么年轻，何必这么死心眼呢。"

看着他的笑容，萧晴心里十分震惊，人不要脸天下无敌，传说中的"衣冠教兽"居然真被她倒霉地遇到了？

"你要知道，现在美院可不好考，每年报名的人那么多，只录取那么几个。其实，我很看重你的才华。"

你更看重的是美色吧！还拿考试当筹码，真是够恶心！

萧晴心里把他诅咒了百八十遍，脸上还是强装着笑容，道："呃，我……先去趟洗手间，好好考虑一下再说。"

男人看了她一眼："去洗手间可以，把你的手机留下给我。"

萧晴僵了一下，沉默良久后，才从包里拿出手机递给他。

进了洗手间之后，萧晴靠着门，长长地舒了口气。

该说她倒霉还是幸运？上飞机前几天，她的手机在画画时不小心被扫到地上摔坏了，于佳姐姐说到纽约之后也没送过她什么东西，就买了一部新手机送给她。而原来那部坏掉的手机，因为是她十八岁生日时萧凡送她的礼物，她没舍得扔，就一直放在包里。

刚才那男人要扣留她的手机，她灵机一动，就把那部不能用的坏手机给了他。

或许他根本没想到面前的小女生会耍这种小心机，所以才没有注意到，那手机是没有 SIM 卡的空壳。

阴错阳差之下，萧晴这才争取到时间给沈君则打了电话。也不知道为什么，那一刻，第一个想到的求助对象就是沈君则，或许是下意识里觉得，这种事情告诉爸妈和哥哥，会让他们更加担心。

她从来没想过沈君则也会为她担心。

洗手间里的水声开得很大，门外不时传来那个男人迫不及待的敲门声。萧晴站在镜子面前看着自己惨白的脸，紧张到手指都发起抖来。

快点儿来啊沈君则……再慢一点儿你就要给我收尸了……

萧晴正在心里默默祈祷，突然，门外响起一阵清脆的门铃声。洗手间的敲门声也随之中断,男人的脚步声渐渐远去,似乎是走去开门了。

难道他还有同伙?

萧晴紧张地竖起耳朵去听,只听那男人低声冲门外问道:"什么人?"

"先生,您订的酒。"一个女服务员的声音。

"哦,送进来吧。"

萧晴沮丧地垮下肩膀,把浴室喷头的水开得更大。

男人从猫眼看出去,果然发现一个女的拿着酒站在屋外,没有多想就打开了门。

意料之外的,打开门之后却见一个身材高大的年轻男子突然出现在门口。

那人面容英俊,脸色却冷到极点,被他那双冷漠的眼睛盯着看,令人脊背不禁生出一股寒意。

"王建强先生,是吗?"对方淡淡地问道。

男人惊讶地点了点头,还没来得及问对方是什么来路,下颏突然一阵剧痛,那人直接一拳把他揍倒在地,还俯下身来撕他的衣领,冷冷地看着他,语气却平静到令人心惊。

"萧晴在哪儿?"

男人被揍倒在地,头晕眼花,十分狼狈,理了理衣领,强装镇定地道:"你是什么人?"

沈君则嘴角扬起个冷笑:"你说呢?"

"我怎么知道?你这个疯子……"

沈君则凑到他耳边,压低了声音,一字一句地道:"听清楚了,我就是萧晴的老公,要是我家萧晴少了一根头发,你就等着被分尸吧。"

沈君则放开他,站起身来,目光环视四周,发现房间里空无一人,洗手间的门却紧闭着,萧晴应该还躲在那里。

想到这里,终于松了口气,沈君则冲跟来的保镖摆摆手,淡淡地道:"好好教训他一顿,别出人命。"

跟来的几人对视一眼,面面相觑。

有没有搞错,他们可是职业保镖,被沈君则紧急召唤过来,还以为要执行什么危险任务呢,结果只是到酒店教训一个猥琐大叔?不过,既然他们拿了沈老爷子的钱,这任务还是要完成的。于是一拥而上,揪住那个男人就是一阵拳打脚踢。

沈君则独自走到洗手间门前,伸出手来敲了敲门。

到了此刻,他发现自己的手还在控制不住地颤抖。可能是刚才太紧张了,情绪一直紧绷着,此刻,知道萧晴没有大问题,精神虽然放松了下来,手指却还在反射性地轻颤。

还好他没有来晚，不然萧晴她……

这个衣冠禽兽居然把萧晴带来酒店！居然妄想染指他家萧晴！开什么玩笑！萧晴是他娶回来的老婆，他都舍不得欺负，怎么能轮到别人！

萧晴竖起耳朵听着外面的动静，安静了很长一段时间后，敲门声再次响起。萧晴心里一紧张，从洗手台上拿了一瓶洗手液紧紧握在手里，摆出了作战的架势。待会儿那个禽兽要是强行开门，她就豁出去，直接对准那人的眼睛喷过去，把他喷成瞎子！

敲门声持续了一会儿，耳边突然传来一个熟悉的声音——

"萧晴，开门。"

恍惚中还以为是幻觉，耳朵凑到门边仔细一听……

"是我，君则……你快开门。"

困境中终于等到了救兵，刹那间，萧晴几乎感动得热泪盈眶，一打开门就冲那个熟悉的人扑了过去。

"君则，呜呜……太好了，你终于来了！真是吓死我了，你来了……太好了……太好了……"

萧晴扑到沈君则怀里，激动得语无伦次，毫无形象可言。

沈君则的脊背却明显僵住了。

刚才打开洗手间的门的那一幕，深深刻在了他的脑海里。萧晴如同受惊的兔子一样，红着眼眶，一脸戒备的神色，全身被卫浴里的水淋得湿透，整个人看上去狼狈不堪，那么……让人心疼。

没料到，萧晴激动之下直接朝自己扑过来，沈君则本能地对这种亲密的身体接触不太适应，心里却有些满足和释然，好像他疯狂地飙车赶到这里，等的就是这一幕似的……

萧晴扑过来抱住他的那一刻，他的心情真是……难以形容的美好。

沈君则沉默了一会儿，才轻轻伸出手来，回抱住萧晴，顺势收紧了怀抱，把她紧紧地圈在怀里，低声在她耳边说："别怕，没事了。"

萧晴刚才一直处于高度紧张状态，此时见到救兵，绷紧的神经终于放松下来，被沈君则抱着，心里也踏实下来。

两人就这么紧紧拥抱了一会儿，萧晴突然发现有些不对劲。

沈君则的怀抱太紧了吧。

那种亲密暧昧的拥抱，让两人的身体之间不留一丝缝隙，紧靠在他怀里，鼻间充斥着他身上好闻的味道，脸颊感受着他身体的热度，耳边听着他清晰的心跳……

这么紧的拥抱,让萧晴有点儿喘不过气……

而且,旁边还有几道好奇的目光,时不时扫过来看她几眼。

萧晴终于冷静下来,一脸尴尬地推了推沈君则,示意他放手。

沈君则皱起了眉。其实他还想多抱一会儿的,这样抱着萧晴,他心里很满足。可碍于那么多人在场,他还是见好就收地放开了萧晴。

萧晴见刚才那个男人被几个人按到地上打得鼻青脸肿,忍不住惊叹:"沈君则,你要不要这么夸张啊,还请这么多帮手来揍人?"

其实沈君则本想一个人来,可万一对方有同伙,他一个人收拾几个禽兽倒是没问题,就怕萧晴会受伤……叫几个保镖随行,只是想做到万无一失,顺利救出萧晴而已。

不过,他才不会承认自己这么做只是太担心她。

沈君则皱了皱眉,回头淡淡地看了那男人一眼,道:"揍他一顿让你出气,不好吗?"

萧晴想了想,笑道:"也好也好,狠狠替我揍他!别出人命就行!"

这话果然符合她的个性,沈君则看了她一眼,微微笑了笑:"放心,他们有分寸。"说罢,便把外套脱下来,披到萧晴身上,"走吧,我们先回去。"

"嗯……"萧晴点了点头,回头狠狠瞪了那个男人一眼,跟着沈君则下楼。

上了车后,见萧晴冷得缩成一团,沈君则体贴地开了暖气,调高了温度。

车子稳稳地开出了酒店,沈君则从后视镜里看着萧晴一脸劫后余生的紧张神色,忍不住轻轻握住她的手:"没事了。"

萧晴点点头:"嗯……"沉默了一会儿,又忍不住说,"我以前只听说过有的教授会潜规则学生,没想到,今天居然这么倒霉,还真让我遇到一个……"萧晴抓了抓头发,有些郁闷地说,"今天去面试的美女那么多,他居然选上我,是不是因为我看起来特笨、特好骗?"

沈君则回头看了她一眼,轻咳一声:"你挺有自知之明。"

萧晴沮丧地垮下肩膀:"我就知道……"顿了顿,又道,"不过,他显然看走眼了。我不仅不好骗,而且沉着冷静、临危不惧!成功骗过了他,还让他吃瘪,被揍到鼻青脸肿,哼,活该他看走眼。"

听她厚着脸皮把自己说得这么厉害,沈君则忍不住微微笑了起来。

其实,他嘴上在损萧晴,心里却不这么想。萧晴虽然算不上特别出众的大美女,可她身上有种很特别的气质,眼睛大而明亮,瞳孔晶莹剔透,认真盯着你看的时候,就像那种摇着尾巴的大狗狗,让人忍不住就会心软……再加上她白皙的皮肤和一头乌黑的长发,整个组合起来还是挺漂亮的。

完了，他怎么越看萧晴越顺眼呢？

沈君则回过头来，看着萧晴，突然问道："你今天打电话，叫我什么来着？"

萧晴怔了怔："你是说'老公'吗？"

沈君则微微扬了扬嘴角，摆出一脸无所谓的态度："你这么叫，我其实并没有意见，毕竟我们已经结婚了，这样称呼也是正常的。不过，以后你打电话可以叫小声一点儿，今天整个会议室的人都被你吓到了。"

萧晴笑着摆摆手，冲他保证道："放心啦，以后我不会这么叫的。"

"……"他不是这个意思啊……

"今天只是紧急情况嘛，我叫你老公，是想让那男人打消对我的邪恶念头。以后不会这么叫了，呵呵，你放心吧。"萧晴摸了摸头发，笑眯眯地说。

沈君则突然有点儿郁闷。

算了，她不想叫就不叫吧，其实他也不是特喜欢听。

第十九章

爱妻好男人

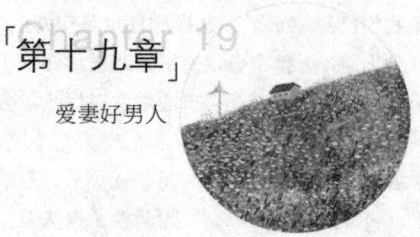

本来约好晚上回萧晴家吃饭,如今萧晴状态不好,沈君则便找借口取消了跟岳父岳母的这顿饭局,开车带萧晴回到了家里。

萧晴一到家就说肚子饿,也难怪,她没吃晚饭,又神经紧绷这么久,此时回到了熟悉的家里,空空如也的肠胃就开始"咕咕"乱叫。

看着萧晴全身湿淋淋的,还在厨房里忙个不停,沈君则忍不住低声道:"你先去洗澡,小心感冒。"

萧晴继续手脚麻利地洗着菜,头也没抬地道:"我很饿啊,吃了饭再洗。"

沈君则道:"你去洗澡,我来做饭。"

萧晴手下的动作停了三秒,突然抬起头来,看怪物一样盯着他,似乎觉得他刚才说的那几句话十分不可思议。

沈君则被她那眼神盯得有些尴尬,摸了摸鼻子道:"怎么?不信任我?"

萧晴看着他,直言道:"你会做饭我倒是相信,是个人都会做饭的。只是……你做的饭,能吃吗?"

沈君则很受打击,皱了皱眉:"待会儿你就知道了。"说罢,强行拉着她的手臂,把她拖到浴室门口,"去洗澡。"说完将她推进去,然后关上门。

萧晴站在浴室里看着镜子里的自己,怔了好久,最终还是无奈地拧开了浴缸的水龙头。沈君则这人,有时候真是霸道蛮横不讲理,她怎么说也是个有思想有主见的活人,四肢功能正常,怎么老是……被他强行拖着走路?

沈君则盯着厨房里的锅皱紧了眉头。

做饭？他可从来没做过。倒不是有"君子远庖厨"的封建观念，而是他对食物向来要求不高，也没兴趣亲自下厨犒劳自己的肠胃。平时专注于工作，中午有助理帮他叫外卖，晚上路过餐厅顺便解决晚餐，从来没想过自己做饭，总觉得自己做饭又麻烦又浪费时间。

可现在，他居然因为不想看着萧晴全身湿淋淋地在厨房里忙碌，而主动担下了做饭的担子。

嘴上说得好听，真的操作起来却发现十分困难。

米饭……每人吃两碗的话，按照米粒会膨胀的原理，放进去一碗生米应该差不多吧？水放多少比较合适？两碗？不够就煮不熟了。三碗？多了就成米粥了。

沈君则烦躁地皱了皱眉，难道让他临阵磨刀去查做饭攻略？他才不做那么无聊的事。想了想，最终还是拿起手机，拨通了一个电话。

"您好，这里是好知味快餐店，请问您需要点餐吗？"

沈君则淡淡地道："嗯，现在还有什么菜可选？"

"有酸辣土豆丝、红烧茄子、蒜香排骨、麻辣牛肉……"服务员很敬业地把菜谱给念了一遍。

沈君则想了想，打定主意道："一份红烧茄子，还要一份酸辣土豆丝，两份米饭，送到月华庄园 D 区 1314 座。"

"好的，十分钟内送到，请您到月华庄园门口来拿外卖。"

沈君则皱了皱眉，这小区的治安管理非常严格，没有门卡是不让进大门的，为了这二十块钱的外卖，他还要开五分钟的车跑去大门口拿盒饭，真够麻烦的。

不过，总比自己煮要来得容易。

二十分钟后，萧晴洗完澡从浴室里出来，突然闻到一股香味，于是裹着大大的浴袍，好奇地来到了餐厅。

餐桌上摆了三碟小菜，一份酸辣土豆丝、一份红烧茄子，还有一份青菜，萧晴震惊地道："哇，真是人不可貌相，看不出来沈君则你厨艺居然这么好啊！"

沈君则面无表情地瞪了她一眼："你不觉得你应该注意一下形象吗？"

她居然裹着浴袍走到他面前，刚洗完澡，全身都带着诱人的沐浴露香味，身上残留着未干的水渍，锁骨还若隐若现的……拜托，虽然他不是色鬼，可也不代表他是定力非凡的圣人吧。

相对沈君则复杂的心情，萧晴倒是完全没往这方面想，凑过来闻了闻饭菜，露出一脸震惊的神色："这真是你做的？太厉害了！我听说你从来不下厨的，没想到你挺有做菜的天分嘛，呵呵，看来我要对你改观了。"

沈君则有些尴尬，不过他也不好意思说这是他叫的外卖，偷偷摸摸把一次性饭盒扔掉，拿碟子分类盛起来，看上去挺像是他做的而已。到底为什么要这么纠结啊？难道是怕被萧晴鄙视？

沈君则轻轻咳了一声："好了，去换衣服，吃饭吧。"

萧晴点点头，回去换了睡衣过来吃饭，一边吃一边赞叹"太好吃了""味道真不错""君则你好厉害"……

沈君则被她夸得哭笑不得。

萧晴吃饱之后，笑眯眯地看着他说："对了，你以后有空多多下厨嘛，今天做的菜真的很不错，我很喜欢这种口味。"

沈君则摸了摸鼻子："是吗……"

萧晴狂点头："太好吃了！"

一天后。

"喂，您好，这里是好知味快餐店，请问您需要点餐吗？"

"嗯……要一份酸辣土豆丝、红烧茄子，两份米饭，送到月华庄园。"

七天后。

"喂，您好，这里是好知味快餐店，请问您需要点餐吗？"

"嗯，要一份……"

"酸辣土豆丝、红烧茄子，两份米饭，送到月华庄园是吗？"

"是的。"

有个奇怪的男人连续叫了一周的酸辣土豆丝，这件事也成了好知味快餐店的员工茶余饭后的笑话。

"你们说那男人为什么天天叫这两种菜，难道他是食物研究专家？"

"或许他是个变态偏执狂吧……"

萧晴连续吃了一周的土豆、茄子，有点儿受不了。这天晚饭时间，萧晴突然苦着脸说："你真的只会做这两样菜啊？"

沈君则淡定地点头："嗯，照食谱学的，只学了这两种。"

"你就不想更进一步，再学几种？"萧晴的眼神中充满了期待和鼓励。

回答她的却是语气平淡的三个字："没时间。"

萧晴终于被他打败了，无奈地道："好吧，还是我来做吧。再吃土豆和茄子，我要吐了啊。"

在萧晴转身去厨房的刹那，沈君则忍不住微微扬起了嘴角。

虽然他很喜欢萧晴赞美崇拜的眼神，可相对而言，他更喜欢吃萧晴亲手做的菜。家里这"厨师"的地位，他才不想跟萧晴去竞争。再说，他整天瞒着萧晴叫外卖，做贼一样开着车去拿盒饭，也很痛苦的……

上次被那个教授掳去潜规则，这件事对萧晴来说其实是个挺大的打击。

她对画画，那是真的热爱。从小就在爷爷的鼓励下学画画，学了十多年，依旧热情不减。后来因为高考的压力被迫封笔，可心底深处的最爱，依旧是美术。

虽然那天面试遇到点儿意外，萧晴却没有因此而气馁，整理好心情，继续专心练笔。今年美院招生已经完全结束了，那就等明年再去考。

萧晴闲在家里专心准备明年的考试，对沈君则来说，真是求之不得的好事。

你想，每天下班回家，都有人做好晚饭等着他，那是多么美好的一件事。

虽然萧晴只是自己想做饭，顺便捎上他的那一份而已，可那也不影响他赶回家品尝萧晴的手艺。沈君则发现，吃惯了萧晴做的菜，他的胃口真是越来越刁钻了。以前一顿饭能随便应付，现在，吃外面餐厅里的饭菜却一点儿也提不起兴致，那些油腻的大鱼大肉，还真没萧晴煮的一碗龙须面好吃。

连续一个月，下班后沈君则都会准时回家。公司里的属下都有些好奇，在他们的印象里，沈君则以前可是个工作狂，加班是常有的事，有时候七八点还待在办公室里，眉都不皱一下。最近怎么突然变得这么乖，一到下班时间就开车往家里赶？那么迫不及待？

难道是他家那位严禁他在公司里加班，否则就不让他进家门？

难道……他居然……很爱他老婆吗？

有人这样胡乱猜测着。

据上次跟他一起去救人的阿蓝他们说，沈先生英雄救美的过程非常帅气威武，简直可以当作教科书的模板了，一进门直接把那浑蛋一拳揍倒在地，然后温柔地抱住惊吓过度的妻子，那拥抱，真是紧到令人脸红心跳啊……

公司里的流言蜚语越传越离谱，当然，这种闲时的八卦沈君则一点儿都没有听到。所以，沈君则完全没想到，在某些人心里，他居然成了爱妻好男人。

这天下午五点半，沈君则又一次准时下班。

已经到了秋末时分，今天又起了风，空气里满是凉意，一路开车往回赶，地上散落着不少枯叶，车子压在上面沙沙作响。路上的行人很多都穿上了毛衣，沈君则虽然穿着衬衣，倒不觉得冷。倒是萧晴，那个家伙很怕冷，每次睡觉都要用被子把自己裹起来。他记得今早出门的时候，她还穿着件单薄的T恤，不知道有没有加衣服……

想到这里,沈君则忍不住皱起了眉头,不知为何,他居然关心起这种小事来。

到家的时候,萧晴正围着围裙在厨房里忙碌。她并没有穿今早那件T恤,而是换上了一件宝蓝色的圆领毛衣。纯色的毛衣,没有任何花纹,其实也就是大街上随意可见的款式,可沈君则突然觉得,这件衣服穿在萧晴身上真是好看。

合身的长毛衣,把她的身材衬得玲珑有致,因为正在做饭,她把长发随意夹在脑后,头发随着她的动作晃动着,整个人看上去特别机灵可爱。

他准时下班回来,或许……为的就是能看见她吗?

看着在厨房里忙碌的她,会让他觉得十分安心,好像真的有种"这里就是我的家"的奇怪感觉。

沈君则压住心里那份陌生的悸动,轻轻走到厨房,看她正一脸专心地低头搅拌一碗颜色奇怪的作料,忍不住低声问:"你在做什么?"

萧晴吓了一跳,手里的碗"哐当"掉到地上摔成了碎片,扭过头来怒视着他:"你是鬼吗?走路无声无息的!"萧晴一边低头收拾摔碎的碗,一边忍不住抱怨,"搞什么啊,我做了半天的调味料,就这么被你吓得掉地上了!拜托,以后你进厨房能不能打声招呼啊?算了算了,你快出去吧。你每次来厨房,对我来说简直是一场灾难。"

她还是不说话的时候比较可爱,一说话就幻灭了。

沈君则看着她,沉默了半晌,最终还是默默扭过头去,转身走出了厨房。

周六上午,沈君则难得闲在家里,本想跟萧晴单独待一会儿,顺便培养一下感情,结果,萧晴突然说下午有约会。

沈君则皱了皱眉,目光冷冷地盯着她:"你跟谁约会?"

看着他一脸警惕的神色,萧晴忍不住好笑地道:"跟我家卫楠啊,怎么了?"

听着她那句"我家卫楠",沈君则心里有点儿不爽,淡淡问道:"就你们两个?"

萧晴疑惑地看了他一眼:"其实是我们一群高中同学聚会,约好一起去唱K的。怎么了?"

沈君则沉默了一会儿,道:"我送你去。"

"好啊,谢谢。"萧晴倒也不客气。

沈君则开着车把萧晴送到了加州红KTV会所。

远远就看见十几个人聚在一起,你抱我一下,我捶你一拳,有说有笑的,聚会的场面看着极为壮观。

沈君则把车停在路边，萧晴就如被打了兴奋剂的兔子一样，迅速打开车门飞奔了过去。

"哎呀，大家看看是谁来了！"

"萧晴啊，可想死我们了！你不是出国了吗，这么快就回来了？"

"来，萧晴大美女，跟哥拥抱一个！"

"你滚啊，你一身病毒谁敢跟你拥抱，萧晴是我的。"

"什么？我暗恋萧晴二十多年了，你居然敢跟我抢？"

萧晴的出现在人群里掀起一阵不小的波浪，被一个男生热情地拥抱了一下，然后又跟另一个拥抱了一下，很多好久没见她的同学都抢着要跟她拥抱，尤其是那群一脸坏笑的男生……

沈君则坐在车里看着这一幕，脸色有些不太好看。

萧晴倒是一脸无所谓，笑眯眯地跟一群老同学打打闹闹，完全无视了沈君则的存在。还是祁娟眼尖，发现车内的男人正沉默地看着萧晴，扭头意味深长地冲萧晴问道："萧晴，是谁送你来的？也不跟大家介绍介绍？"

有人跟着起哄：

"萧晴，去叫他来跟大家认识一下吧！"

"亲自开车护送，那人是你男朋友吗？"

萧晴尴尬地挠了挠头，不知道该怎么解释才好。

在这么多同学面前，她可不想说出车里那人是她的"老公"。

她在纽约匆忙结婚，很多同学朋友都没有通知，因此，在老同学心里，她依旧是那个没心没肺、大大咧咧，总说婚姻是坟墓，三十岁之前不考虑结婚的萧晴。

而不是可悲的已婚人士。

沈君则听到那群人的起哄声，便开门下车，款步走到了萧晴身边。

萧晴见他走了过来，脸上的笑容不禁有些僵硬："呵呵，介绍一下，他是我的……"蓦然对上他深沉的目光，"他是我的表哥"这几个字萧晴硬是说不下去了，结结巴巴半天，也找不到合适的词来形容两人之间的关系，急得涨红了脸。

祁娟淡定地在旁边看好戏，倒是卫楠，看着沈君则的目光带着明显的戒备，好像他是匹大色狼，会把她的好姐妹给吞了似的。

一群同学用好奇的目光看看沈君则，又看看萧晴，都在等待一个合理的解释。

尴尬的气氛维持了良久，沈君则看了萧晴一眼，见她急得说不出话来，便替她开口，一脸平静地说："你们好，我是萧晴的老公。"

如同一阵冷风刮过，一群人顿时石化在原地，目瞪口呆。

萧晴怔怔地看着他，见他依旧一脸淡定的模样，忍不住懊恼地垂下头去。

这个沈君则是不是有病啊，干吗用宣布重大消息一样的口吻说出这件事情，让她觉得在同学们面前很丢脸……

沈君则看了恼羞成怒的萧晴一眼，微微笑了笑，冲众人道："你们玩吧，我不打扰了。"接着又转向萧晴，在她额头上印下轻轻一吻，低声说，"结束后给我电话，我再来接你。"

他这动作和语气，明明白白地诠释了"我是她老公"这个事实具有百分百的可信度。

直到沈君则的车子消失在街道尽头，众人依旧处于僵硬的石化状态。沈君则的出现，如同在同学圈里刮起一阵龙卷风，以至于他离开之后，那可怕的冷气还在周围环绕着。

半响后，终于回过神来的众人开始轰炸式盘问萧晴：

"我靠！萧晴你没搞错吧，你居然是同学里第一个嫁人的！"

"你不是信誓旦旦地说三十之前不考虑婚嫁吗？怎么一毕业就嫁人了？"

"萧晴你也太猛了吧，这简直是闪电式结婚啊！"

"太不厚道了，结婚都不通知一声！"

"今天这顿让萧晴请吧！大家说好不好？"

"好！"

"萧晴，废话不多说，快去买喜糖！"

听着同学们兴奋的吼叫声，萧晴只觉得耳朵"嗡嗡"作响。

沈君则你害死我了……

她以前跟一群姐妹打过赌啊，今天可要赔惨了。

晚上十点，在书房开着电脑上网的沈君则突然接到一条短信：

"你家萧晴喝醉了，速度来接。祁娟。"

沈君则皱了皱眉，随手拿起外套转身出门。他还以为他们老同学聚会要玩通宵呢，所以萧晴一直没来电话他也没在意，没想到这丫头居然敢喝醉？

到达加州红的时候，远远就见祁娟冷着脸站在门口，依旧摆出一副女王的架势。沈君则停下车，走到她面前，低声问："萧晴呢？"

"在包间里睡着呢。"祁娟翻了翻白眼，"当着那么多同学的面宣布你俩结婚了，你倒是潇洒，一拍屁股就走人了，可苦了我们萧晴，被一群人拉着轮番灌酒。"祁娟顿了顿,突然意味深长地道,"对了,沈先生,你不是很不乐意跟萧晴结婚的吗?怎么现在急着承认你是她老公了?这是……在巩固自己的地位?"

沈君则淡淡地道:"祁律师,我只是在陈述事实而已。"

祁娟好笑地看着他,今天见萧晴跟那几个男生拥抱,他那冷到吓人的脸色,真该拍张照留念的……明明已经对萧晴动心了,却还故作镇定的沈君则,看在祁娟眼里倒有那么点儿可爱。如今看来,萧晴嫁给他也不是那么悲剧嘛,萧晴这迷糊虫是不是早把婚前的约法三章给忘了?那个不平等条约她到底有没有拿出来用啊,真该为她默哀一下。

沈君则被祁娟那般意味深长的眼神看得浑身不自在,忍不住轻咳一声,道:"她……在哪个房间?"

祁娟看了他一眼,说:"二楼303,你自己去找她吧,我要去赶公交车。"

沈君则走了一步,又回头道:"要不要我送你回去?"

祁娟想了想,点点头道:"当然好啊,跟萧晴的姐妹打好关系,是你接近她内心的第一步,沈先生你是明白人。"

沈君则沉默了一下:"你想多了吧?我只是出于礼貌……"

"不用解释。"祁娟微笑,"我看人很准的,尤其是看犯罪嫌疑人。"

沈君则无语,转身去包间找萧晴。

KTV包房内的灯光十分昏暗,屋内一片狼藉,可以看出刚才这群人玩得很疯狂,空酒瓶摆了一地,也不知他们喝了多少。

萧晴闭着眼躺在沙发上,卫楠坐在旁边吃着水果,一见沈君则进来,脸上马上露出警惕的神色:"沈先生……"语气也十分僵硬。

"嗯,我来接她。"沈君则上前一步,弯腰去抱萧晴。

卫楠拉着萧晴的手不放,好像舍不得把好姐妹交给他似的。

沈君则并不在意卫楠抵触的情绪,伸手抱起萧晴,回头淡淡地道:"走吧,我顺路送你和祁娟回家。"

"哦……"卫楠这才起身跟了上来。

沈君则把萧晴放在副驾,系好了安全带,卫楠和祁娟便坐在后座。

萧晴喝醉以后倒是很乖,也不发酒疯,只是红着脸迷迷糊糊地睡觉,头很自然地靠在了沈君则的肩膀上。

坐在后座的两人眼睁睁地看着萧晴就这么迷迷糊糊靠进沈君则怀里,不禁哀叹:这死丫头真是不争气,旁边坐了匹狼,一点儿防备都没有,还把自己送到狼的嘴边。

把卫楠和祁娟依次送回家,沈君则便开车驶向月华庄园的别墅。高速公路上的路灯交错着透过车窗映在她的脸上，暖黄的光线让她的脸部轮廓看上去非常柔和，看着身旁安睡的女人，沈君则突然觉得心里竟有种奇怪的满足感。

回到家里，把萧晴抱进她的卧室，轻轻放到床上，刚想起身离开，却被萧晴拉住了手。

沈君则回过头来，见她的脸因为酒醉，红彤彤的特别可爱，没有焦距的双眼正迷茫地盯着自己，拉住他的手不放，也不知在想些什么。

沈君则心里一动，不由俯下身来吻住了她。

喝醉的萧晴完全处于无意识的状态，根本不知道发生了什么，更不用说反抗。沈君则很顺利地撬开她的牙关，把舌探入了她口中。

"嗯……"迷糊的呻吟像是一种鼓励，让沈君则吻得更加深入。

屋内暖黄的光线下，萧晴红红的脸看上去越发诱人，睁大的眼睛迷茫中失去了焦距，一双晶莹的瞳孔，如同漆黑的夜一样，诱人犯罪……

或许是因为酒精的作用，沈君则觉得自己似乎也有些醉了。

"萧晴……"喉咙里发出的声音，低哑到连他自己都觉得陌生。

像是被诅咒一般，沈君则的手轻轻放在了她裸露了一半的肩头上，指尖接触到的细腻皮肤，更加让人流连忘返。

白皙的皮肤顺着手指的下滑在眼前缓缓展现出来，沈君则的目光也变得更加深沉。

那一刻，他突然很想彻底占有这个女人。

让她清楚明白他的地位，让她可以坦然跟朋友们介绍他的身份。他们之间，不再是虚假的交易，也不需在朋友面前遮遮掩掩……

也不知为何，那种强烈的独占欲让沈君则有一刹那失去了理智，伸出手臂紧紧抱住萧晴，近乎疯狂地亲吻着她，在她身上留下一串属于自己的痕迹，心里似乎有个声音在尖叫，让她变成我的女人，让这场婚姻假戏成真吧……

肢体纠缠之间，萧晴的衣服被扒了一半，床单也一片凌乱。

沈君则正忘情地亲吻萧晴的锁骨，突然听到耳边传来个迷糊的声音："君则，你在做什么？"

如同当头被泼下一盆冷水，把刚刚升温的火全给浇灭了。沈君则脊背一僵，对上她疑惑的眼神，沉默良久后，才淡淡说道："没事，你早点儿休息。"说罢，赶忙把被子拉过来，盖住她裸了一半的身体。

"哦。"萧晴喝醉之后头晕得厉害，也没发现被他压倒在床上的姿势有什么不对劲的地方，闭上眼就沉沉睡了过去。

看着萧晴熟睡的样子，沈君则阴沉着脸走到浴室去冲冷水。

他疯了吗？刚才居然乘人之危，想对萧晴……

沈君则泡在冷水里紧皱着眉头，心情还是无法彻底冷静下来。

那种强烈到几乎要毁灭一切的欲望，甚至让一向冷静的他瞬间失去了理智。

自从跟萧晴结婚之后，他好像变得越来越奇怪了，很多情绪连自己都没办法控制，就像刚才，感觉就跟被人下了咒一样，行动完全不听大脑的指挥。

这是不是意味着，他对萧晴产生了一种奇怪的情愫？

怎么可能？像萧晴这种脱线的迷糊虫，性格糟糕透顶，外貌也是普普通通，一点儿也不具备他喜欢的女人的特质，他看她哪儿都不顺眼才对。

怎么会对她产生那么强的独占欲？

「第二十章」
奇妙的情愫

次日清早,沈君则正在卫生间刷牙,萧晴突然推门而入,很自然地站在他旁边,一边拿了条毛巾准备洗脸,一边还不忘回头冲他微微一笑,很礼貌地打招呼:"早啊。"

想起昨晚的荒唐事,沈君则的心情有些微妙,脸上倒是很淡定,随口道:"周末起这么早,真是难得。"

萧晴没有理会他损人的话,自顾自对着镜子看了看,然后,很疑惑地摸了摸脖子上那些暧昧的红痕。

沈君则后背猛然一僵,生怕她会问这些痕迹是怎么回事。他可不是乘人之危的变态,他只是……疲劳过度出现幻觉,一时失控而已。

然而萧晴并没有问,只是好奇地看了沈君则一眼,转移话题道:"你昨晚没睡?黑眼圈很明显。"

沈君则摸了摸鼻子,淡定地道:"嗯,昨晚加班。"

"哦,这么辛苦,周末也不给自己放假。"萧晴洗干净脸,抬起头,若有所思地看了他一眼,"对了,我昨晚,做了一个很奇怪的梦。"

"什么梦?"沈君则故作平静地问。

"很可怕的梦。"萧晴继续若有所思地看着他,半晌后,挠了挠头,"算了,不说了……"

萧晴说完这两句话,转身跑去厨房做早餐。留下沈君则在原地一脸复杂地看着她的背影。

她到底是知道实情,还是真把昨晚当成一场梦?或者,她根本毫不知情,而是做了其他奇怪的梦？居然敢故意吊他胃口？

萧晴站在厨房，一边把牛奶放到微波炉里热着，一边抵着下巴胡思乱想。

她虽然喝醉了，也不是完全没有知觉，迷迷糊糊中，她见沈某人对她上下其手，还脱她的衣服，大脑强烈发射着警觉信号，反射性地出声制止了他。今早起来，脖子上又有些奇怪的痕迹，这才确定，昨晚的荒唐并不是梦。

不过，她还是觉得"算了，不说了"这样委婉的回答，好过"我梦见你非礼我"这样直接的回答。有时候不说破好过说破，真的捅破了，彼此反而会更加尴尬吧。

她完全想不通沈君则为什么突然对她有了兴致。这件事太不可思议，与其仔细去想原因，还不如把它当成是噩梦呢。

萧晴自我调整的能力显然超出了沈君则的预料，她总是能很快就把不好的事情给忽略掉，完全是打不死的小强类型。该说她是乐观过度，还是天然呆？

看着萧晴一脸若无其事地坐在餐桌前吃早餐，沈君则的心情更加纠结。

怎么说他也因为感情的变化苦恼了大半夜，这丫头居然没事人一样坐在他面前，还笑眯眯地给他递过来一杯牛奶，客客气气跟他一起吃早餐。

他还以为萧晴至少要爆炸一下的，劈头盖脸一顿臭骂，或者叉腰怒吼诅咒他上吐下泻什么的，这样不是更符合她的形象吗？她突然这么淡定，若无其事的样子，沈君则反倒有些郁闷。

被忽略、被无视，能不郁闷吗？

在这栋小别墅里，两人都有独立的空间，吃过早餐后，萧晴在前段时间亲自布置的画室里练笔，沈君则就在书房里看书，两人互不干涉。

沈君则坐在沙发上，捧着最新一期的财经报纸看了一会儿，一阵困意袭来，他便放下报纸，躺在沙发上睡着了。

由于昨晚一整夜没睡，沈君则这次睡得倒是挺沉，梦里还重现起他跟萧晴结婚的场面，他牵着萧晴走在红毯上，奇怪的是，周围没有任何亲朋好友，没有祝福，没有掌声，也没有盛开的风信子，甚至连主婚人都没有。只有他们两个，踩着红毯慢慢地走。更奇怪的是，梦里的婚礼气氛非常温馨，他心里涨满了陌生的幸福感，萧晴也笑得很开心，灿烂的笑脸让整张脸都充满了活力。

两人走到教堂前，萧晴突然抬起头来看着他，红着脸，害羞地跟他说："君则，我好喜欢你……"

沈君则头皮一麻，猛然从沙发上坐起身来。

原来，萧晴杀伤力最大的话是这一句……

简单的七个字，让他全身血液逆流，心脏在胸膛里上蹿下跳，好好的美梦，直接被吓醒了。

萧晴居然敢对他表白，这实在……太恐怖了。

醒来之后发现已经到了傍晚，夕阳金色的光线透过大大的落地窗尽情地在屋内铺洒开来，让整个房间都笼罩上了一层朦胧的金色，雪白的窗纱被微风吹拂着轻轻晃动，屋外的花香也随风飘荡在空气里。

沈君则无暇欣赏美景，揉了揉太阳穴，打算起身去隔壁看看萧晴的情况。

扭过头来，却猛然一怔，他发现萧晴居然坐在不远处，面前撑起个画架，正专心地画着什么。

"你在画什么？"沈君则冷着脸问。她是不是跑错房间了？居然跑来他的书房画画，公然侵犯他的隐私。

"别动别动，快躺回去。"萧晴听到他的声音，赶忙从画架后面探出头来，弯起嘴角笑得很友善，"我在练习画人物呢，你快躺回去，就差一点儿完工了。"

沈君则怔了怔，半晌后才惊讶地问道："你在……画我？"

她居然在画他？意识到这个事实，沈君则突然心跳加速，身体迅速僵硬，脸上的表情也瞬间冻结。

"废话，我不画你难道对着镜子画自己吗？我没有那么变态好吗！"萧晴理所当然的声音从画架后面传来，"快躺回去，别乱动。"

沈君则皱了皱眉头，心不甘情不愿地躺回了沙发上，被她那种专注的目光盯着看，感觉全身都不自在。

见沈君则乖乖躺了回去，萧晴满意地笑了笑，继续画起画来。这家里除了自己之外只有他一个人，练习人物画她只能拿他当标本，本来还想着怎么征得他的同意呢，结果一来书房，却发现他居然睡着了。于是，萧晴趁机拿来画架，偷偷摸摸就开始画了起来。

沈君则还挺难画的，精致的五官就像上帝专门雕刻出来的艺术品，鼻子和嘴唇的形状都美得恰到好处，稍微画不好，就把这张帅脸给毁了。尤其是睡着的他，闭上了眼睛，不再像平时那样冷冷冰冰，反而透出那么点儿优雅淡然的味道，这种成熟男人的神韵更不好掌控……萧晴仔细盯着他看了半晌，这才决定正式下笔，来挑战一下自己的水平。

沈君则一动不动地躺在沙发上，被她盯了半个小时，只觉得全身每个细胞都开始石化，眼看墙上的钟指向五点半，沈君则终于忍不住开口问："还没画完？"

"嗯，才画到领带。"萧晴从画架后探出头来，咧嘴一笑，"很快就完了。"

两人之间难得有这么平淡和谐的相处，沈君则忍耐着身体的僵硬，继续一动不动地躺在沙发上给她当模特。唉，腿麻了，年纪轻轻的他，居然提前体会到老头子半身瘫痪的感受。

半个小时后……

"还没画完？"沈君则冷着脸问。

"嗯，画到皮带了。"萧晴又从画架后面探出头来，好脾气地笑了笑，"快了，快了啊。"

沈君则皱眉，冷冷地道："不是说就差一点儿完工了吗？你这'一点儿'差太多了吧？"

"哦，刚才我只想画你的头来着，后来又发现你这个姿势挺好，我就想画半身了。画完领带，突然觉得画全身更有感觉，于是连腿也画进去了，越画越复杂。"萧晴从画架后面探出头来，微微笑了笑，"再坚持一会儿啊，加油！"

加油？他快要从半身瘫痪变成全身瘫痪了好吧……

沈君则忍无可忍，直接从沙发上站了起来，冷着脸快步朝萧晴走了过来："给我看看，你到底画了些什么，你是不是琢磨着怎么给我毁容？"

看到画里的场景，沈君则蓦地停住脚步，半晌说不出话来。

安静的书房里，柔软的真皮沙发上，一个面容英俊的男人正闭着眼睛熟睡着，浓而长的睫毛在眼帘上投下一圈淡淡的阴影，嘴角微微扬起的弧度，似乎透出了一丝难得的笑意。他的双手自然地环抱在胸前，双腿惬意地舒展开来，整个人看上去非常慵懒、性感……

他睡着的样子居然这么……温柔？咳咳，他睡着的时候不是应该冷着脸，皱着眉，摆出生人勿近的架势，全身散发冷气，制造出一米之内一切物体全部反弹的气场吗？

沈君则摸了摸鼻子，看着画面里脸部轮廓突然变得温柔的男人，神色有些尴尬。难道因为刚才的梦境，他脸上才会露出这种温柔的神色？

萧晴还在纠结于她没有完工的神作，皱眉抱怨道："这点儿耐心都没有，我已经画到脚了，你再忍一分钟不行吗？"

沈君则沉默了一下，低头看了看自己赤裸的双脚，冷哼一声："随便画只袜子。"

萧晴歪头想了想："也行。"说着，迅速几笔，画了一双淡蓝色条纹的袜子出来。

沈君则脸色一沉："我会穿这么没格调、这么幼稚的蓝色条纹袜？"

萧晴怔了怔，低头看了看自己的脚："这是我喜欢穿的。"顿了顿，又扭过头愤愤不平地说，"你的意思是，我的品位很没格调很幼稚吗？"

"……"沈君则无意打击她的自信，他只是陈述事实。

"还有，你穿什么袜子我为什么要关心啊？我又不是你家保姆！袜子都挑三拣四的，我画画练笔而已，爱画什么颜色关你什么事！"

连自己老公的品位都不知道还敢振振有词？沈君则压抑住怒气，从旁边拿过一支画笔，沾上黑色的颜料，三两下把那色彩诡异的条纹袜子给涂成了纯黑色，然后在萧晴震惊的目光中，手臂绕过她身前，直接把那幅画从画架上拿了下来，淡淡开口道："这幅画送我。"

萧晴猛地站了起来，抬头怒视着他："有没有搞错啊你？我画了一个下午的作品，什么时候同意送你了……"

"当模特的报酬。"沈君则冷冷地盯着她，"你偷偷摸摸画我的事，我就不计较了。"

"喂，你以为我是变态吗，还偷偷摸摸画你？我不如去超市买只娃娃熊来画，还能按我的心情随便摆造型！你臭着脸不合作，还随便拿我的画，有你这么大牌的模特吗？"

相对萧晴的怒吼，沈君则反倒非常淡定，仔细看了那幅画一眼，嘴角扬起个淡淡的笑容："嗯，画得还行。如果你舍不得送我，我可以勉为其难，把这幅画挂在你卧室的墙上，让你每天瞻仰。"

"你神经病！"

"对了，还有件事要告诉你。"沈君则无视了萧晴愤怒的目光，淡淡说道，"今晚有场舞会，我答应他们带你一起去。"

"什……什么？舞会？"萧晴的眼睛瞪得更圆了，"你答应人带我去，问过我的意见吗？我是你随便拎着走的箱子吗？"

"哦，你有意见？"沈君则低下头，看着面前奓毛的女生，忍不住扩大了嘴角的弧度。

结婚以后她一直忍耐着不奓毛，他总觉得缺了点儿什么呢，现在才发现，萧晴这瞪眼睛的形象还真是让他怀念啊。

"我才不去。"萧晴哼了一声，别过头去，"那种舞会，无非你们这些衣冠禽兽虚伪客套的交易场所，我不想去，我宁愿在家看电视剧。"

沈君则扬了扬眉："不行，我早就答应了。我们的名字已经列在嘉宾名单里了。"

萧晴喉咙哽了一下："我不想去……"

"我们结婚之后还没有以夫妻的身份公开露过面，会引人怀疑的。"沈君则意味深长地看了她一眼，轻轻拍了拍她的肩，"没问题的话，就去准备吧。"

"我不想……"萧晴依旧怒视着他。

沈君则沉下脸来："或者,你希望我用拖尸体的姿势拖你去?"

"你试试看啊!"萧晴火大地说。

沈君则翘了翘嘴角,抓住萧晴的手就往外拖。

"啊——你这个变态,我只是说说而已,你真拖啊……我的脚……我自己走,我自己走……"

拖到门口之前,萧晴终于气喘吁吁地站立起来,伸手拍了拍胸口,安抚里面蹦个不停的心脏。

这个沈君则太过分了,居然真的把她当尸体拖走,简直就是个没人性的浑蛋。

沈君则看着她拍胸脯的修长手指,总觉得似乎缺了点儿什么,沉默片刻,突然皱眉问:"你的戒指呢?"

"什么戒指?"萧晴疑惑地道。

"结婚戒指。"

萧晴低头看了眼自己的手指,恍然大悟:"啊,糟了,那枚戒指……我好像弄丢了。"

沈君则脸色一沉,全身顿时开始冒冷气:"你……说……什么?"

萧晴咧嘴冲他笑了笑,尽量让自己的态度显得很友善:"呵呵,我想着,反正戒指只要混过婚礼那天就好了,以后我还要上学,戴着它也不方便嘛,呃——"见他冷冷的目光有点儿吓人,萧晴赶忙低下头,轻声道,"我在纽约的时候,有一次洗澡,嫌它碍事,就拿了下来放在浴缸边,然后,我忘记拿回来,戒指跟洗澡水一起……冲进下水道了……"

沈君则微微眯了眯眼,压低声音,冷冷地道:"你再说一遍。"

听着沈君则冷到冰点的声音,萧晴知道他又莫名其妙地生气了,这男人平时冷冷淡淡面不改色,真的生起气来还是很恐怖的。萧晴可不想跟他动用武力,只能以柔克刚化解危机。

想到这里,萧晴抬起头来,目光真诚地看着他,笑得非常友好——

"我是说,我在纽约的时候,有一次洗澡,嫌它碍事,就拿了下来放在浴缸边,然后我忘记拿回来,戒指就跟洗澡水一起冲进下水道了……呵呵,我不是故意的。"

她居然敢一字不漏地重复一遍?还在那儿笑?太嚣张了吧她?

沈君则冷着脸看着她,沉默了良久后,才深吸口气,淡淡地道:"你怎么不把自己冲去下水道?"

萧晴继续笑眯眯地道:"嘿嘿,我这体积不是太大了嘛,冲不下去。"

"你……"

见沈君则一脸怒气即将爆发,萧晴赶忙笑着打断了他:"好了好了,别生气了啊,我知道那枚戒指很贵很贵,是你爷爷专门给我们买的结婚礼物,好像还是什么限量版,特别订制的……"萧晴低头想了想,突然双眼一亮,"要不这样吧,明天我去帝华大厦找找看,那里有两层楼专门卖戒指,商场规模很大,肯定能找到相似的款式,我再买一枚不就得了。"

见沈君则沉默着盯着自己,萧晴又笑着补充道:"反正已经丢了,也没办法啊,就当是破财免灾了。我们应该向前看,往事嘛,不堪回首。"

沈君则依旧沉默不语。

萧晴继续说:"你想啊,我那戒指要是不丢,我也不会在找戒指的时候不小心把手机摔到地上。我的手机要是不摔坏,上次遇到那个禽兽,我也就不能灵机一动把坏的手机给他,用好的手机给你打电话求助,说不定我现在已经变成一具尸体了。一枚戒指换一条命,别提有多值了。"

她还真会自我催眠,这都能联系到一起?

沈君则眯了眯眼,淡淡道:"这么说来,你的戒指丢得很对了?"

萧晴抬起头来,真诚地看着他,点头点得就如小鸡啄米。

沈君则被她那小狗狗看主人一样"真诚"的眼神看得心软,原先的怒气一下子全消了。对着这鬼灵精怪的厚脸皮女生,他还真是气不起来。什么往事不堪回首都出来了,她还真能胡扯!

沉默了一会儿,沈君则叹口气道:"算了,跟我出去。"

"去哪儿?"萧晴一脸警惕地看着他。他不会真把她塞下水道给那戒指陪葬吧?

沈君则一眼就看穿了她的想法,忍住敲她脑袋的冲动,面无表情地说:"去买戒指。"

"呃,改天吧……呃,我今晚还有事呢……"

"废话真多。"沈君则打断了她,直接拉着她的手就往门外拖。他突然发现,对付萧晴还是动用武力比较合适,好言好语相劝,说到明天她都不一定答应,直接拖着走还比较方便直接。

果然,把萧晴塞进车里之后,她就不废话了,安安静静地坐在那儿,低头拿着手机发起短信来。

很快就到了帝华大厦,沈君则带着萧晴直接上了八楼。

这里是本地最出名的珠宝行,望不到尽头的大型商场,一个接一个玻璃柜台里摆放着令人眼花缭乱的首饰，各种款式的项链、戒指、手链、耳环，在灯光的映衬下散发着璀璨的光芒，叫人目不暇接。此时正是晚饭过后的购物高峰期，有不少情侣正站在专柜前挑首饰，脸上都带着幸福的笑容。

萧晴乖乖跟在沈君则身后走着，一路过来，斜眼看着专柜里那些戒指的价格，忍不住吐了吐舌头，心里暗自郁闷。这里真是珠宝行不是抢钱行吗？那么丁点儿的小戒指卖得那么贵，一枚戒指的钱够她吃一辈子的小肥羊火锅了……

沈君则在一个专柜前站定，回头看了眼停下来好奇张望的萧晴，淡淡道："有看到喜欢的吗？"

萧晴对首饰和化妆品这一类"女人"的东西从小就不太感兴趣，她每次见到零食都两眼放光，见到首饰总是兴致缺缺，对着专柜里那些闪闪发光的戒指，也不觉得有多喜欢。她目光随意扫了一圈，挑了个最便宜的，伸出食指小心翼翼地指了指："这个不错。"

沈君则一看她的眼神就知道她的想法，皱了皱眉，冷下脸来："算了，我给你挑。"

柜台小姐一脸笑容地走过来："先生，需要什么帮助吗？"

沈君则指了指柜台："麻烦你拿一下这款戒指。"

"好的，给谁戴的，要什么号码？"

"给她戴。"沈君则把站在旁边好奇观望的萧晴拉过来，把她的手拉起来给销售小姐看了一眼。

销售小姐冲萧晴笑了笑，手脚麻利地拿出一款戒指放在柜台上。萧晴被她了然的笑容看得有些尴尬，刚想把手缩回去，却没料，右手再次被沈君则拉住。

沈君则一脸淡定地拉过萧晴的手，另一只手拿着戒指，很自然地套到了她的无名指上，然后抬起她的手仔细端详。那戒指跟萧晴的手很相配，甚至像是专门为她订制的一般，大小也非常合适。戒指上的钻石熠熠生辉，更衬出她的手指白皙而修长，沈君则看着眼前女孩儿的手，不由得有些出神。

手指被他的目光专注地盯着，不知为何，萧晴心里竟有点儿紧张，心跳也莫名地有些加速，赶忙把手缩了回来。

旁边的销售小姐看了两人一眼，笑着道："先生真有眼光，这款戒指您女朋友戴着真漂亮呢。"

萧晴听着"女朋友"三个字，心情有些复杂，低着头想把那戒指摘下来，可郁闷的是，戒指戴上去容易，摘起来却有些困难，卡在关节那里，就是取不下来。

销售小姐很体贴地道："小姐别着急，我这里有肥皂水……"

"不用了。"沈君则打断了她，回头看了萧晴一眼，淡淡地道，"别摘了，戴着吧。"

"可是……"萧晴看着手上莫名多出来的戒指，总觉得有些别扭。

沈君则微微扬了扬嘴角，突然凑到她耳边，低声道："摘不下来更好，省得你又丢。"

"……"他故意的？萧晴抬头狠狠瞪了他一眼，却见他早已扭过头去，一脸淡定地刷卡付钱。

两人原路返回，走了几步，沈君则突然回过头来，若有所思地看了萧晴一眼，然后带着萧晴转弯往另一个方向走去，在卖项链的柜台前停下了脚步。

"干吗？"萧晴疑惑地看着他。

沈君则道："难得来一次，顺便买条项链给你。"

萧晴赶忙摇头道："不用了不用了，我有项链的。"

沈君则看着她胸前那嘻哈猴的卡通项链，皱了皱眉，走到她身后，伸手把那项链解开，拿下来塞到自己的西装口袋里，淡淡地道："现在没有了。"

"……"萧晴无语。

"可以买了吧？"

"你怎么这样！还给我，那个是我十八岁生日的时候卫楠送……"

"戴了那么多年，项链都长细菌了，该换条新的。"沈君则面不改色地道。

这理由都行？沈君则也太不讲理了吧！

见他低头若无其事地挑起项链来，萧晴忍不住无奈地翻白眼。他今天是犯了什么病，又买戒指又买项链的，难道他突然产生了恶趣味，想让身边的女人全身都戴上金属？

沈君则很快就挑了条项链，看了萧晴一眼："来试试。"

萧晴想拿过来自己试，却见他突然凑近了，双手很自然地环过她的脖子，戴项链时他的手指在她脖颈上不经意地摩擦了一下，让萧晴全身瞬间僵硬起来。

沈君则收回手来，看了眼萧晴，淡淡地道："还不错。"然后从旁边拿了镜子，放在她面前，"看看，喜欢吗？"

"嗯……挺好的。"不得不承认，沈君则的品位还是很不错，挑的首饰款式很别致，她戴着感觉很好看。只是，被他那深沉的目光注视着，萧晴心里总有种别扭的感觉。

买完了项链，他又把萧晴带到卖手链的地方，给萧晴买了一对手链。

萧晴心里非常疑惑，难道他真的要让她全身戴上金属？其实他更想给她戴的，并不是手链和项链，而是手铐和枷锁？

萧晴带着复杂的心情，又跟他下到了五楼。

一到这里，萧晴就吓了一跳，琳琅满目的礼服，各种颜色各种造型，都快看瞎她的眼睛。有露胸露背的性感超短裙，还有镶满了珍珠的及地长裙，甚至有前几天某些女明星走星光大道时穿的晚礼服，裙摆大得简直就像只孔雀。

沈君则回头看了萧晴一眼，为免她试婚纱时折磨他的噩梦再次出现，这次他学聪明了，直接替她挑了一套衣服，然后把她塞去了试衣间。

萧晴不情不愿地把衣服换上，站在穿衣镜前，不由得被眼前的自己吓了一跳。

宝蓝色的性感晚礼服，同色的闪亮高跟鞋，再配上一身光彩夺目的首饰，她这打扮，都可以直接去走星光大道了。

萧晴终于明白，沈君则今天并不是恶趣味发作要让她戴金属，他只不过是想带她去参加那什么破舞会，又嫌她穿得太寒酸，所以才带她来商场来一次"野猪大改造"。

买齐了全身的首饰、衣服、鞋子，这样一来，他带着这"老婆"出席盛大场面，也更有面子不是？

站在他这种优秀的男人身边，当个道具也要专业，可不能让他丢脸啊。

看着身后的他满意点头的动作，萧晴刻意忽略了心里莫名涌起的难受，挤出一个笑容来，回头问道："这下满意了吧？还要买什么顺便买了吧，我……有点累。"

"差不多，就这样吧。"沈君则看了萧晴一眼，又低头看了看表，"走吧，舞会快开始了。"说罢便顺势来拉萧晴的手，却被萧晴故意躲开。

"呵呵，反正现在也没别人在，不用装得这么像的。"萧晴抬头，笑得有些僵硬，"待会儿到了舞会现场再装也不迟。走吧，别迟到了被人笑话。"说完，就自顾自转身往电梯走去。

看着萧晴略显僵硬的背影，沈君则伸出去的手在空气里停顿了片刻，这才收了回来，在身侧缓缓地握紧。

第二十一章

舞会风波（一）

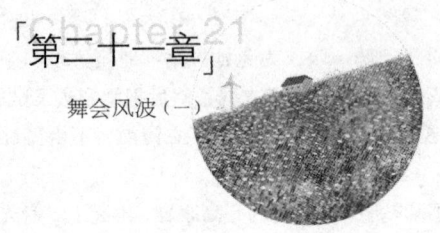

沈君则带着萧晴来到了舞会现场。

此时已接近八点，豪华的大厅里聚集了诸多商界名流，男人们个个西装革履，风度翩翩。女宾们的妆容也是无懈可击，各色晚礼服配上光芒闪烁的首饰，晃得人眼花缭乱。

萧晴很少来这种场合，在她的记忆里，只有高中时代曾被老爸逼着去过一次舞会，因为穿不惯尖细的高跟鞋就偷偷开溜了。回去后，她还被妈妈臭骂了一顿，说她是扶不上墙的烂泥，就算打扮得再像个大家闺秀，骨子里还是个市井小流氓。

虽然妈妈说话有点儿刻薄，却一针见血，道出了萧晴的本质。

她自小在爷爷身边长大，养成了随性洒脱的性格，最讨厌这种正式的舞会。此时，看着大厅里盛装出席的陌生人一张张灿烂的笑脸，萧晴心里不由得有些发毛，忍不住想要找机会溜走，却被沈君则突然抓住了手臂。

"你去哪儿？"沈君则淡淡地问道。

萧晴赶忙抬头冲他笑了笑："呵呵，我……突然……"

"突然头疼？"沈君则的语气很平淡，扭头看她的目光却十分锐利，"还是，突然想去洗手间？"

被他一语道破心思，萧晴的笑容不由得有些僵硬，干咳了一声，小声嘀咕："洗……洗手间。"

沈君则面无表情地盯着她看，沉默良久后，才压低声音道："既然来了，你最好给我安分点儿。现在想逃，太晚了吧？"说罢，便伸出了手臂，示意萧晴挽住他。

见他冷着脸，心情似乎很差的样子，萧晴只好偷偷撇了撇嘴，不太情愿地伸出手来，默默挽住了他的胳膊。

沈君则本就长相俊美，走到哪里都能轻易吸引人的眼球，再加上今天他穿得很正式，黑色的西装剪裁极为合身，穿在身上完全就是《时尚先生》封面模特的现场版。萧晴也经过精心打扮，宝蓝色的晚礼服衬托出她玲珑有致的身材，脖子上闪亮的钻石项链更衬得她光彩照人。

两人携手出现，走在一起看上去非常般配，瞬间成了全场瞩目的焦点。

从来没出席过这种舞会的陌生女子，十分亲密地挽着沈君则的胳膊，这奇怪的画面自然勾起了一群人的好奇心。大部分人的目光中透着好奇，一双双眼睛都忍不住往萧晴身上瞄。

被这么多目光盯着看，其中还包含着忌妒和憎恨，萧晴的脊背不由得有些发毛。穿着不习惯的高跟鞋，每走一步，都觉得像在走钢丝一样。萧晴真想大吼一声：又不是动物园放出来的大猩猩，有必要那么好奇地围观吗！

沈君则倒是非常镇定，对一些相熟的人点头问好，带着萧晴穿梭在舞会现场，脸上依旧没有多少表情。

"嘿，沈总，好久不见啊。"有个陌生的男人挡在了两人面前，笑得非常灿烂。

萧晴忍不住看了沈君则一眼，就见他微微笑了笑，跟面前的男人握了握手，道："杨总，好久不见。"

男人扭头看向萧晴，笑着说："这位便是沈太太吧，果然是天生丽质啊。"

沈太太？他在叫我吗？萧晴怔了一下，见对方正笑眯眯地看着自己，想起身旁的男人确实姓"沈"，所以自己被叫作"沈太太"，这么一想，心情突然就有些郁闷。

"沈太太"这个称呼实在太难听了，从小被人"萧晴""萧小姐""丫头"叫惯了，突然来个"沈太太"，实在是别扭得很。"太太"这个词，让她很容易联想到电视剧里那些面黄肌瘦弯腰驼背的老婆婆，或者那些穿着旗袍涂着口红，整天算计老公找了几个小三的无聊女人。她才二十出头，居然跟"太太"两个字联系在一起？还不如叫姑奶奶来得爽快。

萧晴心里郁闷，脸上倒还装着笑脸，学着沈君则的样子跟对方握了握手，客套地说："杨总您好，常听君则提起您呢，今日一见果然名不虚传，幸会幸会，久仰久仰。"

男人又笑了起来，眼睛眯成一条缝："哈哈哈，沈太太客气了。我跟沈总也是相识多年的老朋友了，听说前段时间你们结了婚，本想亲自去道贺，可惜生意太忙走不开。呵呵，难得见沈太太公开露面，来，我敬你们一杯，祝二位白头偕老。"

说着就从旁边拿过一个酒杯，递到了萧晴面前。

萧晴还没来得及说话，沈君则突然伸手挡在了她身前，淡淡地道："她不会喝酒，我代她喝了这杯，谢谢杨总。"说罢，很豪爽地接过那杯红酒，一饮而尽。

那男人敬完酒就识趣地走开了，萧晴看了眼身旁的男人，他依旧面无表情，一杯酒下去，眉都不皱一下。

自那姓杨的先生打了个头阵之后，沈君则和萧晴就接二连三被人拦住。沈君则偶尔也会介绍一些朋友给萧晴认识，萧晴便配合他的演出，客套地跟那些人寒暄，当然，嘴上说着幸会幸会久仰久仰失敬失敬，一转身她就忘了对方的姓名。

"哎呀，这位便是沈太太？天生丽质，跟沈先生真是绝配啊！来，我敬二位一杯，祝二位幸福美满！"

"君则啊，你终于舍得把太太带出来了？别藏着了，以后多带出来走走嘛。来，沈太太，我敬你一杯。"

"哟，这位莫非就是沈太太？来，干了这杯！"

"……"

刚开始听到有人叫"沈太太"，萧晴心里还会郁闷一下，环顾左右看看对方在叫谁，然后心情纠结地点头答应。到后来被叫得多了，一听到"沈太太"三个字，萧晴就条件反射地抬起头来，配合沈君则演一出夫妻情深的戏码。

真够郁闷的，她愣是被这群人给改了姓，还要忍气吞声笑脸相迎。

不过，沈君则倒是够仗义，那些人过来给萧晴灌酒，全被他不动声色地拦了下来。有些跟他关系要好的兄弟不同意他代酒，说什么"你要代那就得喝双倍"。沈君则也是二话不说，拿起两杯酒就一饮而尽。萧晴都怀疑他胃里是不是另外装了个水袋来放酒，不然这么多杯下去，怎么依旧面不改色呢。

到了八点钟，一阵音乐声中，舞会准时开场。主持人上台微笑着说："让我们以热烈的掌声，有请今天的东道主，沈君则先生。"

沈君则突然凑到萧晴耳边，压低声音道："在这儿等我。"

萧晴怔了怔，就见他转过身，款步往台上走去。追光灯打在他身上，照出他挺拔的身影。英俊的眉眼，淡定的表情，笔挺的双腿迈着不慌不忙的步子往台上走着，那气势就像是参加演唱会的明星一样。

他在舞台上站定，拿起话筒，语气平淡地道："非常感谢各位来宾，能在百忙之余参加今晚的庆典。我们沈氏集团，在过去的一年里，得到在场许多朋友的支持和帮助……"

喧闹的大厅自他上台后就变得非常安静，他一个人低沉的声音透过麦克风放大，清晰地回响在耳畔，台下的目光全都聚集在他身上，甚至有人目不转睛地盯着他。

他是这个商业帝国的拥有者，也是最年轻、最英俊的商界奇才，他还是她的合法丈夫。可是这一刻，又有谁会在意这一点？看着台上讲话的男子，萧晴突然觉得心情莫名其妙地有些失落。

虽然他还是跟以前一样冷冷冰冰的模样，可现在的他，从容的气度、自信的风采，完全是一位商界叱咤风云的强者，根本不像那个为了一幅画跟她吵架的男人，更不是那个绷着脸在厨房切番茄的男人……跟家里几乎判若两人的沈君则，让萧晴觉得非常陌生。

虽然只隔着几步的距离，萧晴却明白，两人之间其实隔了很远。她从来没有真正了解过沈君则，甚至根本没想过去了解他。她一直以为这场协议婚姻并不需要投入太多的心思，对她来说，沈君则的世界，是个完全陌生的领域，她一点儿也不想涉足。

高高站在舞台上的他，那气质、那风度，完全是女孩子心里完美的白马王子，周围很多人看他的眼神都带着赞许和崇拜，不少女人一直盯着他看，目光中夹杂着各种复杂的情绪。其中还有一个颇有气质的女人，一直目不转睛地看着他，嘴角还带着若有似无的笑意……

萧晴心里有些不舒服，站在人堆里看了眼台上的沈君则，忍不住轻轻哼了一声，果断地扭过头去。

沈君则讲话倒是很简单利落，三分钟内结束了开场白。

原来今天是沈氏在本地的分公司成立一周年的庆典，来参加晚会的都是些生意上重要的合作伙伴和公司的高层，所以他才刻意带萧晴过来，想介绍给大家认识。

沈君则走下舞台，一眼就看见在人群里的萧晴正转身往远处走去，皱了皱眉，刚要去追，却被一个人拦住了去路。

"哟，急着去哪儿啊？"

面前的女人一身紧身黑色晚礼服，长长的鬈发，戴着大大的金属耳环，微微抬着下巴似笑非笑的样子，倒是颇有女王气质。

沈君则显然不太希望见到她，扯了扯嘴角，压低声音："你来这儿做什么？"

"听说舞会结束后有晚宴,我来蹭饭吃啊。"

沈君则皱了皱眉:"像你这样到处乱跑的明星还真不多见,不怕狗仔队跟着,明天上头条?"

"有狗仔队不是更方便你作案吗?比如上次在机场,借口狗仔队偷拍,趁机抱一抱你家萧晴什么的……"

"方遥。"沈君则脸色一沉,"你说话还是这种风格?"

方遥微微一笑:"我只是陈述事实而已,怎么,踩到你的痛脚了?啊,真对不起,我无心的。"

沈君则面无表情地看着她。

方遥是沈君则为数不多的女性朋友之一,因为从小一起长大,彼此很熟悉,她在沈君则面前说话从来不客气。上次在机场见她时,正好遭遇狗仔队追踪,也就没跟她打招呼,没料到她今天居然跑到了这舞会现场。

见沈君则不说话,方遥便翘了翘嘴角,突然凑近,把手中的红酒轻轻放在他手里:"来,接着,给你平淡的生活,增添一点醋料。"

沈君则眉头一皱:"醋料?"

方遥道:"我跟你说,我刚才不过多看了你几眼,你家萧晴就送给我一个大大的白眼,还加了一声冷哼。这酒太酸,我喝不下去,还是你自己品尝吧。"

听了方遥的描述,沈君则心底不由得一动,忍不住往萧晴的方向看去,只见她正在那儿吃蛋糕吃得不亦乐乎,似乎没有一点儿吃醋的样子?

嗯,或许女生都比较内敛,吃醋吃在心里,不会表现得那么明显?

想到这里,沈君则忍不住微微扬起嘴角,没有发现身旁的方遥扭过头去,笑得颇为邪恶。

一个男人突然出现在萧晴面前,笑眯眯地跟萧晴说起话来。沈君则脸色一沉,朝着萧晴的方向快步走了过去。

圈里有名的风流公子哥儿正在调戏萧晴,拿了杯酒使劲往萧晴手里塞,没料眼前突然伸出一只手来截住了酒杯,扭头就见沈君则面无表情地站在旁边。

沈君则淡淡地说道:"她不会喝酒,我代她喝。"

说罢,就在那人震惊的目光中拿起酒杯,一饮而尽。

沈君则把空酒杯随手一放,顺势揽过萧晴的肩膀,低声道:"介绍一下,这位,周经理,这位是我太太。"

"啊哈哈,原来是沈太太,呵呵,你们慢聊,我就不当灯泡了,慢聊。"

那人冲沈君则笑了笑,灰溜溜地走开了。

萧晴白了一眼那人的背影，继续回头吃自己盘子里的蛋糕。

沈君则看着她一脸若无其事的样子，忍不住皱了皱眉："你在这儿做什么？"

"你看不见我在吃蛋糕吗？"萧晴头也没回地淡淡答道。

"不是叫你别乱走？"

"哦，我看你跟那个女人好像有事要聊的样子，就先走了。"

她这语气显然是暗藏着火气啊……

沈君则沉默了一下，想起方遥的话，不禁凑到她耳边，微微一笑，低声道："怎么，吃醋了？"

萧晴一怔，艰难地咽下口中的蛋糕，回过头来震惊地看着他："吃……醋？"

沈君则认真地看着萧晴，低声解释道："我跟她，其实只是……"

"不用解释，不用解释。"萧晴笑着打断了他，"那位姐姐不是我喜欢的类型，你要是对她有意思，就放心去追吧，不碍事的。我看你们挺配的，是不是很久以前就认识了？青梅竹马？那更难得了啊，去吧去吧，她在看你呢。"

"你……"

她在说些什么？他的意思是吃他的醋！这个白痴居然鼓励他去追第三者？

面对一脸笑容的萧晴，沈君则突然有种想把她的头塞进蛋糕里的冲动。

没心没肺的家伙，怎么可能为他吃醋呢？倒是他，看见那个花花公子接近她就紧张得不得了，好像他才有点吃醋的嫌疑……

沈君则神色僵硬了一下，掩饰性地拿起方遥给他的酒，低头喝了起来。

这酒还真有点儿酸，方遥说"给你平淡的生活增添一点醋料"，难道这恶趣味女人指的是自己？她这么说是想看他的笑话？

这个神经病女人……给他的酒里加了山楂？

沈君则面无表情地喝下那杯掺着山楂的酒，胃里泛起一阵浓浓的酸味，想起给酒里加料的元凶，忍不住回头冷冷看了方遥一眼。周围的人被他的目光看得脊背发凉，方遥却毫不在意，反而微笑着朝他走了过来。

萧晴吃蛋糕的动作这才停了一下，余光偷偷瞄了一眼朝沈君则走来的女人。

这个女人成熟性感，一身黑色的紧身晚礼服配上银色的项链，简单的搭配穿在她身上却显出一种高贵优雅的气质，脸上的微笑带着令人折服的自信。

看着挺眼熟的，好像是个大明星吧？

萧晴低下头，假装不在意地吃着蛋糕，眼角的余光却一直绕着那女人打转，心里那种仿佛外人侵入自己领地般奇怪的不适感,也不知是怎么回事。

美女在沈君则面前半米的位置停下了脚步,微微扬了扬嘴角:"君则,不介绍一下?"

沈君则看了眼身旁的萧晴,她的眼睛正直勾勾地盯着手里的蛋糕,嘴巴一动一动地吃着上面的水果,像只饿坏了的小兔子。再看方遥,正一脸看好戏的表情盯着自己看。

"这位是?"方遥明知故问,疑惑的眼神真是一装一个像。

沈君则的脸色不由得有些僵硬。

"她是……"沈君则顿了顿。

方遥笑着看他。

"喀,她是……萧晴。"对别人介绍萧晴的时候"这是我太太"说得极为顺口,可在方遥这个满腹坏水的发小面前,这句话说起来却有些困难。他跟方遥一起长大,对彼此的性格了如指掌,看着方遥那洞悉一切般微笑的眼睛,沈君则果断把"太太"两个字换掉了,可尴尬的感觉依旧没有减弱。

沈君则摸了摸鼻子,低声冲萧晴道:"这位是我朋友,方遥。"

"原来是沈太太,你好。"方遥友善地伸出手来。

"呵呵,你好。"萧晴抬起头,把手伸到她面前,又缩了回去,尴尬地道,"不好意思。"

看着她手心里沾上的一层奶油,方遥心底不禁失笑。好可爱的女生,让人看了忍不住想捏一下,不过,沈君则那张臭脸摆在旁边,还是不要去捏的好。

方遥收回手,微微笑了笑:"没关系。"

沈君则沉默着从旁边餐台上拿过一张纸巾,递到萧晴面前。

"谢谢。"萧晴接过纸巾,低下头,仔细把手给擦干净。

沈君则看了她一眼,又拿了张纸巾递给她。

看着萧晴疑惑的目光,沈君则神色僵硬地道:"脸上。"

"哦。"萧晴脸一红,拿起纸巾去擦脸,擦了半天,奶油在脸上反而被她涂开了,像花猫一样,看上去特搞笑。

方遥在旁边忍笑忍到内伤——这就是沈君则娶回家的女子?

跟他冷硬的臭石头性格简直相差了十万八千里,可以想象,他俩在一起相处的情景一定很有趣。因为萧晴这样的女孩子,本身就很有趣。

沈君则盯着萧晴看了半晌,见她越抹越难看,终于忍无可忍,直接抬起她的脸,亲自动手。

本来积累了一腔的怒火,却在手指碰触到她柔软的脸颊时,心底突然一动。看着灯光下的她亮晶晶的眼睛,沈君则的手指像是被魔力控制了一般,动作变得更加轻柔起来。

温热的手慢慢滑过脸颊，隔着纸巾的清晰摩擦感让萧晴的头脑有一瞬的空白，眼前只有他深邃的双眸，甚至能从中看见自己的影子。舞会大厅里人头攒动，然而此时，她眼中只有他一人。

不行，再这样看下去要缺氧了……

虽然直觉告诉她应该躲开他的视线，可萧晴突然发现，被他深邃的目光定定注视的这一刻，她居然无法逃离，目光更像是被胶水黏到了他身上一样，越看越觉得沈君则长得帅。

直到他的手指停在她唇边，萧晴才从震惊中回过神来，脸一红，赶忙低头拨开他的手。

沈君则收回手，把纸巾揉成一团扔进垃圾桶，掩饰心底异样的波动。扭头看了看眼面前被萧晴一扫而空的盘子，他故作平静地道："你吃这么多，别人会以为我虐待你，不给你饭吃。"

这里就三个人，"别人"指的是谁那是相当明显。方遥好笑地看了沈君则一眼，这么快就跟人划清界限，可惜的是，萧晴完全没理会他的意思。

被方遥盯着看，萧晴居然有些心虚。想起刚才沈君则旁若无人地给自己擦脸，那暧昧的动作全被方遥收入眼底，萧晴不禁尴尬地咳了一声，低头小声嘀咕："我午饭和晚饭都没吃，饿得肠子都快贴一起了，吃点儿蛋糕，你这么大意见……"

"吃蛋糕我没意见，只是，你能不能别弄得到处都是？你的脸也饿了，需要补充营养吗？"

"我吃东西弄脏脸也碍着你了吗？又没涂花你的脸。"萧晴心里有些委屈，低着头小声争辩。她只是刚才偷瞄方遥的时候心乱走了神，不小心把奶油涂到脸上，他把她当什么了，三岁小孩儿吗？还用那种教训人的口气，真让人不爽。

见萧晴一副理所当然的模样，沈君则忍不住皱了皱眉："公众场合，这么多人看着你，你至少该注意一下形象。"

"怎么，给你丢人了啊？你又不是第一天认识我，怕我给你丢人，还带我来这里做什么？"萧晴低声嘟囔。

沈君则脸色一沉，压低了声音："你说什么？"

"没什么。"萧晴不想在外人面前跟他吵，只好压抑住心底的委屈，默默低下头去。

一阵悠扬的舞曲响起，现场很多男士带着自己的女伴走到舞池里跳起舞来，没带女伴的年轻男子也去邀请一些单身女子共舞。一时间，大厅中央被翩翩起舞的俊男美女占领，优雅的华尔兹配合着古典乐曲，闪耀的灯光，精致的晚礼服，看上去极为赏心悦目。

有位大胆的千金小姐朝沈君则走了过来，微笑着道："沈先生，可以请你跳支舞吗？"

沈君则礼貌地道："抱歉，周小姐，我有舞伴了。"

这种场合被女士邀舞，出于礼貌和风度是该答应的，可沈君则今天没什么兴致，只好找借口说自己有舞伴。以前参加舞会也跟很多女士跳过舞，可今天萧晴在场，他就是不想在萧晴面前跟别的女人跳舞，他宁愿站在这儿看萧晴吃蛋糕。

那位周小姐显然是个不好骗的精明人物，听到沈君则委婉的拒绝，很不甘心，继续说道："听说沈先生华尔兹跳得很棒，今天真是有幸，能够亲眼目睹。"意思很明显：有舞伴，跳来看看。顿了顿，又瞄了眼方遥和萧晴，淡笑道，"沈先生的舞伴是？"

萧晴赶忙扭头去倒饮料，躲避沈君则的视线。开玩笑，让她去跳舞就跟让猪去爬树一样，她绝对能穿着高跟鞋踩遍舞池里男人的脚……

见萧晴当缩头乌龟，沈君则心底有些气闷。

方遥倒是见惯了这种场面，微微一笑，伸出手道："周小姐既然这么说了，君则你就让人家欣赏一下你的华尔兹吧。"

沈君则看了萧晴一眼，她正低头在那儿研究橙汁和草莓汁，她对食物的兴趣显然高过自己，更不可能为自己跟别的女人跳舞而吃醋……想到这里，沈君则不再犹豫，面无表情地牵起方遥的手，走进了舞池。

一曲结束，舞池里跳舞的男女都停下舞步，有些人退了出来，自然也有新人加入。沈君则带着方遥走到舞池中央，伸手搂住了她的腰，方遥便配合地把手搭在了他的肩上。两人之间虽然保留着交际舞舞伴之间礼貌友好的距离，可看在萧晴眼里，却觉得有些刺眼。

维也纳森林圆舞曲缓缓奏响，舞池里的男女也迈开了脚步。沈君则带着方遥，在富有节奏的三拍舞曲中流畅地走动着，跟着旋律的升降起舞，再加上灵巧的倾斜、反身、旋转，两人的配合非常默契，优雅的造型，绚丽的舞步，俊美男子和性感女子的组合，无疑成了舞池里最引人注目的一对。他们旁若无人地在大厅里穿梭，华美的舞姿迷倒了一群观众，甚至有人停下来旁观喝彩。

萧晴低头喝着果汁，眼角的余光却一直绕着舞池里那两人。

周围有些人闲下来就开始八卦——

"看见没，舞池中间那一对，那女人是不是方遥啊？"

"方遥？你是说那个出名的歌手方遥吗？她来这里做什么？"

"你们不知道吧，沈君则跟她可是青梅竹马哦。沈家和方家是世交，方遥在沈家住了好多年呢，据说当年上学的时候两人一直形影不离，关系特铁，两边家长都觉得他俩是一对。可惜后来方家没落了，沈家移民到了国外，前段时间沈君则不是又娶了萧晴吗？也不知中间发生了什么事。"

"哎？这些陈年旧事你怎么这么清楚？"

"呵呵，想当年我也是他们的校友，他俩在学校的风云事迹无人不知啊。"

"这么说来还真是可惜啊，他俩其实挺般配的。"

"我也觉得。"

萧晴竖起耳朵听着那些女人的八卦，越听越郁闷。好个沈君则，真是深藏不露。既然早就心有所属了，那她算什么？娶进门来蒙骗家人的挡箭牌？明明她才是最亏的那个，怎么现在反倒成了破坏两人青梅竹马的万恶第三者了？

萧晴喝着草莓汁，看着舞池中央旁若无人地跳着华尔兹的那对男女，只觉得胃里突然泛起一股奇怪的酸味儿。

哼，跳个华尔兹而已嘛，她才不稀罕呢。她也会跳，而且比这群人都跳得好，那种舞还是她独创的，全世界独一无二的"抽筋舞"。

第二十二章

舞会风波（二）

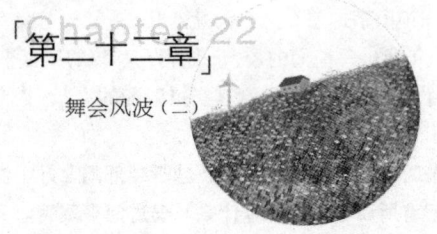

萧晴正心情不好闷头喝着果汁，面前突然出现了一双黑色皮鞋，同时，耳边响起个温柔的声音："小姐，能请你跳支舞吗？"

萧晴怔了怔，回过头，只见一个戴着眼镜的年轻男子正站在距离自己不到二十公分的地方，彬彬有礼地躬身邀请她跳舞，脸上还挂着绅士风度十足的微笑，看上去有种温文尔雅的气质。

萧晴赶忙摆摆手道："不好意思，我……完全不会跳。"

男人微微弯了弯嘴角，目光依旧温和："没关系，不会跳可以学，很简单的。"说着便伸出手来，柔声道，"我教你，如何？"

"不不不，我会踩到你的脚。"萧晴尴尬地往后躲，却被他直接拉住了手。

"来试试吧，不试怎么知道你不会跳？"

这人也太自来熟了吧！萧晴被他拉着，只好苦着脸跟他一起走进舞池。

"不用担心，华尔兹并不难学，你别紧张，跟着我的脚步来移动……"

他的声音很像那种邻家大哥哥，温和的语气让人不忍心拒绝。萧晴硬着头皮跟着他的脚步移动，紧张之下踩到了他的脚，慌忙低头道歉："对……对不起……我就说我会踩到你的脚……"

男人依旧很有风度地微笑着："没关系，第一次跳难免会生疏。来，再试试。"

见他不介意，萧晴也放松不少。虽然不知这个男人是从哪儿冒出来的，也不知他为什么好心教她跳舞，不过，萧晴跟他跳了几步，倒是对华尔兹产生了浓厚的兴趣，被人带着旋转，飘飘欲仙的感觉还真不错呢。

"是这样吗？"萧晴一边跟着他的脚步小心翼翼地移动，一边轻声询问这位舞蹈老师。

"没错，你很聪明。"对方微微一笑，低头看了她良久，若有所思地道，"你有点儿像我的一个学生。"

"啊？是吗，你是当老师的？"萧晴抬头好奇地问道。

"嗯，我在大学当老师。"

"可是，你看上去好年轻。"萧晴看着他，疑惑地问，"话说，你怎么会来这种舞会呢？"

"陪朋友来看看，主要目的，还是蹭顿饭。"

萧晴被他的直接逗笑了，一不留神，脚下又踩到对方的皮鞋，脸色一红："啊，不好意思，又踩到你……"

"没关系。"男人笑了笑，"对了，可以告诉我你的名字吗？"

"哦，我叫萧晴。你呢？"

对方突然停下脚步，好笑地看着萧晴："居然真的是你。"

"啊？"萧晴有些莫名其妙，盯着他看了良久，见他用食指推了推眼镜，然后一脸严肃地用中指指节敲了一下她的额头。

"啊！你干什么？"萧晴被这个栗暴给敲痛了，脑子里突然闪过一个画面——

"唉，怎么有你这么笨的小孩儿，我跟你说过多少次了，上色不是染布，你涂这花花绿绿是什么玩意呢！"

一个栗暴毫不客气敲到她的额头上。

萧晴愤愤不平："温老师，这是你说的啊，画画要有创新的精神！看我多创新，古今中外绝无仅有的作品就这么横空出世了！"

"语文不好不要乱用成语，还有，我是你的老师，不许跟我顶嘴。"

又一个栗暴敲了下来。

萧晴缩了缩脑袋，委屈道："我要告诉爷爷辞退你，你这家教太可恶了！"

"棍棒底下出人才你懂吗？像你这种调皮的小孩儿就需要老师使用武力。"对方脸上依旧是淡定的微笑。

萧晴看着他那熟悉的眼镜和熟悉的敲额头动作，一脸震惊地道："啊——你是温……温平老师？"

对方微笑着点头。

萧晴激动地拉着他的手："天哪，暖水瓶老师，真的是你啊！你不是出国读研去了吗,什么时候回来的?"

"回来不久。嗯,我现在拿到博士学位了。"

"哇,厉害厉害,美术博士,怎么听怎么变态啊,跟你的气质非常相符啊。"

"找打吗你?"对方作势又要来敲萧晴的额头。

萧晴反射性地缩了缩脑袋,两人互相瞪了良久,终于忍不住,同时笑出了声。

温平,萧晴给他取了个外号叫"暖水瓶",是萧晴小学时爷爷请来教她画画的家教,比她大十多岁。当时的他还是大学在读,整天笑眯眯的,教她画画的时候却很正经严肃,对她的要求非常严格,欺负她年纪小,没少敲她的脑袋。不过,萧晴还是很感激这位温老师的,如果没有他,她也不可能坚持学那么多年的美术。

后来爷爷去世了,萧晴便搬回去跟父母同住,温平也出国读研,两人从此便断了联系。

没想到会在这样的舞会上意外相遇。

萧晴跟他一边跳舞一边聊天,越聊越是兴奋,脸上的笑容灿烂到令人炫目。

"哎,你看,那边跳舞那位,不是沈君则刚娶的太太吗?"

"是啊,呵呵,那个女的还真好玩,看她跳舞那样儿,笨手笨脚的。"

"就像个不倒翁一样晃来晃去的,我都怀疑,她平时是不是很少穿高跟鞋。"

"不会吧,她不是萧家大小姐吗?怎么连基本的国标舞都不会跳……"

跳到舞池边缘时正好听到周围小声的议论声,沈君则微微皱了皱眉头,忍不住朝那个方向看去。

萧晴正和一个戴着眼镜的男人在一起跳舞,他们两个聊得特别开心,笑得特别灿烂,动作也特别亲密。

总之,看着很碍眼。

沈君则朝着萧晴的方向迈了一步,却被方遥拦下。

"社交场所跳个舞而已,你这么紧张做什么?"方遥淡淡地说道。

沈君则抿紧嘴唇,不发一语,冷冷的目光却一直盯着不远处笑得很开心的两人。

方遥顺着他的目光看了一眼,微笑着道:"放心吧,我看那男人对你家萧晴也没什么不良企图。"

正说着,就见萧晴聊到兴奋处,不注意又踩到了那人的皮鞋,脚下一绊差点儿摔倒。还好那人手疾眼快,马上伸手扶住了她,萧晴控制不住前倾的身体,一下子扑进了他怀里。那人低头注视着她,笑得温柔,萧晴也红着脸微笑了起来。

这样的画面，让沈君则压抑的怒气瞬间爆发，沉着脸就往两人的方向走了过去。

温平正专心听萧晴讲分开之后被父母强迫没收画笔的情节，突然，感觉身后有一道冰冷的气息渐渐逼近，回过头来，就见到一个英俊的男人正站在距离两人不足一米的地方，面无表情地看着他们。

温平见对方利剑般的目光投向萧晴，心底便猜出了七八分，微微笑了笑，回头冲萧晴道："你们……认识？"

萧晴避开了沈君则的视线，低头支支吾吾地道："嗯……他是我的……朋……朋友。"

她一点儿也不想在温平面前说出她结婚了的事实，小时候他就一直骂她笨丫头，如果让他知道她嫁给了沈君则这块硬石头，肯定会被取笑死的。

见萧晴躲开他的视线，支支吾吾来了句"朋友"，沈君则心底突然刺了一下，心脏像是被一双无形的手给捏紧了。

萧晴小声道："你找我有事吗？"

沈君则冷冷地道："你跟我出来。"

门外走廊里，沈君则双手环抱胸前，目光紧紧盯着在自己面前低着头的女生。

"你不是很饿吗，现在倒是有心情跳舞？"声音冷到极点，语气也带着质问。

萧晴被他这么一质问，心里有些不舒服，低声道："他请我跳舞，我就答应了。"反正你跟方遥跳得那么开心也不理我……

"不会跳还跑去逞能，你不知道别人都在看你的笑话吗？不出十步总会踩到人的脚，跌跌撞撞的像什么样子？你确定你是在跳舞而不是在给人增添笑料吗？"

萧晴怔了怔。

原来他在意的是这个……

原本就窝了一肚子委屈，此时被他这么一凶，心里突然就难受起来。

她两顿饭没吃，饿得要命，陪着他逛商场实行"野猪大改造"，换上令人呼吸困难的紧身礼服，穿着新买的高跟鞋，脚底都磨破了皮，还要挽着他的手臂装亲密，被他拉着到处走，被人叫沈太太，跟那些陌生的人客套寒暄……装笑脸装得脸上肌肉都发酸。

他去跟方遥跳舞，就可以配合默契连跳三场，却把她扔在角落里不闻不问。

跳舞跳得难看，被人取笑什么的，她一点儿都不在乎。从小到大经常出糗，笑笑也就过了。可是沈君则在乎，不过是因为……她现在的身份是他的妻子，她出丑会让他很没面子，让他也跟着被人取笑吧？

萧晴越想越是心寒。

虽然早就知道他带她来舞会只是当个摆设给大家看，可此时被他这么嫌弃，还是觉得心底非常委屈和难过，忍不住就把一直压抑在心底的话说出了口——

"沈君则，没想到你是这么虚伪的人。你想要个给你脸上增光的女人，这里多的是，你可以选别人！气质是与生俱来的，我装不来那种优雅，我就是个山寨的，比不上人家正版千金。对不起，给你丢脸了，下次这种场合千万别找我了行吗！"

萧晴说罢转身就走，却被沈君则猛地拉住了手臂。

或许是灯光太刺眼的缘故，萧晴回头看到他的脸，甚至有种因愤怒而扭曲了的错觉。漆黑的双眸紧紧盯着她，声音也沉了下来："你说什么？"

一字一句的问话如同炸雷般响在耳畔，萧晴被他压抑的语气吓了一跳，不由得后退了一步，口头上却依旧不认输："你给我买这些贵重的首饰和衣服，把我包装得像个明星一样，带我来参加舞会，不就是为了给自己充脸面吗？"

沈君则面无表情地道："你认为……我是这样的人？"

"不是吗？"萧晴疑惑地反问，"你当初娶我，不也是有目的、有计划的吗？不然，以你的本事，会没法摆平那些八卦媒体？你是个精明的商人，我知道自己不是你的对手。"

萧晴顿了顿，紧接着轻声说："陪你演戏，我真的很累。反正现在生意问题解决了，你回国了，你爷爷管不到你，也不会逼你去相亲，我也能顺利报考美院，婚前约定的目标也基本达成了……"

"你想说什么？"沈君则沉声打断了她。

"我们还是提前离婚吧。"

听到这句话，沈君则瞬间僵在了原地，周身的空气，像是蓦然被抽去了一般，心脏被那双无形的手捏得更紧，连呼吸的时候，胸口都变得沉闷起来。

"我们还是提前离婚吧……"

没想到，她口中居然会轻易说出这一句话来。

像是当头泼下的一盆冷水，原本积累的怒气全被一句话给冲散了，沈君则震惊之余，心底却慢慢地涌起一股苦涩的味道，那种苦涩缓缓蔓延到喉咙，让他沉默了良久，都不知道该说些什么。

原来，在她眼里，他不过是一个精明的商人。

用尽手段筹划这场婚礼，把她作为商业合作的踏板，给她买首饰、买衣服，只是为了带她来舞会炫耀资本的……商人。

或许,在最初的时候,他确实讨厌过她,算计过她,娶她也不过是权宜之计,甚至想过婚后远远地避开她,只等期限到了就签离婚协议书。

可是,没有料到,结婚之后他居然鬼使神差跟她住在了一起,相处久了,他发现这个女孩并没有想象中那么讨人厌,反而给他的生活增添了许多乐趣。

渐渐地,他会期待着看见她的笑脸,他会渴望着听见她的声音。

下班时尽快赶回家里,只为第一时间看见她,吃到她准备的饭菜。

晚上担心她梦游,总是习惯性地竖起耳朵听隔壁的动静,直到她睡熟了,他才能安心地闭上眼睛。

她出事的那次,他快急疯了,虽然在下属面前极力保持镇定,可是手心被攥出了深深的指痕。飙车去接她的路上,脑海里甚至一片空白,她或许会出事的想法,让他几近疯狂……

直到在卫生间看见她平安无恙的时候,心里的石头才终于落了地。

她扑到自己怀里的那一刻,心底甚至涌起一种幸福、满足的感觉。想就那样紧紧地抱着她,告诉她,别怕,我会一直在你身边。可最终,他什么都没有说出口,只是缓缓地收紧了手臂。

带她出来买首饰、买衣服,也只是想买而已。他从来没在女人身上花过心思,没有谈过恋爱,也不知道女孩子都喜欢些什么样的礼物,不知道怎么讨女人欢心。项链、手链之类,见她戴着好看就顺手买给她,衣服和鞋子也是他精心挑选的,总觉得她穿起来会很漂亮,很显气质。

带她来舞会并不是为了给自己长脸面,而是……

而是什么呢?

他也不知道准确的原因,只是想带她去一次这样的场合。

或许是想介绍她给朋友们认识?

或者是想让她多了解自己的世界?

抑或……仅仅是想跟她一起并肩出现,让众人知道,他们是正大光明的一对。

可是,不管他做了多少,不管他为她改变了多少,在的眼里,沈君则这个人,依旧不过是一个"精明的商人"。

看着她一脸倔强的样子,沈君则心底突然一阵刺痛,他不知该如何解释,刚才他冲她发火只是因为那些人在背后的议论让他非常生气,还有……她跟那个男人太过于亲密的动作,让他非常忌妒。

他一时被愤怒冲昏了头，说话或许有些过分，却没想到她直接提出了"离婚"这两个字。

沈君则身侧的手指缓缓收紧，深深吸了一口气，脸上故作平静，一字一句地低声问道："你想跟我离婚，是吗？"

萧晴毫不犹豫地点头："反正你的目的也达成了，趁早离婚对谁都好。而且……"萧晴顿了顿，低下头，"而且，离婚之后，你再去找别的女人，我也不会有压力。"

沈君则沉默了片刻："我不同意。"

萧晴惊讶地抬头看向他："为什么？你不是……很讨厌我吗？能摆脱我，对你来说是件好事啊！我们不如干脆点儿离婚算了，家里那边可以先不通知，以后再慢慢解释……"

"不到半年就离婚，你以为是小孩儿过家家吗？"沈君则沉着脸打断了她，"这件事暂且不讨论。"

萧晴怔了怔，这时候才突然想起祁娟给她的那个协议书，忍不住开口道："你忘了你结婚前签过的协议书吗？你说过，结婚之后会答应我的一切条件的。"

沈君则脸色一僵。

萧晴继续说："既然从一开始这桩婚事就是个交易，我们还是遵守约定比较好。当初签了那个协议，婚后我也没跟你提过什么条件，今天就这一个条件，我们提前办离婚手续。"

沈君则看了她一眼，语气僵硬地道："说好婚期是一年，时间还没到，你不用这么着急。"

萧晴沉默了一会儿："那，只要不离婚，是不是其他条件你都答应？"

沈君则皱了皱眉："你说。"

"我想搬出去住。"

"不行。"一想到她要离开自己，沈君则几乎是反射性地拒绝了这个要求，话一出口，看着她失望的眼神，心脏像是被尖锐的刀子划过一般。

她就这么讨厌他，一刻也不想跟他待在一起吗？可是，他一点儿也不想放她走。如果她走了，他亲自设计的那套别墅，还有住下去的必要吗？

见沈君则想都没想就一口回绝，萧晴怔了怔，轻声说道："那算了，反正你签的那个协议也没法律效应，当初祁娟让你签，不过是看在你是个守信用的君子，没想到……你这么快就反悔。"

萧晴说罢便低下头去，不知为何，总觉得沈君则的目光太深沉，她有点儿不敢直视他的眼睛。

沈君则沉默片刻，低声说道："你若真想搬……过几天吧，总要先找到住的地方。"

他之所以妥协,只是不想再跟萧晴吵下去,这样的争吵,每一刻都像是一种折磨。他不知道萧晴下一刻还会说出什么让他难受的话来。

而且,现在的他思绪混乱,也需要一个人静一静,好好整理一下了。到目前为止,已经有太多的事情超出了他的预计,很多莫名其妙的情绪,甚至无法想清楚缘由。

萧晴见他同意了,也没再争辩,点点头道:"那我先回去了。"

"嗯,出门直接打车,路上小心点儿。"沈君则转身往大厅走去,笔直的后背看上去有些僵硬。

萧晴怔怔地在原地看着他的背影,忍不住鼻子一酸……

提出离婚只是一时冲动之下的口不择言。虽然很清楚当初娶她进沈家只是他的商业手段,她不过是沈君则利用的一枚棋子,当时为了家里的难关和自己的前途,她咬紧牙关去当了这枚棋子。可是如今,真的提到"离婚"这个词,想要快刀斩乱麻跟他分手的时候,为什么会觉得难过呢……

沈君则这样冷漠高傲的人,遇到什么事都镇定自若、处变不惊,可是方才,她提出离婚的那一刻,他脸上为什么会出现那种痛苦到极致的扭曲表情呢?

或许是她看错了?

萧晴站在走廊里发呆,看着旁边大大的镜子里反射出的沈君则的身影。他正在跟方遥聊着什么,依旧是一脸若无其事的冷淡样子,仿佛刚才,什么都没有发生过。

"想什么呢,都快变成呆子了。"耳边突然飘来一个戏谑的声音。

萧晴猛然回过头,就见温平正靠着墙好笑地看着她。

"喀,没什么。"萧晴尴尬地摸了摸头,"你在这儿干吗?"

"哦,去洗手间,路过这里听见有人吵架,忍不住好奇,就停下看看。"温平朝前走了两步,停在萧晴面前,低头凑到她耳边,轻笑着道,"跟男朋友吵架呢?"

"没没,他不是我男朋友。"萧晴急忙摇头解释,生怕不远处的沈君则听到一般。

"不会是因为跟我跳舞,让他吃醋了吧?"温平调笑道。

"都说他不是了!"萧晴被他笑得有点儿急了,"你别乱说啊!"

"好吧。"温平轻叹口气,"不进去吗?继续教你跳舞。"

萧晴摇摇头,转身往外走:"你去跳吧,我想先回家。"

"听起来好委屈啊……"温平笑了笑,"对了,分别多年的师生意外之下重逢，你不是应该激动地扑过来抱我一下，然后请我吃饭吗？"

萧晴没理他，自顾自往前走着。

温平追了上去，顺手揽住萧晴的肩膀："好吧，我忘了你是个迟钝的笨学生，只能老师我来请你吃饭了。"

"温老师，我不是当年那个十岁的小丫头了。"萧晴回头瞪了他一眼。

温平赶忙收回手去："我差点儿忘了，你长大了，不能太亲密，否则被你男朋友误会，我就成冤大头了。"顿了顿，又问，"话说，萧晴同学，你有男朋友吗？"

"关你什么事？"

"如果你单身，我可以给你介绍啊，我有很多学生都是单身，当然，我也是单身。"

"不用了。"萧晴一脸看怪物的表情看着他，"温老师，你……变化挺大的啊。"

"比以前更帅了，是吗？"温平摸了摸下巴。

萧晴沉默了一下，才开口说："更奇怪了。"

"哦？"

"艺术家的抽象思维，在你身上表现得淋漓尽致。"

萧晴说罢，转身就往外走。

温平笑了笑，挡在她身前道："行了，不开你玩笑了。去吃饭吧。"

萧晴无奈地看了他一眼："好吧。"

不远处，沈君则跟方遥正在聊着什么，余光看见萧晴跟方才那个男的一起下楼，握住酒杯的手指不由自主地紧了紧。

脸上细微的表情变化，却没有逃过方遥的眼睛。

方遥朝着他目光所在的方向看了一眼，忍不住微微一笑："君则。"

"嗯？"

"我突然觉得，你很可爱啊。"

沈君则脸色一沉："你的语文糟透了，形容词不要乱用。"

方遥回头看着他道："呵呵，喜欢她就去追啊，一个人在这儿纠结，看你的眉毛皱啊皱的，我都担心再这样下去，你要把自己的心脏拧成一条麻花了。"

"你在说什么……"沈君则再次皱眉，"什么喜欢不喜欢？"

"你也太迟钝了吧，我都看出你喜欢上她了……"方遥一顿，诧异地看向他，"难道你自己还没弄清楚？"

沈君则没有回答。

方遥好笑地看了他一眼："我就知道，你这人迟钝得厉害。想当年，我们女班长暗恋你那么久，送了你多少巧克力啊，你每次都收，每次都不给人准话。你出国后，人家哭着跑来跟我说，那么多巧克力就算喂猪也喂出点儿感情了吧，沈君则那块硬石头居然完全无动于衷！"

想起往事，沈君则脸色不由得一僵，淡淡说道："别人送礼物，出于礼貌不是应该收下吗？"

"包括女生在情人节送的巧克力吗？"

"有区别吗？"沈君则皱了皱眉。

他可从来没研究过巧克力这玩意儿代表什么寓意，况且，当年那个女班长逢年过节总是非常豪爽地拿一堆饼干、薯片在班里送人。他每次都收到心形包装的巧克力就想大皱眉头，可又不好直说"我不喜欢吃甜的，换包饼干行吗"，于是只好很客气地收下。他也没去细想她给别人送饼干给他送巧克力有什么区别，那时候他正准备出国，一门心思都用在课程上，才懒得去钻研那些女生的心思。

方遥快被他的想法笑死了。

沈君则这人，经商的手段非常出色，从小成绩出类拔萃，客观点儿说，他的头脑真的非常聪明，可就是在感情方面没多少兴趣，像块把自己封闭起来的硬石头。

他不知道女生喜欢什么，也不懂女生送礼物是在告白。有人暗恋了他三年，逃课追他到机场，他淡淡地来了句："谢谢你来送我，再见。"那姑娘直接就泪流满面了。

想到这里，方遥突然好奇地问道："话说，班长送你的那些巧克力，你弄去哪儿了？"

沈君则想了想，说："被阿杰拿去吃了吧。"

"怪不得阿杰小时候那么胖，原来是被你收的巧克力给喂胖的啊！"方遥忍笑忍到快要内伤，见沈君则瞪她，便识趣地转移了话题，"好了好了，话说回来，你对萧晴到底是什么感觉？"

沈君则皱眉思考了半晌，也找不到一个确切的答案。

他对萧晴那种复杂的感觉到底是什么？难道是传说中的……喜欢？

看着他紧抿嘴唇沉默不语，冷冷的脸色和紧皱的眉头无一不表现出他内心的纠结，方遥终于忍不住头疼地按住了太阳穴，轻叹口气："你没救了你。"

「第二十三章」

分居计划（一）

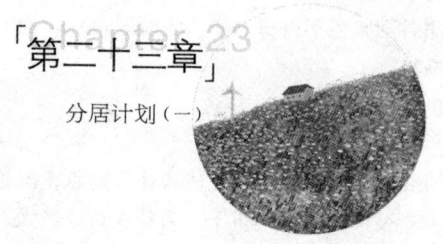

萧晴跟着温平来到了附近的甜品店。

温平还是跟以前一样爱吃甜食，萧晴还记得小时候，每次爷爷给她买的糕点总会被温平私吞，他一边吃着蛋糕，一边一本神色正经地说："女孩子不要吃甜食，变肥了没人要。我替你吃，你要感谢我。"

萧晴眼巴巴地看着他把自己的食物全部吃光，自己却饿着肚子给刚完成的线稿上色。

那时候的她身高只有一米，温平一只手就能把她直接揪起来，就像揪小鸡一样毫不费力。萧晴根本没办法反抗，只能愤愤不平地把怨气全部发泄在画画的颜料上。

现在想想，或许是童年时代被温平折磨了太久的缘故，所以才养成了她遇到什么困难都能咬牙挺住的坚韧性格。

"点东西吃啊，你怎么又发呆了。"温平伸出一根手指，在萧晴面前轻轻晃了晃，嘴角微微扬起个笑容，"十年没见了吧，你怎么还是这个样子，只长个子不长智商呢？"

萧晴瞪了他一眼，从服务员手里接过菜单翻了翻，抬起头来，刚想问他吃什么，就见对面的温平一边熟门熟路地翻菜单，一边冲服务员说："要份椰汁马豆糕、菠萝奶、红豆沙汤丸，还要香芋蛋挞、雪山凉粉、杧果黑糯米……先这些吧，不够再点。"在萧晴震惊的目光中，他又来了句，"萧晴，你想吃什么？"

"你不是替我点了吗？"没记错的话，他已经点了六份了吧？

"这些都是我吃的，你要吃什么当然是你自己点。"温平笑得很无辜。

萧晴嘴角抽了抽，冲神色异样的服务员尴尬地笑了笑："我要一份木瓜西米露。"

"不需要别的吗？"服务员忍不住看了温平一眼。

"呵呵，一份够了。"

"好的，两位请稍等。"

很快，桌上就摆满了各种甜品，萧晴面前只有一盘，温平面前摆了六盘，各种颜色各种造型，看上去极为丰盛。

来这里吃甜品的人基本都是点两份，温平那占满桌子的六份甜品显然成了整个店的焦点，很多人忍不住投来好奇的目光，尤其是隔壁桌上的女孩子，一直偷偷瞄温平。

他也太丢人了。哪有人像他这样吃甜品的，就跟饿疯的猪一样。

萧晴被各种目光围观，硬着头皮默默低头喝西米露，对面的温平却毫不在意旁人的目光，一勺勺甜品吃下去，眉头舒展开来，脸上的表情非常享受。

爱吃冰激凌的美术系男博士……怎么想都觉得很变态吧。

萧晴在心底默默下了结论。

半个小时后，温平终于解决了一桌子甜品，动作优雅地拿出纸巾擦了擦嘴巴，然后抬起头，微笑着冲萧晴道："怎么不说话？见到老师害羞了？我记得你脸皮挺厚的啊，小时候就像抽风的兔子一样，今天怎么突然这么文静呢。"

萧晴扯了扯嘴角，凉凉地说："看你吃得这么开心，我不好意思打断你。"

"哦？是这样吗？"温平微微一笑，意味深长地道，"我怎么觉得是你心情不太好呢。是不是跟刚才那位男士有关系，我路过走廊，好像听见他骂你。"

心情不好？有这么明显吗？

萧晴赶忙掩饰性地理了理头发，转移话题道："对了，你现在在哪个学校当老师？"

"我在华大美院，三年前来这边工作，最近刚升的硕导来着。"

"喀喀……"萧晴被口中的西米露呛到。

温平淡淡地看了她一眼："怎么，我当硕导很奇怪吗？"

"嗯。"萧晴点点头，"真没想到，你居然能带硕士了。"

"当然。你以为我会一直带十岁的蠢小孩儿？"

萧晴无视了他的玩笑，正经道："正好我准备明年年初考硕士，既然你在美院当老师，能不能给我点儿建议，哪个导师比较好？我上次面试遇到个人渣，对导师这个词都有心理阴影了。"

"哪个导师比较好？"温平低头，故作沉思状，思索了良久后，终于抬起头来，指了指自己的鼻子，"温老师就不错。"

萧晴抬眼瞪他："我是认真的。"

"我也是认真的。"温平一脸真诚地看着她，"你可以考虑来华大美院，实话说，华大的美院在这里算是最好的了，而且华大去年刚建成一栋美术系大楼，硬件非常优秀。我们学校还跟国外很多院校有良好的合作关系，尤其是美院的学生，会有许多出国交流的机会。"

怎么这么耳熟呢？这完全是照搬华大招生宣传上的台词吧？

萧晴无语地看了他一眼："我是很想去华大读书，可是，华大录取分数线很高哎，很难考的……"

"你好好复习啊，分数线过了就行，面试不用太担心。"

"是吗？"萧晴疑惑地看向他。

"我的学生，实力如何我难道不清楚？"温平难得认真起来，"我说过，你虽然笨，却很有画画天赋，华大的老师都很喜欢有天赋有潜力的学生，笨点儿没关系。"

在他温和的目光鼓励下，萧晴终于咬牙点了点头："好，还有三个月，我明天就开始闭关复习。"

"嗯，这就对了，拿出你小时候报复我的那股干劲来。"

萧晴尴尬地笑了笑："小时候不懂事……"

"没关系，我不记仇的。你只是用红色的染料在我裤子臀部的位置涂了一团类似血迹的东西而已。"

"……"萧晴尴尬地垂下头。

温平微微扬了扬嘴角，招手冲服务员道："麻烦埋单。"

"我付吧。"萧晴赶忙拿出钱包来，想要讨好一下这未来的"校友"，来抵消小时候的恶作剧。

温平却把她的手挡了回去，给服务员递了一张卡："客气什么，我是这里的常客，有会员卡的。"

萧晴神色僵硬地把钱包收了回去。一个大男人办甜品店的会员卡，他到底有多喜欢吃那些甜食啊！

刷过卡后，两人一起起身出门。外面天色已晚，路灯都亮了起来。街道上车水马龙，繁华都市的夜生活才刚刚开始。在绚丽的路灯映衬下，不远处正在举办舞会的酒店大厅，在眼中渐渐变得朦胧起来。

那里正上演着纸醉金迷的奢华，虽然刚从那里出来，此刻看着，却有些遥不可及的陌生。

目光不经意间落在酒店的停车场，一眼就看见那辆熟悉的黑色轿车，熟记在心的车牌号码一个个数字狰狞而刺眼。

那是沈君则的车，还停在原来的位置，看来他在舞会上玩得挺高兴，这个时间了还没回去。或许还在跟方遥跳舞？抑或，换了另一个更漂亮的舞伴？不管是谁，跟他站在一起，永远是舞会的焦点。

萧晴移开视线，默默低头朝街道的出口走去。

温平跟着她走了两步，低声问："你想回家吗？"

"嗯。"

"我送你吧。"

"不用了。"萧晴轻声拒绝了他，"我住的地方不远，自己回去就好。"

"好吧。"温平笑了笑，从口袋里拿出手机，"留个电话吧，有事再联系。"

"好。"

两人互相留了电话，温平这才指了指举办舞会的酒店："那我先回去了，那边还有朋友等我。"

萧晴点了点头，摆摆手道："你去吧，拜拜。"

目送温平离开之后，萧晴才垂下头，转身往地铁站走去。

她今晚一点也不想回到那个家里，更不想再面对沈君则。那个房子本来就不是她的，刚吵了一架，还厚着脸皮回去，她可做不到。

可是，爸妈那边也不好去，莫名其妙跑回家，性格冷硬的妈妈肯定又要问东问西，甚至劈头盖脸就来一顿臭骂，她才不要去找罪受呢。

萧晴一个人在地铁站漫无目的地走了半天，突然发现，自己居然没有地方可以去。

这段时间一直跟沈君则住在一起，差点儿就把那里当成家了。其实认真想想，那套房子虽然漂亮，却只是两人为了让双方家长放心，暂时同居的地方而已。沈君则有他自己的世界，他不过会在下班的时候回到那个公寓，在外人眼里假装他们是感情很好的夫妻。

事实上，她所了解的沈君则，甚至不到四分之一。

结婚以来，他的态度还算温和，从来没骂过她，所以……今天才会因为他的斥责而难过吧？

"不会跳还跑去逞能，你不知道别人都在看你的笑话？不出十步总会踩到人的脚，跌跌撞撞的像什么样子？你确定你是在跳舞而不是在给人增添笑料吗？"

冷漠的话语，冷漠的表情，一字一句，像是尖锐的刀子，狠狠划在她的心上。

她为了他忍受这样别扭的打扮，穿着走路都走不稳的高跟鞋陪他去参加舞会，在一群陌生人中手足无措，生怕自己做错事会被人笑话，会给他丢脸。

躲在角落里默默看着他带方遥跳舞，配合那么默契，舞步那么华丽，她也只有羡慕的份，谁让她是个山寨千金，完全不会跳这种舞。

竖起耳朵听着旁边的人各种八卦的议论，"沈君则和方遥是青梅竹马啊""多么般配的一对""他为什么会娶萧晴呢""他跟方遥没有在一起真是可惜"……

她听着心里难受，却不能说一句话。

她一直在忍受着委屈，最后却被他莫名其妙大骂一顿，现在又穿着这身奇怪的衣服在地铁站游荡，被来来往往的人围观……

她今天真是倒霉透了。

萧晴吸了吸鼻子，掏出手机，犹豫了一下，最终还是拨通了祁娟的电话。

"喂，找我什么事？"

穿着这么华丽的晚礼服，总会被来往的行人围观，萧晴灰溜溜地找了个角落躲起来，轻声道："小娟，我能不能去你那儿住几天？"

"可怜的家伙，你又怎么了？小两口吵架啊，还是被爸妈逼到离家出走啊？"

"说这么直接做什么，我想你了不行吗？"萧晴小声嘀咕，"我去你那儿好不好？我无家可归了……"

"没问题，过来吧。你坐地铁在西山站下，我去接你。"

"嗯，待会儿见。"

从地铁口出来，萧晴一眼就看见穿着高跟鞋的祁娟，笔直地站在那里一动不动，完全就是个人体路标，好像怕萧晴看不见她会迷路似的。

萧晴笑着走了过去，轻轻拍了拍她的肩膀："喂，你当雕塑啊？"

祁娟扭过头来，锐利的目光把萧晴从头到脚扫了一遍，然后又从下到上重新扫了一遍。

萧晴被她那激光扫描一般的眼神看得脊背发毛，忍不住道："你看什么？"

祁娟的目光直直地盯着她："你怎么打扮成这样，这是去走星光大道吗？我靠，全身都是闪亮的钻石，我的眼睛要被你闪瞎了！"

萧晴脸色僵了僵，低声说："我陪他去参加舞会，所以才穿成这样的。"

听萧晴这么一说，祁娟也就猜到了七八分。萧晴这丫头虽然是个迷糊虫，看似大大咧咧、没心没肺，可骨子里十分倔强，遇到什么困难，她总是自己咬牙撑过去，如今居然到了跑来好姐妹家避难的地步，肯定是她跟沈君则之间出了什么难以解决的问题，心里正难受着呢。

祁娟心里明白，也就没有多问，拉着萧晴的手道："好了，去我那儿吧，想住几天就住几天。"

"嗯，谢谢。"萧晴脸上虽然在笑，祁娟却觉得，她强装出来的笑容真是非常难看。

沈氏的庆功会一直持续到晚上十点，沈君则是这次舞会的主人，出于礼仪自然留到了最后，看着宾客们慢慢散去，原本奢华的舞会现场渐渐变得杂乱，他的心情也有些失落起来。

带着萧晴来参加这场舞会，原本想让她多了解自己的世界，想介绍她给朋友们认识，没想到最后却不欢而散，甚至始料未及地提到了"离婚"这个词。

也不知为什么，他就是固执地想把萧晴拉到自己的世界里看一眼，好像那样两人的距离才会更近似的。

他参加过很多这样的舞会，人们总是带着笑脸彼此寒暄，生意上的朋友、商场上的对手，举起酒杯时笑意堆在脸上，却从未到达眼底。嘴上说着客套话，心底各种算计，见惯了，倒也觉得挺正常，跟人喝杯酒，跳个舞，全是表面的敷衍。舞会结束了各自散场，谁也不记得谁，下次遇到再说声"好久不见"，亲切得就跟多年老友一般。

这样的场合，不过是虚伪的繁荣，他早就习惯了。

这么多年来，独自一人面对这些应酬，坦然自若，镇定从容。

只是他身边，从来没有过舞伴。

可今天有那么点儿不一样。他带着萧晴来，心里没来由地紧张，就好像狼带着一只兔子走进森林里，小心翼翼地呵护着，一刻也不想让她离开自己的视线。怕她被那些花花公子欺负，怕她不喜欢这里的气氛，甚至怕她会因此而远离自己。

可心里是极高兴的，听那些人一口一句"沈太太"叫个不停，听那些人夸他们郎才女貌绝对般配，哪怕知道对方只是客套，心里却依旧有种欢喜的感觉慢慢地升腾起来。

跟萧晴一起出双入对，那种奇怪的满足感，到底是为什么呢？

难道真的，喜欢上她了吗？

沈君则握着手里透明的高脚杯，眉头不自在地皱了起来。方遥刚才说的那些话，无疑在原本就起了涟漪的湖面又投进了一枚石子，让他再也无法心如止水。

从小到大总是正经严肃的他，甚少得到女孩子的欢心。中学的时候准备出国,一门心思放在学业上,面前走过的女生,漂亮的、不漂亮的,在他眼里无非就是"女生"两个字,没什么区别。

到了国外,一边读书一边跟着爷爷慢慢渗入沈家的商业圈,这么多年忙来忙去,到过很多地方,走过很多路,见过各种类型的女人,却没有真真正正谈过一场恋爱。

唯一有过一次苗头的所谓恋爱,还是爷爷介绍的相亲对象,那女孩儿据说对他一见钟情了,天天打电话约他逛街看电影,后来又气冲冲地跑来质问他:"沈君则,你心里到底有没有我!你从来不会主动给我打个电话吗?"沈君则疑惑地反问:"你打给我和我打给你,聊的都是那些话题,结果不是一样?"那女生被气走,还在爷爷面前告了他一状。沈君则大皱眉头,心里直道:女生好麻烦。

弟弟沈君杰总说他是块不开窍的硬石头,沈君则对此也不理会,照样过着自在的单身日子。不用费心去给心思细腻的"女朋友"准备礼物,对他来说倒减轻了不少负担。

直到萧晴的出现,打乱了他的一切安排,到现在,连原本冷静的心都乱成了一团。

方遥从洗手间回来,看到的便是沈君则一个人坐在角落里的画面,他手里拿着杯红酒,正低头思考着什么,好像是遇到了棘手的难题,眉头皱个不停。

方遥忍不住笑着打趣:"再皱眉头,你的眉毛要掉下来了吧。"

沈君则扭头看了她一眼,站起身来,平静地道:"走吧,我送你回去。"

两人一起来到停车场,沈君则想要坐进驾驶座,却被方遥拦下:"你今天喝了不少,我来开吧。"

见沈君则站在原地不说话,方遥又笑了笑,说:"你不怕被交警抓进拘留所,我还怕明天上早报头条呢。我开车技术绝对过关,逃避狗仔队练出来的,放心吧。"

沈君则看了她一眼,点了点头,转身走到副驾,开门上车。

今天确实喝了不少,除了那些人客套的敬酒之外,大部分是替萧晴挡下的酒,起初还没觉得难受,此时方遥一说,胃里的酒气突然开始翻腾,像是被火烧一样难受。

"怎么了?"方遥坐进车里,斜眼看着他,"想吐的话现在去,可别半路吐在车上。"

沈君则回头看了一眼这个无时无刻不想着损他的好友,沉默片刻,才闭上眼,长长吐了口气,轻靠在椅背上,低声道:"开车吧,我没事。"

见他嘴硬强撑，方遥也不多话，微微笑了笑，启动了车子。

车子稳稳当当开上了街道，到了拐弯处，方遥便问："对了，你现在住哪儿？我该往哪边开？"

"月华庄园，走时代广场那边吧。"

方遥怔了一下，侧过头疑惑地看着他："月华庄园？那不是你去年买下的小别墅，打算将来带老婆孩子去定居的地方吗……"声音猛地顿住，就见沈君则突然睁开眼，锐利冰冷的目光射向她，好像她的话触及他的软肋一般。

方遥耸耸肩："好吧，我不说了。"

沈君则沉默片刻，又闭上眼，缓缓靠回椅子上，淡淡地道："我就是带萧晴去那儿住了，你不用旁敲侧击套我的话。我承认，我对她……"顿了顿，小心寻找着措辞，最后才轻声开口，"我对她，是有点儿特别。"

想半天，想出的结果就是"有点儿特别"？见沈君则闭着眼，方遥忍不住笑了起来。

"你笑什么。"沈君则冷冷道。

方遥唇边的笑意更大，嘴上却装着无辜："哎，你不是闭着眼睛吗？哪只眼看见我笑了？"

"哼。"沈君则有些不爽地挑了挑眉，"不用看都猜得到。你的嗜好不就是看人笑话吗？行了，笑够了给我好好开车。"

"是是是，我哪敢笑你。"方遥顿了顿，认真地道，"我是真的替你高兴呢，你都单身这么多年了，能找到萧晴这样的女孩儿，也算是你的福气。"

"什么福气，净给我惹事，榆木脑袋又整天乱想。"沈君则冷笑，"她简直是我的灾难。"顿了下，又低声道，"真是个笨蛋。"

嘴上说着笨蛋，语气却没有一点儿责怪的意思，反而带着满满的无奈和宠溺。说罢，却连自己都听得怔住了。

沈君则原本没觉得醉，在车上小睡了一会儿，到家后却觉得头痛难忍，意识也渐渐模糊起来。

方遥还算讲义气，咬牙把沈君则这么大个男人扶到卧室，脱了皮鞋折腾到床上躺好。沈君则酒气上来，头痛欲裂，好像还发了烧，脸红得不像话，死抓着方遥的手，低低叫着萧晴的名字。

"萧晴，别走……"

"好好好，不走不走，你先放开，我的手要断了啊！"方遥苦着脸掰开他的手，给他拿了湿毛巾来敷在额头上，嘴里埋怨着，"以后这种苦力还是让你老婆亲自来吧，我最讨厌善后了，做好事不留名可不是我的作风。"一边说，一边给他倒了杯水放在床头。

"我走了，好好休息。"见他醉得厉害，方遥也没等他回话，就关上门径自离开。

方遥走后，沈君则一直迷迷糊糊做着梦，半梦半醒间，仿佛又看见了萧晴。

他看见在机场淋成落汤鸡的萧晴，沈家大门前诅咒他上吐下泻的萧晴，冲他感激地一再道谢的萧晴，迷迷糊糊在唐人街绕圈子找不到路的萧晴，知晓他的身份后愤怒到发抖的萧晴，婚礼上强装笑脸却在背对着人的时候脸上难掩失落的萧晴，还有今晚舞会上，委屈受伤红了眼眶的萧晴……

一张张萧晴的脸在他眼前晃来晃去，心里也是百般滋味换个不停。

突然惊醒的时候，已是凌晨一点，额头上的毛巾都被体温给焐热了，身上却出了一层冷汗。梦境里的女孩真实到好像就在他眼前，那么近的距离，伸出手却始终碰不到她的脸。

床头柜上的水早就凉了个透，沈君则皱了皱眉，拿起杯子喝了口凉水，被冷水一刺激，脑海里倒是更加清明起来。

方才那些乱七八糟的梦，眼前反反复复晃动着的，一直是她的影子。

他知道，那个影子，早已在不知不觉间深深刻到了心里，所以即使是梦境，也会那么清晰。

就是那个女孩子，每一个动作，每一个表情，都能轻易牵动他的心。

是从什么时候开始的呢？

具体他也说不清了。只知道，如今，他已然深陷其中，万劫不复。

他终于成了史上最悲哀的男人，原本只想利用她，跟她结婚不过是权宜之计，甚至做好了离婚的打算，可现在，他把自己彻头彻尾埋进了陷阱。

可他一点儿也不后悔，甚至还有些淡淡的欢喜。

因为，他终于明白了喜欢一个人的滋味。

这种牵肠挂肚的感觉，把一个人放在心里的感觉……

很陌生。

却很温暖。

「第二十四章」
分居计划（二）

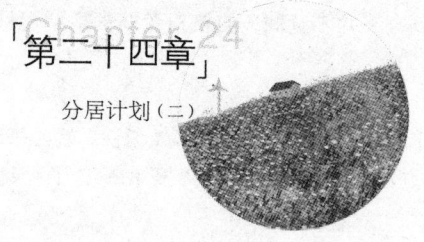

枕边的手机屏幕上闪着淡淡的蓝光，提示有新的短消息。沈君则顺手拿过来，是方遥发的："你们今天吵架我都听见了，明天早上起来，清醒一点去把她接回来吧，可别像中学时那么迟钝了。"

沈君则想了想，干脆利落地回复了一个字：

"嗯。"

下面还有一条：

"哥啊！我要回国拍电影了！我接了一部喜剧片，在里面演一个配角，明年一月就开拍，我提前回国做点儿准备，这可是我的处女作啊，你一定要支持我！所以……我去你那儿借住几天好不好？让嫂子通融通融，你也知道当初我们联手骗她嘛，我怕她记仇！"

沈君则沉默了一会儿，回了三个字：

"再说吧。"

回完短信，看了下时间，估计萧晴这夜猫子还没睡，沈君则便拨了她的电话。

"对不起，您所拨打的电话已关机……"

沈君则皱了皱眉，这丫头闹别扭也不用把手机给关了吧？转念一想，又觉得不对，萧晴应该没这么高的觉悟，她的手机可能又没电了……唉，那个迷糊虫，改天要给她多买一个备用电池才好。

只是，这么晚了，她不在家，也不知去了哪里。

她爸妈那边，她应该不会去，岳母大人就是只母老虎，萧晴最怕她了，怎么可能往枪口上撞。想来想去,她也就两条路可走,一是去外面住酒店,今天出门她没带钱没带身份证,这条路显然行不通;二嘛,便是她那两个好姐妹家了。卫楠有男朋友,她过去不方便,祁娟一个人住,而且一直像母鸡护小鸡一样护着她,遇到什么麻烦往祁娟那里躲,应该是萧晴本能的反应了吧……

沈君则没想到,不知不觉间,自己对萧晴的了解居然这么深了,一猜就中。

萧晴果然在祁娟那里。

沈君则拨通了祁娟的电话,还没来得及说话,就被祁娟一通臭骂:"沈君则?现在是几点啊我的天,你还要不要我睡觉了!我明天一大早要出庭的!"

"萧晴在你那儿吗?"沈君则开口就直奔主题。

"不在!"祁娟沉着脸把电话挂了。

没过几秒,电话再次响起。

"沈君则,你想干吗?有完没完啊,一点半了!"祁娟的脸色很不好看。

"让她听电话。"

"我靠,我都说了萧晴不在我这儿!让鬼听电话啊!"

祁娟干脆把手机电池给卸了。

半分钟后,家里的电话又响了起来,祁娟黑着脸过去接了,一听到那边的声音,祁娟就愤怒地吼道:"沈君则,你信不信我告你骚扰!"

沈君则倒是很淡定,声音依旧非常冷静:"让萧晴听电话,别躲了,她躲不掉的。"

祁娟看着脸上假装无所谓却竖起耳朵听着这边的动静的萧晴,终于无奈地放下电话,冲萧晴翻了翻白眼:"你家那位夺命连环 Call,一个接一个,连我的座机都不放过,姐姐我快顶不住了。你接是不接?"

萧晴尴尬地摇了摇头。

祁娟瞪了她一眼:"你再不接,我怕他杀过来把我的房子拆了。"说着就把电话递给她,"接吧,半夜三更的,至少报个平安。"

"哦……"

萧晴心不甘情不愿地接起电话,轻轻出声:"呃,我是萧晴,你找我有事啊?"

沈君则那边沉默了片刻,声音突然放轻了,像是担心碰碎什么似的,声音变得低沉、温柔。

"怎么,还在……生我的气吗?"

萧晴被他低柔的声音吓了一大跳。他半夜三更打电话过来，连打三个夺命连环 Call，气势汹汹，杀气腾腾。她还以为他脾气上来了又要冲她发火呢，突然这么一转，萧晴反倒难以适应，不禁怔怔地呆在那里，不知该说些什么。

"我今天说话太冲动了，你别介意，我……并没有嫌弃你的意思。"沈君则顿了顿，有些僵硬地摸了摸鼻子。

他还从来没这么柔声哄过别人，在电话那头尴尬得脸颊都有些僵硬，如果不是确定了自己喜欢她的心意……换成别人，反过来给他道歉他都不一定理呢。

可如今对上萧晴，想起她看着自己说"对不起，我给你丢人了"时红着眼睛的样子，心里突然就软了下来，什么高傲什么原则全甩去一边，跟她道个歉，才会觉得安心。

反正这事也怪他，今天被各种乱七八糟的情绪刺激得失了冷静，再加上萧晴跟那个男的太亲密，他又吃了点儿醋，结果话就说得重了些。萧晴伤心离开，他心里也不太好受。

这么一想，尴尬的感觉便消散了不少，话说起来也自然了些。沈君则轻咳了一声，压低声音道："好了，别生气了，我给你道歉。"

"啊？"萧晴被这转变吓得有点儿愣住了。高傲冷漠的沈君则居然会给她道歉？太阳从西边出来了吗？他今天不是很凶很凶，还冷冰冰好像要把她踢出地球吗？怎么现在又改成怀柔政策了？

"怎么不说话？你……又在发呆吗？"沈君则有些无奈，轻叹一声，才道，"好了，时间不早了，你先休息吧，明天我再去接你，我们好好谈谈。"

听他低柔的声音响在耳边，看着对面祁娟看好戏的眼神，萧晴脸上不由得有些发热："呃，我……我还不困。"

"好了，早点儿睡吧。"似乎是想起了电话那头的萧晴呆滞的样子，沈君则微微扬了扬嘴角，"晚安。"

一直到挂了电话，萧晴还处于极度震惊的状态。沈君则这变脸变得比翻书还快，前一刻还凶神恶煞，下一刻就柔风细雨，她的心脏快被吓出毛病了。

不过，听他这么温柔地说话……感觉倒是挺不错的。

不知怎的，想起他半夜打电话道歉，语气态度都诚恳到无可挑剔，萧晴心里突然就涌起一丝异样的甜蜜来。

今晚的失望、气愤、委屈，全在他温柔的声音的安抚下烟消云散了。

靠，刚吵完架怎么心里反倒甜蜜了，难道她是欠虐体质吗！

萧晴狠狠握了握拳，在祁娟诧异的目光中，一头栽倒在床上。为免祁娟问情况，她直接用被子把自己裹成一团，装死。

祁娟冲那团被子投去个无奈的眼神。

小两口吵架，她还想多看两天好戏来着，没想到沈君则雷厉风行，这么快就摆平了。

祁娟今天有个案子终审，不到七点就爬起来做早饭。厨房里"叮叮当当"一阵乱响，就跟打劫现场一样可怕。萧晴就算睡得再沉，也难免被祁娟吵醒，心不甘情不愿地从被窝里爬起来，揉着有些红肿的眼睛，迷迷糊糊去卫生间洗脸，摇摇晃晃走路的样子，就跟梦游似的。

用冷水洗完脸，萧晴才彻底清醒过来，灵敏的鼻子闻到一股奇怪的味道，走去餐厅，就见桌上放着一碗黑乎乎的东西，从外观完全看不出是什么材料，祁娟正坐在那儿面无表情地拿勺子在碗里搅拌。

萧晴凑过去，好奇地问："你吃的这是……黑芝麻糊？"

祁娟翻了翻白眼："米粥。"

"啊？"萧晴惊讶地看着那碗不明物体，这是连米的形状都看不出来的米粥？沉默了一下，忍不住道，"你又煮煳了是吧？不是教过你要放三倍的水吗？怎么每次都煮煳……"

祁娟瞪了她一眼，不说话。

萧晴只好无奈地跑去厨房做饭，很快就手脚麻利地弄了两个煎蛋过来。

祁娟扬扬得意地吃完饭，提起公文包准备上班，走到门口又突然回过头来，冲萧晴微笑着道："对了，萧晴，我的屋子好像一周没扫过了，你顺便帮我扫一下。"

看着她扬长而去的背影，萧晴真是欲哭无泪。

祁娟走后，萧晴就老老实实地帮她打扫起房间来。祁娟一个人住，租的房间，不足二十平方米，地方虽小，却很干净整齐。性格冷硬的女人，眼里容不得一点儿沙，所以就连她的房间也跟她的性格一样，目光所到之处没有一丝杂乱，冰冷得如同宾馆。

想起她总是得罪人的臭脾气，萧晴忍不住无奈地叹了口气。

好惨，被祁娟当仆人使唤了，难道真的要做饭扫地给她当保姆吗？

萧晴拿起拖把一边拖地，一边琢磨着改天去华大美院附近租个单间来住，这样可以脱离祁娟的魔掌，也方便去华大旁听几堂课，熟悉下那所学校的环境。对了，还有温平那个怪老师，有空可以找他要一些复习资料什么的……

正胡思乱想着，门铃突然响了起来。

萧晴以为是祁娟忘拿资料去而复返，也没在意自己打扫卫生时弄得凌乱的睡衣，提着拖把就跑到门口把门给打开，还笑眯眯地说："小娟啊，你又忘带什么……呃……"

笑容蓦地僵在脸上。

站在面前的哪是祁娟,分明是沈君则。

这男人不知道发什么神经,大清早过来祁娟家里,还穿着很正式的西装,正经严肃得就跟女婿上门见岳母一样。

更可怕的是,沈君则在见到她的瞬间,还扬起嘴角,露出个淡淡的微笑。

"眼睛怎么肿了?昨晚没睡好吗?"他的声音刻意压低了,听起来暖暖的。说罢便伸出手来,看那动作是想摸摸萧晴的头以示安慰。

见他手指距离自己的脑袋不足五厘米,萧晴吓得赶紧把脖子给缩了回去。开玩笑,她又不是宠物狗,可不喜欢被人随便摸脑袋。

沈君则见她缩脖子避开,也不介意,只微微一笑,道:"起这么早打扫房间?真不像你的作风。"

看着他淡淡微笑的样子,萧晴全身的汗毛都竖了起来,尴尬地伸手整了整松散的睡衣,又顺了顺鸟窝一样凌乱的头发,刚吵完架,一定要装出凶悍的样子才对。萧晴咳了一声,冷下脸来,语气不善地问道:"你大清早跑来这里做什么?"

沈君则看了她一眼,低声道:"来接你。"

他的语气非常平静,也正因此,显得这句话更加理所当然,好像他出现在这里是很正确的一样。

萧晴脑子里"轰"一声,也不知怎的,她突然联想到电视剧里那些闹别扭的小夫妻,小两口吵架,老婆一生气总往娘家跑,过几天,老公气消了,就打扮得正经严肃,提一堆礼物跑去岳母家道歉接人。今天的沈君则正是一身帅气的西装,手里提着礼物,身侧还放了个小行李箱。呃……怎么那么像电视剧里那些跑去岳母家接老婆的爱妻男呢?

剧情似乎有些偏离方向了吧?

他昨天道歉不是因为喝酒喝高了吗?今早清醒过来,按他的风格,应该打个电话冷冰冰地说:"萧晴,你有空过来把你的东西搬走。"

这样才对啊!

萧晴皱着眉头,百思不得其解,沈君则态度的转变让她一头雾水,正在胡乱猜测这个男人复杂的心思,就听耳边突然传来他低沉的声音:"想什么呢,你又神游到哪里去了?"

萧晴神游回来,尴尬地说:"我在想,你是不是搞错了什么?昨天说好我搬出去住的,你来接我干什么……"

沈君则没有回答,反问道:"祁娟呢?"

"啊？"话题转得太快，萧晴有些跟不上思路，怔了怔，才说，"她去上班了。"

"哦，那我可以进去吧？"嘴上这么问着，脚早就不客气地迈进了屋子，还把行李箱提进屋里，顺手关上了门，完全无视萧晴的意见。

"……"不请自入的厚脸皮，好无耻。

沈君则一脸淡定地找了张沙发坐下，环视房间一眼，称赞道："祁娟这里，倒是挺干净。"

"嗯。"萧晴转过身来，敷衍地点了点头。

沈君则抬起头，仔细地打量着她。昨天那件小礼服换了下来，挂在旁边的衣架上，项链、戒指、手链也全摘掉了，此时她穿的显然是祁娟的睡衣。祁娟比她高一些，她穿祁娟的衣服松松垮垮的，整个人看起来更加消瘦单薄。

看着她衣服宽松、头发凌乱的落魄样子，沈君则突然就心疼起来。

要不是昨天一时情急，说话没掌握好分寸，她也不会半夜三更孤零零跑来好友家借住。钱包、衣服、梳洗用品，什么都没带，可怜巴巴地裹着宽大的睡衣，还被大清早叫起来拖地……

越想越是心疼，他忍不住就冲她招了招手，柔声说："你过来。"

萧晴走了几步，在距离他一米的地方停下，有些戒备地看着他："干……干吗？"

沈君则没有回答，扭头从手提袋里拿了件小外套出来，站起身来，上前一步，右手轻轻环过她的肩膀，很自然地把外套披在了她身上，淡淡地说："这几天降温，今天还有场大雨。虽然在屋里，也别穿太少，当心感冒了。"

"呃……谢……谢谢。"萧晴对他的关心有些手足无措。

他的表情和动作都非常自然，好像替她披外套是件很平常的事。萧晴心里却有些别扭，这样亲密的动作是专属于情侣之间的，她跟他的关系没那么亲才对……再加上两人的距离突然拉近，他说话的时候甚至有温热的呼吸轻轻拂过耳畔，放在肩膀上的手虽然隔着衣料，却依然能感觉到属于他的热度。仅仅是这样的接触，就让萧晴呼吸困难起来，心跳也跟着加快，抬起头，正好对上他深邃的双眸，萧晴赶忙慌乱地低下头去逃避他的视线。

沈君则替她理了理外套，这才收回手来，低声说："你想搬走也可以，但前提是，房子我替你找。你一个人出去租房，我不放心。"想了想，又说，"这样吧，等我帮你找好房子，你再搬，好吗？"

"嗯……"听着他温柔的声音，萧晴不由得愣愣地点了点头。

"那你先在祁娟这里住几天。我带了些衣服过来，在箱子里。还有你的钱包、充电器、电脑之类，都在里面。"

"嗯……"萧晴继续愣愣地点头,沉默了一下,又别扭地说,"谢……谢谢你。"

沈君则微笑:"不客气。"

看着面前低着头握着拳头不知所措的女生,沈君则的目光也渐渐变得温柔起来。

其实也没什么不能接受的,喜欢上她虽然纯属意外,可仔细想想,一直孤单的他,需要的或许正是这样一个女子。

她没有商场那些白领女人的精明能干,没有大家闺秀的优雅风度,没有交际女王的左右圆滑。她只是个单纯的女子,偶尔有些迷糊、有些脱线,满腔热血全放在美术上,认准什么就非常执着。看似性格毛躁,嘴巴又坏,骂人的方式层出不穷,其实却心软善良,受了委屈嘴上骂骂咧咧诅咒一堆,却从不会记恨在心里,什么恩怨一晃就过去了,整天开开心心的,打不死的小强一样乐观活泼,脸上总是洋溢着快乐的笑容。

就是这样一个女生,总是戳中他的软肋,总是让他无可奈何。或许,早在美国的时候,明慧就说中了结局,跟她待久了,真的会喜欢上她。

事到如今,也只好认了。

感情的事又有谁能预料到呢,他挖这个坑虽然埋了自己,却找到了想要守护的女孩子。

两人埋一起,也不亏吧。

「第二十五章」

雨中一吻

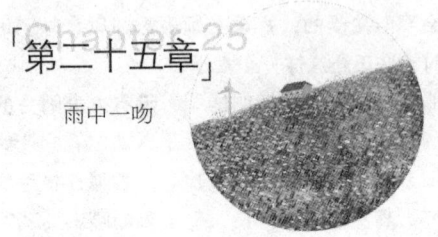

沈君则的话比天气预报还准,刚说要降温下雨,他一出门,窗外就开始电闪雷鸣。

南方的秋天并不像北方那样是枯叶遍地的苍凉景色,从窗户往外看,映入眼帘的依旧是一排整整齐齐的榕树,在雨水的洗刷下,茂密的叶子绿得更是郁郁葱葱。

这样美丽的街道,完全可以作为电视剧里的最佳约会场景,女主角在楼上对着镜子选衣服,男主角撑着一把伞站在楼下细雨中耐心等待,然后两人共撑一伞开始漫步,情深深雨蒙蒙感情迅速升温。

或许是小时候琼瑶小说看多了,萧晴脑海里突然出现这样一个唯美的画面,正在那儿专心欣赏着,那男主角突然回头冲她笑了笑,萧晴一下子就僵硬了。

完了,她脑子里的男主角怎么跟沈君则长得一模一样!

耳边突然响起一声炸雷,萧晴猛然回过神来,使劲揉了揉脸,把那些脸红心跳乱七八糟的想法通通清理干净。开什么玩笑,沈君则那种冷冰冰的面瘫脸怎么可以变成她的男主角!他就算参与了她人生的剧本,也该是被王子拿下的反派恶魔才对吧?

萧晴心虚地摸了摸鼻子,还是忍不住朝楼下望去。她虽然不会殷勤到亲自下楼送沈君则,可她是有教养的人,所以还是要目送一下客人的。

萧晴在楼上礼貌性地目送沈君则,瞪大眼睛看了半天,还不见他出来,忍不住推开窗户想看更仔细点儿,结果一打开窗,狂风夹杂着雨水直接泼到她脸上，准确无误地泼了个狗血淋头。

萧晴匆忙关上窗，连打了三个喷嚏，暗怪自己太笨。光去乱想电视剧里的浪漫雨景，忽略了今天的电闪雷鸣，其实这场景一点儿都不浪漫，完全是个讨厌的暴雨天，一开窗户瞬间就被洗了把脸。

还好有新的收获，她探出头去，正好看见了沈君则的车子，因为这里路太窄没法停车，他的车就停在三十米开外的路口。

这样的暴雨，他要走到路口肯定会被淋湿。

虽然曾在纽约机场诅咒他被暴雨淋成落汤鸡，可现在时机不对，他穿着昂贵的西装，等一下还要去公司开会，淋湿了总归不太好。况且他是为了给自己送衣服，才遇上这场倒霉大雨的……

萧晴想来想去，还是觉得自己该下楼去给他送把伞。

下定决心，萧晴就开始手忙脚乱地找雨伞。祁娟这人生活习惯好得就像个军人，柜子里的东西分类摆放得特别整齐，萧晴找半天也没找到她的伞放在哪儿。回过头，目光正好瞄到沈君则送来的行李箱，萧晴灵机一动，走过去拉开箱子的拉链，果然看见自己最喜欢用的那把天蓝底带白色花纹的雨伞，被沈君则收好了放在箱子的角落里。

萧晴本来只想碰碰运气，一打开却发现她最常用的东西全被沈君则整理归类，塞了满满一箱子……怔了一下，心里突然就有点儿酸。

从来没有谁，对她这么细心体贴。

就连父母，都没在意过她喜欢穿什么样的衣服，喜欢用哪种颜色的伞，最在意的画画材料都放在哪里……此时看着沈君则送来的箱子里那一件件熟悉的东西，突然就有点儿感动起来，好像心底最柔软的那根弦，被人轻轻地拨动了一下，细微的声响带着余韵缓缓地蔓延开。

可是，一想起那天的舞会，后背又蓦地一凉。他的世界对她来说完全是陌生的，他在灯光聚集的舞台上从容演讲的时候，她只能呆呆地在人群里仰望着。名誉上，她是他的妻子，实际上，她不过是枚棋子。

心情大起大落，也不过这十几秒的时间，萧晴皱着眉头纠结了一下，又觉得自己纠结这个完全没必要，于是呼出口气，迅速收敛了乱七八糟的心思，不再多想，拿起伞就往楼下冲去。

沈君则正在楼道里打电话，突然看见萧晴风风火火地冲下来，速度就跟赛跑一样。

他压低了声音冲电话那头道："待会儿再打给你。"匆忙挂了电话，他走到东张西望的萧晴身后，轻声问，"怎么，出了什么事？"看她跑得这么急，就跟被狼追一样,难道是屋里着火?

萧晴听到声音,回过头来,灿烂一笑:"啊,你果然还没走呢……在这里躲雨吗?"

"哦,刚跟弟弟打电话。"沈君则淡淡地答道。

"阿杰吗?他怎么了?"萧晴因为紧张,声调不由得拔高了几分。那个浑蛋小子,二十岁的人了,十二岁的智商。不会又惹事了被爷爷教训了吧?

沈君则有些好奇于她对沈君杰的关心,忍不住疑惑地看了她一眼:"阿杰他……也没什么大事,说要回国参与一部电视剧的拍摄。"

"拍电视剧?"萧晴大为惊讶,"他演的是搞笑片吧?"

"是的。"沈君则一脸严肃地肯定了萧晴的猜测。沉默了一下,又说,"对了,你下楼找我,有什么事?"

"嘿嘿,这个……伞,给你。"萧晴从背后拿出伞来,如同扔烫手山芋一般,迅速把伞塞到沈君则手里。

沈君则不由得一怔。

看着手里突然多出来的伞,伞柄都被她焐热了,热度从掌心一直传到心里,心底最柔软的地方一下子就被触动了。

她居然特意跑下楼给他送伞吗?什么时候觉悟这么高了?这太不真实了吧?

沈君则忍不住看了她一眼,确定一般低声问道:"你……专门下楼给我送伞?"

"嗯。"萧晴不好意思地低下头,盯着自己穿着拖鞋的赤裸双脚,跟他擦得明亮的皮鞋一对比,感觉特别滑稽,忍不住往后挪了挪脚,轻声说,"雨这么大,你不是还要去上班吗,快去吧,迟到了……不太好的。"

沈君则没说话,只静静地看着她。

外面的雷声响彻天空,震得人耳膜"嗡嗡"作响,雨水偶尔被狂风卷进屋檐下,让狭窄的楼道变得昏暗而潮湿。两人脸上都沾了一层湿漉漉的水汽,连视线似乎都朦胧起来。

近距离站着,彼此的呼吸夹杂在一起,就在这屋檐下面,两人只隔着半米的距离,一起躲着雨。

这是连梦里都不会出现的场景,从来没有过的安静、平和。

结婚以来,两人看彼此都不顺眼,要么大声争吵,要么互不理会,要么暗中诅咒,能这样安静地待在一起和平相处的时间,每次都不超过十分钟。

可这一刻,两个人,突然都不想打破这难得的沉默。

不管外面雨有多大,风有多冷,这个只属于他们的狭小空间,此刻却特别温暖和窝心。

或许是身上穿着他刚披上的外套的缘故,她居然一点儿都不觉得冷。

或许是手里的伞还带着她温热体温的缘故,他竟觉得,全身都暖了起来。

萧晴忍不住抬头看去,正好对上沈君则深邃的目光。耳边又一阵惊雷响起,却盖不住内心剧烈的震撼。

那样的目光,温柔得好像在看最珍视的宝贝一样……

他是在看她吗?他怎么会……

萧晴正紧张到不知所措,就听沈君则轻叹口气,伸出手来,抬起她的下巴,压低了声音:"萧晴……"

"嗯?"

"谢谢你。"

眼前的脸越放越大,然后,唇上突然一暖——

只是一个单纯的吻,一触即分,可接触的那一刻,他唇上的温度,雨水的味道,还有笼罩在周身的属于他的气息,让萧晴有种瞬间被抽离了空气的窒息感,甚至连心跳都停了那么半拍。

明明不是第一次跟他接吻,婚礼上挑战纪录般的长吻,那次酒醉之后的深吻……无论哪次,都比这次要煽情和长久得多,可今天不知怎么了,居然有种初恋女孩儿被心上人第一次吻到的那种心悸的感觉。

不行,她的心脏要蹦出来了……

沈君则见好就收,轻轻一吻后便放开了萧晴,并没有进一步的动作。

萧晴的脸却一下子红透了。

残留在唇上的炽热温度,成熟男子强烈的气息,依旧让她的头皮阵阵发麻。

谢谢?说完谢谢然后吻一下算怎么回事啊,这个浑蛋摆明在占她便宜啊,难道她要回答"不客气"吗?还有,他到底在谢什么,谢她送伞,还是……

萧晴心里乱成了一团。更可怕的是,她居然觉得,刚才那个吻感觉还挺不错,所以她根本就不生气,更不想骂他来破坏这难得的温馨气氛。

被占便宜也无所谓了,人在江湖飘,哪能不挨刀。

萧晴就这样自我安慰着。

沈君则看着她局促紧张的模样,忍不住微微一笑,伸手理了理她柔软的头发,低声说:"等我来接你。"

说罢,他深深地看了她一眼,然后撑起伞,转身快步走入了雨中。

回到车上之后,沈君则看了眼放在旁边的雨伞,嘴角忍不住弯起个微笑的弧度。

傻丫头居然懂得心疼他了,这真是个巨大的进步。想起她别扭地垂着头小声说着那些关心的话,心里就不由得温暖起来。

萧晴真是他的克星,这不,今天早上微笑的次数,比往常一个月加起来还多。就连脸上瘫痪很久的神经,在主人喜欢上萧晴之后也突然变得活跃起来。

沈君则心情大好地发动车子,顺手戴上耳塞回拨弟弟的电话。刚一接通就听那边一阵狂吼:"哥,你没搞错吧!我正说到关键处,你来一句'待会儿打给你'就把电话挂了,你那边到底出了什么状况,那么猴急挂我电话啊!"

沈君则扬了扬眉,淡淡地道:"萧晴下楼给我送雨伞,我挂你电话怎么了?"

沈君杰怔了怔,半晌说不出话来。

萧晴居然下楼给他送伞?而不是从楼上给他泼一盆洗脚水吗?

实在想象不出那位疾恶如仇的"母老虎"嫂嫂什么时候变这么温柔体贴了。听着哥哥明显带着得意的语气,沈君杰忍不住连咳三声,轻声道:"哥,你酒还没醒呢?"

沈君则懒得理他,直接转移话题道:"你想回国来我那里借宿是吧,就你那糟糕的生活习惯,不出三天就会把我家变成猪窝。所以你还是出去住吧。"关键是他不想跟萧晴的二人世界被这个冒失的弟弟打扰。

沈君杰听了这话,顿时泪流满面。什么叫不出三天就变猪窝?他有这么大的破坏力吗?

"哥,你不会对我这么无情吧,好歹兄弟一场……"

"我可以帮你找房子,房租我来付。"沈君则赶忙打断了他的悲情演讲。

沈君杰一听这话,马上换了张笑脸,笑嘻嘻地道:"哥,我就知道你嘴上老骂我,其实心里一直很……"

"不用客气。"沈君则迅速打断他。

挂了电话之后,沈君则忍不住好笑地摸了摸鼻子。

身边的人个个都要出去租房,他都快变成"专业找房户"了。

反正要帮萧晴找房子,顺便也帮阿杰找一套,两套在一起最好,这样他就可以整天借口给弟弟探班顺便去看萧晴,弟弟也可以当他的免费眼线替他看住萧晴,把对萧晴图谋不轨的人名单整理好,通通上交。

这样一来,即使萧晴住在外头,他也不用担心被人戴绿帽。

其实萧晴还是有吸引色狼的潜力的,他也有那么点儿危机感,比如不久前那个禽兽老师,还有舞会上那个笑得很难看的男人……以后老婆大人去美院上学,难保不会有一些男同学大胆骚扰,有阿杰盯着她,倒是个不错的选择。

沈君则这边如意算盘打得响,远在纽约的沈君杰却是连打了好几个喷嚏。

过了几天,沈君则终于在朋友的帮助下找到一处环境不错的小区。小区的房子基本是六十平方米的两室一厅,很适合租住,在这里住的大多是学生一族,两人合租一套房,整个小区的治安也不错。沈君则当然不想让萧晴跟人合住,出了双倍的钱租下一整套,再在对面那栋楼租了另一套给弟弟。

一切准备就绪之后,阿杰也正好回国了,沈君则把弟弟安顿好,这才按约定的时间去把萧晴接来。

这天正好是周末,祁娟也闲在家里,从窗户看见楼下那辆熟悉的车子,又看了眼坐立不安的萧晴,忍不住嘲笑道:"你等的人来了,快跟他走。在我眼前晃来晃去的,看着真够心烦。"

萧晴回头,笑嘻嘻地凑了过来:"你难道没有一点儿舍不得我?急着赶我走,我会伤心的。"

祁娟白了她一眼:"得了,别装了。我倒是想多留你几天,帮我扫地做饭也挺好。哪知你们吵架这么迅速,没过一天就和好,真没意思。"

"……"萧晴有些无语,好姐妹吵架她居然幸灾乐祸,还盼着能多吵几天?

听到敲门声响起,祁娟一边转身去开门,一边感叹道:"没关系,这次后劲不足,下次继续努力。以后再吵架了,欢迎你来投奔我。"说完又补了句,"你做的菜倒是真的好吃。"

祁娟对菜的喜爱显然多过于人,萧晴在她这里住了几天,心灵真是大受打击。

沈君则敲了一下门,门便开了,还没反应过来,就见萧晴被祁娟给推了出来,一个踉跄眼看就要摔地上,沈君则赶忙伸手去接,直接把她抱了个满怀。

沈君则有些惊讶,这姐妹俩是闹什么呢?祁娟怎么连人带箱子往他怀里塞?

还没来得及说话,就听门内传来祁娟幸灾乐祸的笑声:"我这里地方小,你们有话外面说去吧。两位,慢走不送啊……"

长长的尾音后,"砰"一声,门被关上。

"……"

"……"

两人在狭窄的楼道里大眼瞪小眼,半晌无语。

萧晴被恶作剧的祁娟推进他怀里,狠狠地理了理衣服,尴尬地站好,小声说:"祁娟她就是这么直接。喀喀,也不客气一下,叫你进去坐坐……"

沈君则看了眼紧闭的门,忍不住微微笑了笑:"没关系,我们走吧。"说着,便顺手提起她的行李箱,转身下楼。

沈君则租的房子在三楼。屋子朝向很好,光线充足,墙壁地板看上去也很干净。萧晴在屋里转了一圈,卧室、书房、小客厅,一厨一卫,她一个人住显得十分宽敞。再加上屋里的家电都保留了下来,直接带行李进来就可以,根本不用操心。

小区距离华大挺近,交通便利,在房子如此紧张的地段,能租到这么好的房子并不容易,沈君则不出一周就找到这样合适的房子,显然花费了不少心思。他生意那么忙,还要分心处理这些琐事,真是辛苦呢……

想到这里,萧晴心里有些过意不去,又有点儿感动,忍不住慢慢挪到他面前,轻声说:"房子我看过了,挺喜欢的。"磨蹭了一会儿,又憋出一句,"谢谢你。"

沈君则放下手里的杂志,抬头淡淡地说:"喜欢就好,我们之间不必客气。"

我们之间,不必客气?

萧晴被这句暧昧不清的话弄得心头一阵乱跳。还没收拾好乱七八糟的心情,又听他语气平静地问:"你打算考研继续读美院,是吗?"

萧晴乖乖答:"嗯。已经报名了,明年1月份参加考试。"

沈君则点了点头:"也好,这段时间你就住在这里安心复习,我不打扰你。"

"嗯。"

"还有……"沈君则顿了顿,抬头看着她,"你那天说的,离婚的话……"

萧晴忍不住竖起了耳朵。

"可以收回吗?"

"啊?"萧晴怔住了。

说出去的话能随便收回吗?她的嘴又不是收缩自如的弹簧。

沈君则从沙发上站了起来,走到萧晴面前,一字一句低声说:"跟你结婚,我并不后悔。以后……不要再提离婚的事了,好吗?"

萧晴的大脑瞬间死机了。

见她没反应,沈君则的脸色不由得也有些僵硬,咳了一声,才接着道:"这件事,你……好好考虑一下吧。"顿了顿,又伸手摸摸她的头,"有什么需要帮忙的,直接给我电话,我过几天再来看你。"

直到他走后，萧晴的大脑才终于重新启动起来，想起他刚才暧昧不清的话，忍不住苦恼地抓了抓头。

不想离婚？这句话的意思是，他想一直跟她在一起吗？还让她好好考虑？

考虑个屁啊，话都不说清楚，他以为谁都有像他那样的发散思维吗？还有，他这样随便摸她的脑袋，就跟摸家养的小狗一样，是不是太过分了？虽然她并不反感他的碰触，可是作为一个人类，经常被这样当宠物一样安慰，自尊心也会很受打击……再说，她又不能揉回去，沈君则比她高那么多，她想揉也够不着。

从小被妈妈的手指狠狠戳额头，这几天在祁娟那里又被整天揉头发欺负，现在再被沈君则摸头安慰，她都怀疑是不是她长了一张好欺负的脸，所以头部才经常被人打来摸去的。就因为这样，她才被折磨到脑震荡，脑细胞不够用了，关键时刻总是死机。

接下来的几天，萧晴忙着收拾新家，暂时把沈君则的那句话给抛到了脑后。

她就是这样糟糕的习惯，想不通的事情就放在一边不去想，先处理自己想处理的事，有空了再拿出来想想（如果她还记得的话）。

祁娟常说，萧晴的大脑有自动识别功能，这个识别系统就像最高级的杀毒软件，让主人不愉快的事情、想不通的事情、不愿去想的事情，通通判断为病毒，直接过滤放进回收站。好听点儿说，她这是乐观豁达、心胸开阔、不斤斤计较。难听点儿说，她这就是迷糊、没心没肺，年轻的时候还能叫作天然呆，年纪大了就是个老年痴呆。

沈君则这次也遭遇了萧晴大脑的自动过滤事件。

他让萧晴好好考虑的事情，被萧晴脑子里的病毒识别系统归类为"难以处理"事件，暂时放去了回收站。

所以沈君则这几天心情一直不太平静。

像他这么高傲的人，很少放下身段去恳求别人什么事。对萧晴，他已经收敛脾气，足够宽容忍耐了。尤其是发现自己喜欢上她之后，更是一忍再忍，尽量表现得温柔体贴——

吵完架当晚就道歉，次日清早去接她，没有强迫她搬回去住不说，还顺着她的心意给她找房子，还认真地说"我不想跟你离婚，请你好好考虑"，这应该算是赤裸裸的告白了吧？

不想离婚还能是什么意思?就是继续在一起长相厮守的意思,不是吗?

可是,该死的萧晴,一个星期了居然没有半点儿反应!

再平静的湖面投进颗石子也该有点儿波纹吧,她不但没来过电话,短信也没一个。更可恶的是,他厚着脸皮发信息问她:"我说的事情你考虑得如何?"结果过了一整天,她才回复:"哪件事情?"

这丫头没心没肺到这种地步,简直太浑蛋了!

还有更过分的,据免费眼线沈君杰同学的报道,这几天,有个年轻的男人频频出现在她住的小区里,甚至多次被她笑脸相迎,还邀请到楼上的住处。

喝茶?

虽然沈君杰再三保证,嫂子跟那男的真的只是喝茶,讨论的话题似乎也没有不对劲的地方,可沈君则心里还是忍不住郁闷。

她倒是有空跟别人喝茶,也不仔细想想离婚这事。

他在萧晴心里,难道还比不上一杯茶?

第二十六章

我喜欢你，
你信吗

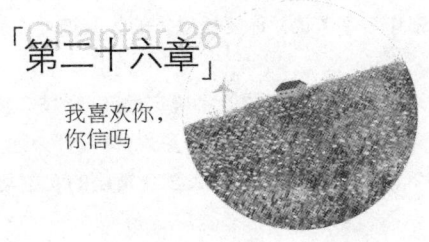

因为心情不好，跟方遥一起吃饭的时候，沈君则便一直沉着脸。

方遥倒是自顾自悠闲地喝着咖啡，只是嘴角微微扬起的弧度，显然是一脸看好戏的表情。

见沈君则频频皱眉，方遥终于忍不住道："我说你到底在纠结什么啊，喜欢上她有那么难以接受吗？你俩都是法定夫妻了，有了感情更好办，假戏真做不就行了。"

"不是这个问题。"沈君则冷着脸道。

"那是什么问题？"方遥盯着他的脸看了半晌，突然恍然大悟，"难道是你告白悲剧了？"

沈君则脸色一僵。

方遥"扑哧"笑出声来，被咖啡呛到，咳了两声，又笑着损他："你居然真的告白了，而且还……悲剧了？"

想起中学时代那些明里暗里追他的女生，各种花样的告白方式都被他曲解成"有事相求"。每次有女生送礼物给他，他就正经严肃地回答说："谢谢你的礼物，同学你有事需要帮忙吗？"那些羞涩的女孩子脸红跑开，沈君则还在那儿莫名其妙。方遥在旁边看着，一直忍笑忍到内伤。

可想而知，这次他的告白台词是有多烂。

再加上对象是个迷糊虫萧晴，你就是说得再直接，她的大脑也要转好几圈。沈君则这骄傲的性格，告白肯定说得很委婉，那萧晴的大脑绝对是转一百圈都转不过来的。

方遥想了想，还是觉得自己应该提醒一下这个情商比较低的家伙，他难得开窍喜欢上一个人，不能因为不会说话就错过。想了想，她便开口道："君则，其实我觉得吧，你跟人告白的话，重点台词还是要说一下的。"

沈君则虽然冷着脸，却还是皱着眉认真在听。

方遥继续说："不管你前奏有多长，废话了多少，最终还是要说出'我喜欢你'这四个字来作为结束语。你要让对方的大脑把重点放在'我喜欢你'这四个字上面。"

沈君则沉默了片刻，才扬了扬眉，不确定地问："是这样？"

看他那困惑的表情倒是有几分可爱，方遥忍住笑，严肃地点头："是这样的，这个我比你有经验。怎么说我也演过那么多言情剧的女主角，你呢，还是第一次恋爱，没错吧。"

听了这句，沈君则就闭嘴不说话了，似乎还有点儿不好意思？

两人默默吃完晚餐，并肩走到了酒店门口。

他们刚推开大门，就见黑压压的一片人正聚集在入口处静静等候，举着相机的、拿着话筒的，颇有十面埋伏的壮观阵势。

一见两人出现，刺眼的闪光灯瞬间亮成了白昼。

人群一拥而上，话筒一个个争先恐后地递到嘴边：

"方遥小姐，请问您跟沈君则先生正在恋爱的传言是真的吗？"

"听说方小姐小时候一直住在沈家，跟沈先生青梅竹马是吗？"

"方小姐，您跟莫先生在一起的传言只是炒作吗？"

"方小姐，请回答我的问题……"

方遥那里被围了个水泄不通，沈君则这边也同样遭遇了围攻：

"沈先生，传言您跟您太太正准备离婚，是因为方遥小姐出现的关系吗？"

"沈先生，听说您当初娶萧晴只是为了方便跟萧家生意上的合作是吗？"

"您真正喜欢的是方遥，所以回国后才迫不及待跟方遥见面，舞会上跟萧晴吵架也是这个原因吗？"

"请问两位对这段婚外情如何解释？"

问题越问越离谱，甚至涉及无辜的萧晴，沈君则忍不住沉下脸来，冷冷地道："你们多虑了，我跟我太太感情很好。"

方遥的脸色倒是很平静，戴上墨镜，淡淡地道："各位可以跟我的经纪人预约采访，现在我不会回答任何问题。"

"方小姐，那么您对沈太太有什么看法？"

"沈先生，您这样有没有想过对不起无辜的萧晴？"

"抱歉，无可奉告。"沈君则说着就皱起眉头，伸出手臂强行挡住那些挤上来的记者，护着方遥迅速冲出了人群。

直到把车子开离酒店，甩开那些记者的疯狂追踪后，沈君则才松了口气。

他倒不是没见过被记者堵截的场面，可像今天这样人山人海规模庞大的专业堵截，还是第一次见。他很少关心娱乐圈，没想到方遥的人气这么高，那些激动的记者，话筒都快塞到他嘴里了。

见方遥一脸淡定的样子，沈君则忍不住皱了皱眉："你变成破坏别人婚姻的第三者，这些谣言你都不在乎？"

方遥笑了笑："娱乐圈就这样，习惯了。"顿了一顿，又说，"倒是你家萧晴，我怕她看到新闻会乱想。"

"放心，她那边我会解释。"沈君则沉默了一下，扭过头来，"方遥，我倒是小看了你明星的爆发力，以后见面选地方要慎重，我可不想被那群疯狂的记者用麦克风捅碎牙齿。"

方遥怔了怔，想起刚才记者们往嘴边塞话筒时沈君则一脸忍耐的样子，忍不住又笑了起来："你不把我当明星，我们相处起来才更愉快啊。"顿了顿，"不过，现在正是风口浪尖上，我们还是少见面吧，有事就电话。"

"嗯，也好。"

方遥扭过头来看着他："其实我倒不在乎那些报纸乱写，就怕你家萧晴心里会不舒服。嘀，虽然她吃起醋来挺可爱的，可我不想当冤大头，被她画圈圈诅咒。"

"她不会诅咒你，要诅咒，也是我排在前头。"沈君则想了想，又低声说，"不过……她每次诅咒别人，最后都会应验在自己身上。"

方遥忍着笑："这么说，你家萧晴还挺倒霉的。"

"是啊……"想起那傻丫头诅咒别人淋雨，自己立即变落汤鸡的倒霉样子，沈君则忍不住微微扬了扬嘴角，"她的运气，向来不大好。"

不知从何时开始，提到萧晴的时候，他的目光便会温柔许多。方遥在一旁看着他神色的变化，心底不由得感叹：哪怕沈君则这性格冷硬的臭石头，在爱情面前，果然还是化成了绕指柔。

担心萧晴看到新闻会生气，沈君则把方遥送回她们公司后，就飞速赶到了萧晴的住处。

在小区入口处正好看见鬼鬼祟祟的弟弟，沈君则停下车，走到他身后拍了拍他的肩膀："在做什么？"

"啊，哥你吓死我了！走路要不要这么无声无息的啊！"沈君杰狂翻白眼。

沈君则冷下脸看着他："是你自己做贼心虚吧？"

沈君杰按了按胸口，平复急促的呼吸，接着，又伸手指了指不远处的草地，神神秘秘地说："难得有机会当侦探，我在帮你跟踪嫂子。"

沈君则顺着他的目光看过去，果然见到了萧晴。

快要入冬了，她穿得还是很单薄，没有带外套，只穿了一件咖啡色的大毛衣，头发绾起来在头顶扎了个小圆球，整个人看上去像是超市里的娃娃熊。

她正坐在草坪旁边的长椅上专心致志地画画，面前支起个画架，手边摆放着各种颜料盒，看上去非常专业。夕阳的光线斜斜地倾洒下来，她的侧脸便笼罩在一层柔和的金色里，弯起嘴角开心微笑的样子，特别活泼可爱。

沈君则突然发现，从侧面看，她长得还挺漂亮的，五官算不上精致，组合在一起却很美，微微抿起来的淡粉色嘴唇，配上小巧的鼻尖，还有那双又黑又亮的大眼睛，很让人心动……

"喂，哥，你的眼珠子要掉下来了！"沈君杰见哥哥一直盯着萧晴看，忍不住好心提醒。

被弟弟当面拆穿，沈君则倒也没发火，只是回头淡淡地说："我是让你注意她的动向，没让你跟踪她。"

"啊？这有区别吗？"

"当然。你这样躲在树后偷窥，不觉得自己像个跟踪狂吗？"

"拜托，这样才看得清楚……"

"你们两个在吵什么？"耳边突然传来的女声，让兄弟两人同时僵在原地。

"嘿嘿，没……没什么。"沈君杰扭过头来，尴尬地笑了笑。

"阿杰？是你？"萧晴惊讶地瞪大眼睛。

萧晴身边的男人倒是很镇定，冲萧晴温柔地笑了笑，说："这就是最近几天一直跟踪我们的人吧？"

萧晴皱着眉点了点头。

她早就发现沈君则也在场，也知道阿杰跟着她跟他哥脱不了干系，可是不知为何，对上沈君则的目光，她居然有点儿胆怯，不敢去凶他，只好把怒气全转移到他弟弟身上，狠狠瞪沈君杰。

沈君杰被萧晴凌厉的目光一瞪，赶忙讨好地笑了起来："嘿嘿，嫂子，我不是故意的。我最近拍一部喜剧片，扮演一个侦探，我跟着你只是寻找一下戏感。嫂子，你就原谅我吧，我给你赔罪了。"说着还真的弯腰鞠了个躬，一脸诚恳,"嫂子,对不起!"

温平疑惑地回头看向萧晴:"他叫你……嫂子?"

萧晴被沈君杰一口一个嫂子叫得满脸尴尬,不知该如何解释。

一直沉默的沈君则终于开口,语气平淡地说:"他是我弟弟,叫萧晴嫂子也没错。我跟萧晴早就结婚了。"说罢,又看向萧晴,低声问,"对吗,萧晴?"

"呃,我……我们……"萧晴低着头纠结地攥衣角。她还是很不习惯"跟沈君则结婚了"这件事在别人面前光明正大地说出口,总觉得这场婚姻一点儿也不真实。

她支支吾吾半晌,才在沈君则深沉的目光注视下,艰难地点了点头:"是,我们……结婚了。"

一阵冷风吹来,只穿了件毛衣的萧晴忍不住瑟瑟发抖,沈君则看了她一眼,皱了皱眉,脱下西装披在她身上,顺势伸手把她搂了过来,宣布所有权一般轻轻环住她的肩膀,在她耳边说:"不跟我介绍一下你这位朋友?"

被他这样半搂进怀里,让萧晴十分尴尬,想要挣开,却发现他的手指暗暗加重了力道,颇有"你敢挣扎我捏死你"的架势。

萧晴只好乖乖不动,小声介绍道:"这位是小时候教我画画的老师,温平,现在在美院任教。呃,这位是……"

"你好,沈君则。"沈君则伸出手来,简单干脆地说。

温平看他护住萧晴不让人接近的霸道样子,忍不住微微一笑,伸手跟他握了握:"沈先生啊,久仰久仰。"这就是那天舞会上大骂萧晴的那位吧,原来是吃醋,怪不得对自己满是敌意。温平摸摸鼻子,咳了一声,接着又转向萧晴,"你这丫头,结婚了也不请我喝杯喜酒?"

"呃,我……"萧晴尴尬地摸摸头,"没来得及跟你说嘛。"

"是不好意思说吧?"温平笑道,"难道你还会害羞吗?"

萧晴低头不说话了。

沈君则环住她肩膀的手指紧了紧,淡淡地道:"温老师想喝喜酒,改天我做东请你。"

"好啊。"温平微笑,"我有空一定找你兑现,可别忘了。"

"不会。"

沈君则一直像保护小动物一样紧搂着萧晴,强烈的独占欲真是令人惊叹,可惜萧晴迷迷糊糊还搞不清状况。温平是个明白人,当然不会傻到扑去当炮灰,见沈君则对自己似乎还有点儿醋意,赶忙识趣开溜。

"我有事先走一步。萧晴你对考试方面还有什么问题,尽管打电话给我。"

沈君则果然没再说什么，巴不得他快点儿走人。

一根筋的萧晴完全没明白他俩心里的算盘，困惑地点点头："那温老师你去忙吧，我还有很多不懂的地方，改天再找你。"

沈君杰也非常识趣，等温平走后，忙笑着冲萧晴道："嫂子，跟踪你不是我哥的意思，他只是让我注意一下你的情况而已，真的，是我自己演侦探演上瘾，你就把我当臭气给放了吧，别生气了。"

"你还敢说！你跟了我两天弄得我脊背发毛，差点儿报警了，你知不知道？"

"是是，我再也不敢了。"

见萧晴伸手要去揍沈君杰，沈君则赶忙拦住了她，低声道："好了，这次先放过他。"

"可是他……"

沈君则安抚状拍拍萧晴的肩膀，冲沈君杰扬了扬眉："还不快走？"

沈君杰会意，忙道："嫂子，我有事先走了，下次再给你赔罪啊！拜拜！"

"跑这么快干吗，你给我回来！"萧晴的怒气还没消，对着沈君杰的背影气呼呼地说，"你看看他，怎么跟谢意一个样，都是被艺术毒害到精神凌乱的疯子！"

沈君则微微笑了笑："好了，别气了。再说，让他注意你的动向，也是我的意思。"

"你……"萧晴虽然心里明白，可他这么直接说出口，她反倒质问不下去了。

沈君则轻声道："回去再说。"

回到住处后，萧晴就手忙脚乱跑去厨房切水果，沈君则来到这儿，对她来说是贵宾降临，自然要好好招待。

沈君则坐在沙发上，见她忙进忙出手脚麻利地迅速在桌上摆了一堆水果，还在那儿问："你喝咖啡还是喝茶？啊对了，我这儿没咖啡，只有果汁你要吗？"

看她那紧张的样子，就像在招待来视察的上级领导，沈君则忍不住一笑，低声道："别忙了，你过来坐。"

萧晴犹豫了一下，慢慢挪动脚步过去坐下来，跟他保持了半米的距离。不知为何，跟沈君则单独相处时总觉得有种无形的压力，让她心跳加速，呼吸困难，距离越近，这种压力就会越强烈。

感觉到身旁熟悉的气息，萧晴不由自主地又往远处挪了挪。

沈君则不说话，屋内沉默的气氛中，萧晴甚至能听到自己激烈的心跳声。为了掩饰紧张，萧晴赶忙拿起遥控器开了电视："啊，快七点了，看看《新闻联播》开始没有。"

电视一打开，就是本地的娱乐频道，屏幕里回放的影像，正好是沈君则和方遥在酒店门口被记者围追堵截的场面。

"沈先生，传言您跟您太太正准备离婚，是因为方遥小姐出现的关系吗？"

"沈先生，听说您当初娶萧晴只是为了方便跟萧家生意上的合作是吗？"

"您真正喜欢的是方遥，所以回国后才迫不及待跟方遥见面，跟萧晴吵架也是这个原因吗？"

……

记者们尖锐的问题刺得人耳膜阵阵发痛，电视里的两位绯闻主角拉着手飞离现场，留给观众一个潇洒的背影，两人所在的背景是令人遐想的酒店。

女主持尖细的声音还在那里煞有介事地分析沈君则和方遥在一起的可能性，萧晴越听越不是滋味，坐在旁边的男人还是没点儿反应，萧晴只好压抑住心底的失落，默默低头拿了个苹果来削。

沈君则也没想到刚刚发生的八卦新闻居然这么快就在电视台播出，更巧的是，萧晴一开电视就是这个所谓的惊天内幕。他心情忐忑地等她发火后再解释，等了半天，萧晴居然一句话都不说，一点儿也没有生气的意思，反而低头削起水果来。

"你不是……该问点儿什么吗？"沈君则耐着性子问，"难道，你一点儿都不在乎我跟方遥之间的绯闻？"

萧晴一怔，抬起头来，无辜地道："解释不解释不是你来决定的吗？你不想说，我问也没用不是吗？"

沈君则皱了皱眉："所以你就什么都不问？"看着她对这么轰动的新闻无动于衷，居然在那儿削苹果，沈君则沉下脸来，伸手拿过她手里的苹果扔到桌上，"我不解释你也无所谓是吗？在你心里，到底有没有一点儿在乎……"

"喂，我的手……"沈君则带着愤怒的质问被萧晴小声打断，脸色不由得一僵。

刚才拿走水果的时候力气太大，萧晴又太紧张，指尖不小心被水果刀给划破，鲜血直往外冒。萧晴看着自己划破的手指，回头埋怨地瞪了他一眼："你干吗对我这么凶，又不是我叫那些记者跟踪你的，你要凶也该去找方遥凶，不是吗？"

"抱歉，我……"看到她指尖鲜红的血珠，沈君则又是歉疚又是心疼，小心翼翼地拉起她的手，放在唇边仔细吮掉上面的血迹，柔声问，"疼吗？"

萧晴的脸瞬间涨红,迅速把手抽了回来,支支吾吾地说:"没……没事的……"

沈君则还不放心:"你这里有创可贴吗,我去找来给你包一下……"

"我……我自己来。"萧晴忙从旁边抽屉里找出创可贴,自己把手指包了起来。

沈君则沉默了一下,低声道:"我跟方遥从小一起长大,她是我最好的朋友,我们之间光明正大,并没有什么感情牵扯。今天去酒店不过是吃顿饭,你别多想。"顿了顿,又低声补充,"方遥有喜欢的人了,我……也是。"

"嗯。"萧晴乖乖点头,并没有在意"我也是"这三个字的意思。

沈君则回头看着她:"你信吗?"

萧晴想了想,笑着点头:"嗯,我觉得你为人还算正直,如果你跟方遥之间有什么纠葛的话,你根本不必瞒着我去偷情,直接跟我签了离婚协议书娶她不就好了……让你签协议书你又不签,所以……我相信你们之间也没什么吧。"

这家伙关键时刻倒是不笨。只是遇到这么大的绯闻风波,她居然不爆发一下,甚至连一点儿醋都不吃,让沈君则很不甘心。不过,她向来这么"洒脱",这次没笑着说"你俩挺配的快去追她吧"已经算很大的进步了。

沈君则压低声音,一字一句地道:"萧晴,我说的话你都会信,是吗?"

萧晴点点头:"嗯,基本上。"

沈君则沉默了很久,突然扭过头来,认真地看着她——

"那我说,我喜欢你,你信吗?"

第二十七章

等一个晴天

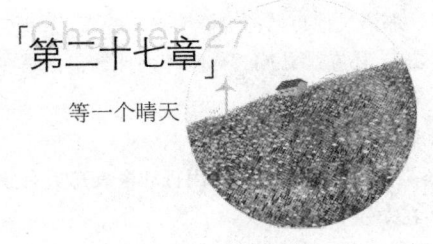

听着他低沉的声音说出这样简单直接的告白,萧晴怔在原地,半晌说不出话来。

她难道是在梦游吗?居然听到沈君则说……喜欢她?

这真是她听过的最冷的笑话……

沈君则从一开始就看她不顺眼,所以才会隐瞒身份把她送去酒店。后来跟她结婚,也只是利用她达成商业目标而已。婚后同居的一段时间,他总是莫名其妙发脾气,早上非要强迫她起来做早饭,晚上下班回来那么早,对她的生活习惯挑三拣四,想方设法地折腾她……难道这种虐人又自虐的方式,可以称为喜欢?

萧晴的脑子里转了好几个弯,还是不相信沈君则居然会喜欢自己。

沈君则见萧晴很快进入自我催眠状态,对他的表白居然完全没有反应,忍不住压低声音,再次重复道:"我喜欢你。"

萧晴怔怔地点了点头:"哦。"

"萧晴——"沈君则强忍住心底的怒气,他悲哀地发现,平日里保持的冷静从容,总会在萧晴面前不堪一击,萧晴总是能轻易挑起他的怒火,可他又偏偏对她无可奈何,或许这就是所谓的一物降一物吧。

他双手按在她的肩膀上,强迫她转过头来,盯着她的眼睛说:"我从来不把一句话说第三遍。但是今天,我为你破例了——我喜欢你,你听见没?"

"哦哦。"萧晴被他的气势吓了一跳,"听见了听见了,这么凶干吗?"顿了顿,见沈君则沉着脸看着自己,萧晴突然明白过来,惊讶地说,"哎,等会儿，你刚才说什么来着？你是在跟我告白吗……"

沈君则忍无可忍，直接抬起她的下巴，把唇覆了上去。

"嗯……你等会儿，你……"

"闭嘴。"

他不想再从她嘴里听到一个字了！人生中第一次告白，连续说了三次深情的"我喜欢你"，那语气他自己都快掉鸡皮疙瘩了。反而，被告白的萧晴，居然一脸梦游的状态，还在那儿问"你刚才说什么，你是在告白吗"，这让他情何以堪！

这个死丫头无疑是在挑战他的底线！

所以沈君则还是觉得，比起语言，用行动来表达更有效。她的大脑对语言的过滤能力实在太强。

亲吻持续了很久，霸道的舌头探入萧晴口中肆意吮吸，所过之处激起阵阵战栗，热情浓烈的吻，像是要烧毁两人的神志一般。

这个男人强烈的占有欲，可怕到让她心惊。也终于明白，他所说的"我喜欢你"，并不是玩笑，而是更可怕的事实。

萧晴被吻得头晕目眩，等他终于放开之后，忙张大嘴拼命呼吸着新鲜空气。

"现在信了？"低沉的声音中带着一丝宠溺的温柔，"需要我再证明吗？"

萧晴脸一红，有些不好意思地低下头。

沈君则无奈地捧起她的脸，手指移到她的脸颊上，轻轻摩擦着："你啊……反应总是慢半拍。我的耐心很有限，你想让我重复第四遍？"

萧晴赶忙摇摇头："不用不用，三遍够了。"

"你不是该给点儿回应吗？"沈君则皱皱眉，"说说你的想法。"

萧晴苦恼地挠挠头："哦，我不确定是不是喜欢你，为了对你的表白负责，这件事我需要好好想想。"

"算了。"沈君则彻底无奈，"你还是别想了。"

上次让她好好考虑离婚的事，结果她考虑一周就给考虑忘了。沈君则可不想这回又那么悲剧，他厚着脸皮问她"考虑结果如何"的时候她再来一句"考虑什么"，那样也太打击他的自尊心了。

看萧晴脸颊红红的样子，沈君则也猜了个大概。这丫头心里并不是没有他，只是她太迟钝，又没有过任何恋爱经历，笨脑袋还没想明白主人的心情。如果不是有点儿喜欢，换成别的男人强吻她，以她疾恶如仇的性格，绝对一个耳光扇过去了，还要怒骂对方变态顺便诅咒对方祖宗十八代。

吻她的时候明显感觉到她的紧张和害羞，很显然嘛，傻丫头也开窍了。

看着她低头苦恼思索的样子，沈君则的心情突然变得非常好。反正结婚证在他手上，她慢慢想，他也不着急。鸭子都煮熟了，又不怕飞走。

沈君则果断地说："就这样吧。我告诉你，你想离婚绝对不可能。从现在开始，我们就做真正的夫妻，听见没？"

"真正的夫妻？"萧晴想了想，突然脸一红，"等……等会儿，我还没准备好，那个，改天，以后……"

沈君则头顶飞过一群乌鸦，半晌后，压低声音："你想到哪里去了？以为我是禽兽吗？"

"啊？你不是那个意思吗？"

"萧晴……你不要挑战我的底线。"

"我错了我错了！"萧晴一脸尴尬，"不好意思……我的想法太不纯洁了。"

"好了……"沈君则无奈地看了她一眼，"你接受这件事，也需要一个过程，我不着急。"说着又温柔地摸了摸她的头发，"你慢慢想，等你想通，我有的是时间。"

"哦……"

"考完试就跟我搬回去住吧，你的东西我都没动，房间也一直给你留着。"

"好……"

直到沈君则走后，萧晴还云里雾里的，觉得走路像踩在云彩上一样。

啊，居然被那个别扭的家伙告白了……

他说"我喜欢你"四个字的时候，一点也不温柔，第三次甚至凶巴巴地瞪着她，好像要扑过来掐她的脖子一样。

可是，为什么她会有种很幸福的感觉？

萧晴躺在床上，习惯性地用被子把自己卷起来，想起刚才那个家伙告白被无视时愤怒的样子，忍不住微微扬起了嘴角。

沈君则这告白也太可爱了，没有前奏没有尾声，干巴巴的一句"我喜欢你"，还连续说三遍，有他这么告白的吗？

不过他那种性格，让他多说几句肉麻的情话，别说他说不出口，就是听的人也会觉得很诡异吧，所以能说出这四个字，对他来说已经是很大的挑战了。

萧晴越想越开心，能够被沈君则喜欢，算是她二十多年来倒霉的人生中，最大的幸运了。果然是盛极必衰，衰极必盛，自从遇到沈君则之后，她经历了一段最倒霉的时期，然后人生走过低谷，雨过天晴，运气也开始直线回升。

沈君则这个人，虽然性格冷淡，脾气怪异，还动不动就凶她。不过，他也不过是只纸老虎而已，表情就是再可怕，也不会真的对她怎样，最后还不是无奈地败下阵来。

而且，他还很温柔体贴，很关心她、照顾她。像今天下午，看到她冷了，他马上自觉脱下西装披到她身上。

想来想去，还是觉得沈君则真是个不错的男人，以后跟他真的做夫妻也不错。嗯，改天见到他，就把考虑的结果告诉他好了。

这天傍晚，刚开完会的沈君则突然接到了一条来自萧晴的短信。

"你来学校接我好吗？我忘记带伞了……"

沈君则看着窗外的大雨，皱了皱眉头，这丫头总是迷迷糊糊，这种天气都能忘记带伞，真是服了她。

秘书周晓婷见他皱眉看着手机，便体贴地说："沈总，您有事就先走吧，剩下的工作我来处理就可以了。"

沈君则低头看了看表，也差不多到下班时间，于是点点头："好，那辛苦你了。"

担心她在雨中着凉感冒，沈君则一路飙车到了华大，想打电话问她具体位置，电话却打不通说是关机。沈君则放慢了车速，一边开车一边透过车窗在雨中仔细找寻萧晴的身影。

开着车在校园里绕了一整圈，终于，在图书馆前面看见一个熟悉的影子。

沈君则停下车，皱着眉款步走了过去。

"你搞什么？这种天气居然不带伞！还有，发短信让我来接，也不说具体位置，手机打不通，是不是又没电了？你就不能在睡觉前给手机充电吗……"

"好啦好啦，别骂了。"萧晴突然笑着扑到他怀里，伸手抱住他，把头埋在他胸前蹭了蹭，"不是故意的，今天出来的时候还天气晴朗，谁知道突然下雨。"

感觉到她贴在胸前的柔软的脸颊，沈君则全身一僵，心脏又开始"怦怦"乱跳，斥责的声音硬是哽在喉咙里骂不下去了。

把头埋在他胸前蹭了蹭，这动作是在撒娇吗？沈君则有些震惊地看着她："你……"

萧晴抬起头来，冲他灿烂一笑："哎，不是你说喜欢我的吗？让你来接个人，这么大意见。"

沈君则皱了皱眉："自己丢三落四，还有理了？"

"不是有你嘛。"萧晴顿了顿，突然笑着踮起脚，轻轻吻了一下他的脸颊，"君则，我似乎也喜欢你。"

"……"沈君则瞬间石化。

"你不是总嫌弃我脑子笨，考虑事情比较慢，这次够快了吧？"

看着萧晴笑盈盈的样子，沈君则忍住内心的激动，压低声音："你确定？"

萧晴笑着抱住他："确定啊，我这人向来比较直接的，骗你又没钱拿。我喜欢你，认真的那种。"

"你一个女生，表达的时候还是……内敛一点儿比较好。"虽然嘴上这么说，不过，对萧晴毫不客气往他怀里扑的动作，他是没有任何意见的。最好她以后每次见到他都这样扑过来。

外面的暴雨越下越大，沈君则忍不住扬起嘴角，轻轻收拢手臂，把她整个抱在怀里，柔声说："看来，这场雨一时不会停了，我们先在这里躲一会儿？"

"嗯，好，等雨停了再走吧。"萧晴说罢，就把头埋进了他怀里，闻着他身上好闻的味道，听着他激烈的心跳，突然觉得，或许，这就是她一直想要的幸福。

虽然车子就停在不远处，伞也带来了，可沈君则睁眼说瞎话，要一起躲雨，萧晴却一点儿也不想捅破这谎言。

最美不是下雨天，而是跟你一起躲雨的屋檐。

若你安好，便是晴天。

「番外一」

厨 房

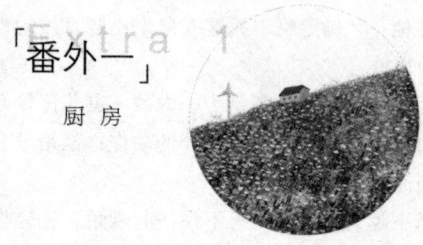

萧晴如愿以偿考上了华大美院，在温平的手下读研究生。以祁娟的话说，萧晴积压了多年的满腔热血，终于找到了可以泼洒的土壤，整天兴奋得就像猴子一样。对祁娟的调侃，萧晴也不理会，依旧我行我素，往往画架一摆开，一坐就是一个下午。

能够重拾画笔，对萧晴来说是件极为幸运的事，自从上了美院，萧晴不仅每堂课都认真去听，专心做笔记，每天放学后还要去学校的画室里练笔，连温平都夸奖她进步神速，给她布置的作业越来越有难度。

沈君则对此却很有意见。

萧晴每天都这样早出晚归，且不说在学校的时候根本见不着她，就是回了家，她也在书房对着电脑研究各种画画心得，到后来还买了个画板练习鼠绘，甚至在网上连载起漫画来，完全无视了他这"老公"的存在。

想当初，她还没考上研究生的时候，每天沈君则一回家，她就会跑去厨房里做晚饭，看她围着围裙在厨房里忙来忙去，曾经是沈君则最大的乐趣之一。

可是如今，风水轮流转，萧晴读研以来很少进厨房，每次回家就在书房里打开电脑忙着画画。沈君则肚子饿了，又不好意思打断她的灵感，只好一脸怨气地围着围裙自己去厨房里做饭。

就这样，一回生二回熟，原本被称为"厨房无能先生"的沈君则，如今已经能够熟练地炒出酸辣土豆丝、鱼香茄子之类的家常小菜，这几天甚至还学会了红烧鱼的做法。

虽然居家型男人的形象一点儿也不适合他,可是,每次看着萧晴吃他做的菜时一脸开心的样子,沈君则心里倒也有一点点高兴。或许正如那些爱情专家所说,做菜给喜欢的人吃,本就是件让人觉得幸福的事情。

算了,只要她吃不腻,他多做几顿饭也没什么的。

可事实上,萧晴并不爱吃沈君则炒的菜。

他做的酸辣土豆丝不酸又不辣,倒是有点儿苦。鱼香茄子放了太多油,切成长长的一条,就像滑溜溜的鱼……

他做菜的时候有个很不好的习惯,因为他不懂做什么该加胡椒粉,做什么又该放姜片,于是就皱着眉头把所有的调料都放那么一点儿,酱油和醋也各自放点儿进去,一点儿也不偏心,非常……均衡。

因此,萧晴吃他做的菜总能吃出许多奇怪的味道,那真是所谓的"五味俱全"。可是,每次看他辛辛苦苦折腾出一桌菜,带着期待的目光问她好不好吃,萧晴不忍心打击他,只好昧着良心夸他。

"君则,你真有做菜的天分啊!"没有人像你这么做菜的吧……

"味道很特别啊!"实在是太特别了……

"我很喜欢……"心虚地说出这句话,看见他绷着脸却难掩眼中喜悦的神色,萧晴就觉得心里突然一软,那奇怪的菜吃起来似乎也不是那么难以下咽了。

跟他面对面吃饭,甚至有种甜蜜的滋味涌上心头。

不过,心底甜蜜是一回事,舌头受苦又是另一回事。两人心照不宣地吃着味道奇特的菜,吃了一个多星期,萧晴终于受不了了。

前几天,温平布置的任务顺利完成,萧晴想了想,还是觉得是时候夺回厨房的主动权了。

虽然她很喜欢偷看沈君则围着围裙做菜,他那原本冷漠的侧脸,在厨房里显得柔和了许多,因为纠结于各种调料而皱起眉头的样子,看在萧晴眼里总觉得很可爱。

也真是难为他,原本从不下厨房的男人,跟她在一起之后勉勉强强学做饭,照着菜谱一步一步地做,还能弄出那么奇怪的味道来。他或许根本就分不清各种调料的名字吧,所以,看着菜谱上"加入半勺胡椒粉"之类的描述,他也很茫然,只好皱着眉每一种都放一点儿,反正毒不死人就好了。

其实相处久了,萧晴突然觉得,沈君则有时候,甚至有种孩子气的固执。

这天下午没什么课,萧晴交了温平布置的那份作业,坐地铁往家里赶。

想着今早出门时冰箱快空了，不如顺便买点儿菜回去，好好做一顿晚饭，犒劳一下工作辛苦的沈君则。

走进月华庄园门口的超市，顺手推了辆购物车，在眼花缭乱的新鲜蔬菜中熟练地挑选着，不一会儿购物车就被塞满了。有沈君则爱吃的茄子和竹笋，还有她喜欢的荷兰豆和冬瓜，推着满满一车往付款处走，走到半路，又想着难得大购物，不如顺便买几条鱼回去。

到了卖海鲜的地方，突然见一个熟悉的身影。

身材高大的男人正站在鱼池前，皱着眉头挑鱼，他似乎不懂怎么挑，看看这条，又看看那条，最终选了条最大的，抓了起来。

看着他穿着西服弯腰抓鱼的场面，萧晴心里突然有些感动。

她知道沈君则最讨厌吃鱼，据说是小时候吃鱼被鱼刺卡住喉咙差点儿送了命，自那以后他再也不吃任何鱼类，甚至连海鲜都不会去碰。

他在超市里买鱼，显然是为了她。

见他拿着鱼往称重的地方走，萧晴眼眶一热，赶忙跟上他的脚步。

"君则……"

听到这清脆的声音，沈君则后背蓦地一僵，手里的鱼"砰"一声滑进了水池里。

旁边有些好奇的路人朝他这边看，似乎在笑话他的笨拙。

沈君则回过头，脸色有些尴尬："你怎么在这儿……"

萧晴倒是很高兴，推着满满的购物车快步跑到他身边，笑着说："我来买菜啊。"

萧晴扭头看了眼他手里的购物篮，发现里面也塞满了各种蔬菜，他爱吃的茄子和竹笋，她爱吃的冬瓜……两人买的菜相似度居然高达百分之九十。

沈君则显然也看见了她的购物车，知道自己关心她的秘密被发现了，脸色更加尴尬，想摸摸鼻子，手心里却全是抓鱼时弄的水。

萧晴笑眯眯地看着他："真巧，你也买了这些菜。"

"嗯……"

萧晴见他不好意思了，便收起打趣的念头，从口袋里拿出纸巾递到他手上："擦擦吧。"

沈君则另一只手里提着个大大的购物篮，没办法擦手，萧晴就不客气地牵起他的手，笑着说："来，我帮你。"

看着低头认真帮自己擦手的女人，黑发直直地垂在脑后，看上去特别柔顺。沈君则心里一动，顺势就握住了她的手，手指从她的指缝里穿过，十指交错，再扣紧，让她根本没办法逃离。

萧晴挣了一下，发现挣不开，也只好任凭他牵着。

"走啦，去付款吧。"萧晴拉着他往付款处走。

走了两步，沈君则突然停下来，低声道："对了，那条鱼我去拿回来。"真是，被她细心擦手的动作感动到头晕，居然忘记拿回掉进水池的鱼了。

萧晴拉住了他，笑着说："不要了，我们买这么多菜，吃一个星期都吃不完呢。"

"哦，好吧。"看她认真的样子，沈君则也只好点了点头。

到家之后，沈君则进了厨房，萧晴便主动跟了进去，见他笨手笨脚切菜，萧晴走到旁边笑着说："还是我来吧。"

沈君则心底其实非常乐意她能够重掌厨房大权，可面子上有点儿过不去，总觉得自己做得不好被她鄙视，于是咬牙死撑："算了，你去画画吧，我知道怎么做。"

知道是一回事，做得不好吃是另一回事……

萧晴怕自己这么一说，他会恼羞成怒把菜刀直接扔过来，只好拐弯抹角地说："我妈说，两个人在一起要互相体谅。我觉得，你工作挺辛苦的，一天忙到晚，我就不一样了，画画什么时间都可以的。"

沈君则回头看了她一眼："你妈妈什么时候这么慈爱，还跟你说这些话？"

萧晴吐吐舌头："你出去吧，我来做。我很喜欢做饭。"只是不想再虐待自己的肠胃而已。

沈君则还不走，站在旁边说："我帮你切菜。"

可是你切的菜很难看啊……而且，你切一根葱的时间够我切三个土豆了……

萧晴忍了忍，微笑着说："你要真想帮忙，洗菜就好了。"

"哦。"沈君则点点头，把菜全部洗好，摆在桌上，没事做了，就靠在旁边看萧晴做饭。

"唉，你在后面看着我，总让我觉得后背在吹冷风。"萧晴回头看了他一眼，"出去不行啊？"

沈君则哼了一声，扔给她一个"懒得理你"的眼神，转身走出门去。

萧晴这才长长吐出口气，抢回厨房使用权还真不容易，难受了一个星期的肠胃终于可以重见天日了，自己的胃还是要靠自己来养，沈君则的厨艺完全靠不住啊。

自那天被她赶出去之后，沈君则就再也没有在萧晴做饭的时候进过厨房，只是在吃完饭后乖乖负责洗碗。

这样的分工很好，至少，萧晴觉得非常好。

至于某个男人在厨房挽起袖子洗碗时冷着脸皱着眉的模样，她就假装看不见好了。

「番外二」
晴 天

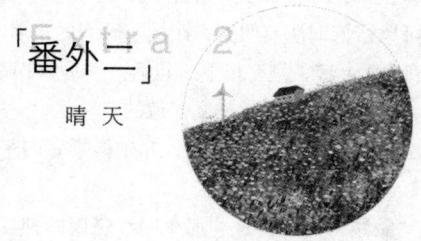

萧晴读研二那年，练熟了鼠绘，闲下来的时候就在电脑上画一些漫画，刚开始只是自娱自乐，后来觉得自己画得都还好，于是就去网站上连载。

取了个笔名叫作小晴天。

漫画刚开始时点击率很低，像她这种画青春成长类的，非常慢热，主角之间也没有太多暧昧，在快餐文化式的网络连载中，显得也太过于平淡了。

不过她也不在乎那些点击率，纯当是练笔。一百多页漫画慢慢画下来，画风倒是成熟了不少，笔下的人物不再是空洞的衣架子，眼神、动作、表情也能够比较熟练地把握了。

有个杂志的编辑慧眼识英才，偶然间点进她连载的漫画，非常喜欢她可爱的画风，就加了她的QQ，说能不能给杂志画一些插图。

萧晴还是第一次接到约稿，高兴得手舞足蹈，立马就答应下来，认真看了那个作者的短篇小说，画了一张配套的彩色插图。

那幅画被选为当期杂志最受欢迎的插图。

她画的那幅画也确实很美。背景是在秋天的校园里，温暖的阳光透过薄薄的云层洒下来，树上火红的枫叶被微风吹得轻轻晃动。男主角就坐在那棵树下，手里拿着一本书，低下头认真地阅读着，女主角站在远处，静静地看着他。

画面中的女主角被模糊处理，如同梦境一般美好。那样清新的画风，几乎能让人切身感受到学生时代的青涩初恋。

更没想到的是，那幅画得到了作者本人红烧肉的高度赞扬，说小晴天画的这幅图，完全是他心目中的场景，他非常喜欢。

小晴天突然红了，QQ上不断有人约稿，甚至还有些读者给她写邮件，说非常喜欢她笔下那些清爽的少年，能不能多画几张给大家饱饱眼福。

萧晴自己就很爱画画，再加上画的是美男子，心情就更加愉快。

不出半年，她就画了二十多张美少年的图，背景各不相同，甚至还有古代背着剑的侠客，可风格依旧清爽明亮，跟她小晴天的笔名非常一致。

有一天，祁娟在QQ上敲了她，扔下一句话："那个小晴天是不是你？"

萧晴怔了半响，疑惑地问："你怎么知道的？"

她才不信祁娟会闲着无聊看漫画连载，祁娟的嗜好向来是恐怖鬼片和名侦探柯南。

祁娟扔来一个"骷髅"的表情："那个叫红烧肉的神经病，到处夸你，说小晴天是画画天才，他心里想很久都描述不出的场景，居然能被你画得那么精致契合。我好奇之下就搜来看，觉得那画风挺像你的，笔名也有个晴字。是你吗？"

"哦，是我啦^_^！"萧晴被夸得有些不好意思。

"你认识红烧肉？"

"不认识啊。"

"那他怎么到处夸你，我还以为你俩很熟。"

萧晴很疑惑："你认识他吗？怎么这么关心他的事啊？"

"我被他坑了！那个浑蛋连载的一部长篇小说，武侠的，我从第一章就开始追着看，他写啊写啊，写了两百万字，铺垫了一大堆各大门派的恩怨情仇，终于写到万众期待的高潮部分，主角和反动势力在华山顶进行激烈大火拼。结果，打到一半，突然杀出来一个世外高人，讲了一堆天外有天人外有人，江湖之中从来没有永远的强者，其实在我眼中，你们的绝世神功，不过是雕虫小技……

"然后，那世外高人一招把主角灭了。

"然后作者说全文完结！

"我靠！！！我追了两年的结局！！！"

萧晴看着她发过来的一连串感叹号，切身感受到了她的怒气，忍不住按了按胸口说："这作者真极品啊，小娟你悲剧了。"

"对啊！简直就是变态！你说，有他这么缺德的吗？写了两百万字，架构太大了圆不回来，就这么给我烂尾！完全没有道德的家伙。对了，你离这种人远点儿。"

"嗯，我再也不给他画画了，我最讨厌这种没品的作者。"

祁娟的气稍微消了点儿，这才打字道："不过，萧晴，我说真的，我有种奇怪的感觉……"

"嗯？"

"你画的那些美男子，我总觉得很熟悉。"

"怎么会？"

"比如这一张，眼睛挺像沈君则，这一张，鼻子像他，这一张，眼神又很像他。"

萧晴顿时泪流满面，祁娟你为什么每次都要这么真相……真打击她的自信，还以为掩饰得很好呢。

其实，她画这些画确实参考了身边的某个美男，或许是受了他的影响，画里的人或多或少总有一点点他的影子。

没见过沈君则的人，当然不会看出来那十多张图的奥妙，可熟悉的人，仔细琢磨，就能从每张图中看出一点点属于沈君则的痕迹。

"我说，你心目中帅哥的标准就是你家那位了？"

"呵呵……"萧晴只好干笑。

正尴尬间，身后突然传来一阵熟悉的压迫感，萧晴还没来得及关电脑，就被沈君则从背后轻轻抱住："干吗呢？"

低沉的声音响在耳边。

"又在画画？来，给我看看你在画什么。"

"别看……"萧晴赶忙用手去挡，却被他抓住，左手控制住她，右手拿过鼠标，点开了作图软件。

沉默了半晌，沈君则突然说："你画的图还不错，挺专业的。"

"谢谢。"萧晴干笑。

"我怎么觉得有点儿面熟？"沈君则疑惑地皱起了眉头。

萧晴赶忙道："哎，这种图网上到处都是啊，千篇一律，看上去面熟很正常！"

"是吗？"沈君则看了她一眼，"那你继续吧。"

"哦。"萧晴点点头，心惊胆战地关掉了跟祁娟的对话窗口，丝毫没有发现转身的沈君则嘴角扬起的得意笑容。

一个月后，某天，萧晴带着画好的作业去了温平的办公室。

敲了敲门，里面似乎没人，萧晴便推开门，想把作业放桌上就走，反正她跟温平很熟悉，从小到现在这么多年的交情，名义上是师生，相处时却更像朋友。

她走到桌前，突然发现电脑屏幕亮着，界面居然是某个文学网站的作者后台，新章发布那里写了这么一段话——

"《江湖游侠录》这部小说的大结局发出后，很多读者向我发来邮件表示了非常亲切的问候，有部分慰问信件甚至包含了我的家人，在此我深表感谢。你们冤枉我了，其实我并不是烂尾，我说的完结指的只是第一部的完结，这一部里，所有的主角都死了，但是他们的灵魂并没有死，而是飞升到了另一个更加广阔的世界。下面，大家跟我一起看第二部吧，名字叫作《异世游侠录》，我打算用一年时间写完它。"

下面的读者回复里简直是鸡蛋与石头乱飞：

"你去死啊！"

"信你才见鬼啊！"

"你是不是又要写到两百万，然后再团灭来第三部《仙界游侠录》啊！"

"你饶了我们吧大哥！你还是坑了吧，求你了！"

萧晴突然觉得脊背一阵发寒。

那个暗中提携她的作者红烧肉居然是……

办公室的门突然被推开，拿着画板的男人弯起嘴角，笑得温和可亲："萧晴，你来交作业吗？放桌上就可以了。"

萧晴手一滑，一沓画稿全掉到了地上。

「番外三」

宝　宝

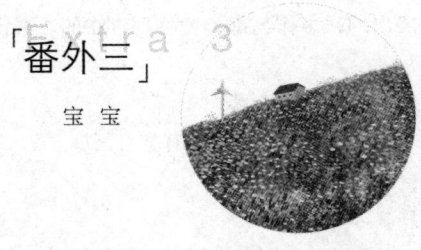

　　寒假的时候，沈君则打算筹备一场迟来的蜜月旅行。

　　本来嘛，他跟萧晴结婚的时候只是作假给双方父母看的，当时两人彼此讨厌，恨不得用目光把对方切成碎片，在那种情况下蜜月旅行自然就取消了。

　　可是如今，两人心意相通真的做了夫妻，沈君则总觉得，当年没度蜜月实在是遗憾。

　　他必须弥补这个遗憾。

　　沈君杰得知哥哥要去度假，很殷勤地给了他一堆建议，沈君则从他勾出来的几个地方挑来挑去，最后挑中了威尼斯。

　　他直觉萧晴会喜欢水。

　　当然，他对萧晴的直觉总是会出错。

　　第二天，晚饭过后，沈君则故意把旅行社关于威尼斯自助游的传单放在了桌上，等着萧晴主动问他，吊起她的胃口，再告诉她寒假很有空，不如一起去补一个蜜月旅行。

　　萧晴从厨房出来，瞄了一眼桌上的传单，眼神一亮。

　　沈君则心想她果然喜欢玩水，所以才这么开心。

　　结果萧晴却说："喂，你这报纸不用了吧，给我包一下皮鞋。"说着就把那传单顺手拿起来，去了卧室，包了她的皮鞋。

　　"……"沈君则的脸色有些僵硬。

　　那是报纸吗！那是他选了好久的旅行路线！居然被这死丫头当垃圾拿去

包皮鞋……

见她正在收拾行李，沈君则冷着脸问："你收拾行李做什么？"

萧晴一边继续低着头整理箱子，一边淡淡地说道："哦，我忘了跟你说，后天要跟温老师去外地参加一个画展。"

沈君则挑眉："画展？"

"对啊，这次展出的很多作品都是我特别喜欢的。据说国内很多大师也会亲临现场。"

沈君则沉默片刻："你不是放假了吗？"

萧晴笑了笑："就是因为放假了，才有空去画展。"

沈君则沉下脸："去多久？"

"好像要一个月。"

"一个月？"沈君则的脸色更难看了，"你假期才一个月。"

"所以我要充分利用时间啊。"萧晴不明白他在生什么气，看了他一眼，估计是不爽她走了没人做饭，于是笑着说，"你放心，我做了很多吃的放在冰箱里，排骨都冻好了，用微波炉热一下就可以。我还做了些炸酱，你可以直接下面条拌着吃。要是吃完了，你就在外面的餐厅吃饭。"说罢又低头收拾起行李来。

"跟这个没关系。"沈君则皱了皱眉头，"你走了我不会把自己饿死。"

萧晴疑惑道："那你生什么气？"

"没什么……"沈君则总不好直说他生气是因为蜜月计划泡汤了吧，于是冷着脸道，"你什么时候走？"

"后天。"

"那明天没什么事，对吧？"

"对啊。"

沈君则没再说话，若有所思地转身去了浴室。

萧晴收拾完行李，出了一身汗，去浴室冲了个热水澡，便跑到书房去查这次画展的时间安排。其实，画展只需要一个星期，她跟温平去一个月，主要目的是为了写生。

虽然她有绘画天分，可温平说，她的画风还不是很成熟，有些线条也略显生硬，还需要多多练习。快毕业了，萧晴总要交出一份满意的毕业设计，这次去的地方风景很不错，正好可以练笔。反正温老师包吃包住，不去白不去嘛。

当然，萧晴并没有跟沈君则说实话，她直觉如果她说是跟温平单独去写生，沈君则绝对不会同意的。这个男人独占欲极强，虽然自己跟温老师之间只是亦师亦友的关系，可他真吃起醋来，别说温平，连一只动物都不会放过……

萧晴正在胡思乱想，身后突然传来一道低沉的声音："在画什么？"

"哦……我在查些资料。"

"没在画画？"

"嗯。"

"这么说，你不会埋怨我打断你的灵感了？"

"不会啊。"萧晴的注意力还放在电脑屏幕上，丝毫没有察觉到他越来越近的脚步声。

直到身体突然从椅子上腾空而起，萧晴才一脸震惊地道："你干吗？"

"资料明天再查，你累了，先休息吧。"

"喂！"

被他整个用公主抱的姿势抱了起来，萧晴心里十分别扭。

"你放我下来……"

沈君则却无动于衷，继续抱着她往楼上的卧室里走。萧晴被他抱着上楼梯，眼前一阵头晕，赶忙伸手搂住了他的肩膀。

她丝毫没有注意到某人唇边扬起的恶劣笑容。

被抱着经过自己的卧室，直朝着他的卧室走去，萧晴心里一慌，一手紧紧抓住他睡衣的袖子："君则，放我下来……"

"嗯，马上就放你下来。"沈君则淡淡说着，一脚踢开卧室的房门，三两步走到床边，把萧晴放在自己的床上，身体也随之压了下去。

萧晴被他压倒在床上，一时间有些不知所措。

"你……干什么啊？"

沈君则扬了扬眉："你说呢？"

看着他深邃的眼睛，萧晴心里一阵慌乱，扔下一句"我回去睡觉了"就起身往外跑。

沈君则一手把她拖了回来，手臂轻易控制住她的腰，萧晴挣扎之间，原本系在腰间的带子也松开来，露出了大片雪白的肌肤。

"别逃避了。"沈君则低声说，"我们已经是合法夫妻了，你还想让我忍多久？"

"呃……我……"看着他深沉的眼中自己小小的缩影，感觉到他温热的皮肤跟自己胸膛紧贴着不留一丝空隙，萧晴的脸颊不由得一红。

他果然是想今晚就……

"嗯……"仿佛是证明她的想法似的，沈君则俯身吻住了她，双手也不闲着，迅速而灵巧地拉开了那条碍事的腰带，往两边一剥，萧晴就整个裸露在他面前。

她这睡衣还真方便做坏事啊。

沈君则轻轻笑了一下，亲吻沿着她修长白皙的脖子一路下滑到锁骨，还恶劣地在锁骨处留下两个齿印。萧晴挣也挣不开，紧张地攥住了床单，整个身体也僵硬得如同石像。

沈君则无奈地吻了吻她发颤的嘴唇，低声在她耳边说："别怕，我会温柔的。"

"嗯……"萧晴红着脸点点头。

这一关是迟早要过的，在她答应跟他正式在一起以来，两年时间，沈君则曾有好几次想把她吃干抹净，都被她以肚子疼、头疼、胃疼等各种借口给推了，几乎全身都疼了一遍，这一招早就不管用了。

看来今天是躲不过的……

萧晴认命地闭上眼，心里默念着：早死早超生。

看着她一脸壮士就义般悲惨的表情，沈君则忍不住轻轻扬起了嘴角。

这家伙还真是笨到可爱……

果断扯掉了她最后的一层内衣，膝盖挤进她双腿之间，萧晴已经害羞到全身都泛起了红色，睫毛轻颤着，死死咬着嘴唇。

毕竟是第一次，沈君则不忍心伤到她，耐心地亲吻着，做足了前戏，这才温柔地进入她体内。

……

良久之后，沈君则终于释放出来，趴在她身上轻轻喘着气。

"萧晴，我爱你。"

听着他在耳边低沉的声音，萧晴红着脸把头埋在他怀里，狠狠咬了他一口。

"呵呵。"沈君则轻笑，"你这表达的是什么意思？"

萧晴不说话，紧紧抱住了他。

沈君则温柔地回抱住她，两人听着彼此激烈的心跳，沉默了良久……

萧晴突然说："对了，你……你没戴那个？"

沈君则笑了笑："没关系，要是怀孕了就生下来吧。"

萧晴大怒："是我生又不是你生，你倒是说得轻松！"

"你生下来我带嘛。"沈君则淡淡地说，"我突然觉得，生一个小宝宝，白白嫩嫩长得像你，也挺好玩的。"

"好玩？"萧晴说着就扑过来打他，"你浑蛋，我还没心理准备！"

"你还有力气打人，看来体力恢复得不错。"沈君则说着，轻轻松松又把她压回床上，"喂，说真的，不如我们要个孩子吧。"

"……"

卧室里再次响起破碎的呻吟声，直到东方发白的时候，才渐渐平息下来。

次日，萧晴一直睡到中午才起来，全身酸痛不堪，沈君则简直就是个禽兽！见他心情颇好地坐在床边玩手机，萧晴忍不住白了他一眼。沈君则对她的白眼回了个好脾气的微笑，低声问："饿吗？"

"嗯……"

"你先去洗个澡，我给你拿吃的。"说着他便转身，去厨房拿了热好的牛奶和面包。

萧晴洗完澡回来，把他端来的食物狼吞虎咽地吃光了。

"明天几点的飞机？"沈君则问。

"上午九点。"

"我到时送你吧，今天在家好好休息。"

"嗯。"萧晴乖乖点头，经过昨晚，她今天也没太多体力出去逛街，只好窝在床上补眠。

沈君则倒是出去了一会儿，回来时大包小包提了一堆，萧晴疑惑地看着他，他便解释说："你这次出门要一个月，我给你买了些衣服，还有日用品和零食。"

虽然感动于他的体贴，可是，有没有搞错啊，这么大的箱子，确实是去看画展而不是搬家吗？

萧晴见他低头整理着箱子，忍不住轻声提醒道："这么多行李，我带不上的。"

"行李直接办托运，又不用你背，你怕什么。"沈君则从行李堆里抬起头来，看了她一眼，"下飞机的时候提不动就让温平帮你提，他行李肯定少。"

"嗯。"实在不好意思拒绝他的细心，萧晴也只好点了点头。

机场送行的时候，沈君则一手提着行李，一手牵着萧晴，到了候机大厅看见温平，微微笑了笑："温老师。"

"嘿，沈先生。"见他把萧晴的手握得紧紧的，温平忍不住好笑地侧过头去，他才不想让小夫妻送别的场景刺激他这孤家寡人。

沈君则低声在萧晴耳边叮嘱："在外面好好照顾自己。"

"嗯。"

"记得按时吃饭,晚上别熬夜。"

"嗯。"

"还有,每天都必须给我电话。"

看着旁边的温平一脸忍笑的模样,萧晴也有些尴尬,点点头道:"好了好了,我都知道,你别瞎操心。"

沈君则看了她一眼,见时间也差不多了,于是站起来,轻轻抱了抱她:"等你回来。"说着就在她的额头上印下一吻。

直到沈君则走后,温平才一脸坏笑地说:"小夫妻感情挺好啊。"

萧晴不好意思地笑笑。

"萧晴啊,你也快毕业了,可以计划生一个小的。"

"嗯?"萧晴一时没弄明白他的意思,沉默片刻,才勃然大怒,"开什么玩笑!我还没准备好,才不要生孩子,带小孩太恐怖了!喂牛奶,还要换尿布,大半夜还要被哭声吵醒……"

还是算了吧,温平心想,她这毛躁的性格,生下来的孩子得有多恐怖啊……

到了D市,参加完画展,正好赶上年末的大雪。萧晴非常喜欢雪景,跟着温平到处写生,画了许多漂亮的线稿。

那天在雪地里待了太久,回到酒店之后就连打了几个喷嚏,第二天就发起了高烧。

萧晴跟温平发短信请了假。迷迷糊糊中,萧晴凭着直觉按了1号快捷键设置的那个号码,等电话接通,萧晴由于发烧烧得糊涂,对着电话那边就胡说八道了一通,什么吸血鬼、九阴真经的台词又从嘴边冒了出来,沈君则听得简直大皱眉头。

下午的时候,萧晴正睡得迷糊,隐约听到一阵敲门声。她从床上爬起来打开门,就见沈君则沉着脸站在门口。

好像在雪地里走了很久的缘故,他深灰色的西装上带着一股冷冰冰的气流。

萧晴摸了摸他的西服,笑着道:"哎?这人是真的吗?"缩回手来,"我又做梦了……"头晕晕的,全身酸软无力,转身的时候差点儿被地毯绊倒。沈君则伸手扶住了她,手臂一抬,就把她整个抱了起来。

"我来看你。"耳边传来他低沉的声音,带着点无奈,语气却很温柔,"你果然是发烧了,才会打电话跟我胡说八道。"

"呃……头好痛。"萧晴意识还不太清晰,使劲按着快要爆裂的太阳穴,觉得沈君则身上的味道很让人安心,便把头靠在了他的肩上。

沈君则把她抱回床上,拿了条毛巾浸上冷水敷在她的额头上,一边用酒店里的水壶烧了热水,接着便转身下楼:"你先睡会儿,我去买点儿药。"

出门的时候,沈君则正好遇到隔壁的温平。温平笑眯眯地跟他打招呼:"嘿,沈先生,你怎么来了?"

沈君则淡淡地道:"我出差路过这里,顺便来看看萧晴。"

这男人明明是担心萧晴生病了,才匆忙订当天的机票飞过来的,还在那里编什么出差的借口,温平心知肚明,却没有戳破,笑着说:"她好像病了,你好好照顾她。"

"我会的。"说完,沈君则就转身走了。

温平摸了摸下巴,把手里的药塞回口袋里。其实他出门是想来隔壁看看萧晴的情况,幸好没有早那么几分钟进去萧晴的房间照顾她,不然正好跟他遇上,他见自己照顾萧晴的场面绝对要打翻醋坛子。

既然萧晴的老公过来了,他这老师自然可以不用理她了。温平心情大好,回屋拿起相机就去四处拍雪景。

那天晚上,萧晴发烧发了一整夜,沈君则在她身边不眠不休地照顾。萧晴出了一身汗,怕冷,沈君则就躺在她身边抱着她,两人一起裹在厚厚的被子里睡着了。

天亮的时候,退了烧的萧晴迷迷糊糊醒了过来,发现自己被某人紧紧抱在怀里,被子把两人包粽子一样包了起来。萧晴大惊失色,怎么一发烧,最想念的人居然就自动出现在了身边?

以为自己在梦游,萧晴狠狠掐了把胳膊,疼得龇牙咧嘴。

两人裹在被子里身体紧密相贴,被她这么一折腾,沈君则也醒来了,伸出手试了试她额头的体温,笑着说:"烧退了,有精神就掐自己的胳膊?"

萧晴闹了个大红脸:"我以为做梦呢。"

"哦……"沈君则故意拖长了语调,"你做梦经常梦见我?"

"哪有。"

"不错,你烧糊涂了还记得给我电话。"

"呃——"萧晴被他识破,有些不好意思,"你怎么在这儿啊?"

"接到你的电话,就飞过来了。"

原来他是担心自己,才立即赶飞机跑过来的,怪不得记忆中他的西装冷冰冰的,或许出机场的时候遇上了大雪。萧晴心里不由得一阵感动,赶忙把身体往他怀里缩了缩,紧紧靠在他的肩上,轻声说:"君则,谢谢你来看我。"

"嗯。"沈君则微微一笑,"没事就好"

接下来的半个月,沈君则都陪在萧晴身边。当然,他也正大光明地从她身上索取了一些报酬。萧晴感动于他毫不犹豫飞来探病的行为,心里又实在想念他,自然就由着他为所欲为。

温平知道隔壁那对小夫妻正在上演久别胜新婚的戏码,萧晴不找他,他也乐得一个人悠闲自在,整天拿着相机到处晃,玩得不亦乐乎。

寒假很快就结束了,开学之后,萧晴一直忙着学业。因为寒假外出写生,她画画的思路倒是拓宽了许多,在温平的指导下,毕业设计也顺利完成了,只等着今年6月份顺利毕业。

这天,萧晴正在画室给一幅旧作上色,起来的时候突然一阵头晕,一下倒在地上。身边的同学吓了一大跳,手忙脚乱把她抬去了医院急诊,医生做完简单的检查,说她有点儿轻度的贫血,这是怀孕后的正常反应。

什么?怀孕?

一群人面面相觑。萧晴倒在这时候醒来了,在一群同学看大猩猩一样的眼神中,尴尬地说:"其实我早就结婚了……"

众人一脸震惊,恭喜啊,你太强了,这么快就要当妈妈了,你是我们这一届第一个当妈妈的,生下来的孩子要认所有人当干妈……

萧晴被吵得一阵头大,惨白着脸给沈君则打了个电话。

沈君则当时正在对一群人交代次日的会议安排,一手拿着报告材料,看了眼来电显示上的名字,接起来,声音不由得放柔了些:"萧晴,怎么了?"

"呃……我有件事要告诉你。"萧晴轻声说。

"嗯,怎么?"

"我……我怀孕了。"

"砰"一声,沈君则手里的手机掉到了地上。

办公室里一群人面面相觑,心想,沈太太杀伤力就是强,上次在会议室一声"老公"叫得沈先生思维凌乱,今天也不知说了什么,短短一句话就让他摔了手机。

一群人忍着笑,低头默默假装没看到。

沈君则狠狠地捡起手机,冲电话那头道:"你说真的?你怀孕了?"

一群人恍然大悟对视一眼。

"呃,是啊……"萧晴轻声说,"我现在在医院,你能过来吗?"

"我马上过去!"手机一挂,沈君则随手抓起外套就往外走,走了两步,发现办公室里一群垂着头的人,脸色不由得一僵,淡淡说道,"我太太在医院,我先过去一下。关于明天的会议……"

"没事，您去忙吧，我们都明白了。"

"恭喜啊，沈总要当爸爸了……"

"恭喜恭喜。"

沈君则脸色平静地点了点头，转身就往楼下飞去，终于忍不住扬起嘴角开心地笑了起来。

他要当爸爸了！

以前一直觉得有个长得像萧晴的小孩儿整天趴在自己身上叫爸爸是件很恐怖的事情，可后来，看见那些夫妻领着小孩儿去游乐场，一家人很甜蜜的样子，沈君则又有些羡慕起来。

他小时候，父母从来没有带他去过游乐场，他根本没有体会过多少属于童年的快乐。要是自己有了孩子，一定要让小孩儿健康快乐地长大。

突然觉得，有个小孩子长得像萧晴，皮肤白白的、眼睛大大的，扑到自己怀里笨笨地叫着爸爸，他可以捏捏小孩胖乎乎的脸，那场面，想起来就觉得很温馨。

沈君则飞到医院的时候，萧晴正坐在病床上低头发短信。

沈君则快步走到她床边，柔声问："你怎么样？有没有哪里不舒服？怎么突然跑医院来了？"

"我没事。"萧晴冲他笑了一下，"那个，孩子……"

沈君则紧张地说："别说你要把孩子拿掉，我不同意。你过两个月就毕业了，正好在家里安心等他出生，其他的事都交给我。"

"我没说要拿掉啊。"萧晴笑了笑，轻轻握住他的手，"你的孩子，我怎么舍得？"

沈君则大为感动，赶忙伸出双臂紧紧抱住她，温柔地亲吻着她的头发："我们一起等孩子出生吧。"

"嗯。"萧晴在他怀里点了点头。

沉默良久后，沈君则又轻声说："对了，你这些天先别去学校了，在家休息吧。医生说你贫血，要好好补充营养。"

"嗯。"

"还有，你喜欢什么颜色的婴儿床？回家顺便买一个吧。"

"……"

"孩子的衣服也多买几套好了，不知道是男孩儿还是女孩儿……"

见沈君则一本正经为小孩儿的出生做各种计划，萧晴忍不住无奈地笑了起来,现在才一个月,至于连婴儿床都买好吗?他到底有多期待当爸爸啊?

沈君则一直认为,萧晴生个女儿长得像她最好了,女儿比较乖,也好带。没想到九个月后,萧晴居然生下一个大胖小子。

虽然儿子他也喜欢,可是,那臭小子居然越长越像他,而且,小小年纪调皮得要命,经常拿妈妈的颜料去衣柜里把衣服染得五颜六色,有时候还爬到他的办公桌上乱敲他的电脑键盘……

这个臭小孩儿,完全毁灭了他当初生一个可爱贴心的女儿的幻想。

萧晴心软,总是惯着儿子,沈君则倒是很不客气,抓过来揍了他一顿,死小孩儿居然跑去妈妈面前告状,扑到萧晴怀里一把鼻涕一把眼泪:"爸爸打我,呜呜,爸爸打我。"

只是打了两下屁股而已,说得好像爸爸有多暴力!

看那小家伙哭红了鼻子,沈君则实在是头疼。

两年后的某天,沈君则突然凑在萧晴耳边说:"我们都是独生子女,我咨询过祁娟,其实我们还可以再生一个的……"

萧晴大惊失色:"不是吧?我觉得一个孩子挺好的,他虽然调皮了点儿,可男孩子嘛,小时候都是这样的。我听阿杰说,你小时候也很调皮,过几年长大了就好了……"

"再生一个女儿嘛。"沈君则开始厚着脸皮耍赖。

"喂,你也太贪心了……嗯……"

于是十个月后,产房里又传来一阵响亮的啼哭声。

卫楠医生把孩子抱出来见父亲,小宝贝小脸皱成一团,鼻子一动一动的,不怎么爱哭,抓着爸爸的大手好奇地把玩着,看上去特别温顺可爱。

沈君则忍不住微笑着逗他,捏着他的脸说:"这孩子比哥哥乖很多啊,是女儿吧。"

卫楠瞄了他一眼,淡淡地说:"是儿子。"

"……"为什么又是儿子!

沈君则突然觉得,他的噩梦又要开始了。

「番外四」

一家四口的日常

给孩子取名字,对沈君则来说是件痛并快乐的事情。大儿子出生时,他本想把取名的权利交给萧晴,结果萧晴抓破脑袋,终于想到了一个读起来挺顺口的名字"沈飞侠"。

沈君则:"……"

你还不如叫他沈大侠。

见沈君则脸色僵硬,萧晴只好笑着说:"我想不到好听的名字,不如你来想吧。"于是,萧晴把给儿子取名的重任毫不犹豫地推给了沈君则。

沈君则无奈,只好回家翻看字典,用各种文字排列组合,看来看去总觉得不满意。

正好当时沈老爷子从美国回来度假,知道沈家添了个曾孙,乐得都快合不拢嘴,提着一大包玩具和礼物到沈君则的住处探望小重孙,沈君则将计就计,便把给孩子取名的重担挪到了爷爷肩上。

沈君则表情平静地说:"爷爷,孩子的名字还没取,不如您给他取一个?"

沈老爷子倒也干脆,上网按照孩子的出生日期查了一下皇历,最终得出结论:"这个孩子五行缺水,名字里带水会比较好。"沈老爷子摸着胡子笑呵呵地想了想,然后说,"不如叫'沈海川'?取'海纳百川'之意,怎么样?"

萧晴听到之后立即点头如捣蒜:"好啊好啊!爷爷取的这个名字好听!"

沈君则:"……"

萧晴的审美观,沈君则一向不敢苟同,不过,比起什么沈飞侠,沈海川已经好太多了。萧晴抱着儿子轻轻捏他的脸:"宝贝,叫你沈海川好不好?"

她怀里的宝宝居然很是配合，开心地用双手抱着妈妈的胳膊，笑弯了眼睛。

沈君则看着那一幅温馨的画面，心底突然蔓延开一片柔软，忍不住伸手摸了摸儿子的脑袋，脸上难得地露出一丝微笑："就叫沈海川吧。"

于是，大儿子的名字就这么定了下来，全名叫沈海川，小名就简单地直接叫大海——当然这又是萧晴的主意。

从那天起，沈君则的别墅里总能听到一个女人用温柔的声音叫：

"大海乖啊……"

"大海该起床了……"

"大海别哭了……"

"大海是不是饿了……"

"大海再多吃点儿……"

"……"

刚开始的时候，沈君则每次听萧晴用那种温柔的声音叫"大海"，总觉得特别别扭，这种感觉就跟脑袋被海水给淹了一样，脑仁一阵阵发胀。

后来听多了，沈君则倒是渐渐地就淡定了。

他从来不会叫儿子的小名，觉得叫大海会把儿子叫傻，每次都是直接叫沈海川。小孩儿似乎并不喜欢父亲严肃的样子，每当妈妈叫他大海的时候他就很开心地挥舞着白嫩的手抱住妈妈笑，可每当爸爸叫他沈海川的时候，小朋友居然无动于衷，根本不理人。

沈君则觉得再这样下去，儿子要被他妈妈给玩坏了。

沈海川七个月大的时候，第一次开口叫出来的词就是"妈妈"。

当时一家三口正围着餐桌吃饭，听到儿子突然挥舞着小手叫"妈妈"，萧晴猛然愣了愣，随即激动地把孩子抱起来，眼眶湿润几乎要哭出来了。

"宝贝，你叫什么？再叫一遍，乖，再叫一遍……"

萧晴轻轻握住儿子的手，声音都哽咽了。初为人母，在第一次听到小宝宝叫妈妈时的激动心情简直无以言表。

沈海川用软软的小手抓住萧晴的拇指，笑呵呵地叫："妈妈……"

萧晴高兴坏了，抱着儿子跑到沈君则面前道："君则你听到了吗？他叫我妈妈了……"

沈君则微笑着站起身来，摸了摸儿子的脑袋，柔声说："听到了，这么早就学会说话，看来我们的儿子还不笨。"

萧晴使劲点头："他肯定很聪明的！"

听到儿子会说话了，沈君则也心情极好，忍不住伸出手抓住了儿子的另一只手，低声道："儿子，叫声爸爸来听听？"

沈海川笑呵呵地叫："妈妈。"

沈君则表情一僵，压低声音说："叫爸爸。"

沈海川继续笑："妈妈。"

沈君则："我是爸爸……"

沈海川："妈妈……"

沈君则："爸爸。"

沈海川："呜呜呜……妈妈……"

沈海川小朋友被父亲大人凶得哭了起来，萧晴赶忙把儿子抱开，埋怨地看着沈君则："你凶什么，他还小呢。"

萧晴心疼地拍着儿子的背，柔声哄着他："大海乖，不哭了……"

说着又看了一眼沈君则："都怪你太严肃，把儿子都给吓哭了！"

沈君则："……"

沈海川被妈妈哄了一会儿，很快就不哭了，伸出两只手，示威一般朝沈君则挥舞着。

沈君则："……"

母子俩一大一小，睁着黑白分明的眼睛一起瞪他，沈先生只好默默地转身洗碗去了。

沈君则以前什么都不怕，后来他遇到了一个克星那就是萧晴，再然后萧晴生了个小魔王，跟他妈妈一样，成了沈君则的又一个克星。

这日子没法过了啊！

沈海川的确非常聪明，很快就从说简单的几个字到完整的句子，进步非常神速。

他也学会了叫沈君则爸爸，沈君则第一次听到的时候也挺激动，只不过，臭小子还是更喜欢黏着妈妈。萧晴每次在屋里用电脑画画的时候，小家伙就爬到凳子上坐在她怀里睁大眼睛看着，对父亲大人电脑里的那些公司文件和数据表格，小家伙则完全不感兴趣。

沈君则心里异常郁闷。自从孩子出生后，萧晴 80% 的注意力都放在儿子身上，15% 的注意力放在她的工作上，身为丈夫的沈君则只占据了她 5% 的时间。

沈先生被打入冷宫，心底的怨气积累了整整两年，直到沈海川两岁生日那天。

那天晚上，夫妻两个买了蛋糕给儿子庆祝生日，萧晴亲自下厨做了一桌丰盛的饭菜，沈君则给儿子买了新的衣服、新的玩具，还给儿子拍了很多纪念照片。

一家三口围着饭桌吃完晚饭，沈海川困了，萧晴便哄着他睡下。

自从儿子出生开始，萧晴就把婴儿床放在自己的卧室里。她担心儿子单独睡会从床上滚下来，而且，看多了那些"夫妻两人睡得太沉孩子被闷死"之类的负面新闻，萧晴就更不放心了，把孩子留在自己的卧室能随时知道他的状况，半夜饿哭了也能及时起来喂他。

这可苦了沈君则，他还年轻，正是血气方刚的年纪，老婆在身边，很多时候会有拥抱她的冲动，可又要顾及睡在婴儿床上的小家伙而不敢轻举妄动……

这两年，沈先生几乎练成了忍者神功，偶尔的几次也被小朋友的哭声打断，弄得沈君则很是狼狈。

好在孩子总算长大了一点儿，沈君则暗暗地想——既然已经两岁了，哄睡着了应该没问题吧？而且，他给儿子的两岁生日特别定制了一张新的单人床，周围都用柔软的护栏围起来，就算臭小子在床上滚来滚去也不可能掉下来。

于是，这天晚上，沈君则趁萧晴洗澡的空隙，偷偷把熟睡的儿子放到了隔壁新买的床上，帮儿子盖好被子，轻轻关上房门。

萧晴洗完澡出来，见沈海川小朋友不见了，忍不住问道："哎，儿子呢？"

沈君则严肃地说："我把他抱去隔壁睡一会儿，他在这里，容易被吵醒。"

容易被吵醒是什么意思？萧晴还没弄明白，转身想去隔壁看儿子，却被沈君则突然一把拉进了怀里。

"你……唔……"

嘴唇突然被他热情地吻住，萧晴全身一颤，被沈君则直接打横抱起放到了床上。萧晴红着脸想要推开，却被沈君则轻轻压了下来，他手脚麻利地脱掉萧晴的睡衣，灼热的亲吻如雨点一般顺着白皙的身体一路向下……

"唔……君则……"

卧室内很快就剩下暧昧的喘息声。

一年之后，两人的第二个宝宝出生了，沈君则一直盼着萧晴的第二胎能生个女儿，最好长得像萧晴一样漂亮，性格乖巧可爱点儿，他会把女儿当成掌上明珠一样养大。

可没想到，第二个孩子居然又是个男孩儿。

沈君则真是欲哭无泪，看来他这辈子注定没有女儿命了。

夫妻两个都不会给孩子取名，小儿子的取名重任又一次落到了沈老爷子的肩上。老爷子照样查了一番皇历，仔细对照了一下生辰八字，摸着胡子笑眯眯地说："这个孩子命中又是缺水又是缺木的，不如就叫……沈海林吧。"

萧晴说："好啊好啊！爷爷懂得真多。"

沈君则："……"

沈君则对这种古老的"按生辰八字查皇历取名"的方法并不太苟同，不过，爷爷是他最为尊敬的长辈，由爷爷来给自己的儿子命名他也不敢有意见，加上萧晴挺喜欢，沈君则便点头同意了。

孩子的小名也很快就定了，依旧简单，直接叫小海。

看着大海和小海两兄弟，沈君则总是忍不住联想起《海尔兄弟》这部小时候看过的动画片……

小海林自出生起特别爱哭，而且专挑三更半夜的时候哭，他一哭，海川被弟弟吵醒，兄弟两个就开始一起哭，好像比赛谁的哭声更大一样，兄弟俩一起哭的时候就像是一场海啸。两兄弟在比赛谁更能惹爸爸生气的道路上一去不复返。

沈海川从小就非常调皮，总是把萧晴画画用的颜料当成好玩的东西往身上抹，沈君则每次回家看他把自己的脸涂得花花绿绿就忍不住想揍他。

本以为小儿子沈海林能够乖巧听话一些，没料想，这个小家伙又特别好动，没学会爬的时候就在婴儿床上滚来滚去，学会爬的时候就在家里的地板上爬来爬去……光着屁股爬啊爬的小家伙就像是一只小狗，沈君则把他抱起来，稍微一不留神，他又到地上爬啊爬……

沈君则实在是忍无可忍，干脆在整个别墅的地上都铺了一层厚厚的地毯。

小孩子虽然看着可爱，带孩子的过程却很辛苦，然而身为人父，沈君则也能偶尔从中体会到一些温情——

小儿子有时候会嘟着嘴巴凑过来亲他一下；学会说话的大儿子开始乖乖地叫他爸爸，偶尔也会伸出双臂做出抱抱的动作，笑弯眼睛说"爸爸抱"……

每当这时，沈君则心底总会忍不住生出一丝暖流。

那是属于他跟萧晴的孩子，融合了父母的基因，是血脉的传承，也是他们爱情的见证。

时光飞逝，两个孩子很快就长大了。

沈海川四岁那年，夫妻二人商讨过后决定把儿子送去离家最近的学校上学。这所学校是寄宿制，四岁开始读幼儿园小班、中班、大班，七岁就直接升一年级，所有的幼儿园小朋友都由老师统一照管，只在周末的时候放两天假，家长可以把小孩接回家去。

这天下午，萧晴正好要去参加画展，送儿子上学的任务就落到了沈君则身上。

沈君则牵着四岁的沈海川来到了学校的报到处。

男人的容貌本就十分英俊，穿着一身笔挺的西裤和衬衣，眉宇之间有种骄傲冷淡的气质，就像是从偶像剧里走出来的男主角。

这样一位年轻的父亲，在一群家长中显得非常耀眼。

沈君则把儿子的资料登记好，便带着儿子跟所有家长一起到教室里开一次短暂的家长会。班主任老师详细交代了幼儿园的硬件设备和规章制度等，让各位家长可以放心地把孩子交给学校照顾。

学校的条件很好，小孩子们的宿舍是四人间，每个人有独立的床、书桌和衣柜，至于娱乐设备，那可真是丰富得让家长们大开眼界，几乎比得上半个游乐场了。

参观完学校之后，沈君则便带着儿子来到宿舍，帮他把床铺整理好，回头说：「好了，今天开始你就在这里住，记得听老师的话，好好跟同学们相处，不要调皮捣乱。」

沈海川乖乖地道："知道了……"

沈君则说："那我走了。"

沈海川抬头微笑道："嗯，爸爸再见！"

看着小孩儿笑起来时亮晶晶的眼睛，沈君则心底一软，忍不住伸手揉了揉儿子的脑袋，语气也难得温柔下来："再见。"

沈君则走后，有个小朋友忍不住凑过来说："沈海川你爸爸好帅啊！"

沈海川骄傲地挺了挺胸："当然，我爸爸长得可帅了，对我也特别特别好！"

小朋友们都露出羡慕的表情。

这么说着的沈海川，完全忽视了就在三天之前，他爸爸还因为他弄坏了妈妈的电脑而狠狠地揍了他一顿。

沈海川去上学之后，家里似乎安静了许多，沈君则反而有些不习惯了，没那个小浑蛋整天捣乱，好像生活都缺了一点儿乐趣。

一周时间很快过去，到了接孩子回家的时候，沈君则和萧晴带着小儿子一起去接沈海川，打算一家四口顺便在外面好好吃一顿。

夫妻二人抱着小儿子在校门口等了一会儿，很快就听见下课铃声响起，一群穿着统一校服的小朋友如潮水一般从校门口拥了出来。沈君则的目光快速人海中扫过，很快就发现了自家那位背着蓝色卡通书包的小朋友。

那个男孩儿正快步往前走着，乌黑发亮的眼睛在人群里东张西望，脸上满是期待的表情，显然是在人群里找他的爸爸妈妈。

沈君则微微一笑，开口叫道："沈海川，这边。"

听到父亲熟悉的声音，沈海川立即高兴地往这边跑了过来，直接扑到了萧晴怀里："妈妈！"

萧晴穿着高跟鞋，被儿子这一扑差点儿绊倒，沈君则赶忙伸手扶住她，回头一看，只见身边的女人一脸柔和的笑意，俯身轻轻摸了摸儿子的头发，说："好久不见了，儿子。"

沈海川点点头，伸手抱住萧晴的腿，仰起头眼巴巴地看着她："妈妈，我好想你。"

沈君则在旁边轻轻咳嗽了一声。

沈海川立即识相地转过脑袋："爸爸我也想你。"

这还差不多……

沈君则嘴角扬起个微笑，一只手放在儿子头顶轻轻摸了摸，另一只手环住萧晴的肩膀，柔声说道："走吧，我订好位置了，我们一起去吃饭。"

听到有好吃的，小儿子沈海林立即兴奋地挥舞着手臂："吃饭吃饭，哥哥，去吃饭！"

沈海川拉着弟弟的小手："小海，这一星期我不在家，有没有想哥哥？"

沈海林说："没有啊。"

沈海川拍了一下弟弟的脑袋："怎么可能？"

沈海林说："你不在家，所有玩具都是我的，好吃的也不用跟你分，我为什么要想你啊？"

沈海川："……"

两个儿子在那里幼稚地对话，沈君则和萧晴对视了一眼，同时微笑起来。

一对年轻的夫妻，带着两个可爱的小朋友，一家四口一起到餐厅吃饭，这样一幅温馨和睦的画面吸引了无数人的视线。

沈海川和沈海林在饭桌上抢东西吃，你来我往，抢得不亦乐乎。

萧晴忙着劝架，沈君则温柔地给萧晴夹菜，一顿饭吃得其乐融融。

日子就这样一天一天过去，一家四口过得平凡又快乐。

萧晴以前从来没想过，自己会遇到沈君则这样的男人，初见时根本没想到会成为他的妻子，更没想到会给他生下两个宝贝儿子。

这个男人看上去冷漠又骄傲，然而只有她知道，这个男人，其实有一颗最温柔的心。

她无比庆幸遇见了他。

在漫长的生命中，有这样一个人相守相伴，每一个平凡的日子，都会变得美好和温暖。

「番外五」

姐妹聚会

萧晴完全没想到，好姐妹祁娟在玩网游时认识了温平老师，两人成了师徒关系，萧晴当时还信誓旦旦地说："如果祁娟会网恋，我就把键盘吃了！"而祁娟也很自信地拍胸脯说："放心，我才不会网恋呢，如果网恋我就去吃主板！"

因为祁娟的个性向来彪悍，生人勿近的气场导致很多年都没人敢追求她，萧晴抓破脑袋都想不到，这么强势的女人，居然会在网游里找情缘。

结果……祁娟果然不负众望地网恋了。

她跟温平老师从游戏走到了现实，并且在恋爱三个月后就神速地准备结婚。

收到结婚喜帖那一天，萧晴对着键盘泪流满面。沈君则给她买了个巧克力键盘让她吃了，温平当然也很体贴地买了个巧克力做的主板让祁娟吃了，两位先生很有默契，姐妹俩的赌约便就此揭过。

祁娟结婚之后跟温平一起飞去澳大利亚看袋鼠，顺便度蜜月，蜜月归来时居然就传出了怀孕的消息，萧晴和卫楠忍不住暗中佩服：娟姐果然够强悍，工作追求效率，结婚追求速率，连怀孕都要追求准确率……

温平老师高兴坏了，恨不得把祁娟捧到手心里，祁娟却一脸若无其事，依旧每天按时上班，巧舌如簧帮客户处理各种官司纠纷，要不是温平软磨硬泡，她甚至还要继续踩高跟鞋。

彼时，萧晴和卫楠都已经当妈妈了，萧晴的大儿子还不到一岁，卫楠则一次性生了对双胞胎兄妹，已经会走路了。

这一年的国庆假期调整，正好凑出了七天长假，祁娟提议三姐妹趁此机会聚一聚，得到了萧晴和卫楠的一致赞同。各位家属当然不敢反对，于是，在祁娟很有效率的张罗之下，聚会的地点很快就定了下来——位于郊区的温泉酒店，依山傍海，风景极好，温平正好在那边有熟人，特价给他们开了三间VIP套房，为期三天。

国庆假期外出旅游简直是活受罪，人山人海逛景点都要排队，祁娟选择到温泉酒店度假显然是很明智的做法。

三姐妹中，祁娟年纪最大，父母早亡，经历也最是波折，她为人豪爽，当了律师之后颇有女王风范，总给萧晴一种值得信赖的可靠姐姐的感觉；卫楠家境平凡温馨，性格活泼，毕业之后当了妇产科医生，生活忙碌却很充实，萧晴有什么心事总爱跟她倾诉；萧晴在三人中年纪最小，出身于商界世家，应该算是个白富美，却偏偏爱极了画画，毕业之后当了职业插画家，整天对着画板涂涂抹抹，身上一点儿都看不出土豪的气质。

看起来完全不是一个世界的三个女生，居然成了最好的朋友，三姐妹多年来亲如家人，无话不谈，或许这就是"闺密"两个字的力量。

卫楠的双胞胎儿女出生的时候，把萧晴和祁娟认了干妈，萧晴的儿子出生时，又把卫楠和祁娟认了干妈。祁娟肚子里的小宝宝还没出生呢，两个预备干妈就已经在琢磨着给孩子送礼物了……这依旧是"闺密"的力量。

10月1日这天，沈君则开车带着萧晴和儿子一起前往温泉酒店。他这次也给足了祁娟面子，把公司的一切事宜交给副总处理，自己则亲自陪萧晴参加祁娟发起的聚会。

把车停到酒店的停车场后，夫妻两人带着儿子一起前往酒店大堂。

酒店依山傍海，远眺可见青翠的山脉和葱郁的绿树，近看可见蔚蓝的大海和银白的沙滩，这样一处地方，就如同与世无争的世外桃源。

沈君则忍不住赞道："祁娟挺会选地方的。"

萧晴一脸自豪地笑着说："当然，娟姐做事向来很靠谱。"

沈海川小朋友似乎也很高兴，拉了拉萧晴的手，刚学会说话的小孩儿嘴里咿咿呀呀地叫着妈妈。萧晴摸了摸儿子的脑袋，轻声说："乖，待会儿见到干妈记得问好啊。"

沈海川也不知听没听明白，一双小手抱着妈妈的脖子很开心地笑。

沈君则看了儿子一眼，搂住萧晴的肩膀说："走吧，我们先去办入住手续。"

两人一起走到酒店前台，服务员友好地微笑道："两位好，请问两位有预订过房间吗？"

萧晴说："预订过了，一位姓温的先生订的，麻烦你查一下。"

服务员很快就查到了："是温平先生吗？"

就在这时，身后响起一个熟悉的声音："没错，是温平先生订的。"

萧晴回头一看，就见温平、祁娟、陆双、卫楠等人一起朝这边走了过来。温老师脸上带着风度翩翩的微笑，如同一位彬彬有礼的绅士；祁娟则在脸上扣了一副大墨镜，看上去犹如明星；陆双穿着一身米白色的休闲装，表情看起来无比轻松，卫楠也穿着一身米白色的休闲装，头发在后面扎了条马尾，年轻得像是大学生，两人手里牵着的小朋友穿的也是同色系的衣服，一家四口的家庭装出场简直是在拉仇恨。

这么多人聚在一起，场面看起来尤为壮观。

萧晴见到众人，立即把儿子往沈君则怀里一塞，激动地朝两人走了过去："娟姐、楠楠，好久不见啊！"

祁娟终于舍得摘下墨镜，微微扬起嘴角："你跟沈先生来得挺早啊？"

"我们也刚到，也就早了几分钟，今天特意订了闹钟早起的。"说着又看向卫楠，"楠楠，你们怎么一起来的？"

"在停车场刚巧遇到。"卫楠把手里领着的儿子女儿推到面前，"文文、萱萱，快过来问干妈好。"

陆泽文和陆泽萱这对双胞胎兄妹立即乖乖走到萧晴面前，仰头看着她："干妈好！"

萧晴乐坏了，俯身捏捏两个小孩儿的脸："真是太乖了！"

"……"

她什么时候认的干儿子干女儿？身为丈夫他居然不知道……

萧晴又转身从沈先生怀里把沈海川抱了过来："儿子乖，来见见你两位干妈。"

沈海川在萧晴怀里挥舞着小手，笑呵呵地叫："干妈、干妈……"

自家儿子去认干妈，居然不需要经过他这位父亲的同意……

沈海川现在刚学会说话，只能说些简单的词汇，萧晴却很开心，见卫楠伸出手，便把儿子送到了她怀里。

祁娟拉了拉小海川的手，笑着说："海川挺聪明啊，这么快就学会说话了？"

卫楠也微笑着摸摸小海川的头："有八个月了吧？长得可真快。"

"是啊是啊，感觉好像刚生下他，他就长这么大了。"

祁娟见两位妈妈开始谈论自家宝宝，便严肃地说："我想要个女儿。"

"女儿好啊！"

卫楠开玩笑道："生个女儿，将来长大了给我家儿子当媳妇。"

萧晴也跟着起哄："那楠楠家的女儿长大了也给我儿子当媳妇。"

"你不介意姐弟恋吗？我女儿比你家海川大两岁呢！"

"不介意不介意！"

陆双："……"

温平："……"

沈君则："……"

三位男士彼此尴尬地对视。

自家夫人的好闺密自然是不敢得罪的，只不过，你们三个一见面就跟几百年没见的亲姐妹一样说个不停，还给儿子女儿们定起娃娃亲了……把三位男性家属彻底晾在一边，这样真的好吗？

沈君则终于忍不住了，低声道："不如我们先吃饭吧？"

萧晴回头疑惑地看他："你饿的话先去吃吧，我跟娟姐她们再聊一会儿。"

陆双和温平同情地看了沈先生一眼，遇到这么个脱线的女生，沈先生可真不容易。

沈先生阵亡，于是陆总监前赴后继接着上："楠楠，我们先去把行李放好？"

"你去吧！"

陆双阵亡。

温平微笑着开口道："咳，三位女士，要不我们先办理入住手续，你们再接着聊？"

前台的接待简直泪流满面，感激涕零地看向温平——

这三姐妹一见面话题就停不下来，把办理入住手续什么的全抛之脑后了，陆双一提醒，众人才恍然大悟，纷纷拿出身份证迅速地办好入住手续。

温平预订的是相邻的三间VIP情侣套房，卫楠两口子的房间附带儿童卧室给她家的小朋友住，萧晴儿子还不到一岁，肯定要跟妈妈睡，房间就跟祁娟她们的那套一样。

众人提着行李上楼，到房间安顿好，再一起拿着房卡到酒店的自助餐厅吃午餐。

五星级的酒店提供的午餐品种非常丰盛，三位男士很自觉地拿着餐盘去挑选食物,三位女士则带着孩子围在桌旁惬意地聊天。

大学毕业之后,三个女生有了各自的工作和家庭,忙碌起来彼此之间的联系就比以前少了许多。可真正的好朋友,感情并不会因为联系变少了而变淡,萧晴甚至觉得,就算她跟祁娟、卫楠十年不见,再见面时也能找到很多聊不完的话题。

萧晴看着温平的背影,不由得一阵感慨:"娟姐,我真没想到你居然会跟温老师在一起,哎,你说我要不要改叫你师母啊?"

祁娟摆了摆手:"还是免了吧,师母这个词,总让我联想到白发苍苍的老太太!"

卫楠笑着说:"师娘好听一点儿。"

萧晴回头问:"楠楠你工作还是那么忙吗?"

"没办法,去年刚做完住院总,今年要考主治医师。"

"不错不错,这么年轻就当主治了!以后有个头疼脑热的可以找你看病。"

"我是妇科医生好吧,你痛经可以找我。话说你现在'大姨妈'还会肚子痛吗?"

"比以前好多了,我一直在喝红糖水调理。"

"我现在都没'大姨妈'了。"

"你怀孕了啊姐姐!"

萧晴无力地道:"在饭桌上讨论这些真的好吗……"

刚说到这里,就见三位男士一起端着大盘食物走了过来,萧晴赶忙假装没事一样转移话题:"好了好了,吃饭吃饭!"

三位男士彼此对视,心底都有些疑惑——这姐妹几个是在说什么悄悄话呢?远远看上去聊得可开心了,怎么等家属一走近,马上就打住话题了呢?这种感觉真是不爽,闺密们的私房话和秘密,三位男士看来是永远别想知道了。

六个人外加三个小朋友围成一桌,简单地吃了午餐。上午的安排是自由活动,可以先熟悉一下环境,结果,姐妹三个懒得出去逛,就凑到一起找了个地儿聊天去了。沈君则和陆双很苦逼地看孩子,温平现在还没有孩子,便待在房间里自由地写小说。

直到傍晚时分,三位男士都饿得前胸贴肚皮了,她们三个才神清气爽地回来。

于是,一群人又在祁娟的建议下去吃自助烧烤。

酒店附带的烧烤店建在海边的沙滩上，坐在店里，可以看到不远处一望无际的蔚蓝大海，海天一色的美景，再加上身边朋友的欢声笑语和烧烤架上食物的香气，这样轻松的聚会，实在是忙碌的上班族们在假日里难得的休闲时光。

毕业那年，萧晴曾跟班里的同学一起去过海边，只不过当时面临着离别，自己又答应父母出国读研，心情总有些伤感。现在却不同了，跟好姐妹和她们的老公、孩子一起在海边吃烧烤，萧晴觉得这是几年来吃得最为尽兴的一次。

大家彼此很熟悉，吃东西自然无须客气。祁娟大概是怀孕了的缘故食量尤为惊人，萧晴和卫楠也不遑多让，三位女士很快就把烤好的食物一扫而空。

好在身边的男士都很体贴，主动承担了给妻子烤东西的任务——就是偶尔某些人把调味料放多了，会烤出奇怪的味道来。

当天晚上，三对小夫妻聚会后各自回到房间，沈君则这才松了口气，低声问道："我想去浴室里泡温泉，一起吗？"

萧晴想了想说："你去放水吧，我先哄儿子睡觉。"

沈君则点点头，转身走了。

萧晴唱着催眠曲把儿子哄睡下，这才打开浴室的门，一进门就见沈君则赤身裸体，只在腰部围着条白毛巾，正在俯身试水温。他的身材保持得很好，六块漂亮的腹肌，脊背线条透出一种力量的美感，哪怕相处了很久，每次看他，萧晴还是觉得自家男人的肌肉线条特别漂亮。

沈君则听到动静，回过头问："儿子睡了？"

萧晴点头道："嗯，宝宝今天兴奋了一天，刚才困了，一哄就睡着了。"

沈君则微笑起来，伸出手臂把萧晴拉到怀里，轻轻吻了吻她的额头："那我们泡温泉吧，水我放好了，温度刚刚合适。"

萧晴点头道："好。"

两人一起走进大大的温泉池里，并肩仰躺下来。

沈君则见萧晴全身放松，忍不住微微扬起嘴角，伸出手臂道："过来枕着。"

萧晴不客气地挪了挪脑袋，枕着沈先生的手臂半靠在他怀里。

沈君则轻轻摸了摸她柔软的黑发，声音格外温柔："都当妈妈的人了，每次跟祁娟和卫楠在一块儿还像学生时代一样疯玩……今天累坏了吧？"

萧晴笑着说："没办法啊，在她们面前我根本装不来淑女。"

沈君则无奈："在我面前你也从来没淑女过吧？"

"我本来就不适合当名门闺秀，你又不是第一天认识我……"

沈君则沉默了片刻，才微微一笑，低声道："我就喜欢你这样。"

萧晴心情很好，伸手抱住沈君则的腰，抬头看着他，小声说："君则，我们几个姐妹聚会把你拉过来，你会不会觉得很无聊？其实你跟陆双、温老师他们都不太熟……"

沈君则轻轻吻了吻她的额头，低声说："没关系，你高兴就好。"

萧晴心里一动，主动凑过去亲了亲他的下巴，认真地说："本来娟姐建议我们三个单独出来聚会的，可是……卫楠又说，把先生晾在家里不太好，而且，孩子在家我也不太放心，所以就干脆大家都带家属一起了。"

萧晴犹豫了片刻："你要是不喜欢的话，下次就别来这种聚会了，我知道你不爱热闹。"

"……"

他的小女人看起来神经大条、性格活泼得如同一枚炸弹，然而，她也有细心体贴的时候，也有善解人意的地方，这样的她，是沈君则想要守护一生的好妻子。

沈君则微微一笑，伸手把萧晴轻轻搂进怀里："你不用顾虑我，尽情去跟她们玩就是了……我知道，祁娟和卫楠对你来说很重要，我不会介意的。有这么好的两个闺密，我该替你高兴才是。"

听他这样一说，萧晴总算放下心来，躺在沈君则怀中，舒服地闭上了眼睛。

今天玩了一整天，此刻，宽大的浴室里只剩下两人，一起放松身体，泡在温暖的泉水中互相依偎在一起，全身的每一个毛孔似乎都舒服地张开了一般。寂静的空间内，耳边能听到彼此的心跳声和呼吸声，在这一刻，萧晴突然觉得心底特别平静和安稳。

她知道，这就是她想要的生活。

年少的时候，她曾跟好姐妹卫楠和祁娟一起讨论将来嫁人该嫁给什么样的男人，三人的看法各不相同。如今，那些讨论过的话题早已成为戏言，姐妹三个都找到了属于自己的良人，三位男士性格各异，身份、背景也大不相同，难得的是，他们都对妻子很好，都能给她们一个温暖而安定的家。

年少的时候，她们总爱唱那首《第一时间》，因为歌词里有几句话让人深有感触"就算你我在热闹喧哗中走散，友情会第一时间赶来"。

在青葱岁月里，祁娟、卫楠、萧晴，对彼此来说就是这样的存在。

最好的朋友。

累的时候可以靠着她们的肩膀抱怨、痛的时候可以抱在一起放声大哭的好闺密。

如今，即使她们各自结婚，身边有了另一位需要关心和守候的男人；即使她们踏入社会，繁忙的工作让彼此的联系渐渐变少；即使她们初为人母，需要将大量的时间花在带孩子身上……

然而，她们的友情，始终没有变过。

她们会是一辈子的好闺密，彼此信任，彼此关爱，虽然没有血缘关系，却是心底最温暖的所在。

「番外六」
出 游

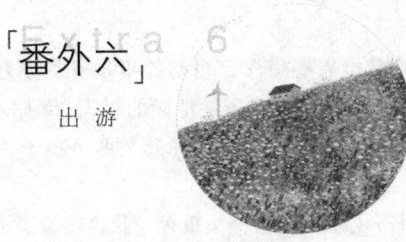

沈君则小的时候父母因为工作太忙,把他丢给了爷爷奶奶照顾,他可不希望自己的孩子也经历这样的童年,即便工作再忙,他也会抽空陪孩子。正好两个儿子放暑假,沈君则也给自己放了半个月的年假,把公司事务交给副总处理,他好带萧晴和两个孩子一起去旅游。

萧晴从美术学院毕业后,最终选择了当一位专职插画师,她平时在网站连载漫画故事,还会接一些杂志插画、封面约稿,时间上非常自由。

沈君则说要带孩子们出去玩儿,萧晴二话不说就答应下来,只不过萧晴平时大大咧咧的,让她来安排出游的行程实在是有些难为她,还好她有个靠谱的老公,订机票、订酒店、详细的行程安排沈君则全部搞定了,萧晴完全不需要操心。

沈君则说:"你只要把自己带上,跟着我别走丢就行。"

萧晴立正站好,朝沈君则敬了个礼:"明白,我一定紧跟领导的脚步!"

沈君则被她逗得笑起来,伸出手揉了揉她的头发,道:"我们这次去洛杉矶,带孩子们到迪士尼乐园逛逛。"

萧晴疑惑道:"去迪士尼乐园的话,为什么不去上海或者香港,更近一点。"

沈君则说:"暑假去国内的迪士尼乐园,排队的人太多。"

萧晴想想也是,国内的各处旅游景点都是人,尤其在学生放寒暑假时,简直就是排队灾难,很可能排几个小时才能玩到一个项目,出国的话人应该能少一点。沈君则的考虑还是很周到的，萧晴也没什么意见，点点头："那就去洛杉矶吧。"

沈君则紧跟着说："我们还可以顺便去纽约看看爷爷。"

沈老爷子和沈君则的叔伯兄弟、堂兄弟目前还居住在纽约老宅，沈君则回国一是因为国内的分公司需要他坐镇，二来也是为了萧晴——萧晴更习惯国内的生活节奏。

提起老爷子，萧晴也有些想念，当初要不是爷爷极力撮合，她和沈君则不可能那么快结婚，说起来爷爷还是他俩的媒人。萧晴不由得微笑着道："好久没见爷爷了，确实该去看看他。尤其是两个孩子，长大之后都没见过他。"

沈君则道："爷爷也想看看两个小重孙。我这次请了十五天年假，在纽约住三天，然后去洛杉矶带孩子们到迪士尼玩两天，剩下的时间自驾游，我开车带你们去周边的景点逛逛，你觉得呢？"

萧晴点头："老公安排的我很放心，就这样决定吧！"

沈君则："……"

每次听她叫"老公"，沈君则就会心情大好。

平时在公司里冷漠严肃、生人勿近的沈总，在萧晴面前嘴角总是忍不住地上扬。他伸出双臂，轻轻把萧晴抱进了怀里，道："叫我什么？"

萧晴疑惑："老公，不对吗？"

沈君则低头吻住了她，用行动表示这种叫法非常正确。

下午六点，沈君则亲自开车，先去幼儿园接了小儿子沈海林，然后又去附近的小学接了大儿子沈海川。

小儿子现在上幼儿园大班，大儿子已经小学一年级了。

转眼间，他和萧晴认识超过八年。

时光匆匆，看着两个可爱的孩子渐渐长大，沈君则很难相信自己会过上这样安稳、平静又幸福的生活。年轻时的他特别高冷，看萧晴很不顺眼，觉得和萧晴结婚超不过一年就会离婚，结果后来自己舍不得放手，如今哪还能离得开萧晴？

每次聚会、谈生意他都不喝酒，怕萧晴担心，天天准点回家，几乎成了全公司的模范老公——因为他离不开这个女人，只有看到萧晴，他的心才会安定。

两个小家伙也很依赖妈妈。沈海林看见只有爸爸来接他，第一句话就是："我妈妈呢？"

沈海川上车后的第一句话也是："我妈妈呢？"

沈君则无奈扶额："她在家给你们做好吃的。"

两个孩子立刻兴奋起来，坐在后排叽叽喳喳地讨论起妈妈的厨艺，还聊了一路班里的女同学，大儿子说："我同桌萌萌可漂亮了，我将来一定要娶她。"

小儿子紧跟着道："我们班的蕊蕊也特别可爱。"

沈君则："……"

等等，你俩到底是谁家的儿子？父亲的高冷一点都没遗传到吗？

两个小朋友完全无视前排黑着脸的父亲，继续讨论着将来要娶谁的问题，沈君则头痛欲裂——两个臭小子真是不好管，这才几岁就开始关注可爱的小女孩，长大了还了得？

父子三人到家时萧晴已经准备了一桌丰盛的晚餐。

她这些年当自由插画师，平时闲了也会学学厨艺，主要是做给孩子们吃，毕竟天天吃外卖很不健康，沈君则也是沾了儿子们的光，才能吃到萧晴亲手做的饭。

两个儿子见到萧晴就扑过去抱住她，萧晴也很想他们，微笑着蹲下来抱了抱儿子。孩子们和妈妈更亲，显然因为妈妈爱笑，爸爸总是绷着脸，兄弟两个都很害怕爸爸会打他们。

绷着脸的爸爸看到这一幕，脸色难得温和了些，走过去把萧晴从两个调皮蛋的手里解救出来，轻轻搂着她的肩膀道："先吃饭吧，明后两天准备行李，买些东西，三天后出发。"

沈海川好奇道："出发？爸爸要去哪啊？"

萧晴笑眯眯地捏了捏儿子的脸，道："爸爸已经买好了机票，后天带你们去美国看太爷爷，还要去迪士尼游乐场玩儿。"

两个儿子立刻蹦起来欢呼，很有眼力见儿地转身去抱住沈君则："爸爸真好！"

"我怎么会有这么好的爸爸！"

"我爸爸是全世界最好的爸爸！"

"爸爸万岁！"

沈君则："……"

算你们识相。

马屁拍得还不错，可以考虑今晚加一场动画电影。

三天后，一家四口来到了纽约。

去纽约的飞机是两人初次见面的地方，还记得那次，萧晴和沈君则的座位很巧挨着，萧晴睡了一路，不断地说梦话，一会儿是九阴真经武侠小说，一会儿又是吸血鬼奇幻故事，还差点抓住沈君则咬上一口，沈君则嘴角抽搐，觉得这姑娘真是个神经病。

此时重回纽约，很多往事涌上脑海，沈君则忍着笑说："今天打算说什么梦话？你的血好甜，要不要咬我一口？"

萧晴有些尴尬："你还记得呢？"

沈君则"嗯"了一声——跟你相识以来的点点滴滴，我都记忆犹新。

萧晴厚着脸皮笑了笑，说："肩膀借我靠，我睡一会儿。"

飞机起飞后，萧晴就睡着了，沈君则主动将她揽进怀里，让她靠着睡。大概是君则身上熟悉的气息让她安心，她睡得很香，并没有说奇怪的梦话。

沈海川和沈海林第一次坐飞机，兴奋极了，脑袋凑在窗边看外面的云彩，过了一会儿看够了，又拿出iPad一起看下载好的动画片。到纽约的时候，萧晴睡醒了，非常精神，两个小朋友却困得直打呵欠。

沈家安排了车子接他们回老宅，到家后小朋友总算醒了，就是时差倒不过来，有些蒙蒙的。沈君则给他们介绍长辈，叔叔、姑姑、爷爷、奶奶、太爷爷……

两个小孩儿满脸茫然，这么多亲戚真是记不住。

太爷爷最好认，坐在沙发中间，手里拿着拐杖，笑眯眯的，一头白发看着就像是电视剧里的老神仙。

沈老爷子一手一个把重孙抱到腿上，给两个宝宝准备了纯金打造的长命锁做见面礼，希望孩子能平安长大。

萧晴微笑着道："快谢谢太爷爷。"

两个小家伙异口同声："谢谢太爷爷！"

沈老爷子笑眯了眼睛："真乖，更像你妈妈。哈哈，我们家君则小时候就很别扭，给他东西他都不要，拉他过来合照，他就跟上刑场似的，拉长一张小脸，从来不知道笑。"

沈君则的太阳穴突突直跳，皱眉道："爷爷，小时候的事就别提了。"

萧晴笑着看他一眼，可以想象小君则有多别扭。她见过沈君则小时候的照片，每一张都沉着脸，很不乐意的样子，似乎拍照都是被逼的。

沈老爷子道："孩子像萧晴挺好，活泼！"

萧晴见沈君则有些尴尬，立刻圆场道："性格像我多些，但容貌像爸爸，继承了君则的基因，长大以后肯定是两个超级大帅哥。"

沈君则被萧晴委婉地夸了几句，心情这才变好了些，搂住萧晴的肩膀，低声说道："爷爷，我们这次会在家里多住几天，两个小家伙没见过您，也跟您熟悉熟悉，以后每年暑假，我都会带他们回来看您。"

"好好好，太好了！"沈老爷子听到这话开心极了。他发现孙子自从结婚之后，真是多了些人情味，不像以前那么冷漠，这全是萧晴的功劳。萧晴果然很适合君则，不愧是自己看中的孙媳妇。

一家四口在老家待了几天，沈老爷子带着两个重孙买了好多新奇的玩具，两个小家伙跟太爷爷的关系也日渐亲近。

一周后，沈君则带着老婆孩子飞去洛杉矶，入住当地的酒店，计划次日去迪士尼。

萧晴提前准备了第二天穿的衣服——四套亲子装，都是牛仔裤配一件简单的短袖T恤，T恤上面印着统一的迪士尼卡通图案。

两个宝宝很喜欢，立刻换上，沈君则看见这衣服却很头疼："我也要穿？"

萧晴拿起T恤在他身前比画着："穿啊，我按你的尺寸买的185码，你穿应该合适。"

沈君则："……"

他平时都是西装革履，在公司当老总穿得不能太随便，他本人也更爱穿西裤和衬衣，那样的装扮会让他显得沉稳。

这种胸前印着米老鼠的呆萌的短袖，让他穿在身上，他会觉得很不自在。

但是……对上萧晴期待的目光，看着两个宝宝换了卡通图案的新衣服后兴奋的模样，沈君则只好硬着头皮把衬衣脱下来，换上呆萌的短袖，道："好吧，随你。"

萧晴笑弯了眼睛："果然合适！"

次日早晨，一家四口穿着亲子装上路。

整整齐齐的四个米老鼠印在胸口，这么萌的亲子装一看就是一家人。

萧晴还很应景地扎了个米老鼠发圈。她长得清秀，身材苗条，穿着牛仔裤和短袖T恤，头发随意地扎在脑后，三十多岁的人了，看上去却像是大学生似的，青春貌美，活力十足。

沈君则戴了副墨镜，虽说平时他从不穿卡通T恤，可颜值高的人怎么穿都很好看。萧晴觉得穿上亲子装的君则特别暖，帅极了，让她心脏怦怦直跳，好像又回到了恋爱的时候。

沈君则一边牵着萧晴的手,另一边牵着小儿子,萧晴则牵着大儿子。

高大帅气的男人,清秀漂亮的女人,领着两个可爱的小宝宝,穿着一模一样的亲子装出现在迪士尼乐园的门口,瞬间就吸引了周围不少路人的视线。

沈君则自动免疫路人的围观,在门口取票入园。

洛杉矶的迪士尼是世界上最古老的迪士尼乐园,建于上个世纪50年代,多次翻新扩建,名气响彻全球,因此有不少国外的游客慕名来到这里。

各种肤色的人混在一起排队,队伍比他想象的还要长很多。本以为上海、香港的迪士尼乐园挤死人,洛杉矶这家会好一些,可事实上……这里也是人挤人。

萧晴看着长长的队伍有些头疼:"看来全世界的游乐场人都很多。"

"避开了周末,还是这么多人,只能排队了。"沈君则也很无奈,他拿出手机翻出一条备忘,"还好我提前查了攻略,迪士尼乐园有一些快递通道,我们进园后先在自助服务机签快速通过票,然后去玩儿其他项目。"

萧晴凑过来看着他手机里详细的攻略,很是佩服:"你查了这么多资料啊?"

沈君则打开手机里下载的地图,道:"出来玩总要做好功课。我预留了三天时间,我们今天先去左边这几个主题区,剩下的可以明天再逛,不用担心玩儿不到。"

听到这话,两个小家伙立刻兴奋地蹦起来:

"太好了!"

"爸爸,我们明天还来吗?"

沈君则点点头:"嗯,把所有的项目都给你俩体验一遍。"

萧晴看着男人认真严肃看攻略的样子,心里暖洋洋的,忍不住踮起脚,凑到他耳边说:"辛苦你了,君则,我什么都没做……"

沈君则道:"应该的。"

萧晴微笑着握紧他的手,抬眼看向前方的队伍。

周围有很多游客,或是情侣结伴出行,或是夫妻带着孩子……

穿着亲子装的一家四口,只是茫茫人海中最普通的一个家庭。

为了照顾萧晴和孩子们而穿上卡通 T 恤的沈君则,褪去了平时在公司时的冰冷的外壳,流露出了最温柔的模样。

此时的他,也不过是个年轻的父亲,带着妻子和孩子来到嘈杂的游乐场,和一群人挤在一起,耐心地排着队,只为了孩子们能够玩儿得开心。

他是个好男人,好爸爸。

萧晴想,幸福其实很简单。

嫁给这个可靠的男人,有了两个可爱的宝宝,就是她想要珍惜一生的幸福。

「后记一」

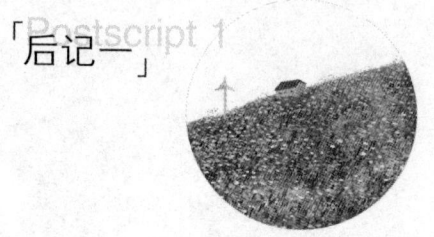

这篇小说从 2011 年开始在晋江文学城连载,到最后完结出版,一路走来很不容易,在此非常感谢一直以来支持我的读者朋友们,还有辛辛苦苦审看稿子的编辑老师们。

最开始写这部小说的时候,我设定了许多虐心的情节,后来,君则和萧晴的人物形象慢慢成熟起来,我突然觉得,他们之间其实更适合这样轻松愉快的相处模式。

看完这部小说你也会发现,这两人之间并没有什么大风大浪,更没有小说里常见的惊心动魄和生离死别,他们之间,有的只是温馨和平淡,从最初的互相敌视到后来渐渐察觉到对方的好,动心,表白,在一起,彼此信任,携手一生。

我很喜欢这样温暖的情节。

我觉得,再轰轰烈烈的爱情最终都会归于柴米油盐的平淡,因此在《番外》之中,我也着重笔墨描写了一些他们生活中的细节,希望大家能够喜欢。

不仅是爱情,女孩子之间的友情也同样珍贵,就像卫楠、萧晴、祁娟这样彼此的死党,在一起玩闹那么多年,无话不谈,亲如姐妹。我相信,很多人的身边总有这样在你困难时第一时间跑来帮你的姐妹。

所以我把这个系列命名为"第一时间"。

正如同名歌曲里所唱的一样:就算你我在热闹喧哗中走散,友情会第一时间赶来。

这群女孩的故事互相之间有着微妙的联系,单独看也不影响阅读。我很喜欢这样的设定，就如你是自己故事里的主角，而换个视角，你的闺蜜却是她故事里的主角。

写小说从不写悲剧是我的原则。萧晴的这篇故事轻松活泼，甚至连第三者都没有出现。写这部小说的过程中，我一直带着非常轻松的心情，往往一边敲着键盘一边就不由得笑出声来。我希望，有缘拿到这本书的你，看完之后也能有这样愉悦的心情。

愿这部简单的小说能够带给你一点温馨和感动。如果有缘，我们江湖再见。

祝幸福，平安。

蝶之灵

2011 年 8 月

「后记二」

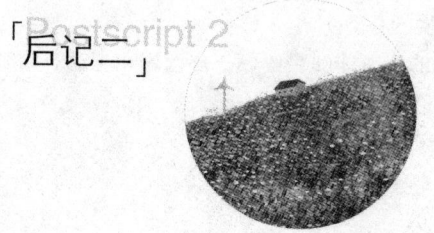

很荣幸这本书能够再版,再版书中增加了新《番外》,其中《一家四口的日常》及《姐妹聚会》是 2014 年再版时新增的《番外》,最后的《出游》是 2019 年再版新增的《番外》,希望新老读者们能够喜欢。

萧晴和君则的故事,从头到尾没有虐点,是我写过的所有小说中最甜的一篇,大大咧咧的萧晴和冷漠骄傲的沈君则,从闹剧百出的假婚,到最后的真心相爱,过程中充满欢笑,希望看到这本书的读者也能够会心一笑,愿这个简单的故事,能够为你带来一份温暖。

衷心感谢一直以来支持我的各位读者朋友,感谢购买实体书的朋友,感谢辛苦排版、改稿校对的编辑,感谢大鱼文化让这本书能够以全新的面貌再次和大家见面。

新版《遇见你就烂漫了》终于和大家见面了,愿拿到书的所有读者小天使,都能遇见那个"他",得到一份最浪漫、最温暖的爱情。

蝶之灵
2019 年 5 月

本书由蝶之灵委托长沙大鱼文化传媒有限公司正式授权花山文艺出版社,在中国大陆地区独家出版中文简体版本。未经书面同意,本书的任何部分不得以图表、电子、影印、缩拍、录音和其他手段进行复制和转载,违者必究。